C.Bertelsmann

UWE FLECKNER

# IM SCHATTEN DER BLAUEN PFERDE

ROMAN

C.Bertelsmann

# 1

Die Pferde, immer waren es die Pferde, die mich retteten. Unerträglich das blutige Gemetzel, unerträglich die eigene Schuld. Und doch, mein Kopf am warmen Leib des Tieres, ein Geruch wie klammes Herbstlaub, in den dunkel durchwachten Stunden der Nacht, immer dann, wenn es nicht mehr auszuhalten ist. Meine Tränen auf dem glatten Fell, Farbtropfen gleich, die zäh von der Leinwand fließen, die Finger ziehen feuchte Linien über den Körper, mit einer letzten malerischen Geste zeichnen sie die Formen des Tierleibes nach. Tränenmalerei, immerhin. An einem richtigen Bild habe ich schon lange nicht mehr gearbeitet, aber die vielen Skizzen, die hier an der Front entstanden sind, meine kleinen Blätter, fatale Abstraktionen, sie werden mir den Weg weisen, hoffe ich, wenn nach dem mörderischen Schlachten endlich eine neue Kunst mich mit der Welt aussöhnen soll. Und auch jetzt noch ist es das Pferd, dem allein ich mich anvertrauen kann; die beruhigende, schützende Kraft der treuen Kameradin, meiner Fuchsstute, sie trägt mich durch mein Schicksal. Eng verbunden ziehen wir über die Landstraße, ein Kentaur in den Wiesen von Braquis auf der Suche nach den französischen Lapithen. Verflucht, dass mir noch immer diese Bildungsfloskeln durch den Kopf treiben, die ich aus meiner Malerei doch endgültig verbannt hatte. Seltsamer Name eigentlich, dieses Braquis, wie zum Hohn erinnert er mich an den Maler, von dessen Werken wir so viel gelernt haben. Dem bin ich nie begegnet, leider, steht jetzt auf der anderen Seite der Schützengräben. Nun schießen wir aufeinander, das muss wohl so sein, aber grauenhaft ist es trotzdem. Und Picasso. Doch der ist Spanier, der kommt sicher davon, ist uns allen immer überlegen gewesen, ich geb's ungern zu, aber es ist wahr. Da drüben ist Verdun. Nicht zu sehen, zu weit weg, trotz der gläsernen Luft, die mir in den Augen und auf den Wangen brennt, viel zu kalt für diese Jahreszeit. Dass wir nicht durchbrechen können, tiefer nach Frankreich hinein, obwohl unsere Mannschaften verzweifelt ihr Leben lassen. All die furchtbaren Verluste, Tote jeden Tag, überall Tote, auf beiden Seiten der Front. Aber dennoch eine gerechte, unausbleibliche Sühne für den Aussatz unserer Seelen. Ein Fegefeuer, eine Reinigung zumindest, der Krieg hat alles so klar gemacht, vielleicht der einzige Sinn, die einzige Hoffnung, die uns im Sinn- und Hoffnungslosen noch bleibt. Rücksichten werde ich jedenfalls keine mehr nehmen in meiner Kunst, wenn ich's denn bloß überlebe, wenn bloß meine Seele zurückkehrt in diesen toten Automaten. Entsetzliche Bilder habe ich gesehen, wie zu unserem Spott in die Landschaft gemalt, Trümmer und verrenkte Leiber, wie sie nicht einmal die kubistischen Teufelskerle gewagt hätten. An den Leichengeruch gewöhne ich mich nie, schlimmer als der Anblick der toten Menschen, von überallher kriecht er mir ins Gemüt, nicht auszuhalten ist das. Doch im freien Gelände ist alles so frisch und ruhig, weit weg vom Elend der vergangenen Tage. Langsam geht unser Ritt voran, Heinrich, mein Bursche, wie immer tapfer neben mir. Feindaufklärung, welch ein Irrsinn, ach Franz, wir sind ja selber nicht aufgeklärt, witzelte Müller noch gestern Abend im Quartier, und der sonst so hartgesottene Leutnant verzog sein Gesicht zu einer bitteren Grimasse. Immerhin ein Dach über dem

Kopf, hatten wir ewig nicht mehr, auch wenn es überall in die Ruine hereinregnet, Tropfsteinhöhle, auch so ein Frontkalauer, nun ja, wir werden sehen, wie lange unsere Kolonne im verwüsteten Schloss stationiert bleiben kann. Und die Pferde, die armen Pferde, endlich mal wieder abgesattelt über Nacht. Eigentlich ganz schön hier auf der friedlichen Straße. Felder, Wiesen, Wälder, sanfte Hügel breiten sich vor mir aus. Hinter mir ragt der Kirchturm von Braquis ins kalte Blau. Wir bringen einander um und beten dennoch zum gleichen Gott. Aber kann man das überhaupt noch beten nennen? Verzweifelt beschwören wir eine Macht, die uns immer fremder wird, die man nur noch anfleht, die eigene erbärmliche Existenz aus der Hölle zu retten. Und manchmal nur noch um einen schnellen, gnädigen Tod. Andererseits diese Halden der Leichen auf den Äckern und in den Schützengräben, die gemetzelten Kameraden, auch die Franzosen, unwirkliche Haufen, Stilleben des Grauens, die eine Menschenhand nicht malen könnte. Aber trotzdem besser, als in den Lazaretten unter die Messer dieser Metzger zu geraten. Ich sehe schon die Straßen in unseren Städten, nach dem versprochenen glorreichen Sieg, Krüppel, armlose, beinlose Kreaturen, halbe Gesichter und halbe Seelen, die bettelnd umherirren und von den Kriegsgewinnlern verachtet werden. Mein Gott, der wahnsinnige Traum vor einigen Nächten, Macke lebte, wunderte mich aber merkwürdigerweise nicht, er grinste breit über sein liebes Gesicht, ohne Arme stand er da, der Maler, der Freund, ein markerschütternder Schrei riss mich aus dem Schlaf, mein eigener Schrei. Müller kreidebleich im fahlen Mondlicht vor meinem Hasenstall, den ich mir als Bett ins halb zerstörte Schloss gezerrt hatte, er zog mich aus dem Heu und wusste natürlich nicht, was mit mir los war. Was wird die Kunst aus solchen Traumgesichten machen, wie soll man bloß weitermalen nach solchen Visionen? Kunst ist doch das Einzige, das ewigen Wert hat und dem wir alles opfern müssen. Werde ich zurückfinden, in die Welt meiner Malerei? Werden meine Bilder mich retten, werden sie von nun an und für alle Zeiten ohne die sichtbare Welt auskommen müssen? Ein Künstler, der fühlt und nicht mehr schaut? Ich erschrak jedes Mal, wenn ich das kleine Skizzenbuch zur Hand nahm und diese somnambulen Linien und Kraftfelder sah, die wirklicher sind als die Wirklichkeit. Es liegt nun bei Maria, der Hüterin, in der Heimat und wartet auf mich. Oder ist das Abstrakte nur eine feige Flucht in die Dekoration? Hoffentlich komme ich bald nach Hause und kann an die Arbeit gehen, die heilige Arbeit. Ich muss weg, endlich weg von der verfluchten Front, ein offizieller Auftrag für ein Bild, ein paar Wochen Urlaub zumindest, das wär's, oder auf die Liste der Künstler, die vom Krieg verschont sein sollen. Noch immer warte ich auf Antwort, morgen, vielleicht morgen, oder doch in den nächsten Tagen, hoffe ich. Will endlich zurück zu Maria, zur Liebsten, zur Kinderseele, sorge dich nicht, ich komme schon durch, habe ich ihr heute früh noch geschrieben. Aber geglaubt hab' ich es nicht einmal selbst. Und wie es wohl unseren Rehen geht? Und den Hunden? Schlickchen, Hanni und Russi sind tot, haben viel zu lange gelitten. Ich kann ja noch gar nicht sterben, die ungemalten Bilder wollen gemalt sein, das kann doch nur ich. Auch so ein Wort, dieses Ich, ein Wort, das seinen hohlen Schall in eine Welt ohne Echo wirft. Wird es das noch einmal geben? Ein Wir, eine Gemeinschaft, die den Egoismus unserer Zeit hinter sich lässt? All die Tierschicksale, die dieses Ich in seinen Bildern erfasst hat, an der Front zeigen sie ihre entsetzliche Realität. Die Kreatur leidet allein an unserer Schuld, vor allem die Pferde, immer sind es die Pferde, deren tote, zerschundene Leiber mir den Krieg mehr als alles andere in Frage stellen. Ich schäme mich, dass ich noch vor gar nicht so langer Zeit an Maria, die liebe Maria, schrieb, der Krieg sei etwas Imposantes und Mystisches;

verlogene Sprache, so wie auch das Gerede von Weltenbrand und Blutopfer in den Schützengräben endlich, endlich verstummen muss. Expressionismus statt Wahrheit, das hätten wir auch nicht gedacht. Wie hatte ich mich gefreut, aus dem langweiligen Garnisonsalltag an die Front zu kommen, jetzt sehne ich mich in die Etappe zurück, nach Hause zurück sehne ich mich, schlafen möchte ich, lange schlafen und aufwachen und dann an die Staffelei. Der wundervolle Schimmel, das stärkste Pferd unserer Kolonne, tagelang war er krank, stöhnte wie ein Mensch, bevor er wie ein Mensch krepierte; ein hässlicher, verfallener Pferdeleib dann, ein stinkender Rest. Den Kadaver verscharrten wir im Dreck. Tote Pferde überall, verreckt an den Kugeln und Granaten, verreckt im letzten Dienst an den Menschen, die solchen Dienstes nicht würdig sind. Und die Franzosen? Die nutzen Attrappen toter Pferde zur Tarnung ihrer Maschinengewehre, wissen genau, dass wir Deutschen, die guten jedenfalls, einen solchen Anblick kaum ertragen und uns in Trauer und Demut nähern, wo wir doch vorsichtig sein sollten. Aber unsere Tarnung ist auch aberwitzig, hier sollen wir Künstler zeigen, was wir können. Hätt' ich mir nicht träumen lassen, dass meine letzten Geschmiere wahre Kandinskys geworden sind, abstrakte Anstriche unserer Zeltplanen, Mimikry, Grau und Grün und Schwarz ineinander verschlungen, Improvisationen, die unsere Stellungen für den Feind unsichtbar machen, ein Verrat an dem Freund und an unserer Sache; von wegen das Geistige in der Kunst. Machen die Franzosen auf der anderen Seite der Front aber genauso, kann mir gut vorstellen, wie Braque und Léger über die Frage streiten, welcher Kubismus für die Camouflage am wirkungsvollsten sei. Endlich wieder ernsthaft malen, das wär's, endlich schauen, ob die Skizzen auch im großen Format, und farbig, was taugen. Der Turm der blauen Pferde ist doch mein bestes Bild bisher und hat schon so viel an abstrakter Kraft.

Werde nach dem Krieg gleich an Walden schreiben und es wieder ins Atelier schicken lassen. Der gute Walden, der hat als einer der Ersten an mich geglaubt, aber auch ihn hat der Krieg völlig durcheinandergebracht, alle sind verstört, und hilflos trösten die Briefe aus der Heimat. Oder am besten gleich ins Museum mit dem Bild, warum nicht, ein Werk, das dem deutschen Volk zeigen soll, was es heißt, an der Welt zu leiden und einzig durch die Harmonie von Kreatur und Kosmos geheilt zu werden. Wird wohl nötig sein, damit wirklich wieder Frieden wird. Das vergesse ich nie, die große Leinwand im Sindelsdorfer Atelier, der schäbige Dachboden als Theater meiner kosmischen Schöpfung. Schon vor dem ersten Pinselstrich wusste ich, was ich wollte, aber ich sah es noch nicht. Die ersten, sehr zögernden Linien, natürlich die Nüstern, der Kopf des vorderen Pferdes, sein starker Hals, die Flanke, deren Konturen ergaben eigentlich schon das ganze Bild. Zug um Zug fügte sich die Skizze dann in flüssigen Strichen fast ohne mein Zutun zusammen, Leib türmte sich auf Leib, eine kraftvolle Konstellation, eine Anatomie des Weltalls wurde es dann zum Schluss und längst nicht mehr nur das Abbild der Pferde. Dass diese blau zu sein hatten, von männlicher Farbe, das wusste ich. Lasierend, dünn die Farbe schichtend, trug ich einen erst blassen, wässrigen Ton auf, dann immer mutiger werdend, kaum einmal unterbrach ich die Arbeit. Mit breitem Pinsel, gelegentlich mit dem Tuch überschüssige Farbe wieder aufnehmend, dabei die Körper der Tiere liebkosend; bald war das keine flache Leinwand mehr, sondern Pferdeleiber waren es, warm, von pulsierender Existenz, den Druck meiner Hand erwidernd, ich hörte den Hufschlag meiner Pferde, sie trabten durch mein Gehirn. Weiß und Gelb, auch etwas Grün und Rot traten immer kühner hinzu, immer kühner nahmen die Rösser jenen Ausdruck an, den ich für dieses Bild haben wollte, aber nicht vorhersehen konnte, immer kühner auch meine Abstraktionen. Rautenauge nannte ich das letzte Pferd, Blitz das neben ihm, fast schrie ich auf vor Glück, als ich die zackig gebrochene Form mit Schwarz, Blau, Rot, Gelb und ganz wenig Grün in sein Gesicht schrieb. Mond, Sterne, Wetterleuchten und Meteoriten erschienen auf den firmamentblauen Leibern, das hatte ich nicht geplant, wohl aber den komplementären Kontrast der Farben, der mir die verderbte Welt und das reine Tier miteinander aussöhnen sollte. Die Landschaft, ein ungeordneter bunter Urgrund, wuchs frei aus dem Tal der Pflanzen empor, ein koloristisches Chaos, wie vor dem ersten Tag der Schöpfung, das ich schließlich mit dem Regenbogen bändigen musste, dem Zeichen meiner Versöhnung mit Gott. Ja, auch das retteten mir die Pferde, meinen Glauben an etwas, das größer ist als das bloße, so leicht zu lernende Handwerk meines Metiers. Der organische Rhythmus aller Dinge, war das nicht die Schöpfung? Die Schöpfung eines Gottes, der sich in allem verbirgt und in den sich das Kunstwerk hineinfühlen muss. Pantheismus, in dem Wort steckte für mich immer auch Pan, der Hirtengott, der Hüter der Tiere, das wollte ich sein, Pan, der Künstler, der seinem Instrument arkadische Harmonien entlockt. Das Zittern und Rinnen des Blutes in der Natur, in den Pflanzen, in den Tieren, in der Luft, in diesem Bild ist es mir gelungen wie kaum einmal sonst. Animalisch wurde meine Kunst, Instinktmalerei, triebhafte Abstraktion. Das Atmen der Pferde, das innerliche, bebende Dasein der Kreatur, in diesem Bild konnte ich es einfangen in den mannigfachen Parallelismen und Schwingungen der Pinselstriche. Wiehernde Erzengel, schrieb Lasker mir, mein Prinz, sie galoppieren ins Paradies. Lange ist das her, viel zu lange, doch die Suche nach der wahren Form muss weitergehen, muss noch tiefer eindringen in das Geheimnis, hoffentlich kann ich bald wieder ans Werk. Aber erst einmal weg, rasch runter vom Weg, versprengte Granaten schlagen vor uns ein. Dort hinüber zu dem zerhackten Waldstück müssen wir, Heinrich, dorthin, wo gestern so entsetzlich gestorben wurde. Das röhrende Rattern, der irrwitzige Brunftschrei der Maschinen kommt näher, ruft geil nach unseren Leibern, dumpfe Einschläge trommeln von fern, kaum zu hören von hier aus. Leuchtkugeln ziehen wie neue Gestirne am Himmel auf, Schicksalskometen, gelbe und rote, dann blaue, sie schreiben ihre Drohungen ins Firmament, schreiende Farben, Kriegslärm des Lichts. Scheint aber noch weit genug weg zu sein, der Angriff, sieh auf die Karte, Heinrich, ich zeig's dir, von dort greifen die grellen Spinnenfinger nach unserem Leben. Fahle Schatten werfen die Bäume, blau fallen die Blattsilhouetten über das Gras, schön eigentlich, der Krieg als Fauvist. Ruhig, nur ruhig, alles ist gut, brav, mein gutes Pferd; ängstlich scheut die Stute vor den am Wegesrand übereinandergestürzten Leichen ihrer Artgenossen, dankbar dreht sie den getätschelten Hals zu mir, Vertrauen im dunklen Auge. Im blauen Schimmer liegen sie da, starr und entseelt, ja, verhöhnt mich nur, mich und mein Bild. Aber dass meine Kunst dergestalt Wirklichkeit wird, das habe ich nicht gewollt, niemals. Als ich das malte, den Turm der blauen Pferde, mein Schmerzensbild, da wurde aus dem stummen, inneren Schrei der tierischen Kehlen kein schöner Zusammenklang der Farben, nein, absolut sollte der sein, wild und widerständig, die Empfindungen unverstellt ausdrückend wie ein Musikstück von Schönberg, Malerei der freien Tonalität. Und doch ist die Stille, die männliche, die blaue Stille einer neuen Harmonie der Farben immer meine Sehnsucht gewesen. Ich habe diese Schreie, Schreie der Seele, aufeinandergetürmt wie die Leiber der Tiere, angemalt habe ich gegen den bestialischen Lärm, der mir im Hirn heulte, eins wollte ich sein mit der geschundenen Kreatur. Mein eigener, ganz persönlicher innerer Kampf war das, verzweifelt gegen die Apokalypse gerichtet, gegen die existenzielle Angst, das hatte selbst Kandinsky nicht so richtig verstanden, der war immer ein berechnend kühler Theoretiker, ein Mathematiker des Irrationalen. Doch wichtige, unerschrocken das Akademische hinter sich lassende Bilder hat er gemalt, der liebe Freund, hab' viel auch von ihm gelernt. Auf die Leinwand gebracht hab' ich das alles, lange bevor ich das metallische Kreischen und gläserne Schwirren der Geschosse ertragen musste, ahnte wohl schon damals den Krieg. Heult's nicht schon wieder? Aber nicht in meinem Hirn, nicht in meinen Eingeweiden, da draußen heult es, es heult der Krieg, die unzähmbare Bestie springt uns wieder an. Dieser ekelhafte Ton, das pfeifende, hysterische, die Nerven zerfetzende Sirren, das immer dem Schreien, Stöhnen, Klagen der blutenden Kameraden vorausgeht, das ertönt, bevor die Granaten zwischen ihnen zersplittern. Jetzt heulen sie wieder ganz nah, die Sirenen des Todes.

# 2

Wie bitte, was haben Sie gesagt?«

»Klingt wie eine Granate, finden Sie nicht? Kenne ich aus Vietnam.«

Der Taxifahrer war kaum zu hören im Heulen der Sirene.

»Wirklich?«

»Glauben Sie mir, ich hab' schreckliche Sachen gesehen, schreckliche Sachen, sage ich Ihnen. Und den Höllenlärm der Granaten, den vergisst man nicht so leicht.«

Sein Gesicht drehte sich zu mir herüber und verzog sich zur Grimasse eines Mannes, der schon alles mitgemacht hatte. Er war eigentlich viel zu jung, um die Apokalypse im Dschungel am eigenen Leib erlebt zu haben, kannte den Krieg sicher auch nur aus dem Kino. War bestimmt Schauspieler, ohne Rollen und ohne Erfolg, wie die meisten der Taxifahrer, Kellner und Fitnesstrainer, denen man in Los Angeles begegnete, und spielte nun dem Publikum seiner Fahrgäste etwas vor. Taxi Driver, fiel mir noch ein, der wollte auch bei den Marines gewesen sein, doch wie Robert De Niro sah der Typ hier wirklich nicht aus, eher wie ein schlecht gekleideter Bankangestellter, der in einer drittklassigen Fernsehserie einen einzigen Satz in die Kamera spuckte und froh war, wenigstens ganz am Ende noch irgendwo in den Credits aufzutauchen: Der Mann trug eine Maske, Officer, es ging alles viel zu schnell. Kaum eine halbe Stunde in der Stadt, und schon färbte Hollywood auf mich ab. Aber recht hatte er, der Schauspieler hinterm Steuer, so wird das wohl geklungen haben, damals an der Front, das metallische Kreischen und gläserne Schwirren, wenn einem die Granaten ums nackte Leben flogen.

»Kann ich nicht sagen, ich komme aus Deutschland, da sind wir von so was verschont geblieben, seitdem ihr Hitler erledigt habt.«

»Na, der hat darum gebettelt, und dann hat er's auch gekriegt.« Der Fahrer warf ein überhebliches Heldenlächeln in den Rückspiegel, träumte nach dem Vietnamveteranen nun auch noch von der Rolle eines Siegers über die Krauts, straff spannte die sandfarbene Uniform über der Brust, um den Hals die Medal of Honor für außergewöhnliche Tapferkeit, Oscar für die beste männliche Nebenrolle.

Der Lärm der Sirene kam von einem großen chromblitzenden Feuerwehrwagen, der sich auf dem Sepulveda Boulevard freie Bahn verschaffte. Vom Flughafen aus hatte das Taxi diesen Weg genommen, weil der 405 natürlich wieder einmal von zähen Autokolonnen verstopft war. Firefighters, martialischer Name, Kämpfer gegen die verheerenden Brände, Soldaten in jenem Krieg, den die ausgedörrte Natur jedes Jahr gegen die immer weiter die Hügel und Canyons hinaufkletternden Wohnhäuser führte. Aber selten schaffte es das Feuer bis hierher, bis in die Nähe des Getty Center, das am Horizont wie eine weiße Burg, eine Akropolis des Wissens, auf der Anhöhe über Santa Monica thronte. Museum und Forschungsinstitut, das wichtigste weltweit in meinem Fach. Tausende Tonnen an Travertin hatte der Architekt aus Italien herbeischaffen lassen, ungeheuerlich, aber doch ein paradiesischer Ort für mich und meine Kollegen. Die beste Bibliothek, die besten Archivbestände, wenn man den kunsthistorischen Fragen nachgehen wollte, die mich umtrieben.

Mit einem hysterischen Sirren schlug die Sirene durch die flirrende kalifornische Hitze. Ja, so oder so ähnlich hatten Ernst Jünger und Erich Maria Remarque und wer nicht noch alles die schwirrenden Geschosse der Stahlgewitter beschrieben. Stahlgewitter, das war auch eine dieser Wortlügen, mit denen man das Grauen verkleistert hatte, der Expressionismus lieferte nicht nur den pazifistischen Autoren neue Vokabeln. Solche Beschreibungen des Kriegslärms begegneten mir ständig in den Briefen und Tagebüchern, die ich seit Jahren aufstöberte, um meinem Bild auf die Fährte zu kommen. Meinem Bild. So lange suchte ich schon nach dem Turm der blauen Pferde, dass es immer mehr zu meinem Bild geworden war, zu meiner Obsession jedenfalls. Die Kollegen beschworen mich vergebens, die Recherchen endlich aufzugeben. Auch Julia war immer an mir verzweifelt und konnte nie verstehen, warum ich mich ausgerechnet in diese trostlose Sache verbohrte. Verloren ist das Gemälde, in den Wirren des Kriegsendes ist es verschwunden, wahrscheinlich zerstört, weißt du doch selbst, hatte sie mir mehr als einmal vorgehalten. Steht doch so in den Quellen, ist ja verrückt, dass du noch glaubst, neue Hinweise würden dich zu dem Bild führen.

Beinahe zehn Jahre forschte ich nun schon nach dem Gemälde, hatte wirklich alles gelesen, was jemals darüber geschrieben worden war, hatte jedes Dokument wieder und wieder zur Hand genommen. Erfolglos. Mit einer einzigen Fußnote hatte es damals begonnen, eingerückt in einem meiner Aufsätze über die Ausstellung Entartete Kunst: Franz Marcs Turm der blauen Pferde, 1913, Öl auf Leinwand, 200 mal 130 Zentimeter, ehemals Berlin, Nationalgalerie, 1937 von den nationalsozialistischen Behörden beschlagnahmt und unter der EK-Nummer 14126 registriert, seit 1945 verschollen. Beschlagnahmt, verschollen, womöglich zerstört, das wusste keiner. Beschämend karge Angaben für dieses großartige Werk. Nicht, dass keiner danach gesucht hätte, nein, ganz im Gegenteil, Gerüchte über den Verbleib des Gemäldes gab es mehr als genug, doch die meisten hatten sich als ziemlich absurd erwiesen. Immerhin waren schon früh zwei Farbreproduktionen publiziert worden, in den zwanziger Jahren, eine als Sammelbild für ein Zigarettenalbum, ganz erstaunlich für diese Zeit. Auch daran ließ sich ermessen, wie wichtig das Bild damals gewesen sein muss, jedermann sah im Turm der blauen Pferde, was ihm erstrebenswert schien, expressive Utopie, radikale Abstraktion oder konservative Romantik. Auf der abscheulichen Ausstellung wurde das Gemälde deshalb auch nur wenige Tage gezeigt, im Juli 1937 war das. Im gleichen Saal wie die Werke von Lehmbruck und Corinth hing das Bild, bis einige Weltkriegsoffiziere dagegen protestiert hatten, dass der 1916 an der Front nahe Verdun bei einem Aufklärungsritt gefallene deutsche Held, einer von ihnen, mit den verhassten Juden und Wehrkraftzersetzern, den angeblichen Nichtskönnern und Kulturbolschewisten an eine Wand gestellt wurde. Warum erst seit 1945 verschollen, wo war es in den Jahren davor? Und was war dann mit ihm geschehen? Musste doch rauszukriegen sein, dachte ich naiv, als ich seinerzeit die fatale Fußnote tippte. Aber selbst heute wusste ich noch nicht, ob der Turm der blauen Pferde den Krieg überlebt hatte. Und ich wusste schon lange nicht mehr, warum ich eigentlich nach ihm suchte.

Die Geschichte des Gemäldes bis zur Münchner Ausstellung konnte ich in allen Einzelheiten rekonstruieren, das war einfach. Doch nachdem es aus der Femeschau entfernt worden war und sich angeblich bis Kriegsende im Besitz Hermann Görings befunden hatte, verlor sich jede seiner Spuren im Halbdunkel wenig aussagekräftiger Quellen. Auch die Aktion Entartete Kunst mit ihren Verfemungen und beschlagnahmten Bildern hatte ich vergebens erforscht, dieses schandbare Unternehmen, mit dem sich die glück- und talentlosen Maler und Zeichenlehrer dafür rächten, dass sie im Kunstgeschehen der Weimarer Republik niemals eine Rolle spielen durften. Allen voran Hitler natürlich. Und nun hatten sie dankbar die Gelegenheit ergriffen, endlich einmal selbst den Ton anzugeben. Mir war das immer wie eine Hassliebe vorgekommen, Hitler, der Psychopath, litt offenbar so sehr unter der Ablehnung seines nun wahrlich minderwertigen Gepinsels, dass er diese Kränkung nun als Schöpfer eines neuen Weltreichs von sich abschütteln wollte. Der Diktator als Künstler, als Gott, das war sein narzisstischer Traum. Hitler und seine Handlanger zerrten jedenfalls alles an den Pranger, was ihren Neid erregt hatte, Beckmann und Freundlich, Kirchner, Klee und Schwitters wurden als Barbaren und Kretins, als Zerstörer der deutschen Kultur verhöhnt, ihre Werke als Ausgeburten kranker Gehirne dem Spott eines Publikums preisgegeben, das sich in der wohligen Gewissheit suhlte, mit seiner Ablehnung des Unverstandenen immer schon recht gehabt zu haben. Werklisten für alle Stationen der Ausstellung hatte ich erstellt, soweit das noch möglich war, hatte alle historischen Dokumente geprüft, um zu sehen, ob der Turm der blauen Pferde vielleicht zu einem späteren Zeitpunkt wieder in die Femeschau zurückgegeben worden war. Doch das Bild war und blieb verschwunden.

Vier Pferde mit ihren Reitern trabten plötzlich neben der Fahrbahn. Vermutlich kamen sie vom Topanga Canyon, wo die Großstädter immer noch Wild West spielen konnten. Da oben in den Bergen über Santa Monica gab es eine Ranch, auf der man sich stundenweise Pferde mieten konnte, samt Westernstiefeln und Cowboyhut. Nicht auszudenken, wenn es dort brennen würde. Die schweißglänzenden Körper der Pferde, deren Silhouetten schemenhaft an mir vorüberglitten, wurden vom Flackern des Blaulichts erfasst, mit dem nun schon der zweite

Feuerwehrwagen kreischend an uns vorbeirauschte. Ich sah überall nur noch blaue Pferde. In Öl auf Leinwand wärt ihr mir lieber, dachte ich mit dem Sarkasmus, der mich nicht erst seit der Trennung von Julia bei meinen Forschungen begleitete.

»Business oder Urlaub?«

»Wie bitte?«

»Machen Sie Urlaub in Los Angeles, oder sind Sie geschäftlich in der Stadt?«

»Schwer zu sagen. Beides, schätze ich.«

Aber im Grunde war ich doch nur hier, um mir mein Scheitern nicht eingestehen zu müssen, und das nicht nur beruflich. Die Archivarbeit wieder aufzunehmen, das schien mir die einzige Möglichkeit zu sein, damit mir mein Leben nicht völlig entglitt. Und so war ich froh, als ich hörte, das Getty habe den Nachlass einer in den dreißiger Jahren aus Deutschland geflohenen Familie übernommen, die expressionistische Werke gesammelt hatte. Auch eine neue Provenienzforscherin gab es am Institut, eine kluge Frau, hieß es, offenbar aus wohlhabender Familie, gut vernetzt mit dem Kunsthandel, den Museen und den Fachleuten weltweit, das war das Wichtigste.

Früher hatte ich jeden Aufenthalt in der Stadt der Engel genossen und war immer länger geblieben, als für die Recherchen unbedingt nötig war. Julia hatte mich nur ein einziges Mal hierher begleitet, warum eigentlich? Ich liebte Kalifornien, besonders Los Angeles. Was viele Deutsche beargwöhnten, ich liebte es. Das Autofahren, das einen, wenn es gerade keinen Stau gab, sanft über die Betonströme dem Ozean entgegentrieb. Wie oft war ich den Wilshire Boulevard hinunter zum Strand gesegelt, die Küstenstraße hinauf bis nach Santa Barbara, südwärts bis San Diego, in die Wüste bis zu den Joshua Trees. Ich liebte die dunklen Bars, weil sie mich immer an die Filme erinnerten, die ich mir gern ansah, liebte die angeblich so oberflächliche

Freundlichkeit, die niemand aus der verkniffenen Alten Welt richtig verstand. Ich kam aus Berlin, das sagte ja schon genug. Auch liebte ich den lässigen und doch disziplinierten Lebensstil, bei dem Scheitern und Bankrott kein soziales Stigma waren. Man fing halt was anderes an, Geld war überall zu machen, und alles, was es auf der Welt gab, das gab es hier mindestens ein zweites Mal. Little Armenia, Little Ethiopia oder Koreatown, wo man so gut essen konnte, die durchgeknallte Szene der Musiker und Künstler, alles weit weg vom eigentlichen Hollywood, mit dem man gar nicht so sehr in Berührung kam. Eine Stadt der Pioniere und der Einwanderer, noch immer, eine Stadt der Glücksritter und der Spinner, von den Watts Towers bis zum Museum of Jurassic Technology. Doch für mich war es wohl zu spät, ich fühlte mich mit Ende vierzig zu alt und schaffte den Sprung nach Los Angeles nicht mehr. Ich fühlte mich hier zu Hause, aber ich war es nicht.

# 3

Es war einer der ersten warmen Frühlingssonntage. Ein elegant gekleideter Herr im Nadelstreifenanzug, mit Weste, tadellos gestärktem Hemdkragen und modischer Krawatte, ging die Landstraße entlang, die von einzelnen Bauernhäusern spärlich gesäumt wurde. Man sah ihm an, dass er ein großstädtisches Milieu gewöhnt war. Wie friedlich die Wiesen und Äcker im Sonnenschein ruhen, freute sich Ludwig Justi, gerade so, als wolle auch die Natur feiern, dass Krieg und Revolution vorüber waren. Nach Ried, der kleinen Gemeinde in der Nähe des Klosters Benediktbeuern, war er gekommen, um Maria Marc, die Witwe des Malers, zu besuchen. Und er wollte ein Gemälde von ihr, ein ganz besonderes Gemälde. Ich muss das Bild haben, murmelte der Direktor der Berliner Nationalgalerie immer wieder beschwörend vor sich hin, ich muss es haben, ohne das Bild geht es nicht. Unablässig hatte er sich schon während der Zugfahrt vorgestellt, wie es sich in der Sammlung der aktuellen Kunst ausnehmen würde, die er seit der Proklamation der Republik für sein Museum plante. Das Bild stand ja geradezu sinnbildlich für die Schöpfungen der neuen, lebendigen Kräfte, die sich von allem unterschieden, was der Kaiser und seine wilhelminischen Akademiker vor dem Krieg gutgeheißen hatten. Der hatte ihn stets so selbstherrlich abgekanzelt, so von oben herab.

Tüchtig, Herr Direktor, immer wacker bei der Arbeit, aber diese Malweise, doch etwas exaltiert, meinen Sie nicht? Die süffisanten Bemerkungen Seiner Majestät hatte er noch allzu deutlich im Ohr. Dabei hatte der Kaiser von Kunst natürlich nur eine halbe Ahnung gehabt. Wie auch immer, das war nun erfreulicherweise vorbei. Aber dass auch die Rebellen von einst, die Sezessionisten, nicht begreifen wollten, dass nach ihnen eine junge Generation ihr Recht auf neue Ausdrucksformen forderte, er verstand es nicht. Wie musste er sich mit Liebermann herumplagen, ein guter Maler, gar keine Frage, drängte sich aber überall böswillig hinein. Schon vor dem Krieg hatte Justi sich wahrlich abgemüht, hatte mit der Kommission um manchen Ankauf gerungen, auch der Kaiser hatte sich persönlich eingemischt, und so war er trotz seines Direktorenamtes oft genug unterlegen; dabei hatte er gar nicht erst solche Werke vorgeschlagen, die ihm wirklich wichtig waren, auf aussichtslose Konflikte konnte und wollte er sich nicht einlassen. Nur wenige zeitgenössische Gemälde, die er auf diese Weise vor dem Krieg hatte erwerben können, Slevogt, Corinth, kaum eines sonst, würden das Urteil der Zeit überstehen, das wusste er. Doch jetzt sollte sich alles ändern.

Seine Vision war in die Zukunft gerichtet, in eine Zukunft freier, selbstständiger Kunst. Endlich sah er die Gelegenheit gekommen, die geliebten Werke der Expressionisten ins Museum zu holen. Er träumte von einer Galerie der Gegenwartskunst, die in ganz Europa, ach was, in der ganzen Welt vorbildlich sein würde. Harte Kämpfe mussten noch ausgefochten werden, die politischen Verhältnisse waren zerrissen, gerade in Berlin. Aber es war eine Zeit des Aufbruchs, und der Aufbruch in der Kunst sollte von seinem Museum ausgehen, von der neuen Abteilung. Das Heute und das Morgen der deutschen Malerei wollte er zeigen, auch deren Wurzeln in der französischen Moderne, das

Beste des aktuellen Schaffens. Und Franz Marc war einer der wichtigsten Künstler dieser jungen Generation. Dass der den mörderischen Krieg nicht überlebt hatte, er und August Macke, das war die größte Tragik des Völkerringens. Der Gedanke an die Mission, die ihn antrieb, beschleunigte seine Schritte, er würde seine ganze Energie, seinen ganzen Willen der Sammlung widmen, und der Turm der blauen Pferde sollte schon in der ersten Hängung der neuen Abteilung wie ein Fanal in die Welt strahlen.

Justi näherte sich dem Haus, zu dem man ihm am Bahnhof den Weg gewiesen hatte. Hübsch am Waldrand gelegen, eigentlich doch ganz ansehnlich, drei Stockwerke, weiß getüncht, und all das Grün und die Tannen davor, beschützt von der Bergkulisse, wahrhaftig eine Idylle, dachte er, die hier im Schein der Märzsonne wie eine Landschaft Gabriele Münters vor ihm ausgebreitet lag. Er folgte dem Gartenweg, stieg die wenigen Stufen hinauf und klopfte. Eine etwas dickliche Dame im adretten Sonntagskleid öffnete die Tür und spähte mit freundlicher Neugier heraus.

»Grüß Gott, Herr Direktor, Sie sind doch der Herr Justi, nicht wahr?«

»Ganz richtig, gnädige Frau, einen guten Tag wünsche ich. Es ist mir eine große Ehre, vielen Dank, dass Sie mich empfangen.«

Der hoch aufgeschossene Mann verbeugte sich leicht zum Gruß und reichte Maria Marc seine gepflegte Hand. Sie lächelte ihn an, froh über den Besuch, denn nicht alle Tage kam jemand aus der Stadt in das kleine, etwas abseits gelegene Dorf, in dem sie sich nach dem Tod ihres Mannes manchmal ziemlich einsam fühlte.

»Ich habe mich so über Ihren Brief gefreut, Herr Direktor, die Reise war hoffentlich nicht allzu beschwerlich?«

»Aber nein, gnädige Frau, ich hatte ohnehin in München zu

tun, doch für Sie, für die Werke Ihres Mannes wäre ich auch aus Berlin angereist.«

Die Witwe bat ihren Gast in das Haus und führte ihn durch die bäuerliche Diele. Auf dem Wohnzimmertisch hatte sie ihr Festtagsgeschirr eingedeckt, Karlsbader Porzellan, schlicht, mit einem Dekor aus Streublumen verziert. Auch eine Platte mit Kuchen war zu sehen, bestimmt selbst gebacken, dachte er, denn es roch warm und gut in der Stube. Mit verbindlicher Geste forderte Maria Marc ihren Gast auf, sich zu setzen, verschwand in der Küche und kam bald mit einer großen Kanne Kaffee zurück. Das Mädchen habe frei heute, bedeutete sie ihm, es besuche an Sonntagen immer seine Eltern in der Nachbargemeinde. Sie plauderten über den Eisenbahnverkehr, Stadt und Land waren einander so nahe gerückt, freuten sie sich, das sei nun alles wieder einfacher, jetzt, wo der Krieg vorbei war, ach ja, der Krieg. Das Wetter und die schöne Landschaft wurden erwähnt, die Gärten und Felder und das Leben im Dorf, das Gespräch wurde vertrauter.

»Ihr hochverehrter Mann, liebe Frau Marc, er fehlt uns allen, die wir gerade heute, in dieser Zeit des Aufbruchs, an die deutsche Kunst glauben.«

»Franz wäre froh über Ihre lieben Worte, ach, mir fehlt er doch auch so arg. In Ihrem Brief schrieben Sie mir, Sie möchten sich unser großes Pferdebild ansehen. Ich habe es aus dem Atelier herunterholen lassen. Kommen Sie, es wartet schon auf Sie.«

Die beiden gingen in eines der angrenzenden Zimmer, schlicht eingerichtet auch dies, ein Klavier war zu sehen, ein Bücherschrank, an der Seite waren ein Tisch und einige Stühle beiseitegerückt worden. Und da stand er nun, der Turm der blauen Pferde, lehnte, von einer einfachen dunklen Rahmenleiste eingefasst, an der Wand. So wohnte sie also mit dem vitalen Bild unter einem Dach, dachte er, während ihr jung gestorbener

Mann Jahr für Jahr in einer ferneren Vergangenheit lebte. Das musste schrecklich sein für die Witwe. Justi trat näher heran, studierte das Bild aufmerksam, genoss, was er sah. Gute, souveräne Malerei, urteilte er, genau wie er es in Erinnerung hatte. Versunken in das Bild schritt er vor und zurück und ging schließlich in die Hocke. Eine kleine, etwas störende Brandspur war am unteren Rand des Gemäldes auszumachen, doch es schien kaum mehr als die Leinwandkante beschädigt zu sein, die Farbschicht hatte glücklicherweise nur wenig gelitten. Maria Marc erläuterte ihm, dass dies vor dem Abtransport des Bildes aus Berlin geschehen sei, im Lagerraum der Spedition hatte es gebrannt.

»Sie glauben nicht, wie ich erschrocken bin, als Herwarth Walden mir davon schrieb, aber Gott sei Dank war es nicht weiter schlimm. Nicht auch noch das Bild, habe ich damals gedacht.«

Er verstand und nickte ihr aufmunternd zu.

»Franz hat dieses Bild so geliebt. Maria, hat er zu mir gesagt, das ist meine Metaphysik, hier ist Menschenwissen, Menschenwollen endlich überwunden, die Pferde sprechen ganz aus sich. Nun habe ich doch eine Ahnung von der wahren Form, hat er gesagt, ich muss nur fleißig weiterarbeiten. Er war ja so bescheiden, mein Franz. Ach, wenn bloß der Krieg nicht gekommen wäre.«

Justi sah sie liebevoll an, es berührte ihn, wie tief durchdrungen diese Frau von der Kunst ihres Mannes war.

»Wissen Sie, gnädige Frau, den Turm der blauen Pferde habe ich selbst zuerst in Berlin gesehen, eben bei Walden, das war ja noch im Krieg, die Todesnachricht hatte uns alle erschüttert. Viele waren gekommen, um Ihrem Mann, dem gefallenen Helden, die Ehre zu erweisen. Ich stand in Uniform vor dem Bild, ich erinnere mich gut, und schämte mich, denn an der Front war ich nie. Ich weiß noch genau, wie ich schaute und schaute und an den Maler denken musste, der das zustande gebracht hatte. Warum musste der sterben, dachte ich, warum ausgerechnet er, die Zukunft der deutschen Kunst. Ich gestehe es, ich habe geweint.«

Bewegt ergriff Maria Marc die schlanke Rechte des Mannes. Warme, kräftige Hände fühlte er, mit denen hatte sie ihren Franz liebkost, dachte er. Lange standen die beiden so da, stumm und doch im beredten Dialog ihrer Blicke.

»Einen Moment, bitte.«

Die Witwe ging hinüber zum Bücherschrank und holte einen Zeitschriftenband heraus. Sie schlug die Stelle auf, die von einem Lesezeichen markiert wurde, und las.

»Franz Marc ist vorangeritten, um seine Farbenflagge zu hissen. Er selbst war der blaue Reiter; das Roß, das er ritt, hatte eine blaue Seele wie er. So trug er seine Fahne über blaue Gletscher, über blau beblümte Wiesen, durch das weiße Wolkenvolk hindurch, ins Blitzblaue. Plötzlich stand er still: blau wogte ihm das Meer entgegen. Dort pflanzte er seine Standarte in den weichen Sand; denn Franz Marc war ein Fähnrich!«

»Ich weiß nicht, wer das geschrieben hat …«

Sie unterbrach ihn, Däubler, der Dichter, sei das gewesen.

»… aber der Verfasser hat Ihren Mann wirklich gekannt, hat sein Streben nach einer neuen Romantik verstanden. Welch eine Musikalität des Wortlauts, den Farbklängen Franz Marcs wahrlich angemessen.«

Sie unterhielten sich über den Zuspruch, den die Kunst des Malers schon früh erfahren hatte, trotz aller Gegner, seine farbenglühenden Tierdeutungen hatten die Kritiker gelobt, hatten ihn einen empfindsamen Lyriker genannt. Auch Kandinsky war sehr beeindruckt von dem Bild, berichtete die Witwe, er hatte es schon im Atelier gesehen, drüben in Sindelsdorf war das gewesen, auf dem niedrigen, ärmlichen Speicher, in dem ihr Mann damals arbeitete; von einer inneren Flamme hatte der Freund gesprochen, die in der Brust des Malers loderte. Sie hätten sich angesehen, erzählte sie, er und Kandinsky, tief beseelt und voller Zuversicht, und beide hätten gewusst, dass ihre Bestimmung in solchen Bildern lag. Als der Turm der blauen Pferde dann, noch vor dem Krieg, gemeinsam mit anderen Werken ihres Mannes zum ersten Mal ausgestellt wurde, erzählte sie weiter, da hätten viele Journalisten ihn nicht verstanden, sie konnten ihn nicht verstehen, ihn nicht und nicht seine Kunst.

»Von wahnwitzigen Gebilden der Phantasie haben die konservativen Blätter gehöhnt, wörtlich, Herr Direktor, das vergesse ich nicht.«

»Die Zeit war noch nicht reif für das erhabene Werk Ihres Mannes.«

»Das ist nur zu wahr, und Franz lachte bloß darüber, aber es hatte ihn doch tief getroffen, das weiß ich, auch wenn er es nicht zugab. Die Freunde trösteten ihn, lobten die Kraft seiner Malerei, denn sie hatten begriffen, was er sagen wollte. Macke, Klee, Kubin, auch Koehler, der Sammler, alle munterten ihn auf.«

Der Museumsdirektor hörte es gern, dass die von ihm geschätzten Künstler sein Urteil über Franz Marc teilten. Das Bild muss eines der Hauptstücke unserer neuen Abteilung werden, es muss, dachte er wieder und lenkte das Gespräch auf die eigentliche Absicht seines Besuchs. Er berichtete der Frau über seine Museumspläne, über die Bedeutung, die sein Vorhaben für die Kunst, die neue Gesellschaft, den neuen Menschen haben würde, und sprach endlich aus, dass er das Gemälde kaufen wolle.

»Liebe Frau Marc, ich sag's frisch von der Leber weg, ich möchte das Bild für die Nationalgalerie erwerben, ich muss es haben, mein Museum, die Abteilung der Gegenwartskunst hat ohne das Gemälde ja gar keinen Sinn.«

Maria Marc schwieg, natürlich hatte sie geahnt, warum der

Besucher aus Berlin den Turm der blauen Pferde sehen wollte, sie freute sich, dass es stimmte, was sie im Stillen gehofft hatte. Trotzdem erschrak sie bei dem Gedanken, sich von dem Gemälde trennen zu müssen.

»Ich weiß, es wird Ihnen schwerfallen, das Werk nicht mehr um sich zu haben, aber denken Sie doch, liebe, gnädige Frau, denken Sie an das deutsche Volk. Der Turm der blauen Pferde muss in die moderne Sammlung, wir müssen die Menschen erziehen, gerade jetzt nach dem schweren Krieg, erziehen durch eine Kunst, die unserer Zeit eine eigene Sprache gibt. Eine neue Epoche ist in Deutschland angebrochen, Ihr Mann, der Fähnrich, wäre unserem Kampf gewiss vorangeschritten.«

Maria Marc zögerte einen Augenblick, er sah, dass sie Zwiesprache mit ihrem Mann hielt, der nur noch in ihren Gedanken, in ihrem Herzen lebte.

»Franz hätte es gewollt, Sie haben ganz recht, es muss wohl sein, nun, dann will ich es auch. Das Bild soll den wichtigen Platz bekommen, für den Sie es bestimmt haben. Es soll für alle Zeiten daran erinnern, dass mein Mann sein Leben für Deutschland gab, und damit meine ich nicht seinen Tod an der Front.«

Justi ergriff ihre Hand, dankbar und erleichtert.

# 4

Das Taxi setzte mich an der Einfahrt zum Parkhaus ab. Wird auch immer teurer, hätte mir doch heute schon den Leihwagen nehmen sollen, schoss es mir durch den Kopf, und ich warf einen kurzen Blick auf die Quittung. Blue Horse Cabs stand da, was mir bei der Hektik am Flughafen gar nicht aufgefallen war. Ich konnte es nicht fassen und schaute dem Wagen noch eine Weile nachdenklich hinterher, wie er langsam wieder in Richtung Brentwood verschwand. Der kleine Pendelzug, der vom Getty Center Drive aus die Besucher weiterbeförderte, trug mich mit einer Schulklasse, die zusammengewürfelt war wie die Vereinten Nationen, und nicht wenigen Rentnern in geschmacklosen Hemden den Hügel zum Museum hinauf. Eine deutsche Familie musste sich die Ausführungen aus dem Lonely Planet anhören, die der Vater mit schulmeisterlicher Miene zum Besten gab, und eine Gruppe japanischer Jugendlicher, als Haarfarbe überwog Blau mit Rot, hatte die Blicke fest auf ihre Smartphones gerichtet; dass sie sich auf die Kunstwerke vorbereiteten, bezweifelte ich. Thomas James, der Direktor des Getty, begrüßte uns alle aus den Lautsprechern, die in die Decke der Bahn eingelassen waren, verlas ein paar grundlegende Informationen über das Museum, wies auf die wundervollen Gärten der Anlage hin und umarmte mit seiner warmherzigen Stimme die anrückenden

Besucher. Bitte fühlen Sie sich inspiriert, und laden Sie Ihre Kraftreserven wieder auf, war über unseren Köpfen zu hören. Eine solche Ansage wäre in Deutschland natürlich unter der akademischen Würde eines Institutsleiters, schade eigentlich. Amerika, du hast es besser.

Kaum hatte ich am Empfang meinen Besucherausweis erhalten, kam Tom mir auch schon mit strahlender Miene entgegen. Federnder Schritt, karierte Hose zum Poloshirt, man sah ihm seine fast siebzig Jahre nicht an. Eiserne kalifornische Disziplin hielt ihn in Form. Er war unbestritten einer der einflussreichsten Kunsthistoriker nicht nur der Vereinigten Staaten, hatte früher eines der wichtigsten Museen an der Ostküste geleitet, dann ein amerikanisch-französisches Forschungszentrum in Paris aufgebaut und war nun Herr über Millionen von Dollars, mit denen er die besten Kunstwerke, die besten Wissenschaftler nach Kalifornien holte.

»Max, wie schön. Du bist noch durchgekommen, das freut mich. Hatte schon befürchtet, der Freeway würde wegen der Brände in den Bergen gesperrt. Wenn's so weitergeht, werden wir das Museum wohl einige Tage für das Publikum zumachen müssen. Wie war der Flug?«

»Gut war der Flug. Jeder Flug, der mich ans Getty bringt, ist ein guter Flug, weißt du doch.«

Wir tauschten ein paar Höflichkeiten aus, mochten uns beide gern, und er nahm sich mehr Zeit, als er sich eigentlich erlauben konnte, die Sekretärin scharrte jedenfalls schon nervös mit den Hufen. Tom wies sie an, die neue Provenienzforscherin rasch herüberzubitten, nachdem ich ihm erzählt hatte, ich sei mit ihr verabredet. Vielleicht könnte sie mir helfen, das Schicksal geraubter Bilder zu enträtseln, weihte ich ihn in meine Pläne ein. Den Turm der blauen Pferde erwähnte ich absichtlich nicht, denn ich wusste, dass er die Suche danach für aussichtslos und völlig versponnen hielt. Aber er begriff natürlich sofort, was ich meinte, und lachte.

»Oh, mein Junge, ich bewundere deine Hartnäckigkeit. Aber glaubst du nicht auch, dass das Bild inzwischen wieder aufgetaucht wäre, nachdem du doch wirklich alles versucht hast? Und nicht nur du.«

Ich zuckte mit den Schultern.

»Noch gebe ich die Suche nicht auf, vielleicht geschieht ja ein Wunder.«

»Na, wollen wir es hoffen.«

Mariah, die Sekretärin, trat lautlos wieder ein und schob mit aufmunternder Geste eine Frau in das riesige Büro. Sie war Mitte dreißig, schätzte ich, hatte dunkle Haare, eher kurz geschnitten, und trug einen teuren schwarzen Hosenanzug und hochhackige Schuhe. Zögernd kam sie ein paar Schritte näher, nickte ihrem Chef zu und verharrte dann wie eingefroren, fluchtbereit in der Mitte des ausladenden Teppichs, so als wüsste sie nicht, was sie von meiner Anwesenheit zu halten hatte. Mit einem seltsamen Ausdruck schaute sie mich an, eine verwackelte Fotografie ihrer selbst, aus der heraus mich zwei übereinander geblendete Gesichter anblickten, und in einem der beiden schienen sich tief schmerzliche Erfahrungen eingegraben zu haben. Irgendwie erinnerte mich ihre Erscheinung an die kleinen Bilder, die ich mir immer auf der Tapete meines Kinderzimmers angeschaut hatte, wenn ich früher nicht einschlafen konnte. Dann rätselte ich stundenlang, so hatte ich es jedenfalls in Erinnerung, warum die Farben und die Konturen der Feen und Wichtel dermaßen ungenau und verschoben aufgedruckt waren, verschattete, unscharfe Figuren waren so entstanden, die im Dämmerlicht der heimlich wieder angeknipsten Leselampe ihr zauberisch belebtes Wesen trieben. Damals wurde ich nicht schlau aus den verwischten Bildchen, und schlau wurde ich auch nicht aus dem ersten Eindruck, den diese Frau mit ihrem widersprüchlichen Aussehen auf mich machte, ja, ich hätte nicht einmal sagen können, ob sie eigentlich hübsch war.

»Wo wir von Wundern sprechen, Max, ich möchte dir Jessica Steiner vorstellen. Es ist wirklich ein Wunder, dass wir sie aus New York abwerben konnten, Jessica leistet großartige Arbeit.«

»Maximilian Kisch, freut mich sehr.«

»Hören Sie nicht auf Tom, er übertreibt. Aber nicht sehr.«

Sie lachte nervös, offenbar irritierte sie mein viel zu neugieriger Blick.

»Ihre Freunde nennen Sie Max? Ich darf Sie dann auch so nennen, nicht wahr?«

Endlich trat Jessica auf mich zu und reichte mir zögernd die Hand.

»Sie wissen ja, Max forscht schon ewig nach dem Turm der blauen Pferde, der im Krieg verschwunden ist. Arbeitet seit Jahren immer mal wieder hier bei uns im Archiv, bisher leider ohne Erfolg.«

»Selbstverständlich, freut mich, endlich lerne ich den Verfasser all dieser klugen Aufsätze einmal kennen.«

Angemessen geschmeichelt verzog ich das Gesicht zu einer Miene, von der ich hoffte, sie würde die ideale Mischung aus Coolness und Bescheidenheit einfangen, ein guter Schauspieler war ich allerdings noch nie. Unwillkürlich fragte ich mich, warum ich sie eigentlich beeindrucken wollte.

»Ich bin ein großer Fan Ihrer Texte, Max. Vor allem Ihre Studie zu den Bildern von Matisse, die damals bei Paul Rosenberg in Paris geraubt wurden. Einfach großartig!«

»Da hatte ich Glück, dass ich als Erster die Erlaubnis bekam, im Familienarchiv zu arbeiten. Der Aufsatz schrieb sich dann eigentlich wie von selbst.«

»Mich hat natürlich das Foto schockiert, auf dem Göring, ausgerechnet Göring, mit seinen Schergen die Werke des Malers begutachtet. Der feiste Reichsmarschall und die eleganten Bilder von Matisse auf einer Aufnahme, ich war sprachlos, ein toller Fund.«

Tom stimmte ihr zu.

»Jessica hat ganz recht, wir waren alle erschrocken und fasziniert zugleich von dem Foto, eine ungeheure Entdeckung.«

»Und beeindruckend, wie Sie den verschlungenen Weg der Dame vor dem Kamin dann bis nach Oslo verfolgen konnten. Echte Detektivarbeit, ich denke, das hat Maßstäbe gesetzt. Mir haben Ihre Forschungen jedenfalls sehr geholfen, vor allem methodisch, alle Achtung.«

Meine abwehrende Geste geriet vermutlich nicht sehr überzeugend. Ich hatte damals wirklich einen verdammt guten Aufsatz geschrieben. Doch ich wusste natürlich, was ich zu antworten hatte, um nicht vollkommen unbescheiden zu wirken.

»Leider können wir die Verbrechen an den jüdischen Sammlern mit unseren Forschungen auch nicht ungeschehen machen.«

Sie ließ einen tiefen Seufzer hören, und der Blick eines ihrer beiden Gesichter verfinsterte sich noch ein wenig mehr.

»Das stimmt natürlich. Und so vieles wissen wir noch nicht. Oft denke ich, wir stehen nach wie vor ganz am Anfang unserer Arbeit.«

»Trotzdem hat sich einiges geändert in den letzten Jahren.«

»Wie meinen Sie das?«

»Nun ja, kein Museum, das auf sich hält, will heute noch zweifelhafte Werke in seinem Besitz. Die Norweger hatten das damals sofort verstanden und waren irgendwie erleichtert, den Matisse an die Erben des Eigentümers zurückgeben zu können.«

»Das ist leider nicht immer so.«

»Schon richtig, aber Presse und Politik machen nun endlich

Druck, und ich bin froh, dass ich durch meine Texte wenigstens ein bisschen dabei mithelfen kann. Sie können sich vorstellen, dass das besonders bei uns, also in Deutschland, meine ich, die Kunstgeschichte doch ziemlich verändert hat.«

»Und der Handel freut sich über all die Werke, die in den letzten Jahren auf den Markt gekommen sind, die ganzen Bilder, die nun restituiert werden. Was wird denn der Turm der blauen Pferde bringen, wenn Sie ihn endlich gefunden haben?«

Wir lachten ein wenig verlegen, immerhin versuchte sie, meiner vergeblichen Recherche nach dem Gemälde etwas Humor abzugewinnen. Jessica hatte natürlich täglich mit den großen Auktionshäusern zu tun, die gutes Geld damit verdienten, den amerikanischen Sammlern die aus den Museen zurückgegebenen Werke zu beschaffen. Fraglich, ob für mich davon etwas abfallen würde. Jedenfalls nicht genug für zehn verlorene Jahre. Mariah hüstelte dezent im Hintergrund, ich verstand und verabschiedete mich, die widersprüchliche Miene meiner Kollegin, ihre doppelten Blicke folgten mir, als ich das Büro verließ. Und ich fragte mich, was diese beiden Gesichter wohl miteinander zu tuscheln hatten.

# 5

Auf dem Weg zurück nach München, von wo aus er den Schnellzug nach Berlin nehmen wollte, dachte Ludwig Justi an die Arbeit, die nun vor ihm lag. Die Kommission von diesem gewagten Ankauf zu überzeugen, würde nicht einfach werden. Immerhin hatten die Kollegen ihm schon einige der expressionistischen Werke zugestanden, die er so dringend für sein Museum brauchte, aber nun handelte es sich doch um eine bedeutende Summe. Am besten würde er das Bild erst einmal in die Nationalgalerie bringen lassen, notfalls müsste die Witwe dann selbst anreisen und ihre Sache dort vertreten; ob er den versprochenen Kaufpreis von zwanzigtausend Reichsmarkt würde loseisen können, war leider ziemlich unsicher. Er wusste, alles würde von August Gaul abhängen, denn bei der Darstellung der Pferde, der blauen Pferde zumal in ihrer kristallin aufgefassten Anatomie, würden die anderen Mitglieder der Kommission auf das Urteil des Tierbildhauers vertrauen. Er müsste das geschickt vorbereiten, sollte vor der Ankaufssitzung mit ihm sprechen, sollte ihm das Gemälde schon einmal bei einer privaten Besichtigung zeigen und ihn behutsam darauf aufmerksam machen, dass diese Pferde doch wirklich gekonnt auf die Leinwand gebracht worden seien. Die exzellente Malweise würde der alte Gaul gewiss schätzen, auch das harmonische Kolorit, ja, das war eine gute Idee.

Justi stellte sich die Hängung der neuen Abteilung vor. Er wollte das Kronprinzenpalais möglichst noch in diesem Herbst eröffnen, ein Jahr nach dem Krieg, und der Turm der blauen Pferde musste natürlich in die Mitte einer guten Wand, am besten schon im ersten Raum, im obersten Stockwerk, dort, wo er die jungen Deutschen zeigen wollte. Die gelungensten Werke der neueren Meister würde er ihm beigeben, rechts und links, vielleicht Feininger, Heckel oder auch Pechstein. Viel mehr Geld für weitere Ankäufe würde ihm nicht bewilligt werden, das war klar, aber die Künstler wären sicherlich dazu bereit, einige gute Arbeiten auszuleihen. Ich will, dass ganz Deutschland, der Student, der Arbeiter und die Bürgersgattin, dass sie alle ins Museum kommen, nur um dieses Bild zu sehen, den Altar der deutschen Republik; das war sein Ziel. Später veranstalten wir dann eine Retrospektive, dachte er, das Gesamtwerk von Marc in der Nationalgalerie, das wird ein Manifest der neuen Kunst, das niemand mehr übersehen kann. Doch bis dahin war noch viel zu tun und eine Menge an Überzeugungsarbeit zu leisten. Und einen Führer mussten sie drucken, ja, das war wichtig, damit könnte man das Publikum gut vorbereiten auf diese kühne Kunst. Marcs Gemälde so zu beschreiben, dass jedermann, der guten Willens war, das Bild verstand und liebte, das würde ihm nicht schwerfallen. Von den weich schwingenden Linien würde er schreiben, von der starken, rhythmischen Farbe und wie sich die Pferde von der bloßen Naturabbildung befreit hätten, dass der Künstler das Wesen der Tiere rein empfunden habe, natürlich, das auch, und das Musikalische des Bildes würde er erwähnen, seine prachtvolle Melodie.

Der elegante Mann, der sich nun so weit gehen ließ, dass er die Krawatte ein wenig lockerte, lehnte sich zurück, blickte aus dem Zugfenster auf die sanft anschwellende Landschaft des Alpenvorlandes, das mit seinen Wäldern, Dörfern und hübschen

Kirchtürmen im Sonnenschein vor ihm lag wie ein Gemälde der deutschen Romantik. Er konnte sich gut vorstellen, dass Franz Marc es geliebt hatte, hier in der bayerischen Heimat auf langen Spaziergängen seine Motive zu suchen. Doch wie es dem Maler gelungen war, aus dem harmlosen Idyll seine brisanten, so weit über das Abbildliche hinausweisenden expressionistischen Kühnheiten zu machen, das wusste eben nur ein Künstler wie er. Das Schöpferische war und blieb ein Geheimnis, dem nachzuspüren sich der Museumsmann zur Lebensaufgabe gemacht hatte. Justi blickte auf die fernen Berge und genoss die langsam ruckelnde Fahrt mit der Kochelseebahn. Felder und Wiesen strichen vorbei, einige Spaziergänger im feierlichen Sonntagsstaat winkten dem Zug zu, manchmal fuhr sogar ein Automobil neben den Gleisen und begleitete seinen Heimweg eine kleine Strecke lang; einige Kühe grasten friedlich, hin und wieder sah man ein Pferd. Es war Frühling, und er war glücklich. Putzige Ortsnamen hatten diese Bayern, er beugte sich über den Streckenplan und fuhr schmunzelnd mit dem Zeigefinger die Liste entlang: Bichl, Schönmühl, Seeshaupt, Tutzing-Unterzeismering. Nun ja, bald wäre er zurück in der Hauptstadt und würde den Kampf wieder aufnehmen, den Kampf für sein Museum und seinen Turm der blauen Pferde.

# 6

Ein wenig müde von der langen Reise nahm ich den Fahrstuhl ins Untergeschoss. Den Weg in das Archiv der Handschriften und kostbaren Drucke kannte ich im Schlaf. Nur die Mitarbeiterin, die auf mein Klingeln hin öffnete, war neu; eine nette, jugendliche Frau in Jeans und grauem Sweatshirt mit dem Emblem der Stanford University: Die Luft der Freiheit weht. Den Wahlspruch hatte ich schon immer gemocht. Rasch füllte ich einige Papiere aus und bekam einen Arbeitsplatz am Fenster mit Blick auf die schier unerschöpfliche Bibliothek des Instituts. Endlos reihten sich hier die Bücher aneinander, eine Armee des Wissens, allzeit bereit, uns im Kampf gegen unsere Unwissenheit beizuspringen. Die Regale waren zur Erdbebensicherung mit Metallbügeln versehen, das Getty war natürlich auf das Schlimmste vorbereitet. Wie oft hatte ich mich nicht schon zwischen den Bänden verloren, man entdeckte immer neue Schätze, nach denen man gar nicht gesucht hatte. In den Special Collections war es kühl, wie immer. Das war ein ewiger Streit zwischen den frierenden Benutzern und den Bibliothekaren, denen mehr an der Konservierung ihrer Kostbarkeiten als an der Gesundheit der meist etwas verzärtelten Klientel gelegen war. Mir machte das nichts aus, und so schaute ich spöttisch zu einer etwas pikiert dreinblickenden Mittfünfzigerin hinüber, die demonstrativ eine knallrote Daunenjacke trug, so als wolle sie den Archivaren zeigen, was sie von deren Klimapolitik hielt.

»Etwas frisch hier, nicht wahr?«

Die Frau zog es vor, mein Flüstern nicht zu hören, und setzte verdrossen ihre Lektüre fort.

Die im Getty aufbewahrten Dokumente aus der Zeit des Nationalsozialismus hatte ich bei früheren Besuchen bereits durchgesehen, das meiste zweifach, vor allem die besonders wichtigen Konvolute, und alle hatten mehr oder weniger bestätigt, was ich schon aus der Literatur oder aus sonstigen Quellen über die Geschichte des Bildes und den Kunsthandel wusste, der damals oft genug im Halbschatten vor sich ging. Natürlich waren in den Archivalien jede Menge an aufschlussreichen Details zu anderen Kunstwerken zu finden, meine private Datenbank wuchs und wuchs, und in nicht wenigen Fällen hatte ich den Erben enteigneter Vorbesitzer helfen können, ihr von den Nazis geraubtes Eigentum wieder zurückzubekommen. Die Zeitungsartikel zum Kunstmarkt und zu den Ausstellungen der dreißiger und vierziger Jahre, die kunstpolitischen Propagandaschriften dieser Zeit, auch die Dokumente der parteiinternen Flügelkämpfe um Meinungsführerschaft kannte ich wie kein anderer und konnte aus dem Material leicht den einen oder anderen Essay zusammenschreiben oder mich zu den besser bezahlten Vorträgen in aller Welt einladen lassen. Immer wieder gab es auch Hinweise auf den angeblichen Verbleib des Gemäldes, doch meine Recherchen hatten mich stets in die Irre geführt. In den Sackgassen der Gerüchte und Verschwörungstheorien war der Turm der blauen Pferde jedenfalls nicht zu finden. Zuletzt hatte man das Bild angeblich in einer Villa in Berlin gesehen, in Zehlendorf, kurz nach dem Krieg, doch auch diese Berichte, Jahrzehnte später verfasst, waren mir nicht unbedingt glaubwürdig erschienen.

Vor drei Wochen hatte Tom mir geschrieben, sie hätten umfangreiche neue Dokumente aus der Kriegs- und Nachkriegszeit geschenkt bekommen, das sei doch bestimmt etwas für mich. Die Generation der Exilantenkinder starb langsam aus, und die Enkel wussten meist nichts mehr anzufangen mit den vergilbenden, stockfleckigen Papieren, die so lange schon in ihren Pappschachteln neben Fotoalben und mit seidenen Bändern verknoteten Liebesbriefen der Eltern in den Schubladen herumlagen, unbesehen und immer mehr in Vergessenheit geraten. Ich ließ mir die Ordner bringen. Typisch Getty. Alle Dokumente waren fein säuberlich in säurefreien Mappen verwahrt und warteten nur darauf, von den Spezialisten zum Sprechen gebracht zu werden. Den Inhalt der ersten Box hatte ich bald über den Schreibtisch verstreut, fünf weitere große Archivschachteln standen neben mir auf einem der Rollwagen bereit. Ich seufzte und machte mich mit wenig Enthusiasmus an die Arbeit. Obwohl das Material interessant war, der Nachlass einer jüdischen Sammlerfamilie, die schon recht früh in Stettin expressionistische Werke zusammengetragen hatte. Rechnungen, Briefe von Künstlern, einige angestaubte Fotografien von Werken, die von teils sehr renommierten Galerien aus ganz Deutschland zum Kauf angeboten worden waren. Cassirer war dabei, auch Flechtheim, ich fütterte meine Datenbank. Die meisten Akten musste ich jedoch nur rasch durchblättern. Wie viele ähnliche Papiere hatte ich in den letzten Jahren nicht schon in der Hand gehabt. Interessant war immerhin, dass die Familie fast die gesamte frühe Grafik Beckmanns besessen hatte, akribische Listen verzeichneten Blatt um Blatt. Man müsste mal schauen, wo die abgeblieben waren.

Private Dokumente fanden sich kaum welche darunter, sie waren vor der Schenkung sicherlich aussortiert worden, was ich bedauerte, denn in ihnen verbargen sich oft unerwartete

Hinweise. Einmal hatte ich den Erben eines Hamburger Kunstsammlers, vor dem Krieg ein einflussreicher Kaufmann, dabei helfen können, ein Werk von Degas wieder ausfindig zu machen. Ich hatte auf einer Fotografie, die versammelte Familie lachte beim Weihnachtsfest fröhlich in die Kamera, Champagner und Gänsebraten auf dem Tisch, im Hintergrund gerade noch einen winzigen, aber ausreichenden Ausschnitt des Gemäldes an der Wand entdeckt, wodurch ich das gesuchte Bild eindeutig identifizieren konnte. Das handschriftliche Sammlungsinventar vom Ende der zwanziger Jahre und ein alter Ausstellungskatalog des Kunstvereins ohne Abbildungen hatten sehr unpräzise lediglich das Gemälde einer Tänzerin aufgeführt, das dem Besitzer dann vor seiner Ausreise 1938 abgepresst worden war. Aber nun konnten wir belegen, dass genau dieses Bild auf Umwegen in einem Schweizer Museum gelandet war, das die kokette Darstellung in Rosa und Blau etwas unwillig wieder herausgeben musste. Doch solche Funde waren hier keine zu machen, das Material war nicht schlecht, bot mir aber kaum wesentlich Neues.

Eine kleine dicke Kladde, hübsch in rotes Leder gebunden, lag in der letzten Schachtel mit allerlei vermischten Papieren, die nicht eindeutig zuzuordnen waren. Die anderen Dokumente hatte ich nun so einigermaßen durchgesehen. Das Inventar, in dem das ganze Material lückenlos aufgelistet war, verzeichnete es lediglich als Notizbuch, der Inhalt war den Archivaren offenkundig nicht allzu sachdienlich erschienen, denn es enthielt nur endlose Zeilen zumal schwer lesbarer persönlicher Aufzeichnungen, teils rückblickend von der Seele geschrieben in ebender Zeit, als die Familie mit ihren vier Kindern nach langer Odyssee in Los Angeles angekommen war. Sie waren zunächst bei Freunden einquartiert, ebenfalls Flüchtlingen aus Nazideutschland, beengt, aber glücklich, dem Schrecken entronnen zu sein. Ich überflog das Gewimmel der grauen Ameisen, die vor meinen müden Augen nicht immer vorschriftsmäßige Wörter bilden wollten. Die Familie hatte ganz schön was mitgemacht. Ihre Kunstsammlung wurde nur selten erwähnt, sie hatten natürlich andere Sorgen. Doch in einem Eintrag vom Montag, dem 6. März 1944, sprangen mich ein paar bekannte Namen an. Die silbrig verblichenen Bleistiftkrakel waren kaum zu entziffern, der Mann hatte eine wahnsinnig kleine Handschrift. Heute den jungen Landauer getroffen, las ich da, Neffe des Schriftstellers Hans Ehrlicher, der noch immer in Berlin versteckt ist, versucht verzweifelt, seinen Onkel rauszuholen. Braucht dazu Geld und bietet uns an, einige unserer Blätter, vielleicht Beckmanns Grafiken oder die Kriegsradierungen von Dix, gegen kleines Honorar an einen Filmregisseur zu verkaufen, der so was sammelt. Hatte ihm erzählt, dass wir manches über die Schweiz retten konnten. Ende, mehr stand da nicht, aber das war in der Tat neu. Ich tippte auf meinem Rechner herum und fand im Internet nach wenigen Augenblicken bestätigt, was ich schon ahnte.

Karl Landauer war ein großer Name im amerikanischen Kunsthandel, und er war tatsächlich mit dem Schriftsteller verwandt, von dem ich aber noch nie gehört hatte. Ehrlicher war im Sommer 1944 verraten worden, so hieß es jedenfalls in einer der wenigen Quellen, die ich zu ihm fand, er wurde verhaftet und verschwand spurlos. Es handelte sich bei dem jungen Landauer also eindeutig um den später so erfolgreichen Kunsthändler. Musste noch sehr jung gewesen sein damals, achtzehn, höchstens neunzehn, der Krieg machte einen schnell, viel zu schnell erwachsen. Nach allem, was ich nachschlagen konnte, hatte er seine Galerie erst Mitte der fünfziger Jahre eröffnet, am La Cienega Boulevard, nannte sich seitdem Carl Landau und handelte dort mit Klassikern der europäischen Avantgarden sowie mit den kurz darauf ebenfalls sündhaft teuren Werken der amerikanischen Nachkriegsmoderne. Allem Anschein nach nutzte er aber bereits viel früher seine Kontakte zu anderen jüdischen Emigranten, und was ich im Tagebuch las, klang nicht so, als sei das ein einmaliger Vorgang gewesen. Schade, dass die Notizen nicht den Namen des Regisseurs verrieten, es gab ja einige, die ihre Villen mit den besten Arbeiten schmückten, die damals zu haben waren. Vor allem Fauvisten, Kubisten und Surrealisten standen hoch im Kurs. Auch deutsche Kunsthändler hatten schon vor dem Krieg die eine oder andere Zweigstelle in den USA und versuchten, ihre dort noch ganz unbekannten Maler und Bildhauer an den Mann zu bringen. Schon ziemlich merkwürdig, dass sich das so selten in den Filmen dieser Zeit niedergeschlagen hatte. Gewiss, Hitchcock hatte Dalí eingeladen, mit ihm gemeinsam an Spellbound zu arbeiten, doch das blieb eine Ausnahme, und Max Ernsts Versuchung des heiligen Antonius hatte einen grandiosen, von der Kritik jedoch zerrissenen Auftritt in The Private Affairs of Bel Ami. Eigens für den Film war es gemalt worden, dieses Bild. Kuriose Sache, hatte mich immer interessiert, allerdings gab es darüber schon ein paar gute Aufsätze. Womöglich erinnerte sich der alte Landauer noch an andere seiner frühen Geschäfte, hoffte ich. Wer sich damals für Beckmann und Dix interessierte, wird auch bei Franz Marc aufgehorcht haben. Der Kunsthändler hatte sich zwar längst vom Markt zurückgezogen, nachdem er die meisten Werke seiner Privatsammlung dem County Museum of Art gestiftet hatte, lebte aber, so hieß es, hochbetagt noch irgendwo in Los Angeles.

Ich griff wieder zum Notizbuch, las noch einmal gründlicher von vorn, denn nun hatten mich die Notizen natürlich gepackt. Was man wusste aus dieser Zeit, stammte eigentlich immer aus dem Leben der großen Schriftsteller und Intellektuellen, die in

Los Angeles gestrandet waren, die Mann-Brüder, Feuchtwanger, Brecht und Werfel, auch Adorno und Schönberg, Weimar am Pazifik eben. In dem roten Büchlein fand sich nun aber der Alltag der unberühmten, der kleinen Leute. Sehr reich waren die nicht gewesen vor ihrer Ausreise, hatten vor allem Druckgrafik gekauft und einige Zeichnungen. Anscheinend war es die Ehefrau, die daran ein besonderes Interesse hatte. Die Flucht über Marseille, banges Warten in Lissabon, das war ein Schicksal, das sie mit vielen teilten, endlich die Überfahrt. Die Landauers waren wohl mit Hilfe der American Guild for German Cultural Freedom an Papiere gekommen, aber das war aus diesen Quellen nicht eindeutig herauszulesen. Hubertus Prinz zu Löwenstein wurde immerhin erwähnt. Die Kinder konnten rasch Englisch, die jüngeren waren an der Kenter Canyon Elementary eingeschult worden, gar nicht weit vom Getty entfernt. Das Notizbuch hielt einige burleske Szenen fest und beschrieb, wie die Eltern sich radebrechend und unter dem Amüsement ihrer Sprösslinge durchs Leben schlugen. Sehr witzig war das zu lesen, der Vater hatte seinen Humor auch im Exil nicht verloren. Endlich ein eigenes Haus zur Miete, der Mann war in irgendeiner Kanzlei untergekommen, muss wohl Rechtsanwalt gewesen sein. Seitenlange Einträge darüber, wie er Blumen und Sträucher in der dürren kalifornischen Erde anpflanzte und Unkraut untergrub, aber die überflog ich nur. Es entspannte den Notizbuchschreiber, wie es schien, und hielt die Erinnerung an den Stettiner Garten wach, der vor der Flucht das offenbar ganz stattliche Haus umgeben hatte. Anfang der fünfziger Jahre wurden die Einträge knapper, sporadischer, die Handschrift noch fahriger. Der Mann hatte vermutlich keine Kraft mehr, war vielleicht krank geworden. Nun ja, für meine Forschungen war das alles nicht so wichtig, aber interessant war es doch.

Ich blickte von meinen Papieren auf und sah durch die Glasscheibe zur Bibliothek, dass einige der Benutzer sich zum Ausgang begaben, die frierende Mittfünfzigerin war auch schon verschwunden. Unmerklich war es Nachmittag geworden. Für die Öffentlichkeit schloss das Institut bereits um fünf Uhr, erinnerte ich mich. Längst hatte ich kein Zeitgefühl mehr, und mein Jetlag machte mich immer matter. So langsam sollte ich zu meinem Apartment aufbrechen. Ich freute mich auf das Gästehaus, meinen Fluchtort. Dort hatte ich mich in den vergangenen Jahren immer sehr willkommen gefühlt. Die Papiere wanderten in die Archivschachteln zurück, der Laptop war rasch verstaut, und obwohl ich müde war, beschloss ich, den Weg hügelabwärts zu Fuß zurückzulegen.

»Sie lassen diese beiden Schachteln bitte noch hier, ja? Für heute bin ich mit der Arbeit fertig, komme aber morgen wieder.«

»Wird gemacht.«

»Und diese Akten brauche ich dann auch bitte.«

Ich überreichte Miss Stanford eine kleine Liste mit Archivnummern.

»Selbstverständlich, die suche ich heraus, einen schönen Abend noch.«

»Großartiges Motto, nicht wahr?«

Ich deutete auf ihr Sweatshirt, dessen Emblem den berühmten Baum, El Palo Alto, mit dem besten akademischen Slogan zeigte, den man sich denken konnte.

»Stanford, meine ich, toll, dass die einen deutschen Vers ausgewählt haben.«

Sie strahlte. Dort habe sie bis vor kurzem studiert, erzählte sie mir, und kannte natürlich die Bedeutung des Spruches, bat mich aber, ihr den Text auf Deutsch vorzulesen.

»Die Luft der Freiheit weht.«

Sie wiederholte das Motto und lachte über ihren Akzent.

»Klingt netter, wenn Sie das aussprechen.«

»Aber nein, Freiheit ist ein Wort, das immer gut klingt.«

Fröhlich zwinkerte ich ihr zu und nahm mir vor, den schönen Wahlspruch auch für mein Leben endlich zu beherzigen.

# 7

Die Sonne brannte trotz der späten Nachmittagsstunde noch immer heiß auf den staubgrauen Asphalt, kaum ein Mensch war auf der Straße, hier ging schließlich auch niemand zu Fuß. Auf dem schmalen Bürgersteig standen ein paar mexikanische Haushaltshilfen und hielten Ausschau nach ihren Bussen, die sie tief in den Osten oder Süden der Stadt bringen würden. Vermutlich erwartete sie ein bescheidener Feierabend in einer bescheidenen Wohnung. Kein Vergleich zu den Villen, die man auf den umliegenden Grundstücken nicht mal erahnte. Calista Flockhart wohnte angeblich hier ganz in der Nähe, drüben in dem umzäunten Wohnkomplex hinter dichten Büschen und Bäumen verborgen, doch gesehen hatte ich sie noch nie. Dafür war Sean Penn rauchend in der Bar des Hotel Angeleno aufgekreuzt, er durfte das, als ich dort gleich neben der Auffahrt zum 405 während einer Tagung abgestiegen war. Arnold Schwarzenegger hatte ich einmal bei Starbucks am San Vicente Boulevard beobachtet, und nicht viel weiter hatte O. J. Simpson seine Frau und deren Liebhaber umgebracht. In Berlin traf man höchstens Otto Sander, aber der war nun auch schon tot.

Nachdem ich die Church Street hinter mir gelassen hatte, ging ich immer neben den Autokolonnen her, die unaufhörlich zum Pacific Coast Highway und dann weiter in die Vororte bis nach Malibu unterwegs waren. Natürlich war ich der Einzige, der hier mit seinem Rollkoffer entlangtrottete. In den Augen der Angelenos gab ich bestimmt ein komisches Bild ab. Ich freute mich auf den Pink Palace, einen flachen Block mit Apartments, in dem das Getty seine Gäste unterbrachte. Allein die Adresse, 11781 Sunset Boulevard, war schon großes Kino, ich musste dabei immer an Billy Wilders wundervoll melancholischen Film denken.

Dort angekommen, bezog ich eine der kleinen Eckwohnungen und konnte es kaum erwarten, mich wieder zu Hause zu fühlen, vertrieben ins Paradies. Rasch schaffte ich den Koffer ins Schlafzimmer und packte die wichtigsten Utensilien aus, als mir Julias Brief vor die Füße fiel. Seit Monaten trug ich ihn nun mit mir herum, hatte ihn zwischen die Bücher gelegt, die ich mir als Reiselektüre eingesteckt hatte, und glücklicherweise während des ganzen Fluges nicht mehr an ihn gedacht.

Ein halbes Jahr war es nun her, dass sie sich von mir getrennt hatte. Jedenfalls hatte sie mir damals diesen gottverdammten Brief geschrieben. Wirklich zusammen waren wir da schon längst nicht mehr. Irgendwie hatte meine Obsession immer zwischen uns gestanden. Natürlich hätte ich viel früher einsehen müssen, dass ich mit der Zeit nicht nur Julia völlig aus dem Blick verloren hatte. Auch meine wenigen Freunde waren mir fremder und fremder geworden. Um Konzerte und Ausstellungseröffnungen machte ich seit Monaten einen weiten Bogen, und dass ich in den Berliner Clubs die Nächte durchtanzte, gehörte ebenfalls der Vergangenheit an. Und so saß ich ständig zu Hause und brütete über meinen Aufzeichnungen. Eingesponnen hatte ich mich in meine Arbeit wie in einen Kokon, hatte mir das andauernde Scheitern zu einer einigermaßen komfortablen Existenz zusammengelogen, in der ich mich immerhin zurechtfand und mir einreden konnte, wie wichtig es war, was ich hier tat.

Dass es einsam um mich herum geworden war, bemerkte ich erst, als Julia nicht zu einem unserer Wochenenden erschien. Den passenden Zeitpunkt, eine gemeinsame Wohnung zu nehmen, hatten wir ohnehin längst verstreichen lassen. Stattdessen bekam ich von ihr einen Brief. Ich begriff erst gar nicht, was ich da aus dem Umschlag zerrte, las ihre endlosen Zeilen und wusste nicht, wohin mit dem Brief, wohin mit mir. Stand da und hielt die Blätter in den Händen, blickte auf den Schreibtisch mit den aufgestapelten Fotokopien, Briefe aus dem Feld von Franz Marc ganz obenauf. Ich starrte auf die Dokumente, minutenlang, und dachte daran, wie tief mich die Briefe des Malers berührt hatten und wie schal mir im Gegensatz dazu nun die bittere Wahrheit vorkam, für die mir erst Julias Zeilen die Augen geöffnet hatten.

Einige Tage später trafen wir uns wieder. Julia redete viel, ich schwieg meistens, was hätte ich ihr auch sagen können, sie hatte ja recht, und hilflos sah ich, wie sie immer erleichterter wirkte, diesen unvermeidbaren Schritt endlich getan zu haben, zu dem ich den Mut nicht aufgebracht hätte. Und so war meine Reise nach Los Angeles auch eine Flucht, nicht die erste, wahrlich nicht.

Da lag er nun, Julias Brief, zum eselsohrigen Rechteck gefaltet, und blickte mich vorwurfsvoll an. Lesen musste ich ihn nicht mehr, die traurigsten Passagen kannte ich längst auswendig. Du wirst dich irgendwann entscheiden müssen, ob du ein Bild oder dein Leben retten willst, zitierte ich noch einmal den Satz herbei, der mich besonders getroffen hatte. Ein Bild oder dein Leben. Ich seufzte und stieg unter die Dusche, in der zweifelhaften Hoffnung, nicht nur die Hitze und Müdigkeit abzuwaschen. Das lauwarme Wasser floss an mir herunter, als wären es die Tränen, zu denen ich noch immer nicht bereit war. Tropfnass stand ich schließlich vor dem beschlagenen Spiegel und wischte mit dem Handtuch das Porträt eines Mannes frei, der mich prüfend musterte. Gar nicht schlecht, redete ich mir ein und wollte die Verlorenheit nicht sehen, die einen früher einmal unbekümmerten Blick nicht erst seit unserer Trennung überschattete. Nun ja, etwas unrasiert vielleicht, aber das ließe sich rasch beheben, versuchte ich die Selbsttäuschung aufrechtzuerhalten. Dunkelblonde Haare, ziemlich zerzaust, an den Schläfen schon etwas grau, fast wie die verblichenen Dokumente, die ich die letzten Jahre viel öfter studiert hatte als jedes menschliche Gesicht. In den nächsten Tagen würde ich bei Manny vorbeischauen, dem mexikanischen Barber, der in Brentwood nur ein paar Schritte den Sunset entlang seinen kleinen Laden hatte. Dorthin ging ich schon seit Jahren, von seinem Friseurstuhl aus konnte man das Getty hoch auf dem Berg sehen, und wieder würde ich vergeblich auf ihn einreden, doch wenigstens einmal in das Museum zu kommen. Er hatte mir einst anvertraut, noch nie dort gewesen zu sein. Das sei nichts für Leute wie ihn. Aber er hörte mir zumindest zu, wenn ich von meiner Suche nach dem Turm der blauen Pferde erzählte. Ich ließ den Blick an mir hinuntergleiten und war erleichtert, dass ich damals der pubertären Laune nicht nachgegeben hatte, Julias Namen auf meinen Arm zu tätowieren, die Gedanken an sie, die ich erfolglos zu verdrängen suchte, hatten sich sowieso bis tief unter die Haut geritzt. Konnte sich doch sehen lassen, dieser Kerl, dachte ich trotzig und grinste schief einen Körper an, der nur wenig in die Jahre gekommen war. Jessicas Doppelgesicht blendete sich kurz über mein Spiegelbild. Merkwürdige Frau. Morgen würde ich sie wieder treffen.

Ein paar Minuten lang ließ ich den Rasierapparat surren und nahm dann die wenigen Stufen hinunter zum Swimmingpool, der unter Palmen und tropischer Vegetation filmreif in der Sonne glitzerte. Hoffentlich gab es hier noch die Kolibris, diese niedlichen Kreaturen, die man frühmorgens vom Wasser aus beobachten konnte, wie sie mit unsichtbarem Flügelschlag vor den Blüten dieses Gartens Eden in der Luft standen. Jetzt hatten sich hier die Gastwissenschaftler des Getty versammelt und die hübschen Vögel natürlich vertrieben. So manches Stipendium, so manche Professur, so mancher Ehebruch war im Pink Palace bei kalifornischem Weißwein schon angebahnt worden. Um Kunstgeschichte ging es seltener. Die wichtigsten Forscher der ganzen Welt waren in den Apartments zu Gast. Den lieben langen Tag saßen sie in der Bibliothek oder in ihren Büros, arbeiteten ohne Unterlass, fanden endlich die Muße, ihre Bücher zu schreiben, und atmeten auf, dass sie den heimischen Universitäten, diesen Wissenschaftsverhinderungsmaschinen, wenigstens für eine Weile entronnen waren. Abends am Swimmingpool kam dann Ferienstimmung auf, einige hatten ihre Familien dabei, die Kinder tobten im Wasser.

Bei mir hatte es für eine Professur leider nicht gereicht, ich rannte seit Jahren einem Phantom hinterher, und nun war es zu spät, diese fatale Entscheidung noch einmal zu ändern. Aber meine Aufsätze zur deutschen Kunst des frühen 20. Jahrhunderts, in der letzten Zeit allesamt Abfallprodukte meiner Obsession, hatten mir doch einigen Respekt verschafft. Immerhin wurde ich schon seit Jahren ins Getty eingeladen, denn die unerschöpflichen Mengen an Archivalien wollten ja aufgearbeitet sein, und meine Texte, die Lehraufträge an deutschen Universitäten und gelegentliche Honorare für erfolgreich erstrittene Restitutionen hielten mich so einigermaßen über Wasser. Am Pool traf ich nun auf diejenigen, die es geschafft hatten.

Zwei der Anwesenden kannte ich schon seit langem: Deborah Van Dongen, die als führender Kopf des Rembrandt Research Project seit Jahren Hausverbot in den wichtigsten Kunstmuseen der Welt hatte, weil sie immer wieder nachweisen konnte, dass einige von deren Gemälden gar nicht von der Hand des Meisters stammten, und Jean-Michel Doursel, der anerkannt beste Kenner des französischen Impressionismus. Sie standen gemeinsam unter einem Sonnenschirm, jeder von ihnen, natürlich, ein Glas in der Hand. Die anderen Kollegen hielten sich am Rand des Schwimmbeckens auf, sahen auch mal nach den Kindern oder saßen an den Gartentischen, die ringsum aufgestellt waren.

Die beiden wussten, dass ich heute eintreffen würde, begrüßten mich überschwänglich, und Deborah bot an, mich herumzuführen. Als Erstes trafen wir auf ein sehr pittoreskes Paar.

»Ernie, ich möchte dir gern unseren neuen Gast vorstellen, Maximilian Kisch, er kommt aus Berlin. Max, das ist Sir Ernest Hopewell aus London.«

Wer kannte ihn nicht, jedenfalls aus der bunten Presse. Sir Ernest ging bei der Queen ein und aus und betreute deren Kunstsammlung auf Schloss Windsor. Am Revers seines ausgesucht zeitlosen Dreiteilers prangten zwei dezente und gerade deshalb unübersehbare Ordenszeichen, die ich nicht identifizieren konnte, eines davon vermutlich von der französischen Ehrenlegion. Ein mit Paisleymuster verziertes Einstecktuch wölbte sich kokett aus seiner Brusttasche, dazu trug Ernie farbige Socken, die aus seinen etwas kurzen Hosen hervorlugten. Eine Krawatte würgte am faltigen Hals des winzigen Männchens, das als Koryphäe für die Zeichnungen Leonardos galt, aber schon seit Jahrzehnten nichts mehr veröffentlicht hatte. Der Dandy ließ sich gnädig dazu herab, mir seine zierlichen Finger entgegenzustrecken, ein flaumweicher Händedruck, den man kaum spürte.

»Willkommen, wie geht es Ihnen? Was verschlägt Sie in die Wüstenhitze dieses unzivilisierten Erdteils?«

Ich deutete meine Forschungsinteressen an, denen er aber weiter keine Relevanz beizumessen schien, und erfuhr, dass er noch immer an einem Buch über Leonardos Zeichenstil arbeitete, sein großes Werk, wie er selbst ohne den geringsten Anflug von Ironie betonte. Also auch methodisch jeden wissenschaftlichen Fortschritt verschlafen, spottete ich innerlich und wandte mich seiner Begleiterin zu, einer spindeldürren Dame im grell gemusterten Sommerkleid, die wie eine Plastik der Op-Art aus den siebziger Jahren aussah und ihren augenscheinlich intimen Bekannten gut und gern um drei Köpfe überragte.

»Guten Abend, Sie kommen auch aus London?«

»Aber nein, ich lebe in Firenze, bin Kuratorin am Gabinetto dei Disegni e delle Stampe an den Uffizi. Ernie und ich arbeiten schon lange zusammen, non è vero, mio caro?«

Ihr Englisch, falls man es so nennen wollte, erriet ich mehr, als dass ich es verstand, allein die eingestreuten italienischen Brocken retteten mich. In der Hoffnung, mit den anderen Leuten mehr anfangen zu können, folgte ich Deborah zu einem Tisch, um den herum eine Gruppe fröhlich schwadronierender Kolleginnen saß. Dort bot sich uns der Anblick eines Stillebens, das mich unwillkürlich an Morandi erinnerte, kaum war noch Platz zwischen all den Gläsern und Flaschen, die sie ganz offensichtlich in kurzer Zeit geleert hatten. Wir rückten zwei weitere Stühle heran, bekamen jeder ein Glas mit Chardonnay, den ich hasste, zähes, holziges Zeug. Ich trank sonst nur ABC, wie ich es von einem meiner kalifornischen Freunde gelernt hatte, der in der Nähe von Sacramento ein kleines Weingut betrieb: *Anything But Chardonnay.*

Man stritt gerade darüber, ob Marcel Duchamps Flaschentrockner oder Picassos Guernica das bedeutendste Kunstwerk des 20. Jahrhunderts sei. Wie ich hörte, hatte die etwas unscheinbare Frau mit der grotesken Designerbrille und dem asymmetrischen Kurzhaarschnitt, sie wurde mir als Lily Ann Nonbright aus Boston vorgestellt, die These vertreten, dass ein figürliches Bild ja unmöglich die abstrakten Mechanismen der Symbolsysteme einer Moderne zur Anschauung bringen könne, die von

Psychoanalyse und Strukturalismus geprägt war. Lacan, aber Lacan, rief sie unablässig aus, was Maria Serafina Bracamontes, eine Mexikanerin, die über das Verhältnis von Frida Kahlos Malerei zur zeitgleichen lateinamerikanischen Prothetik arbeitete, heftig gestikulierend in Abrede stellte. Als feministisches Gegenargument führte sie ins Feld, Picasso habe die weiblichen Figuren in seinem Bild doch eindeutig als Allegorien der Überwindung männlich konnotierter Verhaltensweisen entworfen und das Bild damit die aktuelle Geschlechterproblematik geradezu paradigmatisch vorausgeahnt. Picasso und Gender, mischte sich ein etwas zu gut aussehender Doktorand aus Stockholm ungefragt ein, dass ich nicht lache, gab er schnaubend von sich und verstieg sich zu der Behauptung, dass seine Kontrahentin dessen sexistisches Alterswerk nicht kennen würde. Eine schüchterne Russin, grauer Rock zur grauen Bluse, blickte verzweifelt drein, leerte Glas um Glas und versuchte durch hypnotisierende Blicke auf immer diejenige, die gerade sprach, der Debatte zu folgen. Später erfuhr ich, dass sie keinerlei Englisch verstand und hoffte, am Getty den Beweis dafür erbringen zu können, dass die von ihr erforschte moskowitische Ikonenmalerei schon im 15. Jahrhundert bis zu den koptischen Kirchen Äthiopiens vorgedrungen war. Kurz und gut, die gesamte *comédie humaine* der internationalen Kunstgeschichte war hier in einigen besonders exquisiten Exemplaren versammelt.

Deborah blickte sich um, wollte ihrer nicht ganz freiwilligen Gastgeberrolle gerecht werden und entdeckte eine Person, mit der wir noch nicht gesprochen hatten.

»Da hinten sitzt Winfried Escher, Professor aus Hamburg.«

Sie deutete flüsternd auf einen dicken, aber irgendwie attraktiven Mann, der sich kettenrauchend an einen weit entfernten Tisch in der Ecke zurückgezogen hatte. Den kannte ich natürlich, einige seiner Schriften berührten ja auch Gebiete meiner

Forschungen. Ich hatte ihn früher ein paarmal erlebt, als er noch zu Tagungen ging. Ein brillanter Vortragsredner war das, doch des wohlfeilen Lobs seiner Zuhörer war er irgendwann, so erzählte man sich, überdrüssig geworden und veröffentlichte stattdessen ein Buch nach dem anderen. Ich hatte nicht gleich gemerkt, um wen es sich handelte, denn der eitle Escher trug nun einen dieser modischen Dreitagebärte, die ich nicht ausstehen konnte. Wollte wohl jünger wirken. Er galt als ziemlich eigenbrötlerisch und arrogant, seine Texte allerdings waren immer überaus präzise, originell und gut recherchiert, und stilistisch machte dem keiner was vor. Na, den lass ich da sitzen, dachte ich, kann mich in den nächsten Tagen noch genug mit ihm unterhalten, und wimmelte Deborahs Hinweis kopfschüttelnd ab.

Merkwürdig, da war ich nun endlich an diesem verwunschenen Ort angekommen, zu dem ich mich seit Wochen zurückgesehnt hatte, und fühlte mich auf einmal so fremd, so verloren. Wie von fern drang der kollegiale Small Talk an mein Ohr, ein fröhliches, unbeschwertes Gezwitscher. Die Gläser klirrten, die Blüten verströmten ihr schweres morbides Parfum, langsam zog die Dämmerung wie ein feiner Raureif über das nun kaum noch glitzernde Wasser des Pools. Eigentlich war alles wie sonst auch. Nur ich, ich hatte mich verändert. Einsamer nie als im August, schoss es mir wie eine Kugel durch den Kopf.

# 8

Barbarische Magie, der Maler vergröbert den Impressionismus, und seine Farbflecken nehmen eine bedenklich unbestimmte Gestalt an.«

»Sie meinen das Maskenbild?«

»Auch das, aber Nolde ist ja grundsätzlich eher ungeschlacht, die Exotik der Masken hier, das ist doch eine sehr fadenscheinige Romantik.«

Gottlieb Friedrich Reber lachte laut auf, dröhnend wie ein orientalischer Glücksgott, es hallte weithin durch das Museum. Die Saalaufsicht spähte missbilligend zu dem Sammler und seinem Begleiter herüber und räusperte sich. Auch drei ältliche, auffallend bunt geschminkte Besucherinnen drehten sich zu ihnen um, ihre empörten Mienen waren den Masken auf Emil Noldes Stilleben, das sie sich angesehen hatten, wie aus den Gesichtern geschnitten. Offenbar hatten sie sich über dessen unrealistische Malweise ereifert und dabei gar nicht bemerkt, dass sie die ganze Zeit eigentlich in einen Spiegel schauten.

»Also, Einstein, Sie lassen ja kein gutes Haar an dem Mann.«

»Ist alles relativ.«

Der Kunsthistoriker stieß die Anspielung auf seinen berühmteren Namensvetter Albert Einstein mit ironischem Grinsen hervor. Er hatte sich allmählich daran gewöhnt, dass er, der größte Kenner moderner Malerei, wie er völlig unbescheiden dachte, immer wieder mit dem Physiker verwechselt wurde.

»Wie meinen Sie das?«

»Nun, ich messe Nolde an den besten Künstlern der Gegenwart, an den Kubisten, da muss das Urteil natürlich scharf ausfallen.«

»Und Sie meinen, der konnte nichts.«

»Würde ich so nicht sagen, seine Farben sind schon dramatischer hingehauen als jede schulmäßige Technik, hat viel auch von Cézanne gelernt, den Sie als Sammler ja schätzen, lieber Doktor Reber. Fragt sich nur: Wo ist denn da die Komposition, wo eine moderne Auffassung des Bildraums, die auch nur einigermaßen an die neuesten physikalischen und psychologischen Erkenntnisse heranreichte?«

»Und das alles sehen Sie im Kubismus gegeben? Ist ja hochinteressant!«

»Allerdings. Was bei Nolde zu ungebärdiger Dekoration gerät, ist bei Picasso, ist bei Braque und Gris doch eindeutig Konzept. Dort ist die Form tektonisch gebaut, das Raumerlebnis wird zweidimensional bewältigt, der Gegenstand beim Schauen erfunden, ein freier Gestaltungsakt ist das, durch und durch revolutionär, unser veraltetes Weltbild wird umgestürzt.«

Die beiden Männer, die Kahnweiler, der Pariser Kunsthändler, schon vor einigen Monaten miteinander bekannt gemacht hatte, und die seither gelegentlich in Briefkontakt standen, waren sich am Abend zuvor in der Galerie Flechtheim wiederbegegnet. Dort war eine umfassende Ausstellung mit Zeichnungen, Aquarellen und Pastellen von Picasso eröffnet worden. Die ganze Kunstszene Berlins war anwesend, man wusste, dass es bei Flechtheim immer die neuesten französischen Trends zu bewundern gab. Carl Einstein kam spät, er genoss seinen Auftritt, die Pfeife qualmend im Mundwinkel und gleich zwei schicke

Damen im Schlepptau, was von den Vernissagegästen mit Tuscheln quittiert wurde. Wie machte der das bloß immer, fragten sich neidisch die Habitués des Kunstsalons, ein schöner Mann war das ja wohl nicht gerade. Reber hatte aufmerksam zugehört, als der Kunsthistoriker einige der kubistischen Blätter besonders hervorhob. Sehen Sie, wie der Maler den Gegenstand vernichtet, hatte Einstein Beifall heischend in die Runde deklamiert, wie er Mensch und Welt durch seine Vision verwandelt, und das nicht nur im Bild, oh nein, auch dort, wo die meisten Leute törichterweise das wirkliche Leben vermuten; ja, auch Sie verändert diese Kunst, meine Teuerste, flirtete er die ältere der beiden Frauen an, und der Sammler kaufte anschließend sämtliche Arbeiten, die der enthusiastisch dozierende Fürsprecher des Kubismus erwähnt hatte. Eigentlich müsste ich Ihnen eine Provision zahlen, mein lieber Einstein, hatte Flechtheim gut gelaunt über den kommerziellen Erfolg des Abends bemerkt und das bestens animierte Trüppchen seiner Freunde und Kunden ins nahe gelegene Café Josty zum Essen eingeladen. Dort hatten sie ihr Gespräch noch bis tief in die Nacht fortgesetzt, mehr und mehr berauscht von dem Cognac, den der freigiebige Galerist ungezählte Male in ihre Gläser nachfüllte, berauscht aber auch von den tollkühnen Theorien, mit denen Einstein die exaltierte Gesellschaft unterhielt, zur Revolte gegen die wohlfeile Schönheit aufrief und behauptete, im Selbstmord des Individuums lägen die Wurzeln einer wahrhaft kollektiven Kunst, während draußen die Nachtschwärmer über den Asphalt rannten, ameisenemsig, wie Eidechsen flink. Als sie schließlich vor der Terrasse des Cafés auf dem Potsdamer Platz voneinander Abschied nahmen, Reber hatte ein Taxi herangewinkt, das ihn ins Adlon bringen sollte, verabredeten sie sich noch für den nächsten Tag. Einstein wollte es sich nicht nehmen lassen, dem Sammler seine Kritik am deutschen Expressionismus anhand einiger Werke im Kronprinzenpalais zu demonstrieren, dann würde er seine Ansichten schon verstehen.

Nun standen sie im Obergeschoss des Museums vor den Gemälden Emil Noldes, die Einstein auf dem Altar seiner unbedingten Theorien opferte. Er wusste aus den Briefen seines Bekannten, dass dieser seine Abhandlung über die Kunst des 20. Jahrhunderts gelesen hatte. Man könnte den Titel des Buches zunächst zwar für reichlich anmaßend halten, hatte Reber ihm aus Lausanne mitgeteilt, schließlich sei ja gerade erst einmal ein Viertel des Jahrhunderts vorüber. Doch nach der Lektüre habe er begriffen, es ginge dem Autor eigentlich um eine Ästhetik, die mehr beschreiben wollte, als nur den Zustand der heute aktuellen Malerei. Ihm war klar geworden, dass er seinen Besitz an kubistischen Werken, und nur diese waren für Einstein wirklich relevant, zukünftig weiter ausbauen musste, von den Bildern Manets, van Goghs und Cézannes würde er sich wohl nach und nach trennen. Wenn er fortan ganz auf die Kubisten setzte, dann könnte seine Sammlung international führend sein, und er war froh, in dem Theoretiker nun einen klugen Berater zu haben.

Reber blickte sich um. Die Nationalgalerie hatte natürlich fast ausschließlich deutsche Künstler gesammelt, der zeitgenössischen Abteilung war er mit seinen Werken schon jetzt weit überlegen, und auch die französischen Bilder im Erdgeschoss waren keineswegs auf dem neuesten Stand. Allein der Wintergarten von Manet, auf den wäre er früher neidisch gewesen. Doch Einstein hatte ihm die Augen geöffnet, der war gnadenlos in seinem Urteil. Ein Kunstwerk sei nur dann diskutabel, wenn es in die Welt eingreife, wenn es das Phlegma unseres Lebens radikal attackiere, erklärte er dem Sammler und duldete keinerlei Widerspruch.

»Gibt es denn überhaupt Künstler, die Ihrem Verdikt standhalten?«

»Wenige.«

»Und hier im Museum?«

»Nun, nehmen wir einmal diesen Kirchner da drüben, das Figurenbild, Männer und Frauen auf der Straße, als modernes Sujet ein Auto im Hintergrund. Das ist zweifellos von schnittiger Kraft, weitaus weniger schematisch gemalt als die Banalitäten seiner Weggefährten. Kirchners Bilder sind durchaus sensibel aufgefasst, die Farbe schwingt, die Zeichnung ist frei und aus dem Optischen heraus entwickelt, keine Illustration, kein pedantisches Abmalen; das Raumproblem hat man ebenfalls erkannt, er löst es zwar anders als die Kubisten, aber die Richtungskontraste, die er hier setzt, bringen immerhin einen Kampf der Volumen, ist ziemlich gut gelungen, finden Sie nicht?«

Einstein grinste seinen Bekannten an und vergrub die Hände in den Taschen seiner Anzughose.

»Doch, leuchtet mir ein. Und was ist mit Franz Marc, der hat ja zweifellos von den Werken Picassos gelernt?«

»Tja, das ist in der Tat eine heikle Sache, kommen Sie, ich zeig Ihnen das.«

Die Männer gingen zurück in den ersten Raum, wo einige Werke des Künstlers hingen. Auch Bilder von August Macke und anderen Expressionisten waren dort zu sehen, aber an denen lief Einstein achtlos vorbei. Er hielt vor dem Turm der blauen Pferde. Selbstbewusst stand er da, der gedrungene Mann mit dem wuchtigen Intellektuellenschädel, die randlose Brille auf der Nase, das kaum noch vorhandene Haar kurz geschnitten, und schaute auf das Bild und schwieg.

»Was denken Sie über den Maler, mein lieber Einstein, verfügt der über Qualitäten, die Sie gnädig stimmen?«

»Sehen Sie, genau das ist schwer zu sagen. Den hat der Krieg zu früh umgebracht, man weiß nicht, wie weit er noch gekommen wäre.«

»Aber Sie sind doch sonst nicht so zurückhaltend mit Ihrem Urteil.«

Einstein grübelte vor sich hin und schüttelte schließlich versunken den Kopf. Schon als er sein wichtigstes Werk schrieb, die Kunst des 20. Jahrhunderts, hatte er sich gescheut, Marcs Gemälde zu verurteilen, hatte stattdessen entschieden, dem Künstler selbst eine Stimme zu geben und deshalb ausführliche Zitate seiner Schriften mit nur wenigen eingestreuten Glossen abgedruckt. So wurden die Absichten des Malers verständlich, und er musste ihn, der so jung gestorben war, nicht für ein noch unreifes Werk schelten, das wäre ihm wie der Mord an einem Toten vorgekommen.

Schließlich fand Einstein zurück in die Gegenwart und richtete einen nachdenklichen Blick auf Reber, der ihm immer sympathischer wurde. Der Sammler meinte es ernst und wollte wirklich etwas lernen, das war ihm nun klar.

»Wissen Sie, Marc ist so ein Fall, da muss die Kritik schweigen. War ja selbst an der Front und hab' den Wahnsinn mitgemacht. Mich hat das radikalisiert damals, ästhetisch und politisch. Die Künstler des Blauen Reiters waren freier und kühner als die Brücke-Leute, rücksichtsloser waren die, auch Kandinsky, viel leidenschaftlicher haben sie sich neue Gegenstände und neue Formen erobert. Innere Schau und deren dynamischen Prozess, das wollten diese Maler zeigen, manchmal gewiss zu prophetisch, auch zu verträumt. Komposition und gestalterisches Können hielten dabei kaum Schritt, das Ergebnis ist oft eher Musik als Malerei, da haben wir das Problem. Der Kubismus ist eine realistische Kunst …«

»Aber das meinen Sie doch nicht im Ernst.«

»Doch, doch, selbstverständlich, subjektiver Realismus, wohlgemerkt, aber immer auf den Menschen und dessen Welt gerichtet. Beim Blauen Reiter geht es allein um ein seelisches Erleben,

Wahrnehmen wird abgelehnt, letztlich natürlich ein Irrweg, Marc wird so zum Lyriker einer religiös aufgefassten Natur, und Kandinsky endete in der Sackgasse farbiger Mathematik.«

»Na, das lassen Sie ihn mal besser nicht hören.«

»Weiß er schon, eine der vielen Freundschaften, die das Buch nicht überlebt haben.«

»Lieber Einstein, Sie machen es den Künstlern aber wirklich nicht leicht, wo nehmen Sie nur das Selbstvertrauen her, wie können Sie sicher sein, dass Ihr Urteil immer zutreffend ist?«

»Formale Analyse, letztlich ist das mein Handwerkszeug, als Autor muss ich doch wissen, wie man ein Werk aufzubauen hat. Der Turm der blauen Pferde hier zeigt das ganz deutlich, sehen Sie hin: Der Maler ist enttäuscht von der Wirklichkeit, sein Skeptizismus wertet den Kubismus, den er tatsächlich gut kannte, da haben Sie recht, zu pessimistischer Innenschau um. Letztlich sind seine Fragmente und Facetten aber nicht mehr als ein stilgeschichtliches Zitat, der Kubismus hängt keineswegs vom Kubus ab, weitverbreiteter Irrtum. Das werden meine blinden Kollegen auch in hundert Jahren noch nicht kapiert haben. Müssten halt alle mehr Einstein lesen!«

Der Kunsthistoriker grinste sarkastisch und trat näher an das Bild heran. Er machte Reber auf einige Details der Tierleiber aufmerksam, zeigte ihm, dass die scheinbar gegenstandslosen Partien hin und wieder durchaus Qualitäten kubistischer Malerei aufwiesen. Mit großen Gesten zeichnete er die Komposition des Bildes nach, er kam Reber wie ein Tänzer vor, der sein dozierendes Ballett vor der Kulisse des Bildes aufführte.

»Also diese Struktur des Gemäldes, gerettet wird die doch nur durch einige geradezu architektonische Erfindungen, Äquivalente des Raums, die Marc selbst natürlich für Abstraktionen hielt, bin mir sicher, dass er das missverstanden hat, bei ihm wird ja zuletzt immer alles zur kosmischen Ekstase, der spricht mit den Tieren wie der heilige Franziskus.«

Wieder brach Reber in sein schallendes Gelächter aus.

»Es war also richtig, dass ich niemals Werke von Marc für meine Sammlung gekauft habe?«

»Bleiben Sie mal besser bei Ihren Kubisten, lieber Doktor Reber. Sie werden schon sehen, damit ist eine ganz neue Zeit angebrochen. Naturwissenschaften, Psychologie, Biologie, Politik, alles, alles wird sich auf dessen Grundlage ändern. Picasso und Braque liefern uns die Utopie, die wir gegen die Reaktion aufbieten müssen, wir steuern auf einen Überrealismus zu, wird man noch erleben, kündigt sich in Frankreich schon seit einigen Jahren an, können froh sein, wenn wir den kommenden Bürgerkrieg nur intellektuell ausfechten müssen.«

Nachdenklich verließen die beiden Männer das Museum, das Zeughaus und die Neue Wache standen blass in der tiefen Oktobersonne, Wind trieb gelbrotes Lindenlaub über das Pflaster, Deutschland verharrte im Herbst. Sie verabschiedeten sich mit festem, freundschaftlichem Händedruck voneinander, in Paris würde man sich bald wiedersehen, freuten sie sich. Reber war überzeugt davon, dass dieses Gespräch für ihn nicht folgenlos bleiben sollte, mit Einsteins Hilfe bekäme seine Sammlung die geistige Tiefe, die ihr noch fehlte, die finanziellen Mittel dazu hatte er. Der Mann ist uns allen weit voraus, dachte er, zweifellos der größte Kunsttheoretiker unserer aus dem Lot geratenen Zeit, sein Blick unbestechlich auf das Wesentliche gerichtet, auf die Revolution aller Lebensbereiche, der würde immer bewundert und immer angefeindet werden. Er fragte sich, ob er selbst stark genug wäre, den schweren Weg an dessen Seite mitzugehen.

# 9

Billige Wellblechbuden, eine Autowerkstatt, eine Druckerei, vor der sich ganze Stapel von Altpapier auftürmten. Daneben schien ein obskurer Bibelverein seinen Sitz zu haben, über dem Eingang flackerte devot ein windschiefes Neonkreuz im Morgenlicht, und ein Stück die Straße hinunter warb eine nicht sehr pharmazeutisch aussehende Apotheke mit dem Slogan »Breaking Bud« für medizinisches Marihuana. Zögernd hielt das Taxi am Bordstein des Centinela Boulevard, der hier, gleich hinter dem Santa Monica Airport, ziemlich heruntergekommen war. Irgendwie mochte ich die Gegend, sie bot einen guten Kontrast zu den schicken Wohnvierteln und auf Hochglanz polierten Geschäftsquartieren in anderen Teilen der Stadt. Doch bald, fürchtete ich, würden auch hier die ersten Start-up-Unternehmen einziehen, San Francisco und das Silicon Valley waren viel zu teuer geworden, die Karawane würde bald weiterziehen.

Die kreative Geldmaschine, vor der wir angehalten hatten, war allerdings schon fast ein halbes Jahrhundert alt. Ich deutete auf die schäbige Baracke von Rent-A-Wreck.

»Da wollen Sie hin? Wirklich?«

Der Fahrer blickte mich ungläubig an. Er wusste offenbar nicht, dass wir es bei dem Besitzer der scheinbar völlig abgewirtschafteten Gewerbehalle mit einer lebenden Legende zu tun hatten. Und wie aufs Stichwort trat Dave Schwartz, Gründer dieser etwas anderen Mietwagenfirma und nun schon neunundsiebzigjähriger Hobbyboxer, aus seinem Kabuff, tänzelte die steile Treppe der Betonrampe herunter, zwängte seinen drahtigen Körper durch die Autos, die dicht an dicht auf dem engen Parkplatz standen, und grinste breit. Schwarze Jeans, schwarzes T-Shirt und auf dem Schädel die unvermeidliche schwarze Baseballcap, die da vermutlich schon seit 1968 klebte, ebenso lange, wie er seinen Laden hier hatte. Er steckte dem Fahrer zwei Dollarnoten durchs offene Fenster, was wohl ein zusätzliches Trinkgeld sein sollte, wir Deutschen galten ja ganz zu Recht als *bad tippers*, und klopfte auf das Autodach. Das Taxi setzte sich in Bewegung.

»Dave, wie geht's? Lange nicht gesehen.«

Er lachte und zeigte strahlend weiße Zähne, die gewiss nicht billig gewesen waren. Sein lässiges Auftreten, sein Gesicht und vor allem sein Humor erinnerten mich immer an Larry David, den Komiker.

»Gut, wirklich gut. Und selbst?«

»Kann nicht klagen.«

Wir schüttelten uns die Hände, keine Frage, der Mann war eindeutig Boxer.

»Hab' schon auf dich gewartet, Max, bist doch mein Lieblingskunde. Willst du ein Eis?«

Ach ja, das Eis. Dave hatte es sich angewöhnt, jedem seiner Kunden eine der klebrig-süßen Erfrischungen aus dem großen Kühlschrank im hinteren Teil des Büros anzudienen. Er war ganz offensichtlich mächtig stolz auf dieses modernste Ausstattungsstück in seinem Laden, abgesehen von einem vorsintflutlichen Fotokopierer, mit dem er die Zettel ablichtete, auf denen er kaum lesbar notierte, was er für Quittungen hielt, ungelenk hingekrakelte Ziffern der bereits bezahlten und der noch ausstehenden Wagenmiete, die mein Steuerberater nicht ein einziges Mal akzeptiert hatte. Das mit dem Lieblingskunden sagte er bestimmt zu jedem, jedenfalls zu den meisten seiner Klienten, die wenig Geld und vor allem keine Lust hatten, für einige Wochen in den USA ein Auto zu kaufen und dann umständlich wieder an den Mann zu bringen. So war es auch mir ergangen, als ich das erste Mal nach Los Angeles kam. Und seitdem war ich hier hängen geblieben, rief Dave von Deutschland aus an und reservierte, auch wenn ich nur für ein paar Tage in der Stadt war, eines seiner Wracks, die meistens nicht ganz so pittoresk aussahen, wie Daves Firmenname versprach. Mit dem Verkauf aller anderen Filialen seines Unternehmens war er reich geworden. Wie reich, wusste niemand so genau, aber man munkelte von Firmenanteilen und Immobilien nicht nur in den USA, sondern auch in Deutschland, woher seine sehr viel jüngere Frau stammte.

Einige uralte Mustangs aus seiner sagenumwobenen Sammlung hatte er schon an Richard Gere, Dan Aykroyd, Warren Beatty und an noch eine Menge anderer Berühmtheiten vermietet. Wie ich ihn kannte, hatte er denen deutlich mehr Leihgebühren abgeknöpft als den Austauschstudenten und Gastwissenschaftlern, die er für ein oder zwei Semester mit den hier unverzichtbaren fahrbaren Untersätzen versorgte. Warum er in seinem Alter noch jeden Morgen in aller Herrgottsfrühe ins Büro kam und seine gleichermaßen ziemlich schrägen Angestellten herumscheuchte, blieb ebenfalls sein Geheimnis. Nur dass er nach wie vor boxte und auch gegen sehr viel jüngere Gegner gar nicht so schlecht aussah, hatte selbst einige Tageszeitungen und Fernsehtalkshows neugierig gemacht.

»Na, wieder hinter deinem Bild her?«

»Was sonst?«

Dave fragte wohl mehr der Form halber, denn er wusste nur

zu genau, was mich auch dieses Jahr wieder nach Los Angeles trieb, nachdem ich ihm vor einiger Zeit, natürlich mit einem Eis in der Hand, von meiner Jagd nach dem Gemälde erzählt hatte. Das interessierte ihn, er war ja selbst so eine Art Goldschürfer auf der Suche nach der nächsten Bonanza.

»Hab' dir 'nen blauen Mustang besorgt, Baujahr '71.«

»Sehr witzig, weiß ich zu schätzen, Dave, herzlichen Dank.«

Wahrscheinlich war es genau andersherum, und Larry David erinnerte mich an Dave, vielleicht mochte ich den Komiker deshalb so gern. Der alte Mann kriegte sich gar nicht mehr ein vor Lachen und wies das ihm hingestreckte Bargeld zurück, mit Kreditkarten musste man ihm gar nicht erst kommen, die waren ihm irgendwie suspekt.

»Machen wir bei deiner Abreise.«

# 10

Auf die Autofahrt zum Getty freute ich mich. Den institutseigenen Shuttlebus vom Pink Palace den Hügel hinauf nahm ich ohnehin nur selten, zu sehr genoss ich es, mit dem Wagen durch die geliebte Stadt zu kreuzen. Tom reservierte mir immer einen der besten Parkplätze in der Nähe der Büros, die eigentlich den Mitarbeitern vorbehalten waren. Ace of Spades von Motörhead im CD-Player, den ein Vorbesitzer in den ansonsten originalgetreuen, also ziemlich abgerockten Mustang eingebaut hatte, rollte ich von Daves Firmengelände und fädelte in den Strom der Fahrzeuge auf dem Olympic Boulevard ein. Das war zwar nicht unbedingt meine allerliebste Musik, aber das ruhige Dahinfließen des Verkehrs kontrastierte herrlich mit den treibenden Riffs und dem hektischen, wohltuend proletarischen Gesang Lemmy Kilmisters: *But that's the way I like it baby, I don't wanna live forever*. Die Musik war mit einer Anekdote verbunden, die ich nur allzu gern erzählte, denn gekauft hatte ich mir die Scheibe, gleich nachdem ich den Sänger, in der vollen Pracht seines ikonischen Backenbartes, einen Abend lang in der Rainbow Bar am Sunset Strip beobachtet hatte. Flippernd kippte er einen Jack & Coke nach dem anderen, und dabei spielte die Juke Box ausschließlich das Titelstück dieses Albums, seinen eigenen Song, wieder und wieder und wieder. Seitdem hatte ich die CD immer dabei, wenn ich mit dem Auto in der Stadt unterwegs war.

Ich beschloss, den Freeway zu meiden, der mich schnurgerade, aber ziemlich sicher im Stau an mein Ziel gebracht hätte, und schlug den kleinen Umweg über den Bundy Drive ein, seit meinen ersten Tagen in Los Angeles eine meiner Lieblingsstraßen. Rasch ließ ich das Gewerbegebiet und eine eher triste Reihe bescheidener Vorstadthäuser hinter mir, die Nachbarschaft wurde allmählich etwas großstädtischer. Erste Bürotürme machten sich am Straßenrand breit, Stahl, Glas und Granit zeugten davon, dass in diesem Stadtteil geschäftstüchtige Immobilienmogule spätestens beim Bauboom der neunziger Jahre ganze Blocks suburbaner Wohnhäuser in Glitzer und Kommerz verwandelt hatten. Angestellte in Anzug und Kostüm, auch der eine oder andere Handwerker frühstückten an einigen Food Trucks, deren Betreiber wussten, dass hier Umsatz zu machen war.

An der Kreuzung zum Wilshire Boulevard blieb ich vor einer roten Ampel stehen. Auf der gegenüberliegenden Ecke sah ich das Literati Cafe, doch für die ausladenden Sandwiches, die man dort bekam, war ich nicht hungrig genug. Ich würde heute Abend ohnehin noch zum benachbarten Ralph's gehen, meinem Supermarkt, die Kundenkarte trug ich auch in Deutschland ständig im Portemonnaie. So wie man früher ein Bildchen des heiligen Christopherus am Armaturenbrett kleben hatte, war der heilige Ralph seit Jahren der Schutzpatron meiner Aufenthalte in Kalifornien, denn dort konnte man auch frühmorgens um vier Uhr noch Bagels und Pastrami, Tequila und Zigaretten einkaufen.

Die Fahrt ging nun langsamer voran, Geschäfte oder Gewerbebauten waren keine mehr auszumachen. Kreuzung um Kreuzung forderten mich Stoppschilder zum Anhalten auf, was mir alle Zeit und Muße gab, die nun immer wohlhabendere Gegend zu betrachten. Mexikanische Gärtner scheuchten verwelkende Blätter mit Laubbläsern über die getrimmten, aber gelblich vertrockneten Rasen. Sprinkler waren nicht mehr gern gesehen, seit Kalifornien unter der Dürre litt, einige Hausbesitzer hatten deshalb schon Kakteen vor ihre meist weiß oder pastellfarben getünchten Residenzen gepflanzt. Handwerker schulterten Leitern und schafften überdimensionierte Werkzeugkästen in die flachen, doch ziemlich ausladenden Anwesen. Hier wechselten Immobilien unablässig ihre Eigentümer, und die aus Holz gezimmerten Häuser wurden umgebaut, wenn sie nicht kurzerhand abgerissen und in Windeseile neu errichtet wurden. Kam man auf seinem Weg zur Arbeit täglich an einer solchen Baustelle vorbei, dann hatte man den Eindruck, man erlebte den Wiederaufbau in Zeitraffer.

Ältliche Damen in kreischend bunter Sportgarderobe unternahmen etwas, das sie für Dauerlauf hielten, es war aber eher ein Gehen, ein langsames Gehen. Die meisten trugen ausladende Schirmmützen gegen das gleißende Licht und die obligatorische Wasserflasche in ihren Händen, die nicht weniger verdorrt aussahen als viele der verkümmerten Vorgärten. Vor der einen oder anderen Veranda war ein Sammelsurium von Habseligkeiten ausgebreitet: kinderlos gewordene Fahrräder, angestoßenes Geschirr, Kisten mit Büchern und gerahmte Poster mit patriotischen Stars and Stripes hinter majestätisch aufragenden Weißkopfseeadlern oder mit psychedelischen Mandalas, aus denen sich Schlangen und barbrüstige Hippiefrauen arabeskenhaft herauswanden, zum Verkauf aussortierte Dinge, aus denen man mühelos die gesamte Lebensgeschichte ihrer Besitzer hätte rekonstruieren können. Yard Sales waren eine weitverbreitete Möglichkeit, etwas Geld zu machen und unnötigen Ballast abzuwerfen, wenn man ein Haus, eine Stadt, einen Kontinent weiterzog. Die schwerfällige Sesshaftigkeit, die man bei uns für selbstverständlich hielt, hatte sich im Wilden Westen Kaliforniens niemals so richtig eingebürgert. Man müsste tatsächlich hierherziehen, daran hatte ich schon oft gedacht, aber für mich war es wohl wirklich zu spät.

Melancholisch setzte ich meine Fahrt fort, bis zum Getty war es nun nicht mehr weit. Nur gut, dass mir Lemmy Kilmister seinen sorglosen Lebensstil ins Unterbewusstsein hämmerte: *But I just love the life I lead, another beer is what I need.*

# 11

Die Wachleute am Südtor des Getty Center kontrollierten meine Parkerlaubnis und öffneten dann die Schranke. Steil wand sich von hier aus eine kurvige Straße den Hügel hinauf. Zwischen den Bäumen und dornigen Sträuchern sah man manchmal einen Koyoten, sogar Rehe sollte es auf dem riesigen Grundstück des Instituts geben, hatte ich gehört. Meine Rostlaube stellte ich auf einem der Direktionsparkplätze ab. Neben den blitzsauber gewaschenen Wagen der gehobenen Mittelklasse, die in den Katakomben des monumentalen Bauwerks in Reih und Glied geduldig auf ihre Besitzer warteten, wirkte der alte Mustang schon einigermaßen schäbig. Ich ging hinüber zu den Fahrstühlen, vorbei am Spa Getty, dem institutseigenen Fitnesscenter, dessen Name sich irgendein Spaßvogel ausgedacht hatte. Auf der oberen Ebene des Gebäudekomplexes angekommen, gönnte ich mir erst einmal einen Kaffee an dem kleinen Kiosk vor dem Eingang zum Institut, an dem alle Mitarbeiter und Gastwissenschaftler vorbeimussten, wenn sie in ihre Büros wollten. Hin und wieder begrüßte ich einen der Angestellten, die ich teils schon seit Jahren kannte, und freute mich mit ihnen, dass ich wieder *back home* sei. Einige ältere Herrschaften, Damen zumeist, freiwillige Helfer des Museums, die stolz ihre umgehängten Ausweise vor sich hertrugen, und auch die ersten Besucher gingen über den weiten Vorplatz zu den Kunstsammlungen in den Travertinkuben, die auf dem weitläufigen Gelände verteilt waren.

Tom kam mit eiligen Schritten aus dem Institutsgebäude und besorgte sich einen großen Becher mit Milchkaffee. Er war wie immer vor allen anderen im Büro gewesen und schaute mich nun neugierig an.

»Und, irgendwelche Fortschritte?«

»Weiß nicht so recht.«

»Die neuen Archivalien sind interessant?«

»Oh ja, sehr bewegende Dokumente einer Flüchtlingsfamilie, ich habe viel gelernt und auch ein paar Notizen für euer Findbuch gemacht.«

»Danke, das ist sehr nett von dir.«

»Mal sehen, ob sich noch etwas daraus ergibt. Für heute Nachmittag bin ich mit Jessica Steiner verabredet, ich lasse es dich wissen, sobald ich das Bild gefunden habe.«

»Großartig, das Getty schmeißt dann eine Party für dich, ich stell schon mal den Champagner kalt.«

Wir lachten, und Tom ging zurück an seine Arbeit, er hatte Besseres zu tun.

Im Archiv nahm ich mir zuerst noch einmal das rote Notizbuch vor, ich wollte nicht die geringste Kleinigkeit übersehen, die mich bei meiner Suche weiterbringen könnte. Wieder las ich die Stelle, in der die Begegnung mit Landauer geschildert wurde, tippte sie Wort für Wort in meinen Rechner und war mehr denn je davon überzeugt, dass der junge Einwanderer damals nicht zum ersten Mal versucht hatte, seine Kontakte zu den anderen Schicksalsgenossen zu nutzen. Vermutlich war ihm das als die einzige Möglichkeit erschienen, rasch die erforderlichen Mittel in die Hand zu bekommen, um seinen Onkel aus dem Inferno des Deutschen Reiches zu retten.

Miss Stanford, die mich schon wie einen alten Kollegen begrüßt hatte und dabei mit ihrem hübschen Akzent das Motto ihrer Universität zitierte, brachte mir die neuen Kartons, die ich für heute bestellt hatte. Ich wollte mir auch diesmal die Dokumente ansehen, die das Getty über die Kunstagenten Görings zusammengetragen hatte. In Holland, Belgien, Frankreich und Italien waren sie damals für ihn unterwegs. Zwar wusste ich schon, dass der Turm der blauen Pferde in diesen Papieren nicht erwähnt wurde, hoffte aber, bei meinem letzten Aufenthalt in dem Institut etwas überlesen zu haben. Natürlich war der gierige Reichsmarschall skrupellos genug, sich geraubte Kunstwerke zu beschaffen, er profitierte zudem von der Beschlagnahme der verfemten Gemälde aus deutschen Museen. Und die gab es reichlich, die Demagogen hatten ganze Arbeit geleistet. Wenn ich allein an diesen widerlichen Willrich dachte, ein völkischer Pseudokünstler und tobender Rassist. Mit Schaum vor dem Mund hatte der gegen die modernen Maler gegeifert, hätte am liebsten alle an die Wand gestellt. Die konfiszierten Kunstwerke wurden dennoch schamlos zu Geld gemacht, vollkommen verlogen war dieser Klüngel aus Hetzern und Händlern. Die angeblich wertlosen Erzeugnisse der Verfallskunst wurden als Meisterwerke aus deutschem Museumsbesitz auf dem internationalen Markt angeboten und sollten dort hohe Preise erzielen. Auch der Turm der blauen Pferde war für das Ausland bestimmt, denn ein Verkauf dieser Werke an deutsche Sammler war ja verboten worden. Göring aber ließ sich das Bild aushändigen, gleich nachdem es aus der Ausstellung Entartete Kunst entfernt und nach Berlin zurückgebracht worden war. Darüber hinaus besorgte er sich, natürlich ohne jede Rechtsgrundlage, Werke ausländischer Künstler, die ebenfalls als entartet beschlagnahmt waren, und verfügte so über Gemälde, die bereits damals sehr teuer gehandelt wurden und ihm Devisen einbringen sollten.

Draußen sah ich Jessica, sie balancierte einen Stapel Bücher, den sie auf einem der Arbeitstische ablegte. Etwas verlegen winkte sie mir zu, und ich ging für einen Moment zu ihr hinaus. Sie reichte mir zögernd die Hand, überließ sie mir dann aber vielleicht einen Augenblick länger, als sie es geplant haben mochte, bevor sie mir ihre Finger nach einigen Momenten wieder entwand.

»Guten Morgen, mein lieber Max, wie geht es Ihnen?«

»Danke, und Ihnen?«

»Sehr gut, habe aber eine ganze Menge zu tun, erzähle ich Ihnen dann später. Ich hoffe, der Jetlag ist nicht zu stark?«

»Nein, nein, ich habe gut geschlafen. Die Kollegen im Pink Palace haben mich ausreichend mit Alkohol versorgt. Nette Leute übrigens, interessante Themen. Sehr hitzige Gespräche hatten wir am Pool.«

»Kann ich mir denken. Bestimmt haben Lily und Maria Serafina ihren Disput fortgesetzt?«

Wir lachten, als ich ihr von dem fröhlich-verbissenen Streitgespräch und dem lausigen Chardonnay erzählte. Offenbar waren die beiden Kontrahentinnen bereits dafür bekannt, dass sie völlig unterschiedliche Ansichten vertraten.

»Es bleibt also bei unserer Verabredung heute Nachmittag, nicht wahr? Ich freue mich schon darauf.«

Jessica lehnte mein Angebot ab, ihr mit dem Bücherstapel zu helfen, zögerte einen Augenblick und verabschiedete sich dann mit einem verrutschten Lächeln, das mehr zu sagen schien als die unverbindliche Freundlichkeit, die ich bei so vielen amerikanischen Kollegen beobachtet hatte.

Zuerst stöberte ich noch in den Büchern, die ich mir bei meiner Ankunft aus der Bibliothek ausgeliehen hatte. Göring bereicherte sich hemmungslos, die Literatur hatte das gut aufgearbeitet. Seine Sammlung alter Kunst wuchs und wuchs, er eignete sich Werke an, die vor allem in Frankreich jüdischen Sammlern gestohlen oder abgepresst worden waren, und bediente sich zudem auf dem Kunstmarkt. Der Einsatzstab Reichsleiter Rosenberg, der für den Raub zuständig war, überließ dem Reichsmarschall viele Werke, im Jeu de Paume wurde ihm die Beute bei privaten Besuchen vorgeführt. Auch das Foto, auf dem Göring und seine Mittelsmänner die Gemälde von Matisse begutachteten, das Tom und Jessica so beeindruckt hatte, war in dem Pariser Museum entstanden. Bräsig hockte er da, der Verbrecher, einen kleinen Brueghel auf dem Schoß, auf den er es eigentlich abgesehen hatte, und gaffte die Werke des verachteten Modernisten an. Bruno Lohse war ebenfalls auf dem Bild, der promovierte Kunsthistoriker saß in der französischen Hauptstadt als Vertrauter des Reichsmarschalls wie eine Spinne im Netz. Sogar Hitlers Anweisung, dass der Führer das erste Zugriffsrecht auf die geraubten Werke hätte, wurde oft genug ignoriert, und in seiner unstillbaren Gier ließ Göring die eingeheimste Kunst meistens kurzerhand im Sonderzug nach Deutschland bringen.

All das ging natürlich nicht ohne Hilfe. Und über zwei der Mittäter, Walter Andreas Hofer und Josef Angerer, wollte ich mehr erfahren, denn ein Verkauf oder Tausch des Turms der blauen Pferde wäre zweifellos über einen der beiden abgewickelt worden. Hofer verfügte anscheinend über gute Verbindungen zum internationalen Kunsthandel und wurde schließlich zum Kustos von Görings Kunstsammlungen ernannt. Schwieriger war es, Auskünfte über Angerer zu bekommen, ein zweifelhafter Charakter mit dunkler, wahrscheinlich krimineller Vergangenheit, der seit Ende der zwanziger Jahre als Teppichhändler in Berlin arbeitete. Göring wurde auf ihn aufmerksam, als Quantmeyer & Eicke, die Firma, bei der dieser lichtscheue Geselle angestellt war, kurz nach der Machtergreifung die Berliner

Dienstvilla des Reichsluftfahrtministers ausstattete. Hofer und Angerer besorgten ihm die gewünschten Bilder und Tapisserien. Die beiden Männer reisten unermüdlich durch das In- und Ausland, verschoben Devisen und erwarben die kostbare Ware in ungeheuren Mengen, wobei sie nicht einmal davor zurückschreckten, unwilligen Sammlern mit der Gestapo zu drohen.

Da Verkauf oder Tausch oft unter der Hand erfolgten, konnte ich kaum auf offizielle Dokumente hoffen. In vielen Fällen ließen sich die Wege der Kunstwerke nachverfolgen, einige Bilder blieben jedoch verschollen, unter ihnen natürlich das Gemälde von Franz Marc. In den Unterlagen des Archivs fanden sich auch Kopien einiger Verhörprotokolle, brisantes Material, das ich nun noch einmal durchging. Görings Strohmänner waren 1945 festgenommen worden und wurden von amerikanischen Fachleuten befragt, die vor allem an den Geschäftsbeziehungen und dem Verbleib der Devisen interessiert waren, weniger an den Kunstwerken, die damals gehandelt wurden. Angerer saß für kurze Zeit im Gefängnis Stadelheim in München in Haft und wand sich wie ein Aal. Dort spielte er seine Rolle herunter, behauptete dreist, es wäre immer alles korrekt bezahlt worden. Der zwielichtige Mann, dessen Auftreten von den Zeitgenossen stets als grob und anmaßend beschrieben wurde, gab sich nun ganz unterwürfig und versuchte, die eigene Haut zu retten. Interessant, der streckte seine Finger in den dreißiger Jahren doch wirklich bis nach Brasilien aus und konnte noch während des Krieges in den Iran reisen. Sein Kollege Hofer wurde in Nürnberg verhört und enthüllte den Ermittlern der US-Armee viele Einzelheiten über den Ablauf finanzieller Transaktionen, dabei verschleierte er natürlich seine eigenen Einnahmen. Die Händler misstrauten einander und widersprachen sich nicht selten in ihren Aussagen. Für mich war besonders aufschlussreich, dass beide schilderten, wie Göring moderne Kunst ins Ausland verkaufen ließ. Dabei bezogen sie sich allerdings auf solche Werke, die in Frankreich gestohlen worden waren, konfiszierte Kunst aus deutschen Museen erwähnten sie mit keinem Wort. Und nichts davon brachte mich dem Turm der blauen Pferde näher.

»Das kenne ich!«

»Wie bitte, was meinen Sie?«

Miss Stanford hatte mir über die Schulter geschaut und deutete nun auf die farbige Reproduktion, die ich wie einen Talisman immer bei mir hatte und oft als Lesezeichen benutzte.

»Der Turm der blauen Pferde, stimmt's?«

»Das kennen Sie? Woher denn?«

Ich traute meinen Ohren nicht, das konnte ja nicht wahr sein. Ich suchte nun schon seit Jahren nach dem Gemälde, und am Ende brachte mich ein glücklicher Zufall auf seine Fährte? Mein Herz schien einen Augenblick auszusetzen und begann dann zu rasen.

»Ja, na klar, meine Mitbewohnerin auf der Uni hatte das als Plakat. Tolles Bild, hat bei uns im Wohnheim einiges mitgemacht, Partys und so, Sie wissen schon.«

Sie lachte verschmitzt.

»Ach, und ich dachte …«

»Was dachten Sie?«

»Nein, ist schon gut. Aber Sie haben recht, ein tolles Bild ist das, beschäftigt mich bereits eine ganze Weile. Müsste wohl auch öfter feiern, doch stattdessen sitze ich hier über den staubigen Akten. Sie wissen ja, die Luft der Freiheit weht.«

Noch einmal lachte sie, verschwörerisch diesmal.

»Ist aber doch sehr interessant, Ihre Arbeit. Ich jedenfalls liebe mein Job am Getty, Forscher aus aller Welt kommen her, man lernt so viele neue Dinge kennen, wenn man mit denen spricht.«

Ich mochte ihren kalifornischen Enthusiasmus.

Sie ging zurück an den Empfangstresen, denn ein Benutzer schob gerade seinen Wagen mit Archivschachteln zurück. Nachdenklich sah ich ihr hinterher.

Unter den Mittelsmännern, die für Göring Kunstwerke auftrieben, interessierte mich einer besonders, der Sammler Gottlieb Friedrich Reber. Eigentlich ein unverächtlicher Zeitgenosse, der schon früh moderne Bilder erworben und seit den zwanziger Jahren eine erstklassige Sammlung kubistischer Werke zusammengetragen hatte. Sogar Carl Einstein, der berühmte Theoretiker, hatte ihn dabei beraten. G. F., wie seine Freunde ihn nannten, kannte Léger und Picasso persönlich, lebte auf großem Fuße und lud stets in die besten Restaurants ein. Fotos zeigten einen jovialen und trinkfesten Mann, der für sein weithin schallendes Lachen berühmt war. Max Beckmann hatte ihn gemalt, hatte sich ihm anscheinend aufgedrängt und vergeblich gehofft, auf diese Weise weitere Werke in dessen Sammlung zu bekommen. Die Porträtsitzungen fanden standesgemäß im Hotel Adlon statt, denn dort stieg der Sammler immer ab, wenn er in Berlin war. Doch Reber mochte das Bild nicht. Kein Wunder, eigenartig verkrampft und humorlos sah er auf dem Gemälde aus, das er schließlich in seinen Keller verbannt hatte. Seit dem Börsenkrach von 1929 büßte Reber, der ehemalige Fabrikant, der vor den Unruhen der Novemberrevolution in die Schweiz geflohen war und dort als Privatier auf einem alten Château nahe Lausanne lebte, mehr und mehr von seinem Vermögen ein und wechselte schließlich die Seiten. Der Sammler wurde zum Händler und reiste gemeinsam mit Hofer, der anfangs als Sekretär bei ihm angestellt war, seit Beginn der dreißiger Jahre durch halb Europa. Schon immer hatte er Werke aus seiner Sammlung auch wieder verkauft, ersetzte schließlich unter Einsteins Einfluss seine impressionistischen Gemälde durch

Bilder vor allem von Picasso und Braque und pflegte beste Kontakte zu den wichtigsten Galeristen in Berlin und Paris. Nun aber erschien er plötzlich in Italien, ausgestattet mit einer Vollmacht Görings, trat dort als arroganter Herrenmensch auf und kaufte an Kunstwerken, was immer er glaubte, an den Reichsmarschall, an das von Hitler geplante Führermuseum oder sonst wie auf dem deutschen Markt losschlagen zu können. Die Nazis und ihre Gefolgsleute waren zu Geld gekommen, sie hatten Firmen arisiert, die jüdische Konkurrenz ins Ausland getrieben oder in die Konzentrationslager geschickt. Andere Luxusgüter waren in Kriegszeiten kaum mehr zu kaufen, daher legte man sein Geld kurzerhand in Kunstwerken an, deren Preise immer mehr stiegen.

Göring hatte sein Netz kollaborierender Kunsthändler also nicht nur in Deutschland ausgeworfen, von überall her ließ er sich Werke schicken und zahlte teils mit beschlagnahmten Bildern auch aus der Aktion Entartete Kunst. Am Ende des Krieges kamen dann noch die Soldaten der Siegermächte nach Deutschland, der Turm der blauen Pferde, wenn er denn überlebt hatte, musste außer Landes geschafft worden sein. Wo ich mit meiner Suche weitermachen sollte, war mir nicht klar. Ich spürte aber, dass der Schlüssel zum Verbleib des Bildes irgendwo hier verborgen war, irgendwo im Machtbereich Görings.

Ich musste lächeln, denn mir fiel wieder die haarsträubende Fälschung ein, der Göring aufgesessen war, dieser große Kunstfreund und Kenner. Die Sache war erst nach dem Krieg aufgeflogen, als Han van Meegeren, ein dubioser, wenig origineller Holländer, der seit den dreißiger Jahren alte Niederländer malte, den Betrug zugeben musste, um nicht der Kollaboration mit dem Feind angeklagt zu werden. Er hatte Göring einen von ihm selbst zusammengestümperten Vermeer angedreht, den er über dem Ofen getrocknet hatte, um ihn entsprechend gealtert aussehen zu lassen, und ließ sich nun als Widerstandsheld feiern. Ein scheußliches Bild war das, Christus und die Ehebrecherin, jeder Pinselstrich schrie danach, dass es ein mittelmäßig begabter Fälscher verbrochen hatte, der von Vermeer auch nicht die leiseste Ahnung hatte. Diese Gesichter, unglaublich. Christus als grobschlächtiger Lebensreformer, mehr Wandervogel als Heiland; das scharfkantige Profil der Sünderin hatte keinen Bezug zum Rest des Gemäldes, auf ihrer Schulter eine Hand, bei der man sich fragte, wie die wohl dahin gekommen sein mochte, anatomisch gesehen konnte sie ja unmöglich aus der Schulter des Gottessohns herausgewachsen sein. Ich stellte mir vor, wie der so feiste wie ahnungslose Reichsjägermeister triumphierte, als er seine neueste Jagdbeute mit großer Geste in Empfang nahm, sehen Sie, das ist noch Kunst, meine Herren, nicht so ein Geschmiere wie bei den heutigen Nichtskönnern, und die ganze dumme Gefolgschaft glotzte andächtig drein und nickte. Eineinhalb Millionen Gulden hätte er dafür zahlen sollen, die Kaufsumme war aber durch ein umfangreiches Konvolut von verfügbaren Bildern ersetzt worden, jedes von ihnen zigmal mehr wert als van Meegerens Schinken. Den Turm der blauen Pferde hatte Göring vermutlich ebenfalls gegen ein solches Meisterwerk eintauschen wollen, doch kein Dokument wies darauf hin, dass dies jemals geschehen war. Immer und immer wieder hatte ich sämtliche Unterlagen zu den damaligen Bilderverkäufen geprüft, das Gemälde aber war und blieb verschwunden. Und auch jetzt lieferten die Dokumente keinen Anhaltspunkt, mit dem ich etwas hätte anfangen können.

Ich beschloss, für heute Schluss zu machen, und blickte auf. Das Archiv hatte sich in den letzten Stunden mit Besuchern gefüllt, die alle eifrig über ihren Beständen brüteten, Fotografien, alte Bücher und Druckgrafiken wurden studiert, Manuskripte aller Art. Auch die pikierte Mittfünfzigerin war wieder da, trug zur roten Daunenjacke heute noch einen Schal. Um sie zu ärgern, öffnete ich mein Hemd um einen weiteren Knopf, obwohl mir selbst ein wenig kühl war, und strahlte sie an.

Für die nächsten Tage stellte ich mir noch eine Liste der neuesten Literatur zusammen, in Berlin dauerte es immer ewig, bis die einschlägigen Bücher in den Regalen standen. Eine ganze Reihe von Publikationen zum Kunstraub im »Dritten Reich« war in der letzten Zeit erschienen. Das Thema schlug ja selbst in der Tagespresse hohe Wellen, immer mehr Werke mit umstrittener Herkunft wurden entdeckt, einige von ihnen restituiert, und erzielten dann auf den Auktionen ungeheure Preise. Sotheby's und Christie's verdienten ordentlich daran, dass die Museen ihre Bestände von belasteten Stücken befreiten. Die Öffentlichkeit war von diesen Meldungen natürlich fasziniert und begriff nicht, warum etwas Farbe auf Leinwand solche Summen einbrachte. Der Sammelband über das Verhältnis von Markt und Macht, den Escher, mein Hamburger Kollege, bereits seit längerem angekündigt hatte, war wohl noch nicht erschienen. Schade, davon versprach ich mir einige neue Erkenntnisse. Aber egal, ich hatte in den nächsten Tagen auch so schon genug zu lesen. Ich blickte auf die Uhr. Es war höchste Zeit, Jessica sollte nicht auf mich warten müssen.

# 12

Wolfgang, hast du dich schon wieder eingeschlossen? Nun komm doch, Wolfgang, das Essen steht auf dem Tisch.«

Charlotte Willrich klopfte an die Tür der kleinen Kammer, in die sich ihr Mann in letzter Zeit andauernd verkroch. Er hatte ihr streng verboten, das Zimmer zu betreten. Seit Wochen ging das nun schon so, jeden Abend. Und wenn er das Haus verließ, schloss er sogar ab und steckte den Schlüssel ein, sodass sie dort nicht einmal sauber machen konnte.

»Mein Gott, tu bloß nichts Unrechtes. Zeichnen kannst du doch auch in der Stube.«

Er hatte sich eigens einen Tisch in das Wohnzimmer gestellt, an den sonst niemand durfte. Auch seine Stifte anzufassen, die nach Farben und Größen peinlich genau geordnet waren, hatte er ihr verboten, aber das sah sie ein, bei seiner Kunst verstand ein Meister wie er keinen Spaß. Sie flehte mit leiser Stimme, er mache ihr Angst.

»Du warst doch früher nicht so.«

»Lass mich in Ruhe, ich hab' zu tun, der Führer muss alles erfahren, alles, die Arbeit muss fertig werden. Die Schweine müssen weg, lass mich also, sei still!«

Seit zwei Jahren wohnten sie nun schon in Berlin, er war Darré dankbar, dem Reichsbauernführer, dass er ihm in seinem

Ministerium eine Arbeit besorgt hatte. Zwar bloß als freier Mitarbeiter, aber immerhin, seine Honorare reichten aus für Essen und Wäsche, für die bescheidene Wohnung im zweiten Stock, die er mit seiner Frau ein wenig außerhalb in einer Neubausiedlung in Frohnau bezogen hatte. Solide Bauweise, Heimatschutzarchitektur, nicht so ein moderner Bauhausmist, das hatte den Ausschlag gegeben. Seitdem der Sohn auf der Welt war, sie hatten ihn dem Minister zu Ehren Walter genannt, aber getauft hatten sie ihn nicht, er überließ das Kind doch nicht den Pfaffen, seitdem also wurde es recht eng in den drei Räumen. Nur diese eine Kammer hatte er für sich, die sie eigentlich als Kinderzimmer hatten einrichten wollen, und schwanger war sie auch schon wieder, die Frau. Nun, alles das würde sich bald ändern, schließlich arbeitete er unermüdlich für Führer und Volk, um den Kulturbolschewisten endgültig das Handwerk zu legen. Eine große Aufgabe wartete auf ihn, und dann bekäme er endlich die Anerkennung, die er verdiente.

Das war ja kein Leben gewesen, damals als Zeichenlehrer. Keine staatliche Schule hatte ihn auf Dauer genommen, er musste an einer kleinen Privatschule untalentierte höhere Töchter unterrichten, unter seiner Würde war das. Überall hatten die Juden ihre dreckigen Finger im Spiel, alle hatten sich gegen ihn verschworen. Schon während des Studiums wurde seine Kunst verspottet, er sonderte sich ab, liebte es, im Winternebel halb nackt am Elbufer vor der Staffelei zu stehen, und zeigte schon durch sein Äußeres, Offiziersmantel und breitkrempiger Hut, dass er mit den verachteten Weichlingen und Blaustrümpfen von der Akademie nichts zu tun haben wollte. Ausgerechnet er wurde allerorts abgewiesen, ausgerechnet er, der zu den letzten Künstlern der großen deutschen Tradition gehörte. Holbein, Dürer, das waren die Vorbilder, denen es nachzueifern galt, nicht diese dadaistischen und neusachlichen Stümper, die auch in Dresden unverfroren den Ton angaben. Er hegte keinen Zweifel daran, dass seine Kunst, seine hehre Kunst, den altdeutschen Meistern getreu folgte, ja, dass sein germanischer Stil dem ihrigen ebenbürtig war. Stolz signierte er seine Zeichnungen, die er im Auftrag des Ministeriums von den kernigen Männern der deutschen Volksstämme anfertigte, mit einem doppelten »W«, gerade so wie es der große Nürnberger gemacht hatte. Willrich betrachtete einige der Blätter, deren Andrucke er sich über die Kommode gehängt hatte. Ehrliche Gesichter waren das, Bauern aus dem Bayerischen Wald, Handwerksmeister aus Thüringen, Viehhändler, Fischer und Soldaten hatte er gezeichnet, immer wieder Soldaten. Der deutsche Offizier war und blieb der Stolz der nordischen Herrenrasse, das stand ja wohl außer Zweifel, und auch Frauen hatte er porträtiert in ihren Trachten aus allen Gauen des Reiches. Fast immer hatte er Fotografien zu Hilfe genommen, aber das verriet er niemandem. Die kantigen Züge der Männer, die gesunden Gesichter der Mädchen und der klare deutsche Blick, nur er konnte das auf so treffliche Weise einfangen. Keine Frage, der arische Mensch war die Krone der Schöpfung, seine Blätter zeigten es doch. Und das Ministerium vertrieb die Bildnisse als Postkarten und in den kleinen Büchern, die er stolz auf einem Regal in der Wohnstube stehen hatte, auch wenn kaum jemand kam, dem er sie zeigen konnte.

Sein Blick fiel auf den kleinen Arbeitstisch, den er sich in die Kammer gerückt hatte. Er war über und über mit Zeitschriften und Broschüren bedeckt, Fotografien lagen herum und viele, viele Reproduktionen, die er ausgeschnitten hatte. Das Material, das er aus den Veröffentlichungen der roten Künstlergruppen, aus den Magazinen jüdischer Cliquen, ja, selbst aus den Katalogen der führenden Museen schon seit Monaten zusammentrug, es bedeckte die Wände, in alle Ecken war es gewandert, hing neben dem alten Kleiderschrank, den sie hier abgestellt hatten, war rings um das Fenster verteilt. Kaum schaute noch etwas von der Tapete mit den kleinen hellen Blümchen unter dem Pandämonium der Fratzen und Krüppel hervor. Bilder schrien ihn von überallher an, es war ihm, als müsse er sich die Ohren zuhalten, sogar die Tür hatte er zuletzt damit beklebt. Aus kubistischen Visagen gafften sie zu ihm herüber, mit expressionistisch hageren Hexenklauen griffen sie nach ihm und wollten ihn ins Reich ihrer teuflischen Verlockungen ziehen. Manchmal erschrak er vor sich selbst, er saß in der Hölle der Entartung, und der Wahn kroch langsam an ihm hoch. Doch nein, es musste sein, die Kulturzerstörer mussten an den Pranger, das war seine heilige Pflicht, das war er der deutschen Kunst schuldig.

Gleich vor sich über dem Tisch hatte er die Werke von Malern zusammengestellt, die er besonders hasste, die auch jetzt noch, trotz der neuen Zeit, frech ihr Haupt erhoben. Deutsche Kunst sollte das sein, nordischer Stil, selbst einige Parteigenossen sprachen davon, dass der Expressionismus die neue Staatskunst werden müsse, abscheulich war das. Ahnungslose Schwätzer, die von ihnen gepriesene Kunst folgte angeblich der Ekstase der Gotik, lachhaft, das kam doch alles aus dem Orient, der unsägliche christliche Schwulst, und hatte mit dem wahren Germanentum ja überhaupt nichts zu schaffen. Er schlug auf die Abbildungen von Nolde, Heckel und Barlach, die vor ihm lagen und darauf warteten, an die Wand gesteckt zu werden, an die Wand gestellt, lachte er sarkastisch auf, das wäre besser. Auch dieser Marc. Das hatte er alles gerade erst angeekelt lesen müssen. Vor einigen Wochen waren die Zeitungen voll von dem Mist, der Maler wurde überall gewürdigt, die geistige Tiefe, ein Neuschöpfer, hieß es salbungsvoll, altgermanische Ornamentik, ein kämpferisches Werk, die wollten den wohl zum Nationalsozialisten machen. Vor zwanzig Jahren war der angeblich auf dem

Feld der Ehre gefallen, sogar eine Gedächtnisausstellung für Franz Marc gab es nun. Er hatte die Zeitungsartikel darüber gelesen, eine hanebüchene Verhöhnung der Kunst, selbst die Gestapo hatte vergeblich versucht, die Schau wieder zu schließen. So weit reichte der Arm der Betrüger also immer noch. Würde mich nicht wundern, wenn der Feigling eine feindliche Kugel in den Rücken gekriegt hätte, seine Gemälde waren jedenfalls nicht sehr heldenhaft.

Und hier lagen die Bilder von Pechstein, der war auch jüdisch, sagte doch schon der Name, aber der war natürlich noch da, arisch angeblich, und nicht nur er, viele waren noch da, ihre Werke wurden unverdrossen ausgestellt und verkauft. Überhaupt war ja die ganze Kunstwelt der Weimarer Zeit fest in jüdischer Hand gewesen, die Künstler, die Kritiker, die Händler und Museumsleute, alles Juden. Von ihm, vom kerndeutschen Willrich hatten sie natürlich nichts zeigen wollen, niemand hatte seine Kunst gekauft. Formloser Krampf, aberwitzige Narreteien und der kranke Taumel erbkranker Untermenschen waren in den Museen zu sehen, selbst in der Nationalgalerie. Das war das Schlimmste, dass Nolde, Barlach, Kirchner, Schmidt-Rottluff, Macke und Marc nun als national gelten sollten, ausgerechnet die. Auch in der neuen Hängung, mehr als drei Jahre nach der Übernahme der Macht grinsten deren Werke weiterhin unverschämt von den Wänden. In der letzten Woche war er noch dort gewesen, wollte nachsehen, ob die Direktion das nun endlich ausgemistet hatte. Justi war ja schon lange abserviert, aber Hanfstaengl musste auch aus dem Amt, die waren doch alle korrupt. Sogar der Turm der blauen Pferde hing dort noch immer an seinem alten Platz, unfassbar war das. Ein paar Hundert Meter weiter regierte der Führer mit eiserner Faust, und hier türmte ein talentloser Maler blaue Formen aufeinander, die er allen Ernstes für Pferde ausgab. Weg musste der Dreck, weg, dafür würde er schon sorgen.

Die rote Kunstverseuchung der Kommunisten und Anarchisten, die Demagogen der jüdischen Weltverschwörung, die waren verschwunden, immerhin, die hatten die nationale Erhebung nicht einen Tag überlebt. Er starrte auf die Reproduktionen, die Artikel aus der Aktion, aus dem Kunstblatt, aus den Broschüren der Novembergruppe, das kommunistische Gesindel war abgetaucht, war verhaftet und weggesperrt, dafür hatte Hitler gesorgt. Da hingen sie an seiner Wand, Grosz und Dix und Schlichter. Er musste mit aller Macht dafür eintreten, dass so etwas nicht noch einmal das deutsche Auge beleidigen konnte. Dadaisten hatten die sich genannt, das Gestammel passte zu ihrer angeblichen Kunst. Gleich daneben die Abstrakten, der Name allein schon, was sollte das sein, und was war auf deren Bildern zu sehen? Nichts war zu sehen, nichts, farbiges Geschmiere, Formen ohne Sinn und Verstand, einiges sogar mit dem Lineal fabriziert. Mit dem Lineal. Er könnte kotzen, das war ja gar keine Kunst, dafür hatte er doch nicht jahrelang studiert. Diese Machwerke waren von Moholy-Nagy, der war aber kein Deutscher, oder hier, Otto Freundlich, natürlich ebenfalls Jude, von dem stammte auch der Neue Mensch, eine Frechheit, der Neue Mensch, das waren doch die Eliten, die der Nationalsozialismus aus deutschem Erbgut züchtete, und nicht dieser gipserne Kretin. Und der hier, Schwitters hieß der Untermensch, der hatte dreist den Inhalt seines Mülleimers aufs Bild geklebt, und ein Museum hatte das auch noch gekauft, das musste man sich mal vorstellen, ins Irrenhaus hätte ich den gesteckt und nie wieder rausgelassen.

Und wie sie die Weiber dargestellt hatten. Die deutsche Frau sah anders aus, hier erblickte man nur unsauberes Fleisch, süße Onanie hatte Gottfried Benn über so etwas geschrieben, hier steht es, hab' ich mir auch ausgeschnitten, ein Dichter wollte das sein, biederte sich jetzt natürlich den neuen Kräften an, der charakterlose Asphaltliterat, den würde ich auch an die Wand stellen. Er schaute sich empört seine Sammlung von Frauenkörpern an, nackt waren die, was sonst, das hatten die Sittenstrolche natürlich gern gemalt, hier das Bordell von Kirchner oder da drüben, Max Beckmann, von dessen Nachtszene ihm der Hintern einer halbnackten Dirne entgegenbleckte, und von unten schob sich auch noch eine Kerze ins Bild. Das durfte seine Frau nicht sehen, auf gar keinen Fall. Die schamlosen Weiber mit ihren springenden Brüsten und gewölbten Leibern, grell stachen sie aus den Bildern, abscheulich zeigten sie ihre Lust. Wie oft hatte er sie nicht angestarrt, verflucht sollten sie sein, die jüdischen Dreigroschennutten, die degenerierten Halbweltluder. Aufreizen wollte sie ihn, die geile Brut, nein, das ertrug er nicht. Dann war er immer zu Charlotte gegangen, hatte sie ins Schlafzimmer gezogen, Hosenträger von den Schultern, die Knöpfe auf, das Beinkleid rutschte ihm auf die Knöchel, und er hatte ihr gezeigt, dass er ein Mann war, ein arischer Mann mit all seiner Kraft, ach, mein Wolf, hauchte sie dann und versuchte, ihn mit ihren ungeschickten Händen zu liebkosen. Und nun war sie das zweite Mal schwanger.

»Aber Wolfgang, es wird doch alles kalt.«

»Stell's halt warm, ich hol's mir später, deutsche Pflicht fragt nicht nach heißem Essen!«

»Aber mach nicht mehr so lang, der Junge muss bald schlafen, sag ihm wenigstens noch gute Nacht.«

Er wusste, dass Charlotte noch eine ganze Weile still vor der Tür stand. Abend für Abend war das nun so, sie tat ihm leid, aber was wollte er machen. Seufzend dachte er an die unbeschwerten Tage in Dresden zurück. Große Pläne hatten sie geschmiedet, damals, wenn er aus der Schule nach Hause kam und von seinen unbegabten Schülerinnen erzählte. Von einem eigenen Haus hatten sie geträumt, nein, von einer richtigen Villa mit

Dienstmädchen und Gewächshaus, er wollte sie selbst für die kleine Familie entwerfen, die sie bald sein sollten. Sie hatten sich gegenseitig den Blumengarten beschrieben, hatten von Reisen geträumt, die sie unternehmen wollten, nach Florenz werden wir fahren, hatte er ihr versprochen, und nach Rom, ins Land der Renaissance. Wenn er erst einmal berühmt war mit seiner Kunst. Aber das war lange her.

Belastendes Material hatte Willrich genug, auch sein Freund Hansen, guter deutscher Künstler wie er selbst, hatte eifrig gesammelt und ihm viele Beweisstücke überlassen. Jetzt galt es, daraus eine Mappe zu machen, mit der er dann in höchsten Kreisen vorstellig werden konnte. Man müsste zu Goebbels vorgelassen werden oder zu Rust, dem Erziehungsminister, oder am besten gleich, er traute sich kaum, den Gedanken zu Ende zu denken, am besten gleich zu Hitler, dann wäre der heilige Kampf gewonnen und man selbst ein gemachter Mann. Seit Wochen klebte Willrich das schauderhafte Zeug nun schon in einem dicken Skizzenbuch zusammen, beschriftete die Bilder mit allem, was er herausgefunden hatte, die Namen der Museen nannte er und notierte auch die unverschämten Kommentare der verjudeten Bande, die für so was Reklame gemacht hatte. Das fiel ihm nicht schwer, er hatte lange genug nach Belegen für die Wühlarbeit der Feinde echter deutscher Kunst gesucht. Solche Sachen zu machen, wie sie die dadaistischen Schwindler zusammengeschustert hatten, das war ja kinderleicht. Collagen nannten sie ihre Klebebildchen, das konnte er auch, das konnte er besser, und er machte sich eifrig an die Arbeit. Man musste halt sorgfältig zusehen, dass alles hübsch zueinanderpasste, war doch gar nicht schwer. Da würde er gleich eine kleine Serie anfertigen, für das Buch, das er mit seinem Material herausbringen wollte, endlich käme die Wahrheit über das Wesen der deutschen Kunst und ihren Niedergang durch die zersetzenden

Kräfte an den Tag. Er schnitt sich einige Reproduktionen zurecht, fügte Bild an Bild, das ging rasch von der Hand. Diese schamlose Nackte klebe ich neben die Fratze, darunter den Pechstein, ein widerlicher Akt, die Skulptur auf die andere Seite, die war ja absolut unverständlich. Und dann das Bordell von Dix ganz nach unten, schon ist das Blatt fertig, na, die werden staunen. Und außerdem war es viel ordentlicher als das artfremde Gelumpe der Dadaisten, das doch niemand verstand. Seine Collagen würde er im Buch abdrucken und der bolschewistischen Bande zeigen, dass er sie durchschaut hatte, das wär' ja gelacht.

Am besten wäre es, der Führer erteilte ihm persönlich den Auftrag, eine Femeschau der Verfallskunst zu veranstalten, wie das geht, wusste er, hatte ja für's Ministerium schon Ausstellungen gemacht. Und er könnte dann die Werke der Expressionisten und Dadaisten und wie sie sonst alle hießen aus den Museen beschlagnahmen. Hitler würde ihm auf die Schultern klopfen, gute Arbeit, Willrich, gute Arbeit, und er bekäme endlich eine feste Anstellung und ein angemessenes Gehalt, Charlotte wäre wieder stolz auf ihn. Ja, eine große Femeschau, so wie schon 1933 in Dresden, Entartete Kunst hieß die, guter Titel, schlicht und prägnant, könnte man übernehmen. Das wäre wirkungsvoller als die Schreckenskammern, in denen einige Museen ihre Ankäufe der Systemzeit schon jetzt verdruckst vorführten. So was zog ja doch nur die falschen Leute an, die das dann womöglich noch gut fanden. Durch alle Gaue müsste man die Ausstellung schicken, Eintritt auf eigene Gefahr, das würde ziehen, das Volk sollte kapieren, dass jetzt ein neuer Wind wehte, dank ihm, dank Wolfgang Willrich. Auch Schulklassen würden sie sehen, oder noch besser, Eintritt nur für Erwachsene. Recht abstoßend könnte man das Zeug auf die Wände bringen und gleich dazuschreiben, was das alles gekostet hatte und wer dafür verantwortlich war. Betriebsausflüge müssten veranstaltet werden,

Soldaten würden aus den Kasernen zum Besuch abkommandiert, er konnte das Gelächter der Leute schon hören, und dann am Ende den ganzen entarteten Plunder verbrennen, so wie die Bücher, das wäre das Beste. Nur so konnte die Gesundung der deutschen Kunst, die Säuberung des Kunsttempels gelingen. Halt, das war fein, das notierte er sich als Titel für sein Buch.

Noch einmal klopfte es leise.

»Wolfgang, ich geh jetzt ins Bett.«

»Ja, schlaf schön, bald ist alles wieder gut.«

# 13

Dann zeigen Sie mal her, guter Mann. Was haben wir denn da?«

»Unermüdlich habe ich gesammelt, Herr Minister, unermüdlich, sehen Sie selbst.«

Wolfgang Willrich überreichte dem überraschend kleinen und schmächtigen Politiker, der ihm in Uniform mit Koppel und Hakenkreuzbinde entgegengetreten war, den Klebeband, den er aus seiner schweren Aktentasche genestelt hatte. Unbeholfen hatte er nicht so recht gewusst, wohin damit, und hatte sie auf dem Boden abgestellt, bevor er seine schweißnasse Hand zum Hitlergruß in die Höhe riss.

Endlich hatte er eine Audienz bekommen, ewig hatte das gedauert. Bei seinem obersten Dienstherrn hatte er hartnäckig immer und immer wieder darauf gedrängt, bis der schließlich doch zum Hörer griff und mit dem Minister telefonierte. In aller Frühe war Willrich zum Wilhelmplatz aufgebrochen, hatte sich sogar eine Droschke geleistet, um ja nicht zu spät zu kommen, und das Prinz-Karl-Palais, dessen Areal eine einzige Baustelle war, aufgeregt, aber zuversichtlich betreten. Von einer Sekretärin war er den langen Flur entlang bis zum Büro des mächtigen Mannes gebracht worden, recht apart sah die aus, er konnte sogar ihre Waden sehen unter dem braunen Wollrock, Seidenstrümpfe mit dunklen Nähten, geradezu frivol, er traute sich kaum hinzuschauen. Im Vorzimmer war er dann noch eine Weile nervös auf der Kante eines Stuhls hin und her gerutscht, aber nun war sie da, seine große Stunde.

Joseph Goebbels wies auf eine Sitzgruppe, sie gingen hinüber und ließen sich auf den weichen Klubsesseln nieder, die um einen Beistelltisch standen. Sehr elegant, vielleicht ein bisschen zu modern für meinen Geschmack, urteilte der Besucher insgeheim.

»Also, was haben wir denn da, äh, Willrich, nicht wahr? Na egal, erzählen Sie mal.«

»Sehen Sie, Herr Minister, ich habe in den letzten Monaten, das war gar nicht so einfach, wissen Sie, das ganze widerliche Zeug, also ich hab' das hier einmal alles zusammengestellt.«

Er zog sein Skizzenbuch wieder an sich, schlug es an einer der mit Papierstreifen markierten Stellen auf und schob die stattliche Bildersammlung zurück zum Minister. Willrich blätterte sichtlich erregt vor und zurück, wies auf einige Abbildungen hin und las mit eingeschüchterter Stimme ein paar der Zitate, die er mit seiner pedantischen Handschrift neben den Reproduktionen notiert hatte. Er war gut vorbereitet, zeigte dem stirnrunzelnden Goebbels zunächst solche Kunstwerke, die den Krieg, den deutschen Soldaten und dessen heroischen Kampf im Weltkrieg verunglimpften.

»Also hier, Dix heißt der Mann, das ist doch Wehrkraftzersetzung, Sabotage ist das, vor ein Kriegsgericht müsste ein solcher Künstler und nicht ins Museum.«

Goebbels schüttelte den Kopf, abscheulich, in der Tat, aber Dix hatten sie gleich nach der Machtübernahme aus der Dresdner Akademie geworfen, das wusste er, und andere, die er in der Kladde sah, hatten ihre Professuren ebenfalls verloren, Beckmann und Hofer, alles war gesäubert, die ganzen Sauställe.

Willrich redete sich in Rage, zeigte dem Propagandaminister

immer neue, schlagende Beweise für die kulturbolschewistischen Umtriebe. Die größten Absurditäten hob er lautstark hervor, machte ihn angewidert auf Werke von George Grosz aufmerksam, John, der Frauenmörder, das war doch kein Thema der Malerei, sittliche Verrohung war das, zeigte ihm Otto Muellers Mädchenakt im Freien sowie unbekleidete Paare beim Baden, auch einige Holzschnitte Schmidt-Rottluffs, die er als pornografisch beschimpfte.

Und schließlich der Wahnsinn der Abstraktion, Willrich fühlte sich nun wie ein nordischer Held in der Schlacht. Blätterte weiter und hackte mit seinem hageren Zeigefinger immer wieder auf eines der Materialbilder von Kurt Schwitters ein, es fehlte nicht viel, und er hätte auf den eingeklebten Papierschnipsel gespuckt.

»Abfall ist das, Müll, den der sogenannte Künstler, ohne sich zu schämen, auf sein Bild geleimt hat. Diese infame Dreistigkeit hat das Stadtmuseum in Dresden gekauft, natürlich mit unseren Steuergroschen. Also sagen Sie selbst, Herr Minister, das ist doch keine Kunst?«

»Natürlich nicht, steht außer Frage, widerwärtig ist das alles, was Sie mir da zeigen, eine Verhöhnung der deutschen Kunst.«

»Eine Verhöhnung, sehr richtig, das sage ich auch immer.«

»Keine äußere Wahrheit ist da zu sehen, keine innere Ergriffenheit, keine vaterländische Gesinnung wie bei den Werken unserer guten akademischen Tradition, versteht sich von selbst, lieber Willrich, aber das ist doch alles erledigt.«

Jetzt holte Willrich zum letzten Schlag aus, jetzt musste er attackieren, was auch heute noch allen völkischen Kräften widerstanden hatte, jetzt musste er zur Sprache bringen, dass viele, viel zu viele dieser Kulturfeinde unverdrossen den Ton angaben im Kunstleben des neuen Deutschland.

»Das denke ich nicht, Herr Minister, nehmen Sie nur einmal

diese unmöglichen Sachen, expressionistische Gemälde sind das, ich weiß, dass auch innerhalb der Partei noch immer allzu nachsichtige Kräfte glauben, es handle sich dabei um Bilder nordischen Ursprungs, einige fordern sogar, diese Machwerke zur nationalen Kunst zu machen.«

Goebbels runzelte erneut die Stirn, er dachte an die Aquarelle von Nolde, die er sich aus der Nationalgalerie ausgeliehen hatte und die früher in seinem Dienstzimmer und nun in der Villa am Wannsee hingen. Auch eine kleine Plastik von Barlach stand dort auf dem Schreibtisch, die mochte er gern. Sie war gut gemacht, ausdrucksstark, wie er fand, auch wenn seine Frau immer sagte, er solle sie bloß nicht den Führer sehen lassen.

»Nun übertreiben Sie aber. Alles längst vorbei, die ganze Verirrung.«

»Nein, nein, sehen Sie hier, das stammt alles aus dem letzten Jahr.«

Er holte einen großen Umschlag mit den Artikeln aus seiner Tasche, in denen über die Gedächtnisausstellung Franz Marcs berichtet wurde. Widerwillig hatte er sich im vergangenen Frühling alle wichtigen Berliner Tageszeitungen besorgt und breitete seine Fundstücke nun auf dem Tisch aus. Die schlimmsten Stellen hatte er mit rotem Buntstift dick unterstrichen.

»Also hier zum Beispiel, das ist doch keine deutsche Kunst! Und die Schreiber, auch in einigen parteinahen Zeitungen, schwafeln von altgermanischer Tradition, von der tiefen Seele des Malers und was nicht sonst noch alles. Lesen Sie bitte, selbst im Völkischen Beobachter schrieb jemand, Marc sei im Grunde seines Wesens Romantiker, lesen Sie, da steht's.«

»Aber der ist längst tot, der schadet niemandem mehr.«

»Nun, seine Gemälde sind auch heute noch in der Nationalgalerie, sehen Sie hier, der Turm der blauen Pferde, an einem Ehrenplatz hängt das Bild, das muss unterbunden werden. Das

Kronprinzenpalais ist voll von den kulturbolschewistischen Sachen, die Abteilung soll bald wieder eröffnet werden, erzählt man sich.«

»Meinen Sie nicht, dass das gut gemeint war, also das Bild von Marc, versteht sich. Ist immerhin als Frontsoldat gefallen. Auch Nolde oder Barlach, die stellen sich doch nicht gegen die neue Zeit. Der Nolde ist sogar Parteigenosse, oder?«

Willrich war fassungslos, sollte es wirklich stimmen, was man so hörte? Goebbels selbst unterstützte den entarteten Dreck? Er hatte es nicht geglaubt. Jetzt musste er hart bleiben, die Gelegenheit kam so bald nicht wieder. Er kramte erneut in seiner Aktentasche.

»Verzeihen Sie, Herr Minister, da muss ich Ihnen leider widersprechen. Artfremde intellektuelle Mache ist das alles, lesen Sie, die Gegner haben nicht einmal davor zurückgeschreckt, sich selbst mit diesem dickleibigen Kompendium ein Denkmal zu setzen, Propyläen Kunstgeschichte, eigentlich eine gute deutsche Buchreihe, und dann das, die Kunst des 20. Jahrhunderts von Carl Einstein, ein Jude natürlich. Wirres Gewäsch, das man kaum begreift, Kommunist war der, was sonst. Und er druckt seitenweise Zitate von Marc, das ist ja wohl eindeutig.«

Hektisch blätterte er den Bildteil auf, riss fast die Seiten aus dem Buch.

»Und alle sind sie abgebildet, alle, Seite um Seite, endlos. Auch Franz Marc, hier das missratene Pferdebild, schauen Sie, die Expressionisten und Dadaisten und die widerlichen jüdisch-bolschewistischen Agenten, die sich gegen die deutsche Kunst verschworen haben. Nichts davon war gut gemeint.«

»Mal langsam, guter Mann, die rote Meute und die jüdischen Syndikate, die haben wir doch längst ausgemerzt, das ganze undeutsche Völkchen. Niemand von denen ist in die Reichskunstkammer aufgenommen worden, dürfen nicht mehr ausstellen,

Arbeitsverbot, das habe ich rigoros durchgesetzt. Diese Feiglinge haben sich verkrochen, einige sind ins Ausland verschwunden.«

»Aber viele Expressionisten sind noch da, ihre Werke werden immer noch ausgestellt und sogar verkauft, ich geb' Ihnen gern eine Liste der Galerien, hab' ich alles notiert, alles. In den deutschen Museen und selbst in unserer Nationalgalerie hängen bis heute solche Gemälde, wie schon erwähnt, nur einige der schlimmsten Sachen sind ins Depot verbannt. Direktor Hanfstaengl, bei allem Respekt, der ist doch viel zu schwach und keineswegs linientreu.«

Goebbels erinnerte sich daran, dass auch Hitler in der letzten Zeit immer unwirscher wurde, wenn er auf die Kunst im »Dritten Reich« zu sprechen kam. Auffallend war das. Auch dessen Rede auf dem letzten Parteitag war überdeutlich gewesen, eine einzige Hasstirade. Die Kunst der Dadaisten, Kubisten und Futuristen sei eine korrupte und krankhafte Verkommenheit, hatte er in seiner unnachahmlichen Art geschrien, als Kunstverderber, Schwindler und Irrsinnige hatte er sie beschimpft, aber geändert hatte sich offenbar noch nicht genug. Willrich hatte den Finger in eine blutende Wunde gelegt, und nun war es an ihm, jede Rücksicht fallen zu lassen. Aber als Erstes würde er wohl die Noldes zurückgeben müssen.

»Was schlagen Sie denn vor, mein guter Willrich?«

»Wenn ich bescheiden anbieten dürfte, Herr Minister, eine Schandausstellung mit diesen Werken zu veranstalten, reichsweit natürlich.«

»Aber können Sie das denn?«

»Habe schon unter Darré einige Schulungsausstellungen zusammengestellt und selbst doziert, der Reichsbauernführer war stets zufrieden mit meiner Arbeit, bin ja selber Künstler.«

»Sagen Sie bloß!«

»Jawohl, Herr Minister, meine Zeichnungen kerndeutscher

Charakterköpfe aus allen Landstrichen unseres Reiches werden von Herrn Darré sehr geschätzt, stehen in der Tradition Albrecht Dürers, urgermanisch, wenn ich so sagen darf.«

Goebbels ahnte, um was es sich da handelte, war vermutlich besser, dass er diese Werke nicht kannte, dachte er. Im Grunde war es ja zum Verzweifeln, dass die offizielle Kunst des »Dritten Reiches« dem Schund der Verfallskunst kaum etwas von Wert entgegenzusetzen hatte. Er hoffte, wenigstens die geplante große deutsche Ausstellung in München würde endlich den lange ersehnten Durchbruch bringen. Immerhin auf Breker konnte man sich verlassen, der hatte von früher her noch einen internationalen Ruf.

»Und vorher müsste natürlich ein Ausschuss ernannt werden, der die entarteten Werke aus allen deutschen Museen entfernt.«

Der Propagandaminister zögerte. Vielleicht, so überlegte er, wäre es tatsächlich gut, jemanden mit der Aufgabe zu betrauen, dessen Kunst völlig unbekannt war, der von außen kam und deshalb keine kollegialen Rücksichten zu nehmen brauchte. Offiziell würde natürlich die Kulturkammer die Verantwortung dafür übernehmen müssen. Und man könnte Willrich sogar dazu auffordern, einiges von seinem Material schon jetzt zur Verfügung zu stellen für die Ausstellung über die ersten vier Jahre des neuen Staates, die sie gerade in Berlin vorbereiteten. Auch die Kunst sollte dort eine wichtige Rolle spielen, hatte Hitler gewünscht.

»Ausstellungen Ihrer eigenen Werke hatten Sie keine? In letzter Zeit, meine ich.«

»Das nicht, Herr Minister, vor der nationalen Revolution hatten sich die jüdischen Cliquen natürlich gegen mich verschworen, aber sehen Sie sich meine Beweise an. Keiner kennt die kulturbolschewistischen Auswüchse so gut wie ich, keiner, glauben Sie mir. Ich hab' auch ein kleines Buch darüber veröffentlicht, konnte aber nur eine Auswahl der entarteten Machwerke darin unterbringen.«

Er überreichte Goebbels stolz seine Publikation, die Säuberung des Kunsttempels, die schon vor einigen Wochen erschienen war.

Der Minister las anerkennend nickend den Untertitel des Buches.

»Eine kunstpolitische Kampfschrift zur Gesundung deutscher Kunst im Geiste nordischer Art. Trefflicher Titel, mein lieber Willrich, wirklich trefflich.«

»Sie sehen, ich bin gerüstet, warte nur auf Ihren Befehl.«

Goebbels schritt in seinem Büro auf und ab. Der Mann hatte ja recht, überlegte er fieberhaft, so konnte es nicht weitergehen, und er, der starke Mann im Kulturleben des Reiches, musste nun durchgreifen. Vier lange Jahre hatten sie Zeit gehabt, sich zum neuen Staat und zum Führer zu bekennen, die Akademie und die Reichskulturkammer hatte er fest im Griff, von dort drohte keine Gefahr. Aber die Museen, dass ausgerechnet die Museen noch immer Widerstand leisteten. Kunsthistoriker, schnaubte er verächtlich, die glaubten wohl, sie kämen davon, wenn sie einige Bilder umhängten und andere vorübergehend ins Depot stellten. Das konnte er sich nicht mehr länger bieten lassen. Er musste die Sache also selbst in die Hand nehmen.

Kurz entschlossen drückte er einen Knopf auf der Sprechanlage, eine völlig neue Technik, die erst vor kurzem eingebaut worden war. Ja, er ging mit der Zeit, freute er sich, hatte sich aber noch nicht so richtig an den Apparat gewöhnt.

»Fräulein Wessel, ich brauche so bald wie möglich einen Termin beim Führer.«

Es quäkte durch den kleinen Lautsprecher.

»Wird sofort erledigt, Herr Minister. Haben Sie sonst noch einen Wunsch?«

»Später, Fräulein Wessel.«

Willrich blickte erwartungsvoll auf den Politiker, seine Unruhe war verflogen, er wusste sich seinem Ziel ganz nah und schaute dem mächtigen Mann nun erstmals in die Augen. Stechender Blick, jawohl, aber dem konnte er standhalten, das wusste er jetzt.

»Also, Herr Doktor Goebbels, was meinen Sie? Wollen wir das so machen? Die deutsche Kunst muss doch endlich von diesen Scharlatanen befreit werden.«

»Abwarten, guter Mann. Willrich, nicht wahr? Ich muss schon sagen, Sie haben da beste Arbeit geleistet, alle Achtung, aber so aus dem Stand kann ich Ihnen noch keine Entscheidung mitteilen. Warten wir mal ab, wie sich die Dinge entwickeln. Lassen Sie mir das Buch und den Ordner doch da, Sie hören von uns.«

Goebbels entließ ihn mit deutschem Gruß, drehte sich zum Schreibtisch und ergriff ein paar Schriftstücke, die dort für ihn bereitlagen. Sein Besucher ging rückwärts, das eine oder andere Mal sich verbeugend, aus dem Büro und schloss geräuschlos die Tür hinter sich. Willrich war erleichtert, das war ja einfacher, als er befürchtet hatte, den Minister hatte er gewiss auf seiner Seite im Kampf um die deutsche Kunst, und heldenhaft würde er mit seinen Feinden abrechnen, niemand könnte ihn nun noch übergehen. Aufrechten Hauptes schritt er durchs Vorzimmer, nahm allen Mut zusammen und zwinkerte der Sekretärin zum Abschied anzüglich zu.

# 14

Jessica Steiners Büro machte einen desolaten Eindruck. Unausgepackte Bücherkisten standen vor fast leeren Regalen, dabei musste sie doch schon vor einigen Monaten eingezogen sein. Ihr Schreibtisch allerdings, der mit Büchern, Fotografien und allerlei Dokumenten übersät war, machte mir rasch klar, dass sie vor lauter Arbeit einfach nicht dazu gekommen war, sich besser einzurichten. Obenauf sah ich einen Bildband mit altindischen Skulpturen. Merkwürdig, gehörte doch gar nicht zu ihren Fachgebieten. Sie trug ein eng anliegendes fuchsrotes Trägerkleid, das so schlicht war, dass es sich garantiert um kostspieligste Designerware handelte. Entschuldigend lächelte sie mich an und räumte einige kleinere Bücherstapel von zwei Sesseln, die vor dem Fenster neben einen Beistelltisch gerückt waren, auf dem ein japanisches Lacktablett mit einer Kanne und einigen Schälchen stand. Der herbe Duft grünen Tees zog durch den Raum und verband sich mit ihrem Parfum zu einer ganz eigentümlichen, sehr reizvollen Mischung. Man blickte von hier aus auf den Garten des Getty Centers mit seinen Kakteen und anderen Wüstenpflanzen. Einzelne Skulpturen waren auszumachen, freundliche, farbenfrohe Gebilde, die ihre abstrakten Arme in das Blau des kalifornischen Himmels reckten und vor denen sich die Besucher gern fotografieren ließen. Mit einer seltsam zerfahrenen Handbewegung, die resigniert das ganze Durcheinander wegzuwischen schien, lud sie mich ein.

»Lieber Max, nehmen Sie doch Platz, ich habe uns einen Tee aufgesetzt, ist Ihnen das recht?«

»Sehr gern, schönes Teegeschirr haben Sie.«

»Danke, das hat mir eine japanische Freundin geschenkt, den Tee auch, hat sie von einer ihrer Reisen mitgebracht.«

Erst jetzt machte ich mir bewusst, dass sie Deutsch mit mir sprach. Gestern noch hatten wir uns ganz selbstverständlich auf Englisch unterhalten. Ich glaubte, ihren Worten einen kaum merklichen Akzent ablauschen zu können, aber keineswegs den breit zerkauten amerikanischen Singsang, den ich so mochte. Ein irgendwie anderer, härterer Klang färbte ihre Stimme, und ich fragte mich, wo ich den schon einmal gehört hatte.

»Jessica, ich wusste ja gar nicht, dass Sie so ausgezeichnet Deutsch sprechen, Sie sind doch keine Muttersprachlerin, oder?«

»Nein, eher eine Großvatersprachlerin.«

Hell lachte sie auf, amüsiert über die eigene Wortschöpfung.

»Mein Opa hat mir oft Geschichten aus seiner Heimat erzählt. Er kam aus dem Ruhrgebiet in die USA, müssen Sie wissen, in den dreißiger Jahren, und er sprach immer nur Deutsch mit mir. Wir dürfen nicht vergessen, wo unsere Familie herkommt, das hat er immer wieder gesagt. Und ich war sein Liebling, saß stundenlang bei ihm auf dem Schoß und konnte mich nicht satthören, wenn er von seiner Mutter erzählte, die es nicht leicht hatte, von seinen Brüdern und dem kleinen Zechenhäuschen.«

»Ach, daher kommt Ihr Akzent.«

»Ja, man hört das wohl noch, ich weiß, aber eigentlich möchte ich das auch gar nicht verlieren. Dank Großvater bin ich zweisprachig aufgewachsen, während meine Eltern immer nur den Kopf schüttelten über den alten Mann. Der wurde mit seiner Vergangenheit einfach nicht fertig.«

Sie seufzte und tauchte für einige Momente in ihre Kindheit ein. Deutsch, das verbinde sie noch heute mit der Stimme des geliebten Großvaters, erzählte sie mir. Wie ein Zauberer sei er ihr dann vorgekommen, und als kleines Mädchen dachte sie lange Zeit, dass es die Geheimsprache ihres verschworenen Bundes wäre, denn die Eltern hätten sich ausschließlich auf Englisch mit ihr unterhalten. Doch später seien sie trotzdem froh gewesen, dass ihre Tochter an der Universität auch Germanistik belegt hatte.

»Er hat mich sehr geprägt, mein Opa, mehr als meine Eltern, denke ich. Und wie schwer das eigene Schicksal auf einem lasten kann, das weiß ich von ihm …«

Es berührte mich, sie so zerbrechlich zu sehen. Wir tauschten stumme Blicke, und ich verstand plötzlich, dass die dunklen Jahre der deutschen Geschichte eine genauso große Bedeutung für sie und ihre Arbeit hatten wie für mich.

»Es tut gut, mit Ihnen seine Sprache zu sprechen, die Sprache des Zauberers, das bringt mich zurück in eine sehr glückliche Zeit. Aber lassen wir die Erinnerungen, Max, erzählen Sie mir lieber, wie Ihre Recherchen vorangehen.«

Doch ich wollte nicht von mir reden, wollte noch so viel erfahren von dieser mich mehr und mehr faszinierenden Frau, die mit jedem Augenblick etwas von ihrem rätselhaften Wesen offenbarte.

»Ich sehe, wir haben beide gut zu tun. Woran arbeiten Sie denn gerade?«

Sie folgte meinem Blick, ging hinüber zum Schreibtisch und zog dort eine Mappe mit Dokumenten und Fotografien unter dem indischen Bildband hervor, setzte sich zu mir und berichtete, dass das Museum eines der wenigen Gemälde von Modigliani kaufen wolle, die noch in privater Hand seien. Aber das solle ich bitte für mich behalten, denn die Entscheidung darüber hinge nicht zuletzt davon ab, wie ihr Gutachten über die Provenienz des Bildes ausfallen werde, es gebe zu viele Fälschungen von Werken dieses Malers, da müsse man vorsichtig sein. Sie reichte mir eine großformatige Reproduktion, auf der eine seiner typischen sitzenden Aktfiguren vor kaum skizziertem Hintergrund zu sehen war. Plastisch hob sich der Körper der Frau von den roten und grünen Farbflächen eines nur angedeuteten Innenraums ab.

»Ein Porträt seiner Freundin Jeanne Hébuterne, blutjung, von hinreißender Sinnlichkeit, und dann dieser laszive Blick, kaum auszuhalten, finden Sie nicht? Modigliani hat ihre Silhouette geradezu provokativ auf die Leinwand gebracht, ein Liebesakt eher als ein Werk der Malerei. Ich hoffe so sehr, dass sich seine Herkunft ohne problematische Lücken rekonstruieren lässt.«

Jessicas Blick ruhte tief versunken auf dem Gemälde. Sie schien mir nun ganz bei sich, jeder Anflug von Befangenheit war aus ihrem Gesicht verschwunden, geradezu zärtlich zeichnete ihr Zeigefinger die Konturen der Figur nach. Wie verwandelt erschien sie mir, und es war, als hätte sich die so selbstbewusste Schönheit Jeanne Hébuternes auf sie übertragen.

»Wirklich sehr aufregend das Bild. Haben Sie denn Zweifel daran, dass es von der Hand Modiglianis stammt?«

»Nein, eigentlich nicht, aber Sie wissen ja, dass wir heutzutage alles sorgfältig prüfen müssen. Unser Museum hat schon einmal gestohlene Antiken erworben, ohne es zu ahnen, und musste sie dann zurückgeben, das hat unserem Image sehr geschadet. Aber schauen Sie, das sinnliche Bild, welch erotische Macht von ihm ausgeht …«

Unwillkürlich nahm sie die herausfordernde Attitüde des Porträtmodells an, während sie über das Gemälde redete, unwillkürlich verspürte ich den Wunsch, ihren Körper zu berühren, ihren Konturen nachzufühlen, so wie sie es gerade bei Amedeos

Geliebter getan hatte. Sie blickte mich mit einem eigenartigen Augenaufschlag an, es schien mir, als wäre sie dankbar, dass ich nicht aussprach, was mich bewegte. Aber konnte sie das wirklich bemerkt haben, fragte ich mich, ich wurde einfach nicht klug aus dieser Frau.

Ich riss mich aus meinen Gedanken und schilderte ihr, was ich in den letzten Jahren über den Turm der blauen Pferde herausgefunden hatte. Tatsächlich hatte sie ja eine handfeste Aufgabe zu lösen, hatte es mit existierenden Kunstwerken und nicht mit Gespenstern zu tun, während mein ewiges Durchblättern mehr oder weniger einschlägiger Archivalien nur dazu diente, die eigene Selbsttäuschung aufrechtzuerhalten. Gerade Jessica Steiner, die seit ihrer Stelle am Museum of Modern Art das Schicksal von Werken des frühen 20. Jahrhunderts erforschte, verfügte vielleicht über einen Hinweis, der mir zu einer neuen Spur verhelfen könnte.

Dass Marcs Gemälde 1937 in der Berliner Nationalgalerie als Werk der Verfallskunst beschlagnahmt, dann aber aus der Femeschau rasch wieder abgehängt worden war, das wusste sie natürlich. Auch dass es sich danach bei Göring befunden hatte, war allgemein bekannt. Der Reichsmarschall wollte es keineswegs für seine eigene Sammlung, wie man oft las, erklärte ich ihr. Sein Geschmack galt ja ganz anderen Werken, und er rechnete sicher damit, das Bild als Tauschobjekt einsetzen zu können, um seinen Hunger nach alten Meistern zu stillen, mit denen er dann Carinhall ausstattete, diese Filmkulisse seiner Großmannssucht. Es war jedoch keine Transaktion überliefert, bei der das Gemälde in Zahlung genommen wurde, der Turm der blauen Pferde war also aller Wahrscheinlichkeit nach bei Kriegsende noch immer im Besitz des Verbrechers, der sich selbst für einen mächtigen kunstliebenden Renaissancefürsten hielt. Was ich über den Verbleib des Bildes nach dem Einmarsch der

Alliierten in Berlin vermutete, berichtete ich ihr etwas ausführlicher.

»Vielleicht wissen Sie nicht, dass Görings Dienstvilla, im Garten seines Ministeriums, bei Luftangriffen völlig zerstört wurde. Vor kurzem habe ich eine nicht ganz unglaubwürdige Quelle aufgetan, der zufolge das Gemälde nach den Bombardements dort noch gesehen wurde. Demnach wäre es nicht in den Trümmern verbrannt, wie früher manchmal vermutet wurde. Etwa zu dieser Zeit, vielleicht aber auch erst zwei, drei Jahre später, ist es dann angeblich in einer Villa in der Argentinischen Allee aufgetaucht, im Südwesten Berlins. Edwin Redslob will es dort entdeckt haben, der Mann ist Ihnen ein Begriff, nehme ich an?«

»Der war Reichskunstwart in der Weimarer Republik, stimmt's? Vermittelte zwischen den Künstlern und dem Staat. So einen Posten gibt's heute nirgendwo mehr.«

»Ja genau, aber ehrlich gesagt, seine Erinnerung an das Bild wirft einige Fragen auf, denn er kannte natürlich das Gemälde und dessen Wert schon seit den zwanziger Jahren. Er hätte es wohl kaum seinem Schicksal überlassen.«

Sie nickte zustimmend, und ermutigt setzte ich meine Überlegungen fort.

»Wenn Redslob das Bild wirklich gefunden hat, wie er später angab, warum ließ er es dann nicht in die Obhut der Staatlichen Museen zurückbringen? Wenigstens für den Tagesspiegel, dessen Mitbegründer er im Sommer 1945 war, hätte er doch sicher einen Artikel über das Bild geschrieben. Für sich selbst hat er es jedenfalls nicht behalten, das wissen wir. Ein Berliner Journalist, der als Kind bei den Pfadfindern war und im benachbarten Haus der Jugend spielte, will das Bild dann Ende der vierziger Jahre dort gesehen haben. Der Zeitungsartikel dazu ist aber erst Jahrzehnte später erschienen, auf die Daten ist also vermutlich wenig

Verlass. Vielleicht hat einer der beiden Männer dem anderen die Geschichte erzählt, die schließlich über die Jahre zur selbst erlebten Anekdote geworden ist. Der Journalist war sich jedenfalls sicher, dass der Turm der blauen Pferde stark beschädigt war, die Leinwand habe einige Risse aufgewiesen, wie er sehr nachdrücklich schilderte. Meinen Sie, dass sich in diesen elenden Zeiten irgendjemand die Mühe gemacht hätte, ein vielleicht halb zerstörtes Bild zu retten? Mein Gott, wenn ich mir vorstelle, eine Trümmerfrau hätte Marcs Gemälde gefunden und es nichtsahnend ins Feuer geworfen. Zwar ließ sich bis heute keiner dieser Augenzeugenberichte auf seinen Wahrheitsgehalt hin überprüfen, aber die Tatsache, dass beide Erinnerungen in das Zehlendorfer Villenviertel führen, kann ja kein Zufall sein. Sie ahnen, dass ich darauf seit Jahren all meine Hoffnung setze, vage genug, ich weiß. Leider verliert sich danach jede Spur meines Bildes, und ich will einfach nicht wahrhaben, dass es womöglich vernichtet wurde. Nach all der Recherche der letzten Zeit glaube ich jedenfalls nicht mehr, dass es noch in Deutschland ist.«

Sie hatte meinem langen Bericht geduldig an ihrer Teetasse nippend zugehört, hin und wieder auch einiges für sich notiert. Ich musste ihr noch versprechen, ihr die genauen Quellenangaben zu meinen Funden zu schicken, und freute mich, dass sie an meinen Nachforschungen mehr Anteil nahm, als bloße Gastfreundschaft und Höflichkeit es geboten hätten. Dennoch hielt auch sie die Sache für aussichtslos.

»Und Sie wollen die Suche wirklich nicht aufgeben? Niemand außer Ihnen glaubt ja noch daran, dass das Gemälde jemals wieder auftauchen wird.«

»Abgesehen von den wohlmeinenden Kunstliebhabern und profitgierigen Bilderfahndern, die sich immer aufs Neue auf die Jagd nach dem Werk machen. Wussten Sie eigentlich, dass Maria Marc, die Witwe des Künstlers, in den frühen fünfziger

Jahren sogar einen Hellseher zu Rate gezogen hat, um das Bild zu finden?«

»Das denken Sie sich jetzt aus, oder?«

»Nein, es ist wirklich wahr, einen Brief des Hochstaplers habe ich in ihrem Nachlass aufgestöbert, in Nürnberg, ein unglaublich irrsinniges Schreiben, ich gebe Ihnen gern eine Kopie. Man kann sich gut vorstellen, wie die arme Frau gelitten hat.«

Kopfschüttelnd schaute sie mich an.

»Und dann all die Gerüchte, die seit Jahrzehnten durch die Presse geistern. Ach Jessica, Sie ahnen gar nicht, welchen Schimären ich schon nachgehetzt bin: billigen Kopien, noch billigeren Fälschungen, Verwechslungen der unglaublichsten Art. Man will den Turm der blauen Pferde in München und in Berchtesgaden gesehen haben, Göring hatte dort ja einen zweiten Landsitz auf dem Obersalzberg. Einmal bin ich wegen einer angeblichen Spur bis nach Sankt Petersburg gereist und dann sogar nach Buenos Aires. Nichts, aber auch gar nichts von alledem erwies sich letztlich als stichhaltig.«

Nachdenklich bestätigte Jessica, dass auch ihr immer wieder solche Gerüchte zugetragen wurden.

»Ich weiß, und in Litauen wurde es auch gesehen, war aber dann eine ziemlich lausige Kopie, wie die Berliner Kollegen rasch herausgefunden haben. Max, ich kenne einen Mann, eine eher zwielichtige Erscheinung allerdings, der mir seit Jahren schwört, das Bild läge in einem Banktresor in Zürich, kann oder will das aber nicht beweisen. Also ich glaube, das ist auch eine dieser Bernsteinzimmerlegenden.«

Den Mann kannte ich auch, ließ ich sie wissen, hatte monatelang versucht, von ihm eine verlässliche Auskunft zu bekommen, doch der verkrachte Immobilienmakler entpuppte sich schließlich als Wichtigtuer.

»Ich hatte ihm sogar vorgemacht, ich hätte einen russischen

Oligarchen an der Hand, der Marcs Gemälde ohne lange zu fragen und an der Steuer vorbei kaufen würde, ein unerschöpflicher Betrag an Schwarzgeld stünde zur Verfügung. Millionen würde der ausgeben, der Mann sei so versessen auf deutschen Expressionismus, dass er schon zehntausend Dollar zahlen würde, wenn er das Bild nur einmal in Ruhe betrachten könnte. Sogar meinen Freund Justus von Dohnányi, den Schauspieler, hatte ich zu einem der Treffen in ein teures Hotel mitgenommen, den kennen Sie vielleicht, hat auch in den Monuments Men mitgespielt. Na, jedenfalls kann der etwas Russisch, klebte sich einen falschen Bart an und improvisierte damals die Rolle seines Lebens.«

Wir lachten, sie aus ganzem Herzen, ich etwas gequält, denn mir fielen die Kosten für eine Suite im Baur au Lac wieder ein, in der wir uns trafen, weil der vermeintliche Iwan Jakowlewitsch, den mein Freund wie eine Figur Gogols reichlich skurril anlegte, angeblich immer dort abstieg, wenn er in Zürich zu tun hatte.

»Der windige Immobilienheini ließ sich von uns bewirten, verzog sich schließlich unter dem Vorwand, er müsse mit seinem Kontaktmann bei der Bank telefonieren, und verschwand auf Nimmerwiedersehen. Wir saßen blöd in der Suite, warteten einige Stunden, und ich musste Justus noch, wie versprochen, zu einem fürstlichen Mahl in die Kronenhalle einladen.«

»Was für eine Geschichte, Max, Sie sind wirklich besessen von diesem Bild. Aber ich kann Sie gut verstehen. Wir dürfen die Suche nach den Werken nicht aufgeben, das wäre, als würde man die Toten für immer ihrem Schicksal überlassen. Wir müssen doch wenigstens begreifen, was damals geschehen ist.«

Ihre Nachdenklichkeit machte sie noch attraktiver, sie strich sich die Haare aus dem Gesicht und nippte an ihrem Tee. Ja, sie verstand mich, wenigstens sie, das konnte ich spüren. Einige Augenblicke saßen wir uns schweigend gegenüber, schauten uns an, schließlich unterbrach ich verlegen die kleine Stille.

»Ach übrigens, Jessica, haben Sie die Telefonnummer von Carl Landau, dem Kunsthändler, und vielleicht auch seine Adresse? Ich habe gestern im Archiv ein interessantes Dokument gefunden, aus dem hervorgeht, dass er schon als ganz junger Mann, gerade erst in Los Angeles angekommen, den anderen Flüchtlingen geholfen hat, deren Sammlungen zu Geld zu machen. Der könnte wissen, welche Werke damals an der Westküste unter der Ladentheke gehandelt wurden.«

Jessica lachte und richtete sich selbstbewusst im Sessel auf. Es erregte mich, als ich sah, wie sich Jeanne Hébuternes sanft modulierter Körper unter dem Rot ihres Kleides abzeichnete.

»Was glauben Sie denn? Meinen Sie, ohne diesen Mann, sein Privatarchiv und vor allem sein gusseisernes Gedächtnis könnte ich als Provenienzforscherin überleben? Mit dem bin ich schon seit meiner Arbeit in New York in engem Kontakt, sehr nett und hilfsbereit, der alte Landau. Ich will auch versuchen, dass er unser Institut in seinem Testament bedenkt, seine Geschäftspapiere dokumentieren immerhin ein halbes Jahrhundert amerikanischen Kunsthandels.«

Mit ihren langen, nun gar nicht mehr zögernden Fingern wischte sie über das Blackberry, das die ganze Zeit über stumm, aber dienstbeflissen neben ihr gelegen hatte, tippte ein paarmal auf das Display, und im nächsten Augenblick vibrierte mein Telefon in der Jackentasche.

»Grüßen Sie Carl von mir, er wird Ihnen helfen, wenn er etwas weiß.«

# 15

Tatsächlich, da stand es schwarz auf weiß, seine Museumsarbeit war nun endgültig gescheitert. Ungläubig hielt Eberhard Hanfstaengl das Schreiben in der Hand, Minister Goebbels selbst hatte die Vollmacht unterzeichnet, es gab also keinen Ausweg mehr. Und dabei hatte er wirklich nichts unversucht gelassen, um wenigstens die besten Stücke seiner Sammlung zu retten. Er las noch einmal, murmelte die Zeilen in die betretene Stille seines Büros, sollten sie doch warten und ihn für unhöflich halten.

»Auf Grund einer ausdrücklichen Vollmacht des Führers ermächtige ich hiermit den Präsidenten der Reichskammer der bildenden Künste, Herrn Professor Ziegler, München, die im deutschen Reichs-, Länder- oder Kommunalbesitz befindlichen Werke deutscher Verfallskunst seit 1910 auf dem Gebiete der Malerei und der Bildhauerei zum Zwecke einer Ausstellung auszuwählen und sicherzustellen.«

Verfallskunst, schön und gut, sinnierte Hanfstaengl resigniert, aber die jetzt noch im Kronprinzenpalais hängenden Werke der Moderne waren nun wirklich von unbestreitbarer Qualität, dafür hatte er gesorgt. Entmutigt las er weiter.

»Ich bitte, Herrn Professor Ziegler bei der Besichtigung und Auswahl der Werke weitgehende Unterstützung zuteilwerden zu lassen.«

Datiert war der Erlass auf den 30. Juni, und heute, bereits eine Woche später, standen sie hier vor ihm. Die hatten wahrlich keine Zeit verschwendet, empörte sich Hanfstaengl, so eilig war ihnen also ihr ehrabschneidendes Geschäft, seine Autorität war damit natürlich untergraben. Unangemeldet waren die Männer im Museum erschienen, und er sollte sie nun unterstützen. Aber das wäre ja noch schöner. Adolf Ziegler, nicht nur hoher Kulturfunktionär, sondern selbst Maler, wenn auch von zweifelhaftem Ruf, hatte ihn kurz angebunden begrüßt, ihm das Schreiben in die Hand gedrückt und die Herren vorgestellt, die zur Kommission gehörten. Graf Baudissin kannte er natürlich, ein hundertprozentiger Nazi, der sein Museum in Essen schon seit Jahren rücksichtslos von unliebsamer Kunst säuberte. Dann waren da noch die Herren Hoffmann und Sachs von der Reichskammer sowie ein Ministerialrat Kummer aus dem Erziehungsministerium, außerdem drei Männer, die ihm als Künstler vorgestellt wurden. Dass die sich nicht schämten, die eigenen Kollegen ans Messer zu liefern, Hanfstaengl fasste es nicht. Dieser Hans Schweitzer war berüchtigt, er publizierte seine Blut-und-Boden-Zeichnungen unter dem germanischen Pseudonym Mjölnir, der Hammer sollte das wohl bedeuten, fiel es ihm wieder ein. Den reinsten Propagandakitsch verzapfte der und war deshalb nach der Machtergreifung schnell zum Reichsbeauftragten für künstlerische Formgebung aufgestiegen. Den Bock hatten sie zum Gärtner gemacht, mokierte sich Hanfstaengl, dümmer ging's ja gar nicht. Auch von Walter Hansen hatte er schon gehört, der tauchte seit Jahren immer mal wieder im Kronprinzenpalais auf, machte sich Notizen und hielt Führungen für Hitlerjungen, die er gegen die ausgestellten Werke aufhetzte. Aber dass ausgerechnet der ein Künstler sein sollte, das war ihm neu. Hentzen hatte sich um Hansen gekümmert, nachdem sich andere Besucher über das lautstarke und ungebildete Schimpfen des Mannes beschwert hatten, der Kollege wollte prüfen, ob man ihm Hausverbot erteilen könnte. Und dann war da noch dieser Willrich, eine widrige Erscheinung, angeblich auch Maler. War schon im April gemeinsam mit Hansen hier aufgekreuzt, erinnerte sich Hanfstaengl, und wollte im Magazin nach Werken für eine Propagandaausstellung suchen.

Ziegler räusperte sich.

»Bei allem Respekt, Herr Direktor, unsere Zeit ist knapp, die Nationalgalerie ist nicht das einzige Museum, das wir besuchen müssen. Können wir an die Arbeit gehen?«

»Verstehe ich Sie recht, dass Sie Werke meiner Sammlung beschlagnahmen wollen?«

»Ihrer Sammlung? Es handelt sich hier ja wohl um das Eigentum des Deutschen Reiches. Widersetzen Sie sich etwa einer Anordnung des Führers?«

»Nein, nein, natürlich nicht, aber ich dachte, wenn Sie mir vielleicht die Auswahl der Werke überlassen würden? Ich kenne meine Sammlung, also ich kenne die Sammlung ja am besten.«

Hansen schnarrte mit unangenehm hoher Stimme los und zerrte ein verknittertes Verzeichnis mit Künstlernamen und Bildtiteln aus seiner Aktentasche.

»Kommt gar nicht in Frage. Wir sind bestens unterrichtet, haben unsere Hausaufgaben gemacht, seit Wochen ist alles sorgfältig vorbereitet.«

»Darf ich mal sehen?«

»Verschlusssache, das geb' ich nicht aus der Hand. Können sich ja denken, was da alles drauf ist.«

Das meckernde Lachen des ehemaligen Berufsschullehrers und dilettierenden Zeichners erinnerte Hanfstaengl an einen Ziegenbock. Der Direktor machte eine abfällige Geste. Ungehobelt, der Mann, empörte er sich. So weit war es also mit der deutschen Kultur gekommen, dass ein solcher Kerl über das Schicksal seines Museums bestimmte.

Schließlich mischte Ziegler sich ein.

»Schon gut, Herr Hansen, Direktor Hanfstaengl wird sicher einsehen, dass wir nun hier das Sagen haben. Also, ich darf Sie bitten, uns in die Ausstellungsräume zu begleiten, soll alles seine rechte Ordnung haben.«

Hanfstaengl setzte sich hinter seinen Schreibtisch und überlegte, ob ein Anruf beim Erziehungsminister die Sache noch abwenden könnte. Rust war ja für seinen Wankelmut bekannt, und er hatte ihn in der Vergangenheit einige Male mit seinen Argumenten durchaus umstimmen können. Doch ein Blick hinüber zur Kommission, in die entschlossenen Gesichter von Hansen und Willrich, sagte ihm, dass die Situation aussichtslos war.

»Einen Moment, bitte. Da Sie ohne jede Anmeldung bei uns aufkreuzen, bin ich auf den Besuch natürlich nicht vorbereitet.«

Er griff zum Telefon.

»Lieber Doktor Rave, sind Sie bitte so gut und kommen in mein Büro? Hier ist eine Sache, die leider keinen Aufschub duldet.«

Hanfstaengl trommelte nervös mit den Fingern auf der Tischplatte. Seit über drei Jahren war er nun als Direktor der Nationalgalerie im Amt. Es stimmte zwar, Justi hatte es mit dem Ankauf aktueller Werke tatsächlich übertrieben, und Schardt, dessen Nachfolger, hatte den Ernst der Lage nicht wirklich begriffen, war dann auch gleich wieder entlassen worden. Doch unter seiner Leitung waren die heikelsten Bilder der modernen Kunst längst abgehängt worden. Mit vielen avantgardistischen Experimenten war er ja selbst ganz und gar nicht einverstanden und hielt diese keineswegs für museumsreif. Einige figürliche Darstellungen hatte er bei den Künstlern gegen gefälligere Motive eintauschen können, meist Stilleben oder Landschaften, andere waren ins Depot verbannt. Und er hatte nicht nachgefragt, als damals der Sammlung ein ganzes Konvolut von Werken überwiesen wurde, die zuvor bei ihrem Besitzer beschlagnahmt worden waren, hatte vielmehr dafür gesorgt, dass die Gestapo einige dieser Arbeiten im Heizungskeller verbrennen ließ. Das waren minderwertige Machwerke von jüdischen Künstlern gewesen, die konnte er ja schlecht in seine Bestände aufnehmen. Diese Schande lastete auf seinem Gewissen, das wusste er, doch für sein Museum hatte er sich nichts zuschulden kommen lassen, niemals. Immer hatte er den Ausgleich aller Interessen gesucht. Was jetzt noch im obersten Stockwerk an den Wänden hing, rechtfertigte seiner Ansicht nach keinesfalls die Schließung der modernen Abteilung im vergangenen Jahr. Er hatte sich fest vorgenommen, sie bald wieder zu öffnen. Nachdem er selbst die Neuordnung beaufsichtigt hatte, konnte sich jeder Kunstliebhaber von der Qualität der noch verbliebenen Werke überzeugen, all das widersprach nun wahrlich nicht mehr den Vorgaben der ja durchaus berechtigten nationalsozialistischen Doktrin. Dass sein Bemühen an höchster Stelle so wenig gewürdigt wurde und er nun sogar dabei zusehen sollte, wie die eigenen Bestände konfisziert wurden, das allerdings überstieg sein Fassungsvermögen.

Es klopfte, und Paul Ortwin Rave, gepflegte Erscheinung wie immer, eine Fliege zum breiten Hemdkragen, betrat das Büro. Hanfstaengl übergab ihm das Schreiben und erläuterte mit brüchiger Stimme, mit welchem Auftrag die Kommission gekommen war. Er wagte kaum, seinem Kurator in die Augen zu schauen.

»Herr Rave, übernehmen Sie das bitte, mir fehlt dazu die Kraft.«

»Habe mir schon so etwas gedacht, als ich die Herren in der Eingangshalle eintreffen sah. Sie haben entschieden, dem Ansinnen hier stattzugeben, Herr Direktor? Unter Protest, will ich hoffen?«

Hanfstaengl nickte wortlos. Guter Kollege, dachte er, auf den konnte man sich stets verlassen. Er stand auf und zog seinen Kurator zur Seite.

»Versuchen Sie alles, was jetzt noch möglich ist.«

Rave verstand und ging hinüber zu den Inquisitoren, die ungeduldig von einem Fuß auf den anderen traten.

»Wenn Sie mir bitte folgen wollen.«

Der Kurator nahm an, dass sich Ziegler und seine Handlanger nur für die modernsten Werke der Sammlung interessierten, und leitete die Kommission zur Treppe, die hoch ins zweite Obergeschoss führte. Die Kollegen aus Hamburg und Hannover hatten ihn telefonisch gewarnt, denn dort war der Ausschuss bereits vor einigen Tagen genauso selbstherrlich aufgetreten und hatte sich vor allem expressionistische Bilder zeigen lassen. Hansen jedoch studierte seine Unterlagen und bestand darauf, zunächst den Corinth-Saal im Erdgeschoss aufzusuchen. Dort deutete er sofort auf drei Gemälde, er war offenbar gut vorbereitet, und Sachs wurde aufgefordert, wie in den anderen Museen auch hier alles zu protokollieren.

»Die kommen in die Ausstellung.«

Damit hatte Rave nicht gerechnet, er herrschte den Mann empört an.

»Aber das ist doch nun schon historisch, der Impressionismus ist längst eine anerkannte Kunstform, weltweit in Museen vertreten, das kann nicht Ihr Ernst sein.«

Willrich baute sich vor ihm auf und deutete auf Corinths Ecce Homo.

»Entartet ist das, historisch oder nicht. Sehen Sie sich nur allein diesen wirren Pinselstrich an, diese unmöglichen Motive. Alle Werke, die nach dem Schlaganfall des Künstlers entstanden sind, gehören zu genau der artfremden Verfallskunst, die in deutschen Museen nichts zu suchen hat.«

»Unmögliche Motive? Ein Christusbild ist das, ich bitte Sie, haben Sie denn vor gar nichts Respekt?«

Willrich verzog sein Gesicht zu einer verächtlichen Fratze und schwieg.

»Und die Malweise ist ohne jeden Zweifel an den alten Meistern geschult, sehen Sie denn nicht den Einfluss Rembrandts, die Farben Grünewalds, das müssen Sie doch sehen!«

Frech schnaubte ihm Hansen ins Gesicht.

»Ja, Rembrandt, der Ghettomaler, das könnte Ihnen so passen. Alle drei Bilder werden beschlagnahmt, die müssen selbstverständlich in die Femeschau, über den Rest werden wir später befinden.«

Rembrandt, ein Ghettomaler. Rave fasste es nicht. Wahrscheinlich würde der meckernde Ziegenbock den großen holländischen Meister nun auch noch als Juden denunzieren. Und Corinth aufgrund einer vorübergehenden Erkrankung als entarteten Künstler darzustellen, das war ekelhaft. Aus seiner Sicht hatte es keinerlei sachliche Grundlage, was diese Kommission sich anmaßte.

Ziegler stand nur stumm da und ließ seine Leute gewähren.

»Ich werde mich persönlich im Propagandaministerium über Sie beschweren, das ist ja unverantwortlich, was Sie hier veranstalten.«

Hansen und Willrich feixten, er solle doch tun, was er nicht lassen könne, Goebbels würde ihm schon Bescheid stoßen, aber nun möge der Kurator sie nicht weiter an ihrer Pflichterfüllung hindern. In der zweiten Etage würden noch viele Werke auf sie warten, und ins Depot und in die grafische Sammlung müssten sie anschließend auch noch. Rave überlegte ernsthaft, ob er das geltungssüchtige Gesindel nicht einfach stehen lassen sollte, aber er konnte ihnen die Bilder unmöglich schutzlos ausliefern.

Gemeinsam erreichten sie das oberste Stockwerk und marschierten dort durch die neu geordneten Sammlungsräume. Die Kommission hielt sich nicht lange auf. Zwei Landschaften und ein Stilleben von Schmidt-Rottluff, Pechsteins Pferdemarkt und eine Flusslandschaft, ein Stilleben Noldes sowie dessen Bild Junge Pferde kamen ohne weitere Diskussion auf die Liste. Auch Kirchners Küste von Fehmarn wurde ausgewählt, seine Figurenbilder waren ja längst im Depot. Den Raum mit den Arbeiten von Barlach, er hatte sie stets als stark und ehrlich empfunden, durchquerten sie nur. Tragischer Fall, muss leider noch geschont werden, hörte Rave einen der Männer vor sich hin brummen. Erst vor Erich Heckels Gemälde Sylt hielt der kleine Trupp wieder an. Offenbar waren sie sich nicht einig, ob das Bild entartet genug sei. Vor allem Ziegler zögerte und wollte zeigen, dass nun seine Kennerschaft gefragt war.

»Deutsche Landschaft, immerhin, auch die Farben einigermaßen gelungen, also da haben wir schon Schlimmeres gesehen.«

»Ich bitte Sie, Heckel, Mitglied der Brücke, dessen Bilder müssen selbstverständlich entfernt werden. Alles entartet, die ganze Produktion der kulturbolschewistischen Bande.«

»Willrich hat recht. Schauen Sie, wie das komponiert ist. Von Luftperspektive hat der Mann ja gar keine Ahnung.«

Als ob ausgerechnet er, der nordische Hammer, sich mit so etwas auskannte, dachte Rave, dieser Schweitzer war ja bestenfalls ein Möchtegernkünstler. Aber es half nichts, das Gemälde Heckels kam auf die Liste. Weitere Bilder folgten, systematisch arbeitete die Kommission das von Hansen mitgebrachte Verzeichnis ab: Beckmann, Mueller, Nay und Gemälde anderer Künstler wurden beanstandet, das Protokoll, das Sachs führte, wurde länger und länger. Doch Willrich war noch immer nicht zufrieden, er vermisste anscheinend Werke, die er bei früheren Besuchen gesehen hatte.

»Aber da fehlen ja einige der schlimmsten Sachen, hier wird uns arglistig etwas vorenthalten. Heraus mit der Sprache, haben Sie etwa Bilder versteckt, Rave?«

»Herr Doktor Rave, so viel Höflichkeit bitte ich mir aus!«

»Na, wenn Sie meinen. Also, sagen Sie schon, haben Sie Bilder versteckt, Herr Doktor Rave?«

Kopfschüttelnd machte der Kurator darauf aufmerksam, dass es sich bei den nicht mehr vorhandenen Werken zweifellos um Leihgaben aus Privatbesitz handeln müsse, und die seien selbstverständlich zurückgegeben worden, als die Abteilung geschlossen wurde.

»Ist mir gleichgültig. Was öffentlich ausgestellt wurde, das wird auch beschlagnahmt.«

»Aber juristisch ist die Sachlage doch ganz eindeutig, die Werke waren ja gar nicht unser Eigentum.«

»Das werden wir noch sehen. Herr Ziegler, Sie klären das.«

Der Kommissionsvorsitzende zuckte nur mit den Schultern, selbst ihm war das rüpelhafte Auftreten Willrichs inzwischen peinlich.

Schließlich näherten sich die Männer dem Saal mit den Werken von Macke und Marc. Die Mädchen unter Bäumen, so ein lebensbejahendes Bild, dachte Rave, freute sich an der gelungenen farbigen Komposition und vergaß für einen kurzen Augenblick den traurigen Anlass, der ihn hierherführte. Macke hatte wirklich was gekonnt, sehr überzeugend waren die Komplementärkontraste eingesetzt, ein freies, vitales Gemälde war das doch. Und gleich daneben der Turm der blauen Pferde, auch das ein großes, erhabenes Meisterwerk der deutschen Kunstgeschichte. Noch vor einer Stunde hätte Rave geschworen, dass für dieses Bild keinerlei Gefahr bestand, offiziell als entartet diffamiert zu werden. Hansen aber zückte seinen Bleistift, notierte etwas auf den mitgebrachten Papieren. Auch Macke und Marc hatten sie also im Visier.

Als könnte er das Werk auf diese Weise vor den Bilderstürmern retten, drängte sich Rave zwischen die Männer und stellte sich schützend vor Marcs Gemälde. Willrich zog ihn heftig am Arm, die Situation drohte völlig außer Kontrolle zu geraten. Größter Zorn kochte in dem Kurator hoch, trotzdem versuchte er mit aller Vernunft, sich soweit es eben ging zurückzuhalten.

»Ich muss mich doch sehr wundern, meine Herren. Bedenken Sie, dass beide Künstler für Deutschland ihr Leben gelassen haben. Für Deutschland!«

Willrich stierte den Mann mit hasserfülltem Blick an. Dass Rave ihm mit nationalen Argumenten kam, zeigte doch nur, wie wenig er begriffen hatte, dass inzwischen ein anderer Wind wehte.

»Tut nichts zur Sache, solche tränenseligen Sentimentalitäten können diese Machwerke nun auch nicht mehr schützen. Das muss alles weg! Alles, ausnahmslos.«

Ziegler trat beschwichtigend hinzu.

»Bitte mäßigen Sie sich, lieber Willrich. Aber es stimmt ja, was er sagt, Herr Rave, wir können die Auswahl natürlich allein nach künstlerischen Gesichtspunkten treffen.«

»Sind Sie sicher, dass da nicht Neid und Ressentiment mitspielen? Ihre Vorbehalte gegen solche Kunstwerke sind doch keinesfalls rein ästhetischer Natur.«

»Ich debattiere nicht mit Ihnen, ich vollziehe hier einen Auftrag von oberster Stelle.«

Er wandte sich fragend zu den übrigen Kommissionsmitgliedern.

»Wir sind uns also einig, oder? Auch das Pferdebild kommt in die Ausstellung.«

»Selbstverständlich.«

»Ich sehe keinen Grund, unsere Entscheidung noch einmal zu überdenken.«

Sachs übergab sein Protokoll dem Leiter der Kommission.

»Herr Ziegler, das wäre dann der letzte Posten hier im zweiten Stockwerk.«

Ziegler reichte das Verzeichnis an den Museumsmann weiter, die Namen aller bedeutenden deutschen Künstler der Gegenwart waren darauf zu finden, aber Rave brachte die Willensstärke nicht mehr auf, die lange Liste der ausgemusterten Werke zu kontrollieren.

»Ich darf Sie bitten, dies abzuzeichnen? Und Sie beauftragen dann die Spedition, alles muss unverzüglich nach München, auf Kosten der Reichskammer selbstverständlich, wir sind ja keine Unmenschen.«

Willrich blickte den Kurator triumphierend an, er hatte sein Ziel erreicht, der Kunsttempel war endlich von der verhassten Kunst gesäubert. Paul Ortwin Rave aber stand sprachlos da, vor seinen Augen erschien die Vision eines halbleeren Bildersaals, seine Arbeit war sinnlos geworden. Ein letzter Blick auf den Turm der blauen Pferde, er wusste, das geliebte Gemälde war für immer verloren.

# 16

Auf so ein Gedränge war Charlotte nicht vorbereitet. Dass einige Neugierige kommen würden, damit musste man ja rechnen. Aber nun das, diese Menschenmenge. Die Hetzer vom Propagandaministerium waren gewieft, »Eintritt frei« lockten die riesigen roten Lettern über dem Eingang, fast so groß wie der Schriftzug »Entartete Kunst«. Es hatte sich in der Stadt herumgesprochen, dass in den Hofgartenarkaden eine Schandausstellung stattfinden würde, um den Volksgenossen die Augen zu öffnen. Wertloses Zeug, hieß es, hätten die deutschen Museen in den Jahren vor der Machtübernahme gekauft und jüdische Händler unglaubliche Geldsummen damit gescheffelt. Doch sie wusste es besser. Alfred Hentzen, ihr Bekannter von der Berliner Nationalgalerie, hatte schon vor einigen Wochen erzählt, dass aus seiner Sammlung die besten Werke beschlagnahmt worden waren und nach München in eine Ausstellung sollten. Die Kunstwelt hatte mittlerweile davon erfahren, sprach aber nur hinter vorgehaltener Hand von dem Skandal. Und da stand sie nun und wartete auf Einlass, gemeinsam mit den vielen Schaulustigen, die gekommen waren. Männer und Frauen waren zu sehen, Minderjährigen war der Zutritt untersagt, was die Sensationsgier natürlich noch angestachelt hatte. Einige SA-Männer waren in Uniform erschienen, die Kleinbürger in ihren

Sommeranzügen, ihre Frauen in bieder gemusterten Kleidern, die Handtaschen fest umklammert, um im Gewühl bloß nicht beklaut zu werden. Alle schwatzten durcheinander, einige lachten, andere beschwerten sich, dass die Eingangstür noch immer zugesperrt war, sie konnten es nicht erwarten, das erhoffte Gruselkabinett endlich zu betreten.

Ein Mann im dunklen Anzug hatte sich offenbar eigens fein gemacht wie für einen Gottesdienst. Feierlich trug er eine Krawatte um den dicklichen Hals und seinen besten Sonntagshut, was zur Hakenkreuzbinde einen merkwürdigen Eindruck machte, und tat sich wichtig.

»Allerdings, der Führer kommt auch zur Eröffnung, hab' ich aus sicherer Quelle.«

Einige Leute traten neugierig näher.

»Habe ich auch gehört, soll eine Rede halten, heißt es.«

»Was wissen Sie denn, meinen Sie, Hitler sieht sich solch einen Mist an, der hat nun wirklich Besseres zu tun.«

»Aber er ist doch in München, hat gestern das Haus der Deutschen Kunst eingeweiht.«

»Also nun drängeln Sie doch nicht so, davon kommen wir auch nicht früher rein.«

»Na, na, Freundchen, bloß nicht frech werden.«

Endlich öffnete sich die Tür zu den Ausstellungsräumen, ein Wachmann in Uniform trat auf das Trottoir, sonnte sich im Bewusstsein der eingebildeten Autorität, aber die Menge schob sich unbeeindruckt an ihm vorbei zum Eingang.

Kurz entschlossen war Charlotte vor einigen Tagen nach München gefahren, um die Sache mit eigenen Augen zu sehen. Der Aufmarsch zum Tag der deutschen Kunst, der ihr mit seiner verlogenen Monumentalität und kitschigen Geschichtsklitterung wie die Inszenierung zu einem Kostümfilm vorgekommen war, hatte einen schalen Nachgeschmack hinterlassen, sie befürchtete das Schlimmste. Keine deutsche Zeitung würde kritisch über die Ausstellung berichten, da war sie sicher. Aber sie wollte nicht einfach so hinnehmen, dass Künstler, die sie schätzte, auf diese Weise diffamiert wurden. Die Angriffe waren in den letzten Jahren immer heftiger geworden, das Leben in Deutschland ließ sich kaum noch ertragen. Glücklicherweise war wenigstens Paul den Nazischergen rechtzeitig entkommen, dachte sie erleichtert, als Jude, als Förderer der radikalsten Kunst unserer Zeit und als einer der schärfsten Gegner des neuen Regimes wäre seine Verhaftung nur noch eine Frage der Zeit gewesen. Nächtelang hatten sie überlegt, aber es gab keinen anderen Ausweg. Eines Morgens war er dann davon, Hals über Kopf. Er hatte nur die nötigsten Habseligkeiten mitnehmen können und ihr seine Sammlung anvertraut. Paul Westheim kannte alle wichtigen Künstler, als Herausgeber der bedeutendsten Kunstzeitschrift der Republik hatte er natürlich die besten Kontakte. Schon seit Jahren hatte er expressionistische Werke erworben, Grafiken und Zeichnungen zumeist, aber auch ein paar wirklich gute Ölgemälde besaß er. Sie hatte ihm versprochen, auf alles aufzupassen, doch einige Arbeiten musste sie verkaufen, denn Paul brauchte das Geld.

Und nun saß er in Paris, der Geliebte, und schrieb seine ätzenden Artikel. Nicht nur die Gegner der modernen Kunst griff er an, die ganze verbrecherische Kulturpolitik der Nazis geißelte er und kämpfte mit spitzer Feder gegen die Bande, die Deutschland immer drastischer terrorisierte. Sie bewunderte ihn, dass es ihm gelungen war, in so kurzer Zeit eine der führenden Stimmen des Exils zu werden. Was hatte er seither nicht alles enthüllt und mit beißenden, oft ironischen Kommentaren versehen. Wenn die Leute hier das bloß lesen könnten, dachte sie und seufzte. Anfangs hatte sie noch hin und wieder ein paar Exemplare der deutschsprachigen Zeitung ins Land geschmuggelt, für die er arbeitete, aber Paul hatte es ihr schließlich verboten. Lebensgefährlich ist das, Charlotte, das lässt du bleiben, hatte er sie ermahnt. Klug war der Mann, mit dem sie seit Jahren eine heimliche Affäre verband, hatte im Exil auch einen satirischen Roman über den Aufstieg des »Dritten Reiches« geschrieben und stand nun bestimmt ganz oben auf der Todesliste der Nazis. Jedenfalls würde sie ihm von der Ausstellung berichten, er könnte das, was sie sah und hörte, wieder für einen seiner Artikel nutzen, wie er es schon häufig getan hatte. Wie gut, dass sie manchmal nach Frankreich fahren konnte.

Charlotte ließ sich von der Menge mitziehen, die ins Obergeschoss drängte, denn dort sollte die Eröffnungsrede gehalten werden. Dass Hitler wirklich selbst sprach, konnte sie sich nicht vorstellen, bislang hatte sie den Diktator nur bei der Parade aus der Ferne erlebt. Man wartete gespannt, die Leute gafften die ausgestellten Werke an, einige kicherten, und alle schwadronierten durcheinander. Am Ende des dritten Raumes war ein Rednerpult aufgestellt worden, Mikrofone davor, vielleicht wurde die Eröffnung im Radio übertragen. Dahinter zwei Wandtexte von Hitler und Goebbels. »Unrat um des Unrats willen«, war da zu lesen, »Weltanschauliche Entgleisungen schlimmster Art«, stand auf der anderen Seite. Furchtbar war das, ganz furchtbar. Und erst die Ausstellung selbst, sie traute kaum ihren Augen. Gute Bilder konnte sie sehen, interessante Plastiken, aber nicht alles war wirklich gelungen. Bei einigen Werken erkannte sie sofort, von wem sie stammten, Kirchner entdeckte sie, die Kriegskrüppel und den Schützengraben von Dix, auch Mueller und Nolde. Sie war schockiert von der Art und Weise, wie alles präsentiert war. Die Gemälde hingen mehr schlecht als recht an den Wänden, einige Skulpturen aufgesockelt davor, Gattungen und Künstler oft wild durcheinander, unter Schlagzeilen versammelt, die ihr den Atem stocken ließen. »Verhöhnung der deutschen Frau«, hatten sie über die Werke geschrieben, »Kretin und Hure«, »Bewusste Wehrsabotage«, »Rassenideal einer entarteten Kunst«, das ganze perfide Vokabular, das Deutschland nun schon seit Jahren vergiftete. Überall waren Zitate von Künstlern und Kritikern auf den Wänden angebracht, kreuz und quer, völlig aus dem Zusammenhang gerissen, und hetzten die Besucher auf. Mein Gott, hoffte sie, bitte nicht auch aus den Schriften von Paul. Die Namen der Museen, aus denen die Kunstwerke beschlagnahmt waren, konnte man lesen, auch die Ankaufspreise waren notiert worden, teils sehr hohe Summen, Inflationsbeträge natürlich, aber das wurde nicht erwähnt. Und unter vielen Bildern beklagten gedruckte Klebezettel, alles das sei mit den Steuergroschen des arbeitenden deutschen Volkes bezahlt worden. Kein Wunder, dass die Besucher schimpfend davorstanden, nur hin und wieder sah sie jemanden, der still vor den Kunstwerken verweilte und sich schämte.

Ein Mann trat hinter das Rednerpult.

»Von wegen Hitler.«

Der Besucher von vorhin freute sich, dass er recht behalten hatte, doch eine bebrillte Frau im eleganten Kostüm wusste mehr und flüsterte es ihren Nachbarn zu.

»Das ist Ziegler, Adolf Ziegler, der Präsident der Reichskammer der bildenden Künste.«

Sieh an, der Reichsschamhaarmaler, ging es Charlotte durch den Kopf, und sie schaute sich den unscheinbaren Mann im rehbraunen Anzug neugierig an. Ausgerechnet der, dachte sie.

Ziegler legte sein Manuskript auf das Pult, räusperte sich und begann mit näselnder Stimme zu sprechen. Mit Höflichkeiten hält er sich wahrlich nicht lange auf, dachte Charlotte, als der Redner gleich auf das Kranke und Entartete zu sprechen kam, dessen Einfluss nun aber endlich vorüber sei. Die Kunstkritiker der Systemzeit beschimpfte er, die den jüdischen Händlern geholfen hätten, dem Volk diese Ausgeburten des Wahnsinns aufzuschwatzen, und es kam ihr vor, als würde er damit Paul direkt angreifen, wie gut, dass der in Sicherheit war. Wie in einem Strudel von Schimpfwörtern wurde sie von Zieglers Hasstirade erfasst, Frechheit, Nichtskönnertum und Hässlichkeit, mit solchen Worten warf er um sich, Ekel und Geisteskrankheit prangerte er an, und diese Werke in deutschen Museen zu zeigen, sei eine Sünde und Schande gewesen. Charlotte wurde schlecht und wusste bald gar nicht mehr, wie lange sie eigentlich schon zuhörte.

Endlich riss sie sich los, unerträglich war das, wie dieser Mann sein Gift verspritzte, und sie schob sich durch die Menschenmenge zurück zum ersten Raum. Sie ahnte schmerzlich, dass dies die letzte Gelegenheit war, sich die angefeindete Kunst noch einmal anzuschauen. Für lange Zeit würde die nun in den Depots verschwinden, hoffentlich kämen die Bilderstürmer nicht auch noch auf die Idee, die Werke zu zerstören. Um Gottes willen, die Bücherverbrennung, fiel es ihr ein, vielleicht war das alles nicht mehr zu retten, die guten Bilder, schrecklich wäre das. Sie ging umher und machte sich ein paar Notizen.

»Berichten Sie etwa über den Mist, sind wohl Journalistin?«

Eine Frau mit feisten Backen rückte ihr unangenehm nahe, sie sah aus wie das Stehende Weib von Christoph Voll, an dem sie gerade vorbeigekommen war, nur dass sie nicht nackt war wie die expressionistische Skulptur, sondern ein geblümtes Kleid in aufdringlichen Farben trug, das ihr ein wenig zu eng war.

»Nein, nein, ich schreib mir nur was auf.«

Eine zweite, elegant frisierte Dame mischte sich ein. Sie schien durchaus besser gestellt zu sein, die Frau eines Professors vielleicht oder eine Industriellengattin, nahm sie an, jedenfalls eine durch und durch kultivierte Erscheinung.

»Also, ich weiß ja nicht, das ist doch nicht alles schlecht, einige der Bilder sind ja ganz gut gemacht, finde ich. Jedem nach seinem Geschmack.«

Der Begleiter der netten Frau pflichtete ihr bei.

»Vor allem Nolde, die Gemälde kann man jetzt bestimmt günstig kaufen, die kommen immerhin aus guten Museen.«

»Sie sind ja nicht bei Trost, haben Sie denn nicht begriffen, was der Mann da gerade in seiner Rede erklärt hat?«

»Wie bitte? Ich hör' wohl nicht richtig. Also Bernhard, sag doch was, das ist ja die Höhe!«

»Lass doch die Frau, Margrit, auf so ein Niveau steigen wir nicht hinab.«

»Mein Mann ist promoviert, Inhaber einer großen Fabrik, bedeutende deutsche Schokoladenproduktion, als wichtiger Betrieb für die Wehrwirtschaft anerkannt. Der weiß ja wohl, wovon er spricht.«

Die beiden Widersacherinnen zankten miteinander, immer lauter krakeelte die geblümte Frau und sah sich Zustimmung heischend unter den Anwesenden um. Charlotte aber ließ sie stehen, sie hatte Angst, die Aufmerksamkeit der Wachleute auf sich zu ziehen.

Inzwischen hatten sich die Besucher ein wenig in den engen Räumen verteilt. Sie wollte gerade zurück in den Saal, in dem Ziegler die Rede gehalten hatte, als ein Mann sie ansprach.

»Charlotte? Charlotte Weidler? Sind Sie das wirklich?«

»Wir kennen uns, nicht wahr? Bitte helfen Sie mir, ich komm' nicht drauf.«

»Ludwig Meidner, wir haben uns bei einem Abendessen in Berlin kennengelernt, feuchtfröhliche Runde, bei Westheim war das, entsinnen Sie sich denn nicht? Ist schon eine Weile her. Wir haben uns damals den ganzen Abend über's Kino unterhalten, die Verfilmung von Berlin Alexanderplatz war gerade herausgekommen. Carl Einstein war auch da.«

Sie erinnerte sich lebhaft an den Abend, Tränen hatten sie gelacht, als Einstein schon ziemlich angetrunken Heinrich George nachäffte, ick mach's nich mit der Schnauze, ick mach's mit die Muskeln, und auch dass der kleine Mann mit den lustig abstehenden Ohren dabei gewesen war, fiel ihr nun wieder ein. Stimmt ja, der hatte doch ein Porträt ihres Geliebten gezeichnet, ein guter Künstler war das, sehr treffend hatte er den nervösen Intellektuellen mit seinem wachen, verschmitzten Blick erfasst, weit vor ihrer Zeit, das Blatt war dann als Lithografie gedruckt worden, sie musste noch irgendwo einen signierten Abzug in einer von Pauls Mappen haben.

Er zögerte einen Augenblick.

»Traurige Sache, das hier, meinen Sie nicht?«

»Ach, was soll ich sagen, so schlimm hatte ich es mir dann doch nicht vorgestellt.«

»Hatten Sie gehofft, das würde ein sachlicher Überblick der Malerei der letzten zwanzig Jahre werden? Ich sicher nicht, ich bin jetzt offiziell zu den führenden Kunstjuden aufgestiegen, habe ich schwarz auf weiß.«

»Dass Sie sich hertrauen!«

»Na, ich musste doch nachsehen, ob ich auch dabei bin, die haben aber nur ein paar Grafiken von mir ausgewählt, die Banausen, und ein Selbstbildnis, hängt gleich da drüben im nächsten Saal. Aber keiner hat mich erkannt, ist ja auch schlecht gemalt, wie wir nun wissen.«

Meidner lachte sarkastisch, senkte dann aber die Stimme und schaute sie ernst an.

»Westheim ist im Ausland, habe ich gehört?«

Sie bestätigte ihm, dass Paul ausgereist war, ließ ihn aber nicht wissen, dass sie noch in engem Kontakt mit ihrem Geliebten stand, man musste vorsichtig sein in diesen Zeiten, dachte sie, selbst gegenüber diesem liebenswürdigen Mann.

»Haben Sie schon dahinten gesehen, die Dadaisten?«

»Nein, da war vorhin so ein Gedränge wegen der Rede.«

Sie gingen zu den Werken, auf die Meidner sie aufmerksam machen wollte. Bereits von weitem war lautes Gelächter zu hören. Eine Traube von Menschen hatte sich vor einer schreiend buntscheckigen Wand versammelt, in einem überbordenden Durcheinander hatte man dort zwei Materialbilder von Schwitters und ein sehr schönes Gemälde von Paul Klee zusammengehängt, eine Skulptur ohne Sockel stand auf dem Boden, und das alles vor einer stümperhaft auf die Wand gepinselten Komposition, die wohl einen Kandinsky darstellen sollte. Über der absonderlichen Mischung konnte man ein Zitat von George Grosz lesen, »Nehmen Sie Dada ernst! Es lohnt sich«.

Doch ernst nahm das niemand. Ein korpulenter Bauer mit kariertem Hemd und speckiger Trachtenlederhose hielt sich den wippenden Bauch vor Lachen, seine Frau, eine noch dickere Kuh im geschmacklos bestickten Dirndl, stieß ihm in die Rippen, die beiden blökten und schnappten nach Luft, urkomisch fanden sie, was sie hier sahen. Zwei SA-Männer hatten sich überheblich vor der Wand aufgebaut, der eine hatte die Arme verschränkt, schnaubte töricht vor sich hin, der andere stand breitbeinig vor der Wand und gaffte mit offenem Mund im dummen Gesicht.

Meidner blickte die vierschrötigen Gesellen verächtlich an.

»Dass die Uniformierten auch immer die Uninformierten sein müssen ...«

Sie war dankbar für den Kalauer, es wurde ihr langsam alles zu viel.

»Ach, Meidner, gut, dass Sie Ihren Humor nicht verloren haben.«

Der Maler zuckte nur mit den Schultern.

Ein allem Anschein nach kurzsichtiger Mann mit grotesken Augenbrauen, der mit den Lederflicken auf seinen Jackenärmeln wie ein Finanzbuchhalter aussah, stieß fast mit der Nase an einen der aufgeklebten Zettel und las mühsam, aber mit laut quäkender Stimme vor.

»Die Abenteuerbilder von Kurt Schwitters ergeben völlig neue Farbklänge, erreicht durch die Gegenstände selbst. Es sind samtene Klänge in diesem Mülleimermaterial, die man bisher nicht vernahm.«

Ein Mann mit Hitlerbärtchen machte sich bemerkbar.

»Samtene Klänge! Also ich hör' nichts.«

Das belustigte Grüppchen kreischte laut auf, es schien einem Volkstheater entsprungen zu sein, dessen Komödianten bunt durcheinandergewürfelt waren wie die Kunstwerke, vor denen sie standen. Ein älterer Herr schlug seinem Begleiter auf die Schulter.

»Der Witz war gut.«

Ganz Deutschland lacht hier, entsetzte sich Charlotte und schämte sich, die hatten alle keine Ahnung und waren nun von den Nazis natürlich noch mehr aufgehetzt. Die Wand war ein abscheuliches Machwerk, die glaubten allen Ernstes, sie könnten die Dadaisten mit deren eigenen Waffen schlagen. Sie blickte Meidner an, aber der verzog keine Miene.

Das Hitlerbärtchen unkte weiter.

»Ist doch auch Unsinn, da steht's schwarz auf weiß, sagt der Künstler ja selbst.«

»Künstler ist gut, Schmierfink nenne ich so was!«

Ein junges Paar, vermutlich ein Student mit seiner Verlobten, die ein billiges Fähnchen am dürren Leib trug, stand Hand in Hand ganz nah vor der Wand, der Schnösel stieß mit dem Fuß an die Skulptur.

»Heinrich, wenn die umfällt!«

»Und wenn schon, ist doch nichts wert.«

Die Menge wieherte. Jetzt gab es kein Halten mehr, alle waren sie außer Rand und Band und riefen wild durcheinander.

»Was soll denn das darstellen, das kann ja jeder!«

»So ein Dreck, das haben die wirklich gekauft?«

»Und hat eine Menge Geld gekostet, hier steht's.«

»Steuergelder natürlich, ist ja typisch für die jüdischen Wucherer.«

»Alles Verbrecher!«

»Die woll'n sich über uns lustig machen.«

»Kuck ma, der hat sogar Pappe, Draht und Bindfaden zusammengeleimt.«

»Das ist doch keine Kunst!«

Das Schimpfen und Johlen fand kein Ende. Eine Arbeitertype mit Schlägermütze, etwas zu weiter Hose und fadenscheiniger Jacke tat sich besonders hervor, er gestikulierte aufgeregt, um die anderen zum Schweigen zu bringen, deutete auf das große Bild von Schwitters und stotterte los.

»Dem ist wohl der nasse Putzlumpen in den Abfallkübel gerutscht, dann hat er'n eingerahmt!«

Gelächter, nicht enden wollendes Gelächter. Der Student applaudierte dem Arbeiter sogar, alle hielten den boshaften Ausspruch für besonders gelungen.

»Nasser Putzlumpen, da sagen Sie was.«

»Auf den Müll mit dem ganzen Unrat!«

Einer der Wachmänner näherte sich. Wurde auch Zeit, atmete sie auf, der würde die unerzogenen Schreihälse zur Ordnung rufen, Charlotte machte ihm Platz. Und richtig, der Aufseher wandte sich an die Umstehenden und schnarrte los.

»Unglaublich, nicht wahr? Man staunt und wundert sich. Vor ein paar Tagen war sogar der Führer hier, hätten mal hören sollen, wie der gelacht hat! Da hingen die Bilder alle noch krumm und schief an der Wand, na, ich hätt's so gelassen.«

Charlotte zog ihren Begleiter am Arm, bloß weg, dachte sie wütend, bevor ich die Idioten noch anschreie.

Sie gingen durch die nächsten Räume, die Nazis hatten wirklich viele erstklassige Werke beschlagnahmt. Eigentlich ein richtiges Museum der Gegenwartskunst war das, überlegte Charlotte, wenn bloß nicht alles so hämisch kommentiert wäre. Auch Pauls Freund Kokoschka war mit einigen Werken vertreten. Die Windsbraut, die mochte sie schon immer gern, jetzt hätte sie das Bild am liebsten umarmt. Noch mehr Expressionisten waren zu sehen, gute Gemälde von Kirchner, Beckmann und Schmidt-Rottluff, dann folgten Arbeiten der Bauhauskünstler, dicht an dicht hing alles, oft in Zweierreihen übereinander.

»Vor Kandinsky amüsiert sich der aufgestachelte Pöbel natürlich besonders.«

Meidner flüsterte ihr seine Empörung ins Ohr und las dann mit lauter Stimme vor, was unter den abstrakten Kompositionen des Malers geschrieben stand.

»Verrückt um jeden Preis.«

Die Umstehenden nickten zustimmend, sie fasste es nicht.

Weiter hinten, im vorletzten Raum, sah Charlotte wieder eine Gruppe debattierender Menschen, die sich vor einem Gemälde drängelten. Das war eines der wichtigsten Bilder der Nationalgalerie, Franz Marcs berühmter Turm der blauen Pferde. Hentzen hatte ihr schon erzählt, dass die Kommission sogar dieses Meisterwerk eingezogen hatte. Es hing in der Ecke, hatte dort wenigstens eine eigene Wand, fast war sie darüber erleichtert. Unglaublich, dass die Ausstellungsmacher auch diese ganz unschuldigen Tiere an den Pranger gestellt hatten. Ihr war es immer als ein besonders deutsches Bild erschienen. Tief empfunden, wie beseelt, Pferde eingebettet in die Natur. Was sollte denn daran bloß entartet sein, fragte sie sich verwundert. Selbst das ungewöhnliche Kolorit war ja die Farbe der Romantik, Novalis fiel ihr ein, die blaue Blume.

Ein schmächtiger Mann im dunklen Anzug, er sah tatsächlich wie ein Doppelgänger von Goebbels aus, dozierte vor dem Gemälde. Man könne schon an der Machart alle Merkmale der Entartung klar erkennen, behauptete er, nicht nur die Perspektive, sondern auch die Wahl der Farben sei erschreckend unrealistisch, und die Anatomie der Pferde vollends indiskutabel, er als Wissenschaftler könne das selbstverständlich beurteilen. Auch artfremde Elemente hätte der Künstler in seinem Gemälde eingesetzt, diese zerstückelten Körper und kristallinen Formen, das röche doch sehr nach welscher Beeinflussung, undeutsch sei das Bild, undeutsch und völlig missraten.

»Man kann hier deutlich sehen, dass der Maler weder physiologisch noch psychologisch dazu in der Lage war, die Natur korrekt zu erfassen.«

»Physiologisch, was soll das denn sein?«

»Mensch, der konnte nicht richtig sehen, soll das doch heißen, stimmt's?«

»So in etwa, guter Mann, der Gesichtssinn dürfte bei diesem Individuum nicht völlig funktionstüchtig gewesen sein. Wahrscheinlich haben Sie alle schon davon gehört, dass die nationalsozialistische Medizin zweifelsfrei nachgewiesen hat, dass es bei minderwertigen Lebensformen, also zum Beispiel bei Kretins, die nicht über erbgesunde Anlagen verfügen, sowohl zu schweren physischen als auch charakterlichen Deformationen kommen kann.«

Ein Offizier in Uniform, sein Gesicht von zwei tiefen Schmissen entstellt, hatte lange genug schweigend zugehört und polterte nun los.

»Das ist doch unerhört!«

»Wie meinen Sie?«

»Der Maler ist deutscher Soldat gewesen, Heldentod vor Verdun, und da kommen Sie uns mit solchen Unverschämtheiten?«

»Aber Sie können schwerlich leugnen, dass wir hier vor einem eindeutigen Zeugnis vollkommener Degeneration stehen?«

»Jawohl, gerade das leugne ich!«

»Aber Hitler sagt ja selbst, dass die Augenfehler solcher Künstler biologisch begründet wären, die Vererbung dermaßen grauenhafter Sehstörungen, hat er gesagt, die müsse rücksichtslos unterbunden werden.«

»Ein Offizier, der seinem Land bis in den Tod gedient hat, ist erblich und charakterlich doch wohl über jeden Zweifel erhaben. Haben Sie denn überhaupt gedient, Mann?«

»Als Professor für Rassenkunde und Volkshygiene bin ich eine führende Kapazität auf meinem Gebiet. Habe an der Heimatfront immer meinen Mann gestanden.«

»Aha, also nicht einmal satisfaktionsfähig. Ich protestiere auf das Entschiedenste, dass Sie mickriges Männchen den Maler hier weiter diffamieren!«

Der doppelte Goebbels zuckte zusammen und verzog sich vorsichtshalber. Dass seine wissenschaftliche Autorität derart untergraben wurde, hatte er noch nie erlebt. Auch die Menge murrte eingeschüchtert und zerstreute sich.

Charlotte traute ihren Ohren nicht. Dass sie einem Nazi-Offizier einmal dankbar sein würde, hätte sie kaum für möglich gehalten. Ein einziger Widerspruch ist dieses Land, dachte sie, alle Werte umgestürzt, Chaos und Konflikt überall, das würde noch böse enden. Sie hatte jedenfalls genug gesehen, Paul muss das alles erfahren, ich will ihm noch heute schreiben, nahm sie sich vor.

»Lassen Sie uns gehen, Meidner, ich ertrage das nicht länger.«

»Ja, wir sollten aufbrechen, unglaublich, wie vertiert die Menschen geworden sind. Meiner Kunst wurde immer ein pessimistisches Weltbild nachgesagt …«

Der Maler stockte, seufzend sah er seine psychologisch sezierenden Porträts vor sich, Gesichter einer nun endgültig untergegangenen Epoche, sah seine apokalyptischen Stadtlandschaften, seine Katastrophenbilder, die den Krieg vorausgeahnt hatten und an denen sich seine künstlerische Kraft schon vor Jahren erschöpfte.

»… aber verglichen mit dem, was Deutschland nun bevorsteht, war das alles ja beschämend harmlos. Wir werden das noch erleben, Mord und Totschlag wird uns bald heimsuchen, Verderben und Untergang, glauben Sie mir. Ach Charlotte, unmöglich, an dieser Welt nicht zu verzweifeln.«

Seine Begleiterin ergriff bewegt die Hand des Malers, schaute ihn verständnisvoll an und fand kaum ein Wort des Trostes.

Der Maler lächelte sie dankbar an.

»Es tut gut, Charlotte, unter all diesen Krawallmachern und verführten Dummköpfen auf einen Menschen wie Sie zu treffen. Wir sehen uns wieder, wenn der Spuk vorbei ist, versprochen?«

Nachdenklich gingen sie an den gaffenden Menschen, den verspotteten Kunstwerken vorbei zum Ausgang und standen draußen vor der Tür noch ein paar Augenblicke schweigend zusammen, bevor sie sich, noch immer stumm, ein letztes Mal die Hände schüttelten. Charlotte Weidler sah dem kleinen Mann nach, der geduckt im Schatten der Hauswand davoneilte. Ein friedliches, sonniges Wetter spottete ihren aufgewühlten Gefühlen. Einige Spaziergänger schritten durch den kleinen Park und erfreuten sich am schönen Julitag, lustig sprang ein Hund an der Leine eines kleinen Mädchens, dessen Zöpfe hin und her schaukelten, Nachtigall, ich hör' dich singen, das Herz möcht' mir im Leib zerspringen, sang es mit heller, unschuldiger Stimme vor sich hin. Ohne die Hakenkreuzfahnen ringsum hätte man glauben können, dass alles gut war.

# 17

Langsam bog der Mustang auf die kurze steile Einfahrt zu der Adresse, die Jessica mir gestern geschickt hatte, einem Anwesen in den Hügeln nahe des Silver Lake Reservoir. Mäandernde Straßen war ich entlanggefahren, dicht an dicht standen die Häuser hier zwischen großen alten Bäumen. Die beste Wohngegend war das, ein Rückzugsort oberhalb des belebten Zentrums dieses Stadtteils, der in den letzten Jahren immer hipper geworden war und für seinen europäischen Charme vor allen von denen geliebt wurde, die es sich als Schriftsteller, Musiker oder Lebenskünstler leisten konnten, den urbanen Mainstream hinter sich zu lassen. Ich hielt an, schaltete den CD-Player aus, denn Portisheads Machine Gun war mir dann doch etwas zu martialisch für diese Idylle. Mühsam kurbelte ich die Seitenscheibe herunter. An einem kleinen Metallgestell war eine Gegensprechanlage angebracht, es knarrte und knackte, und ich sprach meinen Namen hinein. Offenbar war der Empfang am anderen Ende verständlicher, denn die Holzbohlen einer blickdichten mannshohen Wand drehten sich langsam zur Seite. Das durfte ja nicht wahr sein, ich traute meinen Augen nicht. Hinter dem Tor verbarg sich ein Anwesen, das ich seit Jahren kannte. Aber natürlich nur aus der Literatur. Silvertop House war das, unverkennbar. Die schwebende Betonschale des Wohntrakts, die man von dieser Seite aus zunächst gar nicht überblicken konnte, ruhte auf nur drei mächtigen Pfeilern, wusste ich noch. Ein riesiges Raumschiff, das Mitte der sechziger Jahre auf der Spitze des kleinen Berges wie eine Arche gelandet war. Ich stellte den Wagen ab, ging den Rest der Anhöhe hinauf und stand bald unter allerlei exotischen Bäumen vor dem Haus.

Carl Landau trat aus dem Raumschiff und begrüßte mich herzlich wie einen alten Freund. War halt durch und durch Amerikaner geworden, obwohl er mich ja nur von dem kurzen Anruf heute früh her kannte, bei dem ich ihm angedeutet hatte, warum ich seine Hilfe brauchte. Steinalt der Mann, den die kalifornische Sonne bestens konserviert hatte, schlank, zierlich sogar, aber durchaus drahtig. Musste bald auf die hundert zugehen und passte mit rosafarbenem Sweater, gelber Hose und vermutlich teuren Lederslippern, in denen seine braun gegerbten knochigen Füße sockenlos steckten, perfekt in die Welt der Reichen und Schönen, deren Villen er über die Jahrzehnte mit Kunstwerken ausgestattet hatte.

»Willkommen, haben Sie mein bescheidenes Haus gleich gefunden?«

»Natürlich, aber ich hatte ja keine Ahnung, dass sich diese moderne Ikone hinter Ihrer Adresse verbirgt.«

Ein feines, aber unverhohlen stolzes Lächeln verzog seine schmalen Lippen.

»Freut mich, dass Sie es kennen, es lebt sich recht angenehm hier.«

Ich trat hinter ihm in die gewaltige offene Wohnhalle und gab mich als ausgesprochener Liebhaber dieser Art von Architektur zu erkennen, nachdem ich mich wieder einigermaßen gefasst hatte.

»Meine Frau und ich hatten Glück, wir haben das Haus kurz nach der Fertigstellung für einen Spottpreis kaufen können, nachdem der Architekt seinen Bauherrn durch immer neue, immer teurere Einfälle in den Ruin getrieben hatte. Könnten wir uns heute auch nicht mehr leisten.«

Er lachte zufrieden.

Das war natürlich untertrieben, der Mann hatte mit dem Verkauf von Meisterwerken der Moderne schließlich ein Vermögen verdient. An den Wänden konnte ich ein kleines Stilleben von Georges Braque und zwei Aquarelle von Cézanne ausmachen. Ich trat näher heran und nickte Landau anerkennend zu, auch wenn die altertümlichen Rahmen, eher Barock als Avantgarde, nicht so recht zu den Bildern passen wollten und schon gar nicht zu dieser wundervoll nüchternen Architektur. Landauer hatte schon als junger Mann die besten Kontakte zu den Exilkreisen von Los Angeles gehabt, wie ich seit vorgestern wusste, und die Besserbetuchten unter ihnen hatten nicht selten einige bedeutende Kunstwerke aus Deutschland herüberretten können. Den müsste ein kluger Verleger doch bitten, seine Memoiren zu schreiben, halb Hollywood hatte schließlich bei dem Galeristen gekauft.

Ich konnte es nicht lassen und wollte ihm zeigen, dass ich mit dem Architekten gut vertraut war.

»Ja, Lautner, der hat immer Bauherrn ausfindig gemacht, die seine phantastischen Ideen finanzierten, tolle Sachen hat der erfunden. Kennen Sie die Luftschleieranlage in der Sheats-Goldstein Residence? Hab' ich mir vor ein paar Jahren mal ansehen dürfen. Das Wohnzimmer ist eine flache, weitläufige Halle, die unmittelbar in die Poolterrasse übergeht. Die Außentemperatur sollte durch einen konstanten Strom von Druckluft aus versenkten Gebläsen abgehalten werden. Hat aber nie so richtig funktioniert, sind schließlich doch Glasscheiben eingesetzt worden.«

Er bestätigte heftig nickend, und sein Gesicht nahm den

Ausdruck eines jungen Mannes an. Offenbar freute es ihn, dass jemand seine Leidenschaft für John Lautner teilte.

»Kenn' ich, kenn' ich, der Besitzer und ich treffen uns manchmal, die Lautnerhausleute sind ja wie ein über halb Kalifornien verstreuter Country Club. Er hat sogar überlegt, ob er die Glasscheiben nicht rausreißen soll, aber kein Ingenieur wollte die alten Düsen wieder in Betrieb nehmen.«

»Und Ihre Fenster, die berühmte Schiebefront, funktioniert das noch, Herr Landau?«

Der alte Mann, er kam mir nun vor wie Kapitän Nemo auf der Nautilus, drückte mit seinem feingliedrigen Zeigefinger einen der Knöpfe auf einem kleinen Schaltpult. Stöhnend und stockend schoben sich die schweren Glasplatten zur Seite, endlos ruckelten sie vor sich hin, bis man den Vorplatz mit angrenzendem Infinitypool vom Wohnbereich aus betreten konnte. Ein Kiesbeet mit Kakteen zog sich von der Halle bis hinaus auf die Terrasse, verband auf diese Weise den Innen- mit dem Außenraum. Großartig war das.

Mensch, wenn man hier lebte, man würde nur noch rauchend auf dem Deck dieses Raumschiffs herumstehen, den lieben langen Tag eine blonde Schönheit im Arm, ganz Minirock und Hochsteckfrisur, würde aus der Mode gekommene Cocktails schlürfen, der Atomic aus dem Flamingo Hotel in Las Vegas fiel mir gleich ein, und trotz der Wüstenhitze etwas zu knapp sitzende Einreiher und bis oben hin zugeknöpfte Hemden in vergessenen Pastellfarben tragen. Dieses Haus zu betreten, war wie der Sprung in eine andere Zeit.

Wir gingen in ein winziges Büro, das am Ende der Wohnhalle unter der Betonschale hockte. Eigenartiger Grundriss, eine Wand bestand aus Ziegeln, die anderen waren mit dunklem Holz verkleidet, etwas klaustrophob, doch man fühlte sich gleich behaglich. Ein kleiner Schreibtisch, auf dem klobig ein museumsreifes Telefon thronte, ein paar Bücherregale, vor ihnen ein bequemer Ledersessel, in dem man vermutlich versank wie ein Schmuckstück in seiner Schatulle, es war klar, dass der Mann seine Galerie nicht von hier aus geführt haben konnte. Auf einer Ablage stand eine schier endlose Reihe von Aktenordnern, »Carl Landau Gallery Papers« war auf ihnen zu lesen, mit fortlaufenden Datumsangaben, 1954 bis 1998, die meisten zu mehreren Jahrgängen zusammengefasst. Das war nun also das berühmte Archiv.

Er wies auf das Regal und vollführte mit seinem hageren Arm eine großzügig einladende Geste.

»Meine Papiere, alle Dokumente zu Ausstellungen und Verkäufen, die ich noch habe, hat meine dritte Frau vor einigen Jahren für mich geordnet, eine Deutsche, wie Sie aus Berlin. Ich selbst habe alles hier gespeichert.«

Mit dem Zeigefinger tippte er sich an die Schläfe, ein goldener Siegelring blitzte auf. Er war ganz offensichtlich stolz auf das gute Gedächtnis, das bei seinen Kollegen legendär war, wie Jessica mir erzählt hatte. Mal sehen, wie verlässlich seine Erinnerungen tatsächlich waren.

»Aber ist doch gut, dass alles archiviert ist, vielleicht werde ich dann im Alter noch vergesslich.«

Der Greis lachte über den gelungenen Witz und griff sich einen der Aktenordner.

»Hier finden Sie Einladungskarten, Andrucke von Broschüren und Katalogen, Frachtpapiere und Versicherungspolicen, einige alte Fotografien und natürlich die Eingangslisten. Und dann die Verzeichnisse mit allen nur möglichen Werken und bei welchem Sammler sie hängen. Meine Mitarbeiterinnen mussten sich auf jeder Party dazu Notizen machen, auch wenn das keine Kunden von uns waren. Ich wusste immer gern, wer welche Kunst besaß und konnte von dem Wissen oft genug profitieren.

Und vor allem Korrespondenzen mit Sammlern und Museen. Endlos gingen Briefe hin und her, bis man endlich einen Robert Motherwell oder einen Jackson Pollock verkauft hatte, Sie kennen das ja. Frau Steiner hat schon oft hier gearbeitet. Eine interessante Person, nicht wahr? Bitte grüßen Sie Jessica sehr herzlich von ihrem alten Freund, ich kannte sie ja bereits, als sie noch in New York war. Kluge, tüchtige Frau, und hübsch, sehr hübsch, finden Sie nicht?«

Er zwinkerte mir verschworen zu, und ich pflichtete ihm bei, ja, sehr klug sei sie, und konnte nicht verhindern, dass vor meinen Augen wieder ihr rätselhaftes Bildnis erschien und sich mit den sinnlichen Konturen Jeanne Hébuternes überblendete. Doch ich riss mich in die Gegenwart zurück, trat an die Ordner, öffnete den ersten in der langen Reihe, blätterte ein wenig und versicherte mich, dass die frühesten Papiere tatsächlich erst aus der Mitte der fünfziger Jahre stammten. Landau beobachtete mich aufmerksam.

»Ich weiß, am Telefon haben Sie nach meinen Geschäften in den vierziger Jahren gefragt. Tja, da hat's nie Papiere gegeben, ist ja alles unter der Hand gelaufen damals. Was genau wollen Sie wissen?«

Ausführlich berichtete ich von dem Tagebuch, das ich im Archiv des Getty gefunden hatte, las ihm die Stelle vor, die ich abgeschrieben hatte.

»Wissen Sie noch, wer das war, nach so langer Zeit?«

Amüsiert schaute er mich an, als er seinen alten Namen wieder einmal hörte, und wer der Regisseur war, das wusste er auch noch.

»Sternberg, Josef von Sternberg, natürlich erinnere ich mich daran, hatte ihm in der Tat einige Lithografien von Beckmann und einen kleinen Pechstein angeboten, eine Landschaft. Doch Sternberg wollte sie nicht, gab vor, die Finanzierung seines nächsten Filmprojekts wäre noch nicht gesichert, seine beste Zeit war damals ja auch schon vorbei.«

»Ich würde gern mehr über die Netzwerke der Händler und Sammler erfahren, über die Geschäfte, die mit den Einwanderern gemacht wurden, die aus Deutschland geflüchtet waren. Sie sind ja offenbar schon damals ziemlich geschäftstüchtig gewesen, trotz der schwierigen Jahre.«

Landau ließ sich in den Ledersessel fallen, verschwand beinahe darin, wie ich es vorausgesehen hatte, und wies mir einen der Stahlrohrstühle an, die für seine Besucher bereitstanden.

»Wissen Sie, junger Mann, als wir hier ankamen, hatten wir natürlich erst einmal ganz andere Sorgen. Mein Vater hatte uns vorausgeschickt, mich, meine Mutter und meine Geschwister, die Flucht gelang uns über die Niederlande, dann mit einem Frachter nach London, das ging erstaunlich reibungslos. Er selbst kam erst Monate später in Amerika an, ausgezehrt wie ein Gespenst. Von Marseille aus schlug er sich über Oran nach Casablanca durch, hing dort einige Zeit fest und verlor fast seine gesamten Ersparnisse, nur um unverrichteter Dinge wieder nach Frankreich übersetzen zu müssen. Zu Fuß ging es weiter über die Pyrenäen nach Spanien, zuletzt nach Lissabon, wo er auch wieder warten musste. Aber schließlich waren wir alle gerettet, die engere Familie jedenfalls. Der Bruder meiner Mutter, ein stadtbekannter Kommunist, hatte es nicht geschafft, rechtzeitig aus Berlin herauszukommen, und hielt sich versteckt. Damals schien eine Flucht vollkommen aussichtslos zu sein, das war ja noch vor der Landung in der Normandie, und niemand wusste, wie lange der Krieg dauern würde. Wir waren verzweifelt, hatten aber über einen Freund im dänischen Konsulat hin und wieder Kontakt mit ihm. Schließlich fanden wir eine Fluchtroute, die ihn von Amsterdam nach Norwegen führen sollte und dann weiter, sehr gefährlich, zu gefährlich vielleicht. Mein Vater hatte durch Vermittlung von Flüchtlingshelfern, die alle mehr oder weniger im Untergrund arbeiteten, die Schiffspassagen und Bestechungsgelder mit geliehenen Dollars bezahlt. Uns fehlte nur noch eine Möglichkeit, Onkel Hans aus Deutschland herauszubringen. Unser dänischer Freund trieb in Berlin einen korrupten SS-Mann auf, der uns helfen wollte. Er könne meinen Onkel im eigenen Wagen an die holländische Grenze schaffen, hieß es, unter seinem Schutz sei er sicher, aber der Mann verlangte eine ungeheure Summe für seine Hilfe, die er in Schweizer Franken ausbezahlt haben wollte. Den geforderten Betrag konnte mein Vater unmöglich aufbringen, niemand wollte ihm weiteres Geld leihen, und die Arbeit als Hilfskraft in einem Büro, die er angenommen hatte, reichte knapp aus, uns mit dem Allernötigsten zu versorgen.«

Landau machte eine kleine Pause, atmete tief ein, und man sah, wie er in Gedanken die beschwerliche Reise in die Vergangenheit antrat. Unwillkürlich wechselte er von seinem breiten amerikanischen Englisch einige Male in ein merkwürdig nostalgisches Deutsch, als er seine Geschichte erzählte. Fehlerfrei sprach er dann, aber seine Worte waren mit einem deutlichen Akzent eingefärbt, er musste seine Muttersprache über all die Jahre hinweg immer gepflegt haben.

»Nun ja, es war mir natürlich nicht entgangen, dass einige unserer Leidensgenossen Wertgegenstände ins Exil retten konnten, meist über Mittelsmänner in der Schweiz. Und da sie in der ersten Zeit an der Westküste ohne Einkünfte waren, versuchten sie, diese Dinge nach und nach zu verkaufen. Goldmünzen und Silberbesteck wurden zuerst weggegeben und was sonst noch einfach zu Geld zu machen war. Mit den Kunstwerken war das schon schwieriger. Meine Eltern hatten in Berlin einige Bekannte, die Kunst besaßen, keine der berühmten Sammler, aber immerhin. Die meisten von ihnen blieben in Deutschland, bei uns verkehrten ja nicht nur Juden. Ein Freund meines Vaters, hellsichtiger Prokurist in einem der führenden Berliner Bankhäuser, besaß einige Werke von Toulouse-Lautrec, die er schon ganz früh und noch legal ausführen konnte, und als er dann selbst ausreisen musste und hier mit seiner Familie eintraf, wurde er mein erster Klient. Rotzfrech, ich war achtzehn, schlich ich mich mit einer Mappe unterm Arm am Pförtner der Universal Pictures vorbei, denn in der Variety hatte gestanden, dass Edward G. Robinson dort drehte, und der war selbst mir bekannt für seine Kunstsammlung. Ich fragte mich zu dem Schauspieler durch, bot ihm einige Lithografien und eine Zeichnung an, die er auf der Stelle kopfschüttelnd kaufte. Ich denke, ihm hat meine Unverfrorenheit imponiert.«

Die Erinnerung an das Lausbubenstück machte ihn wieder jung. Der alte Kunsthändler lachte das unbekümmerte Lachen eines Achtzehnjährigen, und ich stellte ihn mir als Karl Landauer vor, als jungen Bengel mit Knickerbockern und Schiebermütze, doch vermutlich hatte ich ein viel zu romantisches Bild von diesen bitteren Zeiten.

»Ich schäme mich noch heute, weil ich die Sachen damals viel zu billig abgegeben habe, verdiente auch kaum daran, war zu jung und kannte mich halt nicht aus. In jener Zeit musste ich viel Lehrgeld zahlen, was meiner Galerie aber später zugutekam. Der Freund meines Vaters war jedenfalls froh, hier in den Staaten wenigstens ein kleines Startkapital zu haben, er und der Schauspieler empfahlen mich weiter, neue Kontakte ergaben sich. Verzweifelt war ich zwischen Hollywood, Santa Monica und Pacific Palisades unterwegs, die Zeit drängte. Einige Sammler, nicht nur aus der Filmwelt, ließen sich von mir Kunstwerke vermitteln, Grafik zumeist, hin und wieder auch ein Gemälde. Die meisten etablierten Galerien saßen ja an der Ostküste, und alle verlangten weitaus höhere Preise. Nach wenigen Wochen hatte ich einen guten Teil der Summe zusammen, und es waren mir Gemälde versprochen worden, deutsche Expressionisten, die aus New York kommen sollten, wenn ich die losschlagen könnte, würde es reichen. Doch die Bilder kamen nicht, ich wartete ewig auf die Sendung, und dann war es zu spät.«

Man sah, wie nahe ihm auch nach so vielen Jahren noch immer der Gedanke ging, dass er die Verhaftung seines Onkels nicht hatte verhindern können. Wie viele Emigranten lebte er gewiss sein Leben lang mit der eingebildeten Schuld, dass er selbst gerettet wurde, während andere starben. Darüber las man ja immer wieder in den Erinnerungen derjenigen, die davongekommen waren. Ich drang nicht weiter in ihn, doch er fasste sich rasch wieder, räusperte sich und blickte mich neugierig an.

»Aber nun mal ehrlich, lieber Herr Kisch, Sie interessieren sich doch nicht nur für die alten Geschichten. Ich habe mein Geschäft zwar schon lange aufgegeben, aber ich bin immer noch gut informiert, was in der Welt der Kunst alles so geschieht. Dass heute überall nach Werken gefahndet wird, die in den Wirren des Weltkriegs abhandengekommen sind oder ihre Besitzer auf obskure Weise wechselten, das ist mir nicht entgangen. Hand aufs Herz, wonach suchen Sie?«

Etwas kleinlaut gab ich ihm zu verstehen, dass ich schon seit Jahren versuchte, den Turm der blauen Pferde zu finden, und merkte deutlich, wie sein Wohlwollen mir gegenüber schwand.

»Bitte, nein, bitte missverstehen Sie mich nicht, ich bin keiner von diesen Spinnern, die glauben, das Bild sei im Vatikan oder im Pentagon oder mit Marilyn Monroe und Adolf Hitler auf einer einsamen Karibikinsel. Ich habe seit Jahren durch seriöse Recherchen einiges über das Gemälde herausgefunden.«

Er blickte skeptisch, erinnerte sich dann aber wohl, dass ich auf Empfehlung von Jessica Steiner kam, auf die er doch so große Stücke hielt.

»Nun, dann wissen Sie auch, dass ich Ihnen nichts über das Bild sagen kann, niemand weiß etwas. Bei dem Wert, den das Gemälde darstellt, wäre es längst wieder auf dem Markt, da bin ich mir absolut sicher. Sie kennen die juristischen Gutachten, nach denen Werke der angeblich entarteten Kunst, die aus deutschen Museen entfernt wurden, nicht restituiert werden müssen. Das ist ja keine Raubkunst, die uns verfolgten Juden abgenommen wurde, auch keine Kriegsbeute. Der Turm der blauen Pferde gehörte dem deutschen Staat, und der durfte das Gemälde aus dem Museum entfernen, verkaufen oder was auch immer mit ihm anstellen. Der Alliierte Kontrollrat hat die entsprechenden Verordnungen des Deutschen Reiches nach dem Krieg nicht außer Kraft gesetzt, da sage ich Ihnen doch bestimmt nichts Neues.«

Landau war erstaunlich gut unterrichtet, auch wenn zu seiner aktiven Zeit die Frage nach der Herkunft eines Kunstwerks für den Handel kaum eine Rolle spielte, oder allenfalls dann, wenn man mit dem Nachweis eines prominenten Vorbesitzers den Wert des Objekts steigern konnte. Es stimmte, wer immer das Bild seinerzeit gekauft haben mochte, der war sein rechtmäßiger Eigentümer.

»Verstehen Sie mich nicht falsch, verehrter Herr Landau, natürlich bin ich nicht gekommen, weil ich hoffte, Sie verraten mir, wo das Bild abgeblieben ist. Ich möchte nur so viel wie möglich über die Kanäle wissen, durch die zu jener Zeit Kunstwerke ins Land gelangten und gehandelt wurden. Ich hoffe auf neue Namen, auf Fakten, die mich zu Quellen führen, die ich noch nicht kenne.«

»Ich kann Ihnen versichern, Herr Kisch, wenn das Gemälde von Marc in den vierziger Jahren oder auch später in Los Angeles angeboten worden wäre, ich wüsste es. Ich bilde mir ein, dass solche Dinge nicht an mir vorbeigegangen wären.«

»Gewiss, das glaube ich Ihnen gern, aber ich wollte und will nun mal nichts unversucht lassen.«

»Es tut mir sehr leid, ich kann Ihnen da wirklich nicht weiterhelfen.«

Er wollte den lästigen Gast loswerden, das spürte ich, doch ich hatte nicht vor, mich von ihm zu verabschieden ohne nicht wenigstens einen Hinweis darauf, wie ich den damaligen Netzwerken auf die Spur kommen könnte. Landau sei doch gewiss nicht der Einzige gewesen, der mit der europäischen Moderne in dieser Zeit hier in Los Angeles Geschäfte gemacht hatte, hakte ich nach, irgendetwas müsse er doch wissen, was mir weiterhelfen würde.

Der alte Mann runzelte die Stirn, hoffentlich brüskierte ihn meine Hartnäckigkeit nicht, dachte ich besorgt.

»Ich sehe schon, Sie lassen sich nicht so einfach abspeisen. Imponiert mir, junger Mann. Also gut, einen Ratschlag hätte ich vielleicht. Gehen Sie nach Pasadena.«

Ich verstand nicht, was er meinte. Warum ausgerechnet Pasadena, wollte ich von ihm wissen. Er wies mich mit überlegener Miene auf Galka Scheyer hin, die Sammlerin, die müsse ich doch kennen, deren Nachlass liege bekanntlich dort im Norton Simon Museum. Interessante Papiere seien im Archiv zu finden, und in ihren Briefen könne man nachlesen, wie sie sich abgemüht hatte, um wenigstens einige Werke zu verkaufen.

»Das war dann ja wohl zu der Zeit, als auch Sie mit dem Kunsthandel begonnen haben, stimmt's?«

»Das schon, aber ich habe sie nicht persönlich gekannt, und als ich meine Galerie am La Cienega Boulevard eröffnete, da war die Scheyer schon gestorben. Aber die Filmleute erzählten mir oft von ihr, sie sei immer wie ein Wirbelwind hinter ihnen her gewesen und habe zu mondänen Partys eingeladen, auf denen sie ihre Kunst zum Verkauf anbot. Sämtliche Stars und Sternchen gaben sich dort ein Stelldichein.«

»Sie lebte erst seit Mitte der zwanziger Jahre in Kalifornien, nicht wahr? Vorher war sie doch in New York.«

»Ich glaube schon. Jedenfalls hatte sie die allerbesten Verbindungen zu deutschen und amerikanischen Künstlern, stand auch mit Kandinsky lange Jahre in Kontakt, und der war ja ein enger Freund von Franz Marc. Wer weiß, vielleicht gibt es in ihren Papieren einen Hinweis für Sie.«

Recht hatte der Mann, die Sammlerin war ja mit Gott und der Welt bekannt gewesen, und jetzt, wo sich meine Suche auf das amerikanische Exil konzentrierte, wäre es sicherlich lohnend, mir ihre Archivalien einmal gründlich vorzunehmen.

»Aber bitte, Sie sollen nicht umsonst hier gewesen sein, ich geben Ihnen eine kleine Führung durch unser Haus, das ist alles im Originalzustand. Die elektrische Apparatur der Oberlichter und Klappfenster im Schlafzimmer und im Bad funktioniert noch einwandfrei, kommen Sie, das müssen Sie sehen. Dass Lautner am Hang eine kleine Gästewohnung eingebaut hat, das ist Ihnen bekannt?«

# 18

Da woll'n wir doch mal sehen, was uns die Frau Kannenberg heute wieder Gutes auf den Tisch gebracht hat.«

Die Flügeltür zum Vorzimmer des Speisesaals wurde weit aufgestoßen, Adolf Hitler betrat anscheinend bestens gelaunt den Raum, und die Männer, die am Fenster im Gespräch beieinanderstanden und schon eine Weile auf den Führer gewartet hatten, nahmen Haltung an, einige hoben den rechten Arm zum Gruß.

»Aber ich bitte Sie, meine Herren, wir sind doch hier ganz unter uns.«

Philippe Boulher, der junge, schneidige Leiter der Reichskanzlei, wie immer adrett im Dreiteiler mit Krawatte, fasste einen kräftigen Mann am Ellenbogen und zog ihn, leicht hinkenden Schrittes, ein wenig nach vorn.

»Herr Reichskanzler, Sie hatten gestern nach Professor Waldschmidt verlangt.«

»Waldschmidt, wir haben uns lange nicht gesehen. Sie machen sich rar, haben viel zu tun, nehme ich an.«

»Mein Führer, es ist mir eine große Ehre. Ein Mittagessen in der Reichskanzlei, dazu noch im kleinen Kreis …«

»Schon recht, aber was erfrischt besser als ein Gespräch unter Künstlern, finden Sie nicht, mein lieber Waldschmidt?«

Arnold Waldschmidt hatte die Arbeiten am Modell seines gigantischen Soldatenreliefs für die Arkaden des Luftfahrtministeriums unterbrochen. Mein Parthenonfries, nannte er das große Werk immer stolz. Ein erhabener Ausdruck des neuen Staates und seines Wehrwillens sollte es werden. Unter den Pazifisten der Republik, die er zutiefst verachtete, hätte er so etwas niemals verwirklichen können, aber nun war seine Zeit gekommen, und die Kunst durfte, da war er sich sicher, endlich wieder wahre Größe zeigen. Hitler hatte für eine Wiedergeburt deutscher Erhabenheit gesorgt, er würde ihm ewig dankbar sein. Heute jedoch war er dem Wunsch einer Gruppe einflussreicher Freunde gefolgt, die wussten, dass er als SS-Mann und NSDAP-Mitglied der ersten Stunde leichten Zugang zu Hitler hatte. Schließlich kannte der alte Kämpfer den Führer schon seit 1920, als dieser noch ein unbedeutender Lokalpolitiker einer unbedeutenden Splitterpartei war. Manchmal bat Hitler ihn zu sich, denn er unterhielt sich gern mit ihm über die Künste und vor allem über seine städtebaulichen Pläne für die Hauptstadt. Anders als sonst hatte sich Waldschmidt diesmal in einer heiklen Mission auf den Weg gemacht und die Reichskanzlei in der Wilhelmstraße mit gemischten Gefühlen betreten. Sieht wirklich aus wie das Verwaltungsgebäude eines Seifenkonzerns, urteilte er, Speer hatte das trefflich beschrieben. Doch das würde beim Neubau besser werden, großartig waren die Pläne, die der Architekt ihm gezeigt hatte. Ungeduldig wartete Waldschmidt auf den richtigen Augenblick, um die Sache dem Führer vorzutragen.

»Ich habe mir Ihre Entwürfe für Görings Ministerium angeschaut, kolossale Sache. Der Gleichschritt als Symbol deutschen Soldatentums, ganz ausgezeichnet, könnte von mir sein.«

Waldschmidts grimmiges Gesicht verzog sich zu einem verbindlichen Lächeln.

»Zu viel der Ehre, mein Führer, der soldatische Körper ist ja an sich schon eine Skulptur.«

»Gut gesagt, lieber Waldschmidt, Sie werden es schon erleben, wenn wir Deutschland erst einmal zu voller Blüte gebracht haben, dann warten überall große Aufgaben auf Sie, vielleicht auch im Ausland, wer weiß. Ich sehe da herrliche Schöpfungen voraus. Wir brauchen Männer wie Sie, die mit monumentaler Kunst der Menschheit die Weltgeltung unseres Reiches vor Augen führen.«

Der Bildhauer freute sich über das schnarrend vorgebrachte Lob. Man hatte ihm bereits zugetragen, dass er beim Bau der Neuen Reichskanzlei für einen Teil des skulpturalen Schmucks im Gespräch sein sollte, er hatte also viel zu verlieren. Waldschmidt schluckte. Trotzdem musste es sein, es gab kein Zurück, er hatte es den Männern versprochen, und schließlich ging es um die Ehre eines verstorbenen Kollegen, auch wenn er dessen Werke im Grunde gar nicht mochte.

»Aber nun woll'n wir mal zu Tisch gehen, sind sicher hungrig nach der harten Arbeit im Atelier. Die anderen Herren wurden Ihnen vorgestellt?«

Bestätigend nickte Waldschmidt in die Runde.

Boulher schob einen schweren Wollvorhang beiseite. Die Männer folgten dem Führer in das angrenzende Speisezimmer und setzten sich um den Tisch in der Mitte des Raumes, der als einziger mit schlichtem weißem Porzellan eingedeckt und einem sommerlichen Blumengesteck geschmückt war. Außer Hitler selbst, dem Leiter seiner Kanzlei und dem etwas nervösen Bildhauer waren noch Heinz Linge dabei, Mitglied des persönlichen Dienstes des Führers und ständig an dessen Seite, SS-Obergruppenführer Wilhelm Brückner und Theo Morell, der Leibarzt des Reichskanzlers, sowie ein weiterer Mann in Uniform, dessen Name der etwas harthörige Waldschmidt nicht verstanden hatte.

Hitler trat an den Tisch und hob den Deckel von der Schüssel. Dichter Dampf stieg auf, die Hauswirtschafterin hatte gerade erst alles dort abgestellt.

»Kartoffeln mit Leinöl und Quark, dazu ein frischer grüner Salat, die gute Frau Kannenberg weiß, was ich mag! Was wäre Deutschland ohne die deutsche Kartoffel, nicht wahr? Sagen Sie mal selbst, lieber Boulher.«

Der Angesprochene verzog unmerklich das Gesicht. Er war zwar ein fanatischer Anhänger Hitlers, nur unter ihm konnte die rassische und genetische Gesundung des deutschen Volkes gelingen, die dem gehbehinderten Akademiker so wichtig war, und er versah seinen Dienst mit glühendem Eifer, aber die asketische Vorliebe des Führers für Gemüse, Rohkost und Salat konnte er beim besten Willen nicht teilen. Was wäre Deutschland ohne den deutschen Schweinebraten, dachte er bei sich, aber so eine Sottise mutete er seinem humorlosen Chef natürlich nicht zu. Wenn es bei diesen Mittagessen wenigstens etwas Anständiges zu trinken geben würde, bedauerte Boulher nicht zum ersten Mal, doch willfährig erhob er sein Wasserglas.

»Sehr recht, mein Führer, auf die deutsche Kartoffel!«

Amüsiert stimmten die anderen Anwesenden ein, nur Waldschmidt war das zu albern, er hatte andere Sorgen.

»Auf die deutsche Kartoffel!«

Hitler prostete lachend den Gästen zu und gab seinem Leibdiener einen Wink.

»Also, meine Herren, greifen Sie zu.«

Karl Wilhelm Krause, der im Hintergrund gewartet hatte, servierte die dünne Gemüsebrühe mit Eierstich, die bereits in einer großen, mit Adler und Hakenkreuz dekorierten Terrine auf der Anrichte stand. Die Männer löffelten rasch, tauschten einige Belanglosigkeiten aus und wandten sich dann der Schüssel mit den dampfenden Kartoffeln zu. Die meisten von ihnen wussten, dass Hitler darauf bestand, das ihm lästige Mittagessen in möglichst kurzer Zeit hinter sich zu bringen.

Waldschmidt konnte nicht mehr länger an sich halten und richtete sich in der polternden Weise, für die er bekannt war, an den Führer.

»Ich will nicht länger schweigen, unmöglich die ganze Sache!«

»Aber was ist denn los, Waldschmidt, so erregt? Nun sprechen Sie schon.«

Der Bildhauer riss sich zusammen, versuchte, angemessene Worte zu finden.

»Mir haben einige gute deutsche Männer, Ihnen alle treu ergeben, die bedauerliche Tatsache anvertraut, dass seit ein paar Tagen in der Ausstellung Entartete Kunst ein im Weltkrieg gefallener deutscher Offizier auf das Gröbste verunglimpft wird. Das darf doch nicht sein, mein Führer.«

»Wen meinen Sie, Herr Professor? Ich kann Ihnen nicht folgen.«

»Sie kennen den Maler Franz Marc? Den Turm der blauen Pferde?«

»Grausliches Geschmiere, hat man mir dort vor der Eröffnung beim Rundgang gezeigt, warum fragen Sie?«

»Der Mann ist in Ausübung seiner Pflicht 1916 an der Westfront bei Verdun gefallen. Bei einem Melderitt von einer Granate getroffen. Tragisch, mein Führer.«

»Was Sie nicht sagen.«

»Doch, doch, und nun herrscht im Traditionsregiment seiner Einheit und auch bei anderen hochstehenden Offizieren die größte Empörung. Die Herren verwahren sich entschieden dagegen, dass ein deutscher Kriegsheld so in den Schmutz gezogen und gemeinsam mit den jüdisch-bolschewistischen Auswüchsen der Weimarer Kunst an den Pranger gestellt wird.«

»Aber das Gemälde ist zweifellos entartet, völlig undeutsch das Bild.«

Waldschmidt atmete tief ein.

»Das mag sein, mein Führer, aber einen deutschen Leutnant, der auf dem Feld der Ehre sein Leben gelassen hat, so bloßzustellen … Bedenken Sie doch.«

Der namenlose Mann in Uniform murmelte ein paar missbilligende Worte, und Boulher, der als Sohn eines Offiziers der Bayerischen Armee in die Sache eingeweiht worden war und Waldschmidts Begegnung mit Hitler einen Tag zuvor eingefädelt hatte, blinzelte nervös durch die runden Gläser seiner Brille.

»Herr Professor Waldschmidt hat recht, mein Führer. Das Bild hat in der neuen Zeit selbstverständlich keinen Platz mehr, entartet ist das, schon richtig. Aber den Maler dermaßen ehrabschneidend zu behandeln, das geht denn doch zu weit, meinen Sie nicht? Gerade im Vergleich mit dem ganzen abscheulichen Dreck, der sonst so in München zu sehen sein soll, ist das Gemälde meiner Ansicht nach weder als verjudet noch als kommunistische Agitation zu bezeichnen.«

Hitler dachte nach, die starre Maske seines Gesichts verriet nichts darüber, was er von Waldschmidts Vorstoß hielt.

»Krause, bringen Sie den Herren noch etwas Fachinger.«

Im Speisesaal war es still geworden, niemand wagte zu sprechen, niemand klapperte mit dem Besteck, auch der Diener hielt die befohlene Wasserflasche wie eingefroren in der Hand. Waldschmidt und Boulher blickten einander unruhig an, sie befürchteten, dass sie zu weit gegangen waren.

»Aber das Bild ist scheußlich. Blaue Pferde, wer malt denn so was?«

»Der Künstler hat es halt so gesehen, mein Führer.«

»Aber warum ist der Mann dann bloß Maler geworden?«

Morell platzte heraus.

»Köstlich, mein Führer, warum ist der Mann dann bloß Maler geworden? Köstlich, muss ich meiner Frau erzählen.«

Die Männer lachten, sie lachten lauter, als es der schale Witz Hitlers verlangt hätte, und waren froh, dass die heikle Situation so vielleicht ausgestanden war.

»Also, Waldschmidt, Sie haben Nerven, muss ich schon sagen. Aber gut, ich verstehe, was Sie meinen, haben nicht ganz unrecht. Ein deutscher Offizier bleibt ein deutscher Offizier, auch wenn er schlechte Bilder malt. Und der Ausstellung mit ihren dummen Witzeleien dadaistischer Lärmerzeuger, kubistischer Gipsformer und futuristischer Leinwandfärber schadet es nicht, wenn ich das Bild entfernen lasse.«

Der Bildhauer atmete auf.

»Die Herren Offiziere werden Ihnen sehr zu Dank verpflichtet sein.«

»Lassen Sie es gut sein, Professor, ich habe meinen Entschluss gefällt. Boulher, Sie kabeln unverzüglich nach München, General von Reichenau soll ein paar seiner Männer schicken. Sofort abhängen den Schinken, Befehl des Führers, ich will nichts mehr davon hören.«

»Jawohl, mein Führer, unverzüglich, zu Befehl.«

# 19

Ein Cabriolet, das hatte ich nicht erwartet. Sah aber hinreißend aus, nicht nur der Wagen. Sie hatte sich zur weißen Bluse ein Bandana mit mexikanischen Ornamenten um die Haare geschlungen, zwei vorwitzige Zipfel gaukelten wie Schmetterlinge bunt im Wind, dazu eine übergroße Sonnenbrille, die ihr das Aussehen eines allerdings sehr attraktiven Insekts verlieh. Wie eine Diva saß sie am Steuer und fuhr langsam die Einfahrt zum Gästehaus hoch. Offenbar hatte sie voller Lust alle Klischees eines filmreifen Auftritts für mich inszeniert. Der rote Mini Clubman hielt an, Jessica schob sich die dunklen Gläser auf die Nasenspitze, lehnte sich zu mir herüber und ließ die Tür der Beifahrerseite aufspringen. Sie verstand es, ihrem strahlenden Lächeln einen überdeutlich geschauspielerten Anstrich von Koketterie zu verleihen und kam mir trotz ihrer parodistischen Mimik wie verwandelt vor. Ihr erstes Gesicht, oder war es ihr zweites, ich wusste es nicht, hatte die schmerzlichen Züge verdrängt, die ihr Aussehen noch gestern überschattet hatten. Kaum zu glauben, dass dies die Frau sein sollte, die Tom mir vorgestellt hatte.

»Steigen Sie ein, das perfekte Wetter für einen kleinen Ausflug.«

»Jessica, wie schön, Sie zu sehen.«

Ich wollte ihr erzählen, was ich bislang herausgefunden hatte, und hatte deshalb vorgeschlagen, am Abend in Jessicas Büro zu kommen. Doch sie hatte nur gelacht, sie hätte eine bessere Idee und würde mich nach der Arbeit abholen.

Und pünktlich war sie nun da. Ich wartete erst wenige Minuten vor der Tür des Pink Palace, etwas nervöser als mir lieb war, und hatte mir den Feierabendverkehr angeschaut, der den Sunset Boulevard in beiden Richtungen unterwegs war. *I walk this empty street, on the boulevard of broken dreams*, klang es durch meinen Kopf, in dem immer dann die Feen und Wichtel umhergeisterten, wenn ich an Jessica dachte. Die Sonne stand bereits etwas niedriger, doch es war warm und hell. Mit monoton pulsierendem Rauschen strömten die Fahrzeuge an den Apartmentblocks vorbei, ein urbaner Wellenschlag, der wohl mit dem Ozean wetteifern wollte.

»Todschicker Wagen, den hatten Sie in New York bestimmt noch nicht, oder?«

Sie blickte mich belustigt an.

»Nein, dort habe ich natürlich immer die Subway genommen. Aber hier geht es ja nicht ohne Auto.«

Ich stieg ein und sah zuerst ein Paar sehr langer, sehr braungebrannter Beine, die aus einem sehr kurzen Rock hervorschauten, den sie nun ein wenig verlegen glatt strich.

»Lieben Sie das Autofahren in Los Angeles auch so wie ich?«

»Kommt drauf an.«

»Auf was kommt es an?«

»Na, wohin die Reise geht. Heute Abend werden wir es beide lieben, Sie werden schon sehen, mein lieber Max.«

Der rote Flitzer setzte sich in Bewegung und glitt die Straße zwischen den teuren Privatschulen entlang. Die Fahrt ging durch die Stadtlandschaft der Vorgärten und immer eindrucksvolleren Residenzen, vorbei an der Feuerwache mit ihren verchromten

Löschzügen. Mir fielen die Brände wieder ein, unglaublich, das war erst zwei Tage her, die Lage hatte sich offenbar beruhigt. Kurviger und immer kurviger verlief unser Weg. Bald segelten wir durch die Riviera mit ihren italienischen Straßennamen, Capri Drive, Amalfi Drive, hart am Wind kreuzten wir, wundervolle Inseln mit blühenden Sträuchern und anderen exotischen Gewächsen wucherten am offenbar reichlich gewässerten Straßenrand, eine so üppige Vegetation, dass man sich wirklich am Mittelmeer glaubte. Jessica nahm nicht die kürzeste, aber die schönste Strecke, die hinunter zum Pazifik führte, Boulevard der Dämmerung, dem Untergang der kalifornischen Sonne entgegen.

»Wohin fahren wir?«

»Lassen Sie sich überraschen.«

Ich begann ihr zu berichten, was der alte Landau mir erzählt hatte, aber sie legte ihre Hand für einen kurzen Augenblick auf meinen Arm, um mich zu unterbrechen. Eine unwillkürliche, fast schon intime Geste, die uns wohl beide überraschte. Schwer zu glauben, dass wir einander erst seit so kurzer Zeit kannten.

»Später, Max, das hat doch noch Zeit, genießen wir den Fahrtwind und die großartige Aussicht. Hier müsste man leben, meinen Sie nicht auch?«

»Lion Feuchtwanger hat nicht weit von hier gewohnt und Thomas Mann, das wissen Sie natürlich.«

»Na klar, aber dahin fahren wir nicht, obwohl es in der Villa Aurora heute Abend eine interessante Lesung gibt.«

»Sondern?«

»Warten Sie's ab.«

Wir segelten weiter, und bald zog die Straße eine enge Kurve, etwas steiler ging es nun den Hügel hinab. Jessica wies mich auf ein orientalisch aussehendes Bauwerk hin, das am Ufer eines kleinen Sees in einem Park stand. Eine gleißend weiße Kuppel mit goldener Blüte auf der Spitze schimmerte durch die Bäume.

»Kennen Sie das da?«

»Eine Moschee, oder?«

»Aber nein, ein Meditationszentrum ist das, der Selbstverwirklichung aller Menschen gewidmet.«

Ein indischer Guru habe die Anlage Ende der vierziger Jahre auf einem alten Filmgelände gegründet, erklärte sie mir amüsiert, als sie merkte, wie verblüfft ich war. Einige Kulissen könne man im Park immer noch entdecken, viele Religionen der Welt würden dort geehrt, selbst ein Teil der Asche Gandhis sei da begraben.

»Das müssen Sie mal besichtigen! Eine ganz eigene, etwas merkwürdige Welt, aber von anrührender Schönheit. Elvis ist manchmal dort gewesen, habe ich jedenfalls gehört. Wenn er in Los Angeles zu Dreharbeiten war, dann hat er in dem Tempel meditiert.«

»Wirklich?«

»Ja, das sollten Sie auch mal versuchen, am Ende des Pfades der Erleuchtung wartet auf Sie garantiert der Turm der blauen Pferde.«

Jessica machte sich über mich lustig, doch mir gefiel ihre spöttische Art. Ich durfte das wirklich nicht mehr so verbissen sehen, die Luft der Freiheit sollte auch für mich wehen, hatte ich mir gestern ja noch vorgenommen.

Schließlich bogen wir nach rechts in den Pacific Coast Highway. Das Zwielicht des beginnenden Sonnenuntergangs färbte goldene und rote Strähnchen ins Wolkenhaar. Eitel blickte der Himmel in den Spiegel des Meeres, schön, viel zu schön sah er aus.

»Ich grüße dich, du alter Ozean!«

Nun blickte sie mich fragend an. Das sei von Lautréamont, erklärte ich ihr, die Gesänge des Maldoror, ein böser, grausamer Hymnus, die Surrealisten hatten ihn geliebt. Einen Autor metaphysischer Revolte hatte Camus ihn genannt, aber man wusste eigentlich gar nichts über den Mann.

»Habe ich nie gelesen, und Sie können das sogar auswendig.«

»Leider nur diesen einen Vers, muss ich zugeben.«

Ich verzog das Gesicht zu einer komödiantischen Grimasse.

»Bitte verzeihen Sie mir diese Hochstapelei, ich wollte Sie beeindrucken mit meinem ach so enzyklopädischen Wissen.«

»Wär' gar nicht nötig gewesen, bin schon genug beeindruckt von Ihnen.«

Wir freuten uns über unseren kleinen, flirtenden Dialog und riefen den Vers ausgelassen den Wellen entgegen.

»Wir grüßen dich, du alter Ozean!«

Noch ein paar Meilen weiter fuhren wir die Küste entlang, ließen Topanga Beach hinter uns. Einige Surfer standen wie halbnackte Bananen aus ihren Neoprenanzügen geschält am Straßenrand und verluden ihre Bretter auf den Autodächern, denn die Sonne senkte sich nun immer tiefer. Die frühe kalifornische Nacht kündigte sich an, als wir vor einem flachen Holzbau anhielten. »Moonshadows« stand über dem blauen Dach einer Veranda zu lesen. Dafür waren wir nun also so weit hinausgefahren, merkwürdig, dachte ich, solche Restaurants gab es ja viele in Los Angeles.

Wir betraten den engen Gastraum. Alle Tische waren besetzt, die Menschen drängten sich an der Bar, gut gekleidete Leute ließen ein aufgedrehtes Geschnatter und Lachen hören. Hierher kamen offenbar die, deren amerikanischer Traum von einem besseren Leben sich erfüllt hatte. Jessica nahm mich bei der Hand, zwängte sich durch die Anwesenden und zog mich hinter sich her. Nervös erwiderte ich den unerwartet resoluten Druck ihrer Finger, und wir verließen das Gebäude durch den Hinterausgang. Eine hölzerne Terrasse schwebte über dem Meer. Nun wusste ich, warum sie mich zu diesem Ort mitgenommen hatte.

Sie hatte uns einen kleinen Tisch reserviert, direkt an der gläsernen Brüstung, wir saßen, ja, wir saßen wirklich im Ozean.

»Jessica.«

»Ich wusste, das würde Ihnen gefallen.«

»Es ist atemberaubend.«

Atemberaubend wie Sie, wollte ich so gern hinzufügen, aber das traute ich mich nicht. Ihr Gesicht, ihr Körper, vom Licht der tief stehenden Sonne wie in einen unwirklichen, aus Dämmerung gewobenen Mantel gehüllt, sie zogen mich an und schüchterten mich zugleich ein. Die Jessica, die heute Abend hier vor mir saß und aus der ich nach wie vor nicht schlau wurde, war ganz plötzlich von demütigender Schönheit. Mir fielen all die Abende wieder ein, die ich in den letzten Wochen damit zugebracht hatte, das leere Gefühl in mir zu betäuben, das die Trennung von Julia in mir hinterlassen hatte. Verblendet, wie ich war, hatte ich mich nach langer Zeit endlich wieder ins Berliner Nachtleben gestürzt und mir immer die unerreichbarsten Frauen ausgesucht, die ich im Berghain tanzen sah, hatte mit ihnen geflirtet, ohne es auch nur ein einziges Mal wirklich ernst zu meinen, verlorene Nächte mit so halbherzigen wie vergeblichen Versuchen, wenigstens einen dieser ekstatischen Körper zu erobern, von denen ich hoffte, sie könnten mein fast völlig verrostetes Selbstwertgefühl wieder aufpolieren.

Wir bestellten uns Drinks, die der Filmkulisse dieser farbenglühenden Dämmerung angemessen waren, bunte Kreationen mit allerlei Früchten dekoriert, und schauten eine Weile wortlos auf das Meer. Er grüßte uns nun zurück, der alte Ozean, seine Wellen brandeten unter uns an den Strand, es war wie eine Bootsfahrt auf hoher See. Einen wundervollen Blick über das Wasser hatten wir von hier aus, und ich wusste auf einmal wieder, warum ich mich so sehr nach Los Angeles gesehnt hatte. Doch dies war wirklich nicht der Ort, um sich über Probleme der Provenienzforschung auszutauschen, das wurde mir rasch klar, als ich mich umsah. Liebespaare an allen, an fast allen Tischen. Leise und glücklich tuschelten sie miteinander, saßen auch schweigend da, wie wir.

Jessica schaute mich an.

»Jetzt muss ich Ihnen gestehen, dass ich erst das zweite Mal hier bin, das erste Mal …«

Sie sprach nicht weiter, und über ihrer Stirn zogen wieder diese Gewitterwolken auf, die ihre fröhliche, spöttische Stimmung bis dahin so glücklich verscheucht hatten. Deutlich konnte man spüren, dass sie etwas bedrückte, und trotz der Nähe, die uns immer stärker miteinander verband, überraschte es mich, was sie mir nun offenbarte.

»Als ich aus New York hierherkam, da fiel es mir nicht leicht, mich in Los Angeles wohlzufühlen. Eigentlich hatte ich mich mein ganzes Leben lang in den Big Apple verbissen, führte dort ein irgendwie europäisches Dasein, verstehen Sie, was ich meine?«

»Kann's mir schon denken, New York ist ja nicht wirklich eine amerikanische Stadt. Ich glaube, deshalb lieben die Europäer es auch so sehr.«

»Jedenfalls kannte ich niemanden hier, bis auf die Kollegen am Getty, die alle sehr nett zu mir waren. Ich musste allein meinen Weg in diese Westküstenwelt finden, die mir völlig fremd war, habe mich dann rasch aus purer Einsamkeit in den falschen Mann verliebt, aber das war nach ein paar peinlichen Tagen voller törichter Hoffnungen gleich wieder vorbei.«

Noch einmal schwieg sie für einen kurzen Moment, und mir war nicht klar, was ich auf ihr unerwartetes Geständnis erwidern sollte.

»Wissen Sie, ich stamme aus einer ziemlich wohlhabenden Unternehmerfamilie. Mein Großvater, ich habe Ihnen schon von ihm erzählt, dem Zauberer, der hatte seit den vierziger Jahren in Brooklyn ein Vermögen mit dem Import von Handelswaren gemacht. Ich wuchs sehr behütet auf, meine Eltern hielten alle Probleme von mir fern, ihrem einzigen Kind, und schließlich studierte ich an der NYU. Kunstgeschichte natürlich, weil mir nichts Besseres einfiel, die typische höhere Tochter eben.«

Ich wollte protestieren, aber sie fuhr unbeirrt fort.

»Doch, wirklich, glauben Sie mir, ich weiß leider nur zu gut, wovon ich rede. Eigentlich war es die Provenienzforschung, die mich wachrüttelte.«

»Wie meinen Sie das?«

»Nun, ich wurde ganz unvorbereitet, am Ende meines Studiums war das, mit schlimmen Geschichten konfrontiert, mit Schuld und Verlust, vor allem mit der Verfolgung der europäischen Juden, und das zeigte mir eine andere, eine schmerzliche Welt, die mir bis dahin ganz fremd geblieben war. Jedenfalls ließen mich diese Dinge seither nicht mehr los.«

Sie nippte ein wenig an ihrem Cocktail und spießte sich ein kleines Stückchen Ananas auf, das sie nachdenklich musterte und ein paar Augenblicke lang vor ihren Lippen, ihren wundervollen Lippen, balancierte.

Die Sonne versank nun endgültig im Meer, blutrot wie ihr Mund.

»Ganz schön kitschig, nicht wahr?«

Doch ich wusste, dass sie nicht den Himmel meinte, und schüttelte nur stumm den Kopf. Es fiel ihr schwer, das Glück dieses Abends hinzunehmen, das konnte ich sehen. Ich hatte viel von ihr erfahren, erzählte ihr auch aus meinem Leben, und unsere manchmal doch recht schwermütigen Erinnerungen schlugen um in eine ganz unerwartete Vertraulichkeit. Eine ernste, melancholische Frau trat immer deutlicher aus ihrem vorhin noch so unbekümmerten Gebaren hervor, und das berührte mich fast noch stärker als ihre Schönheit, die ich hinter ihrer

Nachdenklichkeit, nein, die ich in ihrer Nachdenklichkeit mehr und mehr entdeckte. Doch auch ich konnte mich diesem Glück nicht einfach so überlassen. Ein nagender Dialog mit mir selbst drängte sich zwischen uns, ein zweites, verunsichertes Ich flüsterte mir andauernd Zweifel ins Ohr, raunte von Begehren und Zurückweisung, von der Furcht, von der Sehnsucht danach, Jessica zu erobern. Für eine neue Beziehung war es zu früh, das wusste ich, erstaunlich klar stellte sich der Gedanke mir in den Weg und störte mein wachsendes Interesse an dieser Frau, die unverhofft in mein Leben getreten war. Julia, denk doch nur an Julia, hast du jemals verstanden, warum du mit ihr so unglücklich warst, fragte ich mich. Doch ich spürte auch, wie gut es mir tat, dass hier ein Mensch saß, der vielleicht etwas anderes in mir sah als bloß den verbohrten Kunsthistoriker, der nichts sonst im Kopf hatte als einer Illusion hinterherzurennen. Widersprüchlich schienen mir all die Signale zu sein, die Jessica, wie ich glaubte, wie ich hoffte, unablässig aussendete. Diese lähmende Unsicherheit kannte ich, sie senkte sich immer tief in mein Inneres, wenn ich begann, mehr für jemanden zu empfinden als bloß körperliche Begierde. Und das endete meistens schmerzlich, oft jedenfalls, viel zu oft.

»Lassen Sie uns gehen, Max, es ist zu schön hier.«

Ich erwiderte ihren Blick, zu schön war es also. Wieder so ein Signal, das ich nicht verstand. Aber den Ort zu wechseln, war gewiss klug. Eine neue Umgebung würde uns helfen, unsere Gefühle zu klären, und ich wollte entdecken, wer sich nun wirklich hinter dieser Frau verbarg. Und vor allem wollte ich die Nacht mit ihr verbringen, ganz gleich, was daraus werden sollte.

»Sind Sie hungrig? Ich kenne ein Restaurant ganz in der Nähe, mit dem ich nun Sie überraschen kann. Und ich verspreche Ihnen, das ist ganz bestimmt nicht kitschig.«

# 20

Nur wenige Minuten später hielten wir an einer schäbigen, blau gestrichenen Baracke. »Cholada, Thai Beach Cuisine« verkündete ein ausladendes Schild, das ein wenig großmäulig über der Hütte angebracht war. Der Laden sah freilich mehr nach einer Imbissbude aus, nach einem Strandlokal für Wellenreiter und Bikinimädchen. Jessica schaute dementsprechend skeptisch drein. Wir stellten den Wagen auf dem Parkplatz vor dem Schuppen ab, stiegen ein paar Stufen hinauf und traten ein. Die junge Frau, die uns begrüßte, sie sprach mit ganz unmerklichem, hübschem Akzent, drückte uns eine abgegriffene Speisekarte in die Hand und brachte uns zu dem letzten freien Tisch in der Ecke an einem der weit geöffneten Fenster. Den Strand ahnte man von hier aus mehr, als dass man ihn sah. Völlig überfüllt war der Laden, kleine Gruppen von Freunden und Familien waren eng aneinandergerückt, genossen die Kühle der Meeresbrise und das gute Essen. Nur an einem Tisch saß ein Mann mutterseelenallein, ein Schauspieler, den ich aus einer Comedyserie kannte. Aber auf seinen Namen kam ich nicht, er spielte einen tollpatschigen Polizisten, war lange her, dass ich mir einige Folgen davon angeschaut hatte. Im Niemandsland zwischen Küche und Gastraum hockte eine alte Thailänderin, die mit der gelassenen Miene eines Buddhas große Berge von Kräutern zupfte.

»Ich bestelle für uns, einverstanden?«

»Natürlich, ich begebe mich gern in Ihre Hände.«

Sie strahlte mich an.

»Gibt es etwas, das Sie nicht mögen? Manches hier ist ziemlich scharf.«

»Das will ich hoffen! Und allergisch bin ich nur gegen schlechtes Essen.«

Das war eine Antwort, die sie mir noch begehrenswerter machte. Vergeblich versuchte ich mich daran zu erinnern, was ich bei meinem letzten Besuch bestellt hatte, aber eigentlich war im Cholada alles unglaublich gut. Eine so authentische Thaiküche suchte man in Deutschland vergeblich. Meine Freundin Veronika, Künstlerin aus Berlin, die einige Zeit in Los Angeles verbrachte hatte und noch immer von einer der hiesigen Galerien vertreten wurde, hatte mich schon vor Jahren auf diesen Laden aufmerksam gemacht. Froh darüber, dass ich wieder einmal hier war, bestellte ich ein laotisches Gericht mit gehacktem Hühnerfleisch, ein Panang Curry, einen Salat mit Kräutern und Tintenfischen sowie Auberginen mit thailändischem Basilikum. Viel zu viel, aber ich konnte und wollte mich nicht entscheiden.

Während wir bei eiskaltem Singha Bier auf das Essen warteten, grüßte ich Jessica von dem alten Landau und begann endlich damit, ihr zu berichten, was mein Gespräch mit dem Kunsthändler ergeben hatte.

»Sie hatten mir gar nicht erzählt, dass er im Silvertop House wohnt.«

»Ein unglaubliches Gebäude, nicht wahr? Eine echte Zeitreise in die sechziger Jahre, wenn man dort ankommt. Ich war schon ein paarmal bei ihm und habe in seinem Archiv gearbeitet.«

»Jedenfalls hat er wirklich ein gutes Gedächtnis. Landau erinnert sich tatsächlich noch an seine ersten Geschäfte, nachdem er aus Deutschland geflohen war.«

»Hatte ich Ihnen ja gesagt, der Mann vergisst nichts.«

Meiner Schilderung hörte sie mit großem Interesse zu, freute sich über die frechen Verkäufe des jungen Landauer und bestätigte, was ich über die Filmleute und deren Kunstsammlungen erfahren hatte. Ausführlich erzählte ich ihr von dem traurigen Hintergrund dieser Anekdoten, sie konnte nachfühlen, wie entsetzlich es für den Flüchtling gewesen sein musste, seinen Onkel nicht mehr retten zu können, die Hoffnung, die er auf die Bilder aus New York gesetzt hatte, furchtbar sei das, wirklich furchtbar, dass die nie ankamen. Und natürlich teilte sie auch mein Bedauern darüber, dass der Kunsthändler mir letztlich nicht weiterhelfen konnte.

»Wie schade, aber hatten Sie wirklich gehofft, Landau wüsste etwas über Ihr Bild?«

»Nein, das natürlich nicht. Aber zum Schluss ist er dann doch noch mit einem Rat rausgerückt, den ich beherzigen will.«

»Und der wäre?«

»Er hat mich auf Galka Scheyer aufmerksam gemacht, eigentlich ganz naheliegend. Sie war ja eine durchaus quirlige Vermittlerin zwischen den Kunstszenen in Deutschland und den USA, auch wenn sie die Künstler aus dem Umkreis des Blauen Reiters erst Jahre nach dem Tod von Franz Marc kennengelernt hatte. Längst hätte ich mich um ihren Nachlass kümmern müssen, der liegt im Norton Simon Museum.«

»Ich weiß, doch bislang hatte ich keinen Grund, die Archivalien dort anzuschauen, wie wichtig die sind, kann ich Ihnen nicht sagen.«

»Ich war schon einige Male dort, habe mir allerdings immer nur die Sammlung angeschaut. Viele der Kunstwerke kommen aus ihrer Schenkung, vor allem Expressionisten. Das meiste sind Zeichnungen und Grafiken, aber auch ein paar wirklich gute Gemälde aus ihrem Besitz gibt es da.«

Sie zögerte einen Augenblick, blickte versonnen in ihr Bierglas, als sei es die Glaskugel eines Wahrsagers, und schien etwas zu sehen, das ich nicht sah.

»Wissen Sie was, Max, ich könnte Sie begleiten, was halten Sie davon?«

Natürlich hatte ich nichts dagegen, überhaupt nichts, auch wenn ich ahnte, dass mich das von meiner Arbeit ablenken würde, aber das war mir mittlerweile egal, solange ich nur in ihrer Nähe wäre.

Die Kellnerin kam und stellte uns die ersten beiden Platten auf den Tisch. Es roch verführerisch nach Limetten und Fischsoße, die Kräuter verströmten ihren ätherischen Duft.

Ich bestellte zwei weitere Flaschen Singha und legte Jessica die schönsten Stücke vor, während die Bedienung noch das Curry und die köstlich glänzenden Auberginen auftrug. Die junge Thailänderin freute sich über unseren Dank und lief zum Tresen zurück, eine Speise nach der anderen trug sie aus der Küche und brachte alles zu den vergnügt genießenden Gästen. Der tollpatschige Polizist aß für zwei, aber niemand schien ihn zu beachten. Mir fiel sein Name einfach nicht ein. Das Gedächtnis des alten Landau müsste man haben, seufzte ich innerlich. Hungrig war sie wirklich, die rätselhafte Frau, die mir gegenübersaß und mir den Kopf verdrehte. Mit Appetit nahm sie sich große Portionen von allen Gerichten, während ich nur nervös auf meinem Teller herumstocherte. Den Salat mit den scharfen gegrillten Tintenfischstücken mochte sie besonders gern. Ihr dabei zuzuschauen, wie sie das Essen genoss, machte mich glücklich. Wir unterhielten uns über die asiatische Küche, die wir beide liebten, erzählten uns von unseren Reisen. Paris und Rom mochte sie sehr, auch Venedig, nur in Deutschland sei sie noch nie gewesen. Ihr Großvater hatte das nicht gewollt, zu schmerzlich seien dessen Erinnerungen an die Heimat gewesen.

Ohne Unterlass redeten wir, kamen von einem Thema zum anderen, und doch war uns beiden die ganze Zeit über klar, dass wir eigentlich etwas völlig anderes zu sagen hätten.

Unwillkürlich hatten wir damit begonnen, einander zu duzen, erst merkte ich es gar nicht, alles andere aber hätte sich längst nicht mehr richtig angefühlt. Unsere Blicke wurden vertraulicher, herausfordernder auch. Das Glück großer Nähe stellte sich ein, doch ich war mir noch immer nicht sicher, ob ich meinen Eindrücken trauen konnte. Und vielleicht ging es ihr ebenso, denn wie sonst sollte ich es verstehen, dass sie mich manchmal so prüfend musterte.

»Es ist es seltsam, aber mir kommt es vor, als würden wir uns schon ewig kennen.«

Ich wusste selbst nicht, warum ich mich jetzt traute, ihr das zu sagen, ungeplant verließen die Worte meinen Mund, erschreckten mich aber offenbar mehr als sie.

»Ach, Max, mir geht es ja auch so, das merkst du doch.«

»Und was soll das alles bedeuten?«

»Ich weiß es nicht, aber seitdem du hier bist, ist nichts mehr so, wie es war. Alles, was du mir erzählst, trägt mich zurück in eine andere Zeit und auch irgendwie ganz in die Gegenwart, hört sich komisch an, nicht?«

»Nein, gar nicht.«

»Es ist lange her, dass mich die Sprache des Zauberers so berührt hat, ich weiß gar nicht, wie ich das sagen soll, aber es fühlt sich an, als käme ich endlich wieder nach Hause. Dir kann ich Sachen anvertrauen, die ich sonst niemandem sagen würde.«

Wir sahen einander in die Augen und konnten nicht mehr leugnen, dass uns die Worte und Blicke, die wir miteinander tauschten, auf eine ganz einzigartige Weise erregten. Mutig berührte ich ihre Hand, sie erwiderte die Geste, unsere Finger glitten vorsichtig ineinander.

»Jessica.«

Sie schaute mich an, lange ruhte ihr Blick auf mir, schlug dann ihre Augen nieder und sagte kein einziges Wort.

Ich rief nach der Rechnung, zahlte rasch und konnte, obwohl ich so ungeduldig war, nicht verhindern, dass die Kellnerin uns die reichlichen Reste unseres Essens einpackte und am Ausgang lächelnd mit auf den Weg gab. Der Schauspieler drängte sich an uns vorbei, Brad Garrett, jetzt wusste ich es plötzlich, er schob Jessicas Körper eng an mich, ich war ihm sehr dankbar. Wie ein altes Ehepaar verließen wir den Laden mit unseren hässlichen Plastiktüten in den Händen und küssten uns, als wir den Wagen erreichten.

# 21

Also dieser Picasso, der widert mich an.«

»Selbstredend, Herr Generalfeldmarschall. Nur gut, dass wir bessere Werke auftreiben konnten, die deutschen Museen haben dessen Bilder doch kaum gesammelt.«

»Ja, aber verrückte und schweinische Sachen genug. Dieses ganze futuristische Zeug, das verabscheue ich zutiefst.«

Josef Angerer blickte sich in dem zugigen Kellerraum um. Er war stolz darauf, dass Göring ihn sogar hierher begleitet hatte. Denn so konnte er ihm die Ausbeute zeigen, die er für den mächtigen Mann zusammengetragen hatte. Und er konnte ihm beweisen, wie groß sein Kunstverstand war, wenn es um Werke der Moderne ging.

»Kann ich nachvollziehen, Herr Generalfeldmarschall, ohne Frage, aber für unsere Zwecke ist das natürlich jetzt von Vorteil. Die entarteten Werke sind aus den Museen entfernt, sind herrenlos, könnte man sagen. Ziegler und seine Kulturkammer haben gute Arbeit geleistet, und wir profitieren nun davon.«

»Haben Sie sich denn die Ausstellung angesehen, die nach Berlin gewandert ist? Ist da für uns noch was zu holen?«

»Nein, das ist alles wertlos. Es wurden ja auch in München nur deutsche Werke gezeigt, die wirklich guten Stücke haben wir schon.«

»Bin Ihnen sehr dankbar. Auf Ihre Expertise kann ich mich verlassen, das weiß ich zu schätzen.«

»Aber ohne Sie und Ihren Einfluss wäre das doch alles gar nicht möglich, Herr Generalfeldmarschall. Schauen Sie sich nur die Gemälde an, die wir hier haben. Wenn Sie das nicht befohlen hätten, wären die immer noch im Lagerhaus der Kulturkammer.«

Göring verzog sein Gesicht zu einer staatsmännischen Miene und nickte geschmeichelt.

»Wohl wahr, Herr Angerer.«

»Die Werke können wir jederzeit auf dem internationalen Markt losschlagen. Die Ausländer mit ihrem minderwertigen Geschmack suchen nach solchen Bildern, und sie zahlen gut.«

»Haben ja alle keine Ahnung von der wahren Größe der Kunst.«

»Dazu braucht es einen Mann von Format, ganz wie Sie, Herr Generalfeldmarschall. Es warten noch viele hervorragende Werke der alten Meister darauf, in Ihre Sammlung aufgenommen zu werden.«

»In der Tat, doch es liegt noch eine immense Arbeit vor uns, Angerer.«

»Sie wissen, ich bin unermüdlich auf der Suche.«

Anerkennend klopfte Göring ihm auf die Schulter.

»Auch einen Vermeer besorge ich Ihnen noch, das wär' ja gelacht. Hab' da schon meine Fühler ausgestreckt. Erst neulich hat das Museum in Rotterdam ein bislang unbekanntes Gemälde des Malers gekauft, einen Christus in Emmaus. Erstklassiges Bild, sage ich Ihnen.«

»Ja, ein Vermeer, der fehlt mir leider noch. Ein großer Meister und selten auf dem Markt, hatten Sie mir letztens schon erklärt.«

»Aber wir finden eines seiner Gemälde, das verspreche ich Ihnen. Werke zum Tauschen haben wir ja jetzt genug. Wenn die Norddeutsche Galerie 1953 wie geplant eröffnet, werden wir in Carinhall nicht nur Ihren sechzigsten Geburtstag gebührend feiern, sondern auch eines der bedeutendsten Museen der Welt, und Vermeer bekommt darin einen Ehrenplatz.«

»Und die Welt wird sehen, dass ich der größte Kenner auf diesem Gebiet bin, stimmt's, lieber Angerer?«

Robert Hallwachs trat näher an die beiden Männer heran. Als Oberregierungsrat war er angewiesen worden, die Lagerung der konfiszierten Kunstwerke zu beaufsichtigen. Die moderne Malerei war ihm suspekt, aber auch die alten Bilder hatte er unter sich. Wenigstens da gab es aus seiner Sicht etwas Reelles zu sehen. Sein Schwager hatte ihm Jacob Burckhardts Kultur der Renaissance in Italien empfohlen, damit er mitreden konnte, wenn die Herren sich unterhielten, doch er steckte seit Wochen heillos in dem dicken Buch fest. Dermaßen ausschweifend war das alles erzählt, er fragte sich, wer so was las, wenn er abends über der Schwarte einnickte.

»Der Name Göring wird zweifellos den gleichen Klang haben wie einst der Name der Medici, Herr Ministerpräsident.«

Der Beamte wusste, wie wichtig es seinem obersten Dienstherrn war, eine bedeutende Kunstsammlung zu besitzen. Doch dass dieser unausstehliche Mensch, dieser Angerer, immer so wichtigtuerisch daherkam, das wurmte ihn, der führte sich ja auf, als sei er hier für die Werke zuständig.

Hermann Göring verschränkte stolz die Arme vor seinem fetten Körper, mit Ach und Krach hielt der breite Gürtel über der Uniformjacke seine Leibesfülle zusammen. Zufrieden nickte er seinem Oberregierungsrat zu, denn keine Schmeichelei wurde ihm zu viel, das wussten alle in seiner Umgebung. Er sonnte sich in seiner Macht, die Ämter häuften sich wie die Orden auf der Brust seiner selbst entworfenen Paradeuniform, die er bald wieder anlegen würde. Reichsgoldfasan nannten ihn einige spöttisch, aber das war ihm egal, nein, insgeheim gefiel ihm der Vergleich sogar. Erst vor wenigen Wochen war er von Hitler nun auch noch zum Generalfeldmarschall befördert worden. Er war unangefochten der zweite Mann im Staate, hochdekoriert und einflussreich in allen wichtigen Belangen des Deutschen Reiches, und das sollte längst nicht der Gipfel seiner Karriere sein, das hatte er sich fest vorgenommen. Ein Fürst braucht eine Kunstsammlung von Weltruf, hatte er seiner Emmy erklärt, die sich als ehemalige Staatsschauspielerin in ihrer neuen Rolle als nationalsozialistische Aristokratin gefiel. Sein immer weiter wachsender Besitz an Gemälden, Skulpturen und Bildteppichen, der ihm in Carinhall zur Verfügung stand, das war ja erst der Beginn. Bald würde sein Privatmuseum die beeindruckendsten Bestände haben, die jemals ein Mensch zusammengetragen hat, dafür würde er schon sorgen.

Wohlwollend wandte sich Göring wieder Josef Angerer zu, den er seit einigen Jahren damit betraut hatte, ihm die besten Werke der mittelalterlichen und frühneuzeitlichen Kunst zu besorgen. Hat sich durchaus bewährt der Mann, fand er, vor allem historische Tapisserien hatte der Teppichhändler ihm gut und billig beschafft, kapitale Stücke waren darunter. Er war Angerer dankbar, dass der nicht lange fackelte, wenn auf dem Markt interessante Sachen auftauchten, und manchmal musste man halt ein wenig nachhelfen. Angerer und auch dessen Kollege Hofer wussten, dass er sie jederzeit decken würde, schließlich handelten sie in seinem Auftrag, im Auftrag des bedeutendsten Sammlers im Deutschen Reich. Gegen ihn konnte nicht einmal Hitler mit seinem geplanten Führermuseum etwas ausrichten, sollte der doch seine Mittel an mediokre Werke des 19. Jahrhunderts verschwenden. Der einzige Kunstliebhaber, der in die Fußstapfen der großen Renaissancefürsten treten konnte, das war ja wohl er, der Reichsgoldfasan, und niemand sonst. Hallwachs hat das vollkommen richtig erkannt, urteilte er selbstgefällig, ein verlässlicher Beamter, kannte sich offenbar bestens aus mit der Kunst, war eine gute Entscheidung, ihn auf diesen Posten zu setzen.

Göring freute sich stets, wenn er mit seinen Leuten darüber sprechen konnte, welche Werke er der Sammlung noch einverleiben sollte, und so wurde schließlich auch der Gedanke geboren, die Schätze, mit denen er seinen Landsitz ausgestattet hatte, in einem Museum der alten Meister dem deutschen Volke zugänglich zu machen. Die Pläne zu dessen Bau und Einrichtung beanspruchten ihn oft mehr als seine lästigen Dienstgeschäfte. Dass er das Museum ganz bescheiden als Norddeutsche Galerie bezeichnete, das sollte sein einziges Zugeständnis an die Empfindlichkeit des Führers bleiben, die Sammlung selbst würde unübertroffen sein.

Heute früh hatte er sich wieder einmal eine Stunde freimachen können von seinen Amtspflichten. Bei prächtigstem Frühlingswetter war er mit Angerer plaudernd den kurzen Weg vom Reichsluftfahrtministerium durch die kleine Grünanlage zum Stabsamt hinübergegangen, wo Hallwachs zusammen mit Greta Grundtmann, der Sekretärin, bereits auf die beiden wartete. Gemeinsam hatten sie sich in den Keller des Gebäudes begeben, in dem sich die aussortierten Werke befanden, die Göring in Augenschein nehmen wollte. Im Gespräch war man rasch auf die Kunst von Picasso zu sprechen gekommen, als Angerer ihm als erstes und, wie es hieß, teuerstes Stück das vor kurzem beschlagnahmte Bildnis des Doktor Gachet präsentierte, ein farbenfrohes Gemälde, wie er fand, dessen künstlerischen Wert er aber nicht so recht einschätzen konnte. Zwar hatte Göring selbst nie Malen oder Zeichnen gelernt, das betonte er immer wieder, aber diese hektische Pinselführung, die erschien ihm doch reichlich seltsam. Er wollte mehr über das Bild erfahren, das rahmenlos auf einer Staffelei vor ihm stand, wollte hören, was sein Händler von diesem van Gogh hielt. War ja ein pathologischer Charakter, das wusste er natürlich.

»Diese leuchtenden, kräftigen Farben, Herr Angerer, Blau, Rot und Gelb, also so etwas habe ich eigentlich schon seit meiner Jugend gemocht, aber die Malweise, ich weiß ja nicht. Besonders im Gesicht, da ist das doch irgendwie störend, finden Sie nicht?«

»Sie meinen dieses Skizzenhafte, nicht wahr?«

»Ja, genau, also immer ein Strich neben dem anderen, reichlich neurotisch kommt mir das vor, so zerstückelt. Nicht so schlimm wie bei Picasso, da hatten Sie vorhin schon recht, aber trotzdem, das konnten die altdeutschen Maler zweifellos besser. Denken Sie nur an meinen geliebten Cranach, von dem habe ich nun wirklich Meisterwerke in meinem Bestand.«

»Das können Sie natürlich nicht miteinander vergleichen, aber wie gesagt, auf dem Markt hat dieses Bild durchaus seinen Preis. Wir sollten versuchen, es in die Schweiz zu verkaufen oder nach Amerika.«

»Na, Sie werden das schon machen.«

»Ich bin froh, dass Sie meinem Rat gefolgt sind, Herr Generalfeldmarschall, und das Bild in Frankfurt beschlagnahmen ließen. Nach Hitlers Erlass hätte das Museum das Gemälde einfach behalten können. Vincent van Gogh hat das ja schon 1890 gemalt, also zwanzig Jahre vor der Frist, die der Führer für die Werke entarteter Kunst bestimmt hat.«

Göring schaute sich in dem engen Kellerraum um. So würde er seine Werke natürlich niemals unterbringen, ausgeschlossen war das. Einfach auf dem nackten Estrich standen die Bilder. Die Rahmen nur mit Holzkeilen geschützt, lehnten sie zu dritt oder zu viert hintereinander unter den Heizungsrohren an den Wänden. Aber gut, das war ja nur für kurze Zeit, hoffte er, seine Kunstagenten würden schon dafür sorgen, dass die Gemälde so schnell wie möglich ins Ausland kämen, die Devisen brauchte er dringend für die wirklich wichtigen Werke. Dass so viele Bilder aus deutschem Museumsbesitz beschlagnahmt worden waren, spielte ihm nun tatsächlich in die Karten, es stimmte ja, was Angerer sagte. Die meisten Gemälde, die er heute begutachten wollte, waren schon seit längerem durch die Kulturkammer eingezogen worden, nur auf das Bildnis von van Gogh hatte ihn erst Angerer aufmerksam gemacht. Hatten sich natürlich mit Händen und Füßen dagegen gewehrt, die Frankfurter, er selbst musste beim Magistrat der Stadt telefonisch für Nachdruck sorgen. Unerhört natürlich diese Weigerung, aber mit seinem Machtwort hatte er sich selbstverständlich durchgesetzt, wäre ja noch schöner gewesen. Nur den Rahmen hatten sie nicht herausgerückt, der gehöre ja gar nicht zu dem Bild und müsse deshalb im Städel bleiben. Diese Pfennigfuchser, musste er lachen. Den sollten sie nur hübsch behalten, dann hatten sie wenigstens eine ewige Erinnerung daran, dass ihr van Gogh nun in seinen Händen war. Ist schon ein Schlitzohr, dieser Teppichhändler, schmunzelte er. Ziemlich gewagt dessen Vorschlag, einfach die teuersten Bilder aus dem Depot der Kulturkammer zu annektieren. Der Mann hatte einen richtigen Jagdinstinkt, verbiss sich in seine Aufgabe, das imponierte ihm.

Hitler und Goebbels waren einverstanden, ein Teil des Geldes würde dann in die Ausstattung der Neuen Reichskanzlei gesteckt, hatten sie verabredet. Doch den größten Batzen könnte er für die eigene Sammlung verwenden. Wenn alles so lief, wie Angerer versprochen hatte, dann würde man versuchen, auch den Rest der entarteten Kunst weltweit zu verkaufen, damit hatte er den Führer von der Sache überzeugt. Aber die wertvollsten Werke hatte er natürlich schon für sich selbst heraussuchen lassen, war ja schließlich seine Idee gewesen. Die Gemälde waren dem Ministerium vor ein paar Tagen auf seine Anordnung hin überwiesen worden, Angerer hatte sie in Empfang genommen, und Hallwachs und seine Mitarbeiterin hatten schon damit begonnen, alles zu inventarisieren.

Göring wandte sich an den Oberregierungsrat.

»Wie viele moderne Werke haben wir jetzt?«

»Dreizehn Stück insgesamt, Herr Ministerpräsident, sind alle hier aufgestellt.«

»Aber reicht das denn, Angerer? Scheint mir doch etwas wenig zu sein.«

»Was wir hier vor uns haben, sind ja die Spitzenstücke der entarteten Kunst, für's erste reicht das. Alles andere findet sich, das machen wir wie besprochen, schlage ich vor.«

»Na, dann zeigen Sie mal weiter. Der van Gogh ist am teuersten, meinten Sie?«

»Ich denke schon, der wird im Ausland hoch gehandelt. Hier haben wir noch zwei Landschaften und ein Liebespaar von ihm, alles aus der Nationalgalerie.«

»Da ist das Porträt aber besser, finden Sie nicht auch?«

»Künstlerisch gesehen schon, aber Landschaften gehen immer gut. Vertrauen Sie mir, die werden wir schon zu Geld machen.«

Angerer rieb sich zufrieden lachend die Hände.

»Und sonst?«

»Zwei weitere Franzosen, ebenfalls Landschaften. Hier der Cézanne stammt aus Essen, und der Signac, Hafen von Saint-Tropez, kommt auch aus der Nationalgalerie.«

»Also, für meine Sammlung ist das ja wirklich nichts, diese Flecken bei Cézanne und dann all die Pünktchen im Hafenbild, eine echte Geschmacksverirrung. Rasch weg damit, würde ich sagen.«

»So machen wir das, natürlich, Herr Generalfeldmarschall.«

»Und diese traurigen Szenen, auch Spitzenstücke, sagen Sie?«

»Von Edvard Munch, dem Norweger.«

»Ich weiß ja nicht, also dafür würd' ich keine einzige Reichsmark ausgeben. So richtig depressiv wirken die, meinen Sie nicht auch?«

»Herr Minister Goebbels hat den früher sehr geschätzt, hab' ich aus erster Hand.«

Hallwachs war froh, endlich auch wieder etwas zum Gespräch beitragen zu können, und er wusste natürlich von der andauernden Konkurrenz zwischen den beiden Politikern, die miteinander um die Gunst des Führers buhlten.

»Ja, das stimmt, Herr Hallwachs, das habe ich auch gehört. Die Nationalgalerie hat viel von Munch gesammelt, vier Bilder haben wir hier. Nordischer Expressionismus hieß es immer, aber schließlich mussten die einsehen, dass auch das alles entartet ist.«

»Das kann man wohl sagen, Angerer, da bekommt man ja direkt Albträume von dem düsteren Zeug. Hier die Frau, ein richtiger Totenkopf ist das doch, was soll das denn bloß darstellen?«

»Umarmung am Strand, heißt das Bild.«

»Na, herzlichen Dank. Also eine Umarmung zwischen Mann und Frau, die stellen wir uns aber ganz anders vor, meinen Sie nicht, Fräulein Grundtmann?«

Die Männer lachten und musterten die etwas bieder gekleidete Sekretärin, die rot angelaufen war, sich die Hand vor den Mund hielt und kicherte.

»Aber Herr Ministerpräsident ...«

»Schon gut, Fräulein Grundtmann, Spaß muss sein.«

Auch Angerer hatte über die Anzüglichkeit gelacht, beruhigte nun aber den mächtigen Sammler, denn er hatte da ein paar Privatleute in Schweden und Norwegen an der Hand, die sich sehr für Munch interessierten.

»Keine Sorge, Herr Generalfeldmarschall, wir werden die Gemälde teuer nach Skandinavien verkaufen. Ich habe da so meine Kontakte.«

»Und das große Bild hier, das mit den Pferden, das kenne ich. Kommt auch aus dem Kronprinzenpalais, wenn ich nicht irre.«

»Sehr richtig, Herr Ministerpräsident, das ist von Franz Marc.«

»Das Gemälde ist bereits in München gezeigt worden, eines der ersten Werke, die vor einem Jahr beschlagnahmt wurden. Meines Erachtens völlig zu Recht, aber einflussreiche Männer haben bei Hitler interveniert, auch Offiziere der Wehrmacht waren dabei, erzählt man sich. Das Bild wurde auf seinen Befehl hin nach wenigen Tagen wieder abgehängt.«

»Warum denn das? Ist doch eindeutig entartet, das Gemälde, wohl auch von Picasso beeinflusst, oder sehe ich das falsch?«

»Nein, nein, Herr Generalfeldmarschall, das sehen Sie völlig richtig, allerdings ist der Maler vor Verdun gefallen, im Weltkrieg, deshalb haben die Offiziere protestiert.«

»Also uns soll's recht sein, stimmt's, Angerer? Dann braucht Ziegler das Bild sowieso nicht länger für seine Ausstellung. Aber ein deutscher Maler, ich weiß nicht, ist denn das Gemälde international überhaupt verwertbar?«

»Immerhin wurden seine Bilder schon vor einigen Jahren in San Francisco gezeigt, auch in New York, im Museum of Modern Art. Und in der Sammlung Rockefeller soll sich ein Werk von ihm befinden. Der Turm der blauen Pferde ist unbestritten das wichtigste Gemälde des Künstlers, und großformatig noch dazu.«

Das hörte Göring gern. Rockefeller war ja ein berühmter Name in der Finanzwelt, und wenn der so etwas sammelte, dann hatte das bestimmt seinen Preis. Vor allem aber freute er sich, dass er selbst ein Gemälde als künstlerisch wertlos ablehnte, das dann vielleicht von einem amerikanischen Milliardär für viel Geld gekauft wurde. Da zeigte es sich wieder, was für einen unbestechlichen Kunstgeschmack er hatte.

»Und außerdem ist der tot, der Maler. Es gibt nur wenige Gemälde von ihm, und davon haben wir drei Werke ergattert, alles Tierbilder, ist ja jung gestorben. Da kommt nichts mehr nach, und das treibt die Preise für Marc natürlich in die Höhe.«

»Also, ich verlass' mich da wie immer auf Sie, mein lieber Herr Angerer. Sie bieten das Bild am besten sofort in Amerika an, vielleicht kauft Rockefeller das auch.«

»Ich werde mein Bestes geben, Herr Generalfeldmarschall, freue mich, dass wir da ganz einer Meinung sind.«

Göring hatte nun alle Gemälde gesehen, diese modernen Sachen, die waren natürlich alle vollkommen uninteressant für ihn, in seine Sammlung passten die jedenfalls nicht. Und mit Hitler würde er sich nach den Verkäufen schon einigen, da machte er sich keine Sorgen. Notfalls würde Angerer einiges an den Büchern vorbei für ihn zur Seite schaffen, der Gauner war sich für nichts zu schade, der biss nicht die Hand, die ihn fütterte. Was würde er nicht alles anfangen können mit dem schönen Geld, er sah vor seinem inneren Auge wieder die herrlichen Pläne, die er für seinen Sammlungsbau im Idealstil der Renaissance entworfen hatte, in ein großes, ein prachtvolles Museum wollte er sein Carinhall umwandeln, sein Lebenswerk, sein Vermächtnis an die Nachwelt. Medici, dachte der mächtige Mann, Hallwachs hatte schon recht, er würde in die Geschichte eingehen mit seiner Sammlung.

# 22

Ihre Lippen öffneten sich leicht, ihr Atem sollte die Lungen des Geliebten füllen, die kleine Kluft zwischen ihren Mündern war intimer als jeder Kuss. Verlangend drängte sie sich seinem Körper entgegen, ihr ganzes Dasein ein einziges Begehren. Weit überstreckt bog sich ihr Hals zu einer Chiffre höchster sexueller Anspannung. Verwundbar machte sie ihre Kehle, so als wartete sie auf den Biss eines Raubtiers. Nackt standen sie voreinander, ihr rechtes Knie angehoben, fordernd schob es sich zwischen seine Beine. Sie hielt sich an seiner Schulter fest, seine linke Hand stützte ihren Kopf, der rechte Arm bereit, ihren Leib zu umfangen, doch noch trennte sie ein allerletztes Innehalten, noch waren sie nicht zu einer einzigen Gestalt verschmolzen. Bebendes, atmendes Fleisch boten sie den Blicken dar, warm schien es zu sein, pulsierend, voller Kraft und Energie. Von unmittelbarer Gegenwart waren die Frau und ihr Geliebter, und dennoch war all dies nur eine anrührende, aus ferner Zeit überlieferte Vision.

Ich sah die beiden Liebenden, fühlte, was sie fühlten. Jessica, es ist dein Körper, den ich hier sehe, mein Körper, der dich begehrt. Und wie das erregte Paar, so hatten auch wir uns geliebt. Vorgestern, ein erstes, zögerndes Mal nach einer Nacht endloser Gespräche. Dann gestern, eine zweite Nacht lang. Zeitlos verbrachten wir die Stunden in Jessicas Apartment, schauten uns an, lasen in unseren Augen, lachten miteinander, staunten über das, was mit uns geschah, befreiten uns von Zweifeln, von niemals eingestandenem Schmerz. Deine Lippen, deine Brüste, sie fühlte ich auf meiner Haut, mein Atem berührte dein Gesicht, endlich dein wahres Gesicht. Wir küssten gegen unsere Angst an, küssten uns in einen gedankenverlorenen Rausch.

Jessica und ich hatten nicht viel gesprochen, nachdem wir vorgestern Abend das Strandlokal verlassen hatten, sie hatte nicht gefragt, war ganz selbstverständlich die nächtliche Küstenstraße entlanggefahren, den quälend endlosen Sunset Boulevard zurück nach Brentwood, bis wir ihr Apartment in der Barrington Avenue erreichten. Sie hatte eine Flasche Wein geöffnet, bald eine zweite, wir küssten uns und flüsterten uns ungläubig unser Glück, unsere Verletzlichkeiten zu, erzählten uns törichte Dinge, selbst meine Erinnerung an die verwackelt gedruckten Feen und Wichtel meiner Kindheit vertraute ich ihr an, und sie verstand und nickte und lächelte. Und schließlich hatten wir uns geliebt in dieser ersten Nacht, waren spät, sehr spät erst eingeschlafen, unsere Körper, die sich endlich gefunden hatten, wollten sich nicht voneinander trennen. Am Morgen freuten wir uns über die Reste des thailändischen Essens, die noch immer eingepackt auf dem kleinen Tischchen im Wohnungsflur standen und die wir noch im Bett hungrig zum Frühstück verschlangen, ohne sie erst aufzuwärmen. Wir trennten uns nur für wenige, für viel zu viele Stunden, die wir beide an unseren Arbeitsplätzen verbrachten, kaum konzentrieren konnte ich mich auf meine Bücher und Dokumente, die vergeblich versuchten, mich von ihrer Anwesenheit nur ein paar Büros entfernt abzulenken. Heute früh waren wir dann gemeinsam nach Pasadena gefahren, im blauen Mustang, Jessica hatte so gelacht, als ihr klar wurde, dass der komödiantische Autovermieter mich damit aufziehen wollte.

Und nun blickten wir auf diese beiden Liebenden. Wir sahen in ihnen, was wir getan hatten, wie wir einander geliebt, einander vertraut hatten.

»Überwältigend, nicht wahr?«

Jessica flüsterte es mir zu, ihre Stimme gesenkt wie an einem heiligen Ort. Sie schaute mich mit feierlichem Ernst an, ihre Hand suchte nach meiner Hand.

»Das wollte ich dir zeigen, Max. Die letzten Tage musste ich immer an die beiden denken. Weißt du, als ich dich in Toms Büro traf, gleich im ersten Augenblick, da hab' ich sie vor mir gesehen. Frag mich nicht, warum. Und seitdem gehen sie mir nicht mehr aus dem Kopf.«

»Sie sind wunderschön, Jessica.«

»Schau doch, wie sehr sie sich wollen, wie groß ihr Verlangen ist. Sie wissen, dass sie es stillen werden, und zögern es dennoch hinaus.«

»Ein Spiel aus Nähe und Distanz.«

Erstaunt wandte sie sich wieder zu mir.

»Ja, Max, unser Spiel, findest du nicht auch? Unglaublich, wie aufregend der Bildhauer sie dargestellt hat.«

Sie hatte recht, eine wirklich großartige Skulptur war das, und am eindrucksvollsten war dieser unbeschreibliche Einfall, die beiden Körper trotz tiefster Begierde wie zwei elektrisch geladene Pole voneinander zu trennen. Einen schmalen Echoraum, eine mesmerisierende Spannung hatte der Künstler zwischen seinen Figuren geschaffen, eine leere und doch von Energie vollkommen durchdrungene Form, wie ich sie sonst nur von den Plastiken Henry Moores kannte. Ich verstand nun, warum sich in Jessicas Büro dieser indische Bildband befand, den ich dort entdeckt hatte, sie musste sich das Buch besorgt haben, gleich nachdem Tom uns miteinander bekannt gemacht hatte.

»Ein großer Künstler, vermutlich anonym, stimmt's?«

»Ja, man weiß nur, dass er das Liebespaar im dreizehnten Jahrhundert geschaffen hat, in Odisha. Die indische Kunst ist ja voll von solchen Figuren, aber diese hier sind doch anders, sie leben und sind uns ganz nah, findest du nicht? Ich liebe diese Skulptur, seitdem ich sie zum ersten Mal gesehen habe.«

Als wir an diesem Morgen das Norton Simon Museum betreten hatten, nahm Jessica mich an die Hand. Ich will dir was zeigen, komm mit, wisperte sie, und zog mich durch die Eingangshalle. Wir waren die breite Wendeltreppe ins Untergeschoss des Museums gegangen, dorthin, wo die Sammlung asiatischer Kunstwerke untergebracht war. Die Mithuna-Skulptur aus hellbraunem, geflecktem Gneis, vor der wir nun standen, gehörte zu den Hauptwerken der indischen Abteilung. Ein Liebespaar war hier zu sehen und schämte sich unserer Blicke nicht. Lebensgroß standen sie vor uns, dargestellt im Augenblick unmittelbar vor ihrer körperlichen Vereinigung. Die vitale, fließende Komposition der Konturen, vor allem der weiblichen Figur, und eine unregelmäßige organische Maserung des Steins verliehen den beiden Gestalten eine erstaunliche Gegenwart.

»Ich habe diese Frau immer beneidet um ihr Glück, sich so ausliefern zu können, kannst du das verstehen?«

Ernst schaute ich sie an und wusste, wovon sie sprach. Zwei Nächte hatten wir es gespielt, dieses elektrisierende Spiel aus Nähe und Distanz. Ich hatte erlebt, wie Jessica die Maske ihrer Melancholie ablegte, wie die Sehnsucht dieser mich so sehr herausfordernden Frau in heftige Überwältigung umschlug, ihre Schüchternheit in Provokation. Auch ich hatte mich ihr in einem Maße ausgeliefert, das mir fremd war.

»Schau sie dir an, Jessica, das bist du.«

»Und der Mann, das bist du. Sieh nur seinen Blick, als ob der Künstler dich gekannt hätte.«

»Er hat uns gekannt, natürlich hat er das, alle Liebenden kannte er, gegenwärtige wie zukünftige, wie sonst hätte er uns so atemberaubend darstellen können?«

Jessicas Augen zeigten mir, wie froh sie darüber war, dass ich ihre Begeisterung für das Kunstwerk teilte. Stark war mein Verlangen, ihren Körper, ihre Haut noch einmal, jetzt, unter meinen Händen zu spüren. Und ich zog sie an mich und küsste sie. Zwei Liebespaare standen nun in diesem Raum voller buddhistischer und hinduistischer Götter, Doppelgänger, lebende Bilder. Aus der Zeit gefallen waren sie, waren wir.

Nur widerwillig riss ich mich in die kühle Gegenwart des Museums zurück.

»Komm, wir müssen ins Archiv, es wartet bestimmt viel Arbeit auf uns, bin gespannt, ob wir in Galka Scheyers Papieren was finden.«

»Ja, wir sollten gehen, Max, lassen wir sie allein.«

Die Inderin und ihr Liebhaber schauten uns nach, neugierig betrachteten sie die beiden Menschen, die aus einer fremden Kultur und einer anderen Zeit zu ihnen gekommen waren. Sie erfreuten sich an unserem Anblick, so wie wir uns an ihnen erfreut hatten.

# 23

»Marlene, wie schön, ich freue mich so, dass Sie doch noch gekommen sind.«

»Aber wie könnte ich denn eine Ihrer Partys verpassen, liebe Galka? Und schauen Sie, ich habe Remarque mitgebracht, wie versprochen, er konnte es gar nicht abwarten, Sie endlich kennenzulernen.«

»Ich danke sehr für die Einladung, Marlene hat so von Ihnen geschwärmt, liebe, verehrte Frau Scheyer.«

Der elegant gekleidete Schriftsteller, die Haare streng zurückgekämmt, richtete einen forschenden Blick auf die Gastgeberin und begrüßte sie mit festem Händedruck. Eine ausgesprochen männliche Erscheinung trat Galka Scheyer da entgegen. Wie gut ihm sein dunkler Anzug stand, geradezu angegossen, sie war beeindruckt. Diese Raubvogelaugen, diese Stimme, so einnehmend und distinguiert, ein neues Prachtexemplar in meiner Sammlung außergewöhnlicher Bekanntschaften, dachte sie und sog den würzigen Duft des Makassaröls ein, mit dem dieser extravagante Mann seine Haare pflegte.

»Galka, ich bitte Sie, nennen Sie mich doch Galka, wie alle meine Freunde.«

»Aber gern, ein sehr romantischer Name übrigens. Die Dohle, nicht wahr? Erinnert mich an die schwarzen Vögel, die in van

Goghs Ährenfeld in Auvers wie Schicksalsboten übers Land fliegen. Jawlensky hat Ihnen den Namen gegeben, hat Marlene erzählt?«

»Ja, das stimmt. Der arme Jawlensky, ich mache mir solche Sorgen um ihn.«

»Er ist immer noch krank, meine Teure?«

»Ach, Marlene, Sie machen sich keine Vorstellungen, wie sehr er sich quält. Ans Bett gefesselt ist der große Mann, leidet wie ein Heiliger und kann nicht einmal mehr seine kleinen Meditationen malen. Ein Märtyrer, ein wahrer Märtyrer der Kunst ist er, der gute Alexej. Und jetzt, wo Deutschland sich im Krieg befindet …«

»Welch ein Segen, dass er wenigstens Ihre Unterstützung hat. Sie sind ein Engel, liebe Galka.«

»Ach nein, dann doch wohl eher eine Dohle.«

Hell lachte Galka Scheyer auf. Mit kindlicher Freude blickte sie in die Gesichter ihrer Gäste, trotz des Kummers, der sie stets überfiel, wenn sie in der letzten Zeit an Jawlensky dachte. Ihr Name würde sie immer mit dem Freund verbinden, das war ihr ein Trost in diesen Tagen. Sie verehrte den Maler, der so entscheidenden Einfluss auf ihr Leben genommen hatte. Und sie war sehr froh darüber, dass auch die weltberühmte Filmdiva seit einigen Monaten so vertraut mit ihr umging. Marlene Dietrich war wirklich eine kultivierte, eine lebhafte und eigenwillige Frau, mit der man sich stundenlang über die aufregende Welt Hollywoods, das von allen guten Geistern verlassene Deutschland und selbst über die Kunst ihrer vier blauen Könige unterhalten konnte. In einem schlichten taubengrauen Chiffonkleid, das ihren schlanken Körper umschmeichelte und dessen Falten wie Zauberwesen jede ihrer Bewegungen zu einem sinnlichen Tanz machten, stand die Schauspielerin da und strahlte die Gastgeberin an, die ihr dankbar beide Hände drückte.

»Aber hinweg mit den düsteren Gedanken, heute wollen wir es uns gut gehen lassen, es ist ein so schöner, lauschiger Herbstabend. Kommen Sie, die anderen Gäste sind schon auf der Terrasse. Sie werden sehen, nur der allerengste Kreis, einige der Freunde kennen Sie bereits.«

»Ich freue mich vor allem darauf, Ihre Kunstwerke wieder einmal anzuschauen.«

»Oh ja, Marlene ist ganz angetan von Ihren Bildern. Es ist so liebenswürdig von Ihnen, dass Sie ihr all die schönen Gemälde für das neue Haus geliehen haben. Darf ich mir eine Führung durch Ihr Museum wünschen?«

»Selbstverständlich, aber ich fürchte, es handelt sich doch eher um eine kleine Galerie, und ich muss gestehen, insgeheim hoffe ich, Sie für das eine oder andere der Werke begeistern zu können.«

Marlene Dietrich und ihr Geliebter waren etwas verspätet am Blue Heights Drive eingetroffen. Erst gegen Abend hatte die Schauspielerin das Produktionsgelände der Universal Pictures verlassen können, denn eine Szene ihres neuen Films, die George Marshall noch einmal nachdrehen ließ, hatte sich endlos hingezogen. Immer wieder hatte der unzufriedene Regisseur seine Hauptdarsteller angewiesen, den Dialog von vorn zu beginnen, in dem sie als Barsängerin Frenchy den unnahbaren James Stewart umgarnen sollte. Der Kuss, den das Kinopublikum an dieser Stelle gewiss sehnsuchtsvoll erwartete, wurde durch einen Schuss im letzten Augenblick verhindert. Ein sehr gelungener Regieeinfall, wie die Schauspielerin fand, auch wenn sie es bedauerte, dass sie den attraktiven Filmpartner nur in ihrer bereits abgedrehten Sterbeszene hingebungsvoll hatte küssen können, und ausgerechnet die war natürlich gleich beim ersten Mal im Kasten gewesen. Paramount hatte ihren Vertrag im vergangenen Jahr aufgelöst, ihre letzten Filme dort waren nicht gerade Kassenschlager gewesen, und nun versuchte sie, mit einem Western ihren Ruf als *box office poison* wieder loszuwerden. Erich Maria Remarque, mit dem sie eine so leidenschaftliche wie zerstörerische Liebesbeziehung verband, war erst wenige Tage zuvor in Los Angeles eingetroffen. Gemeinsam hatten sie den Sommer in Frankreich und der Schweiz verbracht, doch sie musste einige Wochen vor ihm zurück, denn die Dreharbeiten sollten beginnen. Welch ein Glück, dass er gerade noch rechtzeitig vor Ausbruch des Krieges das Schiff nach New York besteigen konnte. Der Schriftsteller war in einen der Bungalows im Beverly Hills Hotel eingezogen, und von dort aus hatten die beiden sich, vom warmen kalifornischen Wind umweht, die steilen Straßen in den Hügeln Hollywoods hinauffahren lassen. Marlene Dietrich war Sternberg so dankbar, dass er den New Phantom zu einem Cabriolet umbauen ließ, bevor sie ihn von ihrer alten Filmfirma geschenkt bekam. Sie liebte den exklusiven Wagen, ein Zeichen größter Wertschätzung, mit dem Paramount der Diva die Ankunft in der neuen Welt versüßen wollte. Aber das war nun auch schon einige Jahre her.

Galka Scheyer, in einen folkloristisch bestickten Hosenanzug aus roter Seide gekleidet, führte die beiden die Treppe hinauf zu den karg eingerichteten Wohnräumen. Eine Abfolge perlweiß gestrichener Kuben bildeten die Zimmer, in denen sie die Kunstwerke ihrer Freunde präsentierte. Vor einigen Wochen hatte sie das neu angemietete Haus der Dietrich mit Gemälden von Kandinsky, Klee, Feininger und Jawlensky ausgestattet, natürlich in der Hoffnung, dass die Schauspielerin dieses oder jenes Werk für sich erwerben oder an die Filmleute vermitteln würde, die in dem Anwesen im spanischen Kolonialstil ein und aus gingen. Wenn die Menschen ihre Kunst erst einmal verstehen lernten, dann würden sich die geliehenen Werke wie von selbst verkaufen, da war sie sich sicher. Sie bedeutete Remarque, der vor einer Landschaft Feiningers stehen geblieben war, sie würde ihm die Bilder später in aller Ruhe zeigen, aber erst einmal sollte man sich doch bitte mit einem Getränk erfrischen.

Bestens gelaunt nahmen die beiden Freundinnen den Schriftsteller in ihre Mitte und zogen ihn auf den breiten Balkon, der das am Hang gebaute Haus zur Gartenseite hin öffnete und sich schließlich zu einer Art hoch gelegener Terrasse ausdehnte. Dort hatten sich die Gäste auf allerlei wahllos zusammengetragenen Stühlen und Hockern niedergelassen oder standen plaudernd in kleinen Grüppchen beieinander, einige waren auch in den Garten hinuntergegangen. Es war schon recht dunkel geworden, den Pazifik ahnte man kaum noch am Horizont, doch die Lichter der Großstadt bildeten ihr eigenes Meer. Ein von Menschenhand geordneter Ozean funkelnder Sterne breitete sich unter ihren Blicken aus, hier und da von unregelmäßig aufflammenden Inseln durchsetzt. Die Zimmer ihres kleinen Bergnests, wie die Hausherrin immer kokettierte, waren hell erleuchtet, die Lampen warfen ihren warmen Schein durch die Fensterfront auf den Balkon, wo zudem einige Fackeln aufgestellt waren, deren blakender Schattenwurf der Szenerie einen bewegten, fast surrealen Anstrich verlieh.

Die Gastgeberin entdeckte die Tochter ihrer Freundin Valeska Heymann, der Fotografin, die vor zwei Jahren in die USA ausgewandert war und sich nun Lette Valeska nennen ließ. Seit einigen Monaten wohnte die Studentin bei ihr, war ihr rasch ans Herz gewachsen und ging ihr nicht nur heute Abend ein wenig zur Hand. Gern übernahm sie Schreibarbeiten und interessierte sich auch sehr für die Kunstwerke, von denen sie hier umgeben war. Galka Scheyer hatte ihr eine Lithografie Kandinskys geschenkt, und die hing nun über ihrem Bett, ihren Morgengruß nannte sie das Blatt, was die Sammlerin zu Tränen gerührt hatte. Du verstehst mehr von der Kunst als viele meiner Freunde, dachte sie oft. Sie winkte die Siebzehnjährige heran und stellte ihr die Neuankömmlinge vor.

»Hella, Schatz, sei so lieb und bring uns ein Glas Champagner. Das ist doch recht, Herr Remarque?«

»Sehr gern, aber ob der Champagner so spritzig ist wie Ihr mitreißendes Auftreten, liebe Galka, das möchte ich bezweifeln.«

»Sie Schmeichler, Marlene hat wahrlich nicht übertrieben, Sie sind ja so charmant.«

Voller Freude ließ der Schriftsteller seinen Blick von Galka Scheyer zu seiner Geliebten wandern. Er hatte sich verloren in dieser Frau, die wie ein süßer Regenbogen über dem abziehenden Gewitter seines Lebens stand, verzehrte sich nach ihrer heilenden, ihrer verletzenden Leidenschaft.

Während sie auf die Gläser warteten, die das Mädchen eifrig herbeibrachte und dafür mit einem Lächeln des Filmstars belohnt wurde, schaute sich die Hausherrin zufrieden um. Da waren sie nun also, die Freunde und Bekannten, die ihr Leben in Los Angeles so einzigartig machten. Harpo Marx war gekommen, der ihr vor einigen Monaten seine Villa für eine Jawlensky-Ausstellung zur Verfügung gestellt hatte. Verkauft hatten sie freilich nicht ein einziges Werk. Der Komiker pfiff zu der Schauspielerin herüber, was seine Begleiterin sehr amüsierte, er gefiel sich heute Abend offenbar auch privat in der Rolle des stummen Sonderlings. Neben ihm befand sich Susan Fleming, seine hübsche Ehefrau, die natürlich im kurzen Rock dasaß, um ihre *Million Dollar Legs* zur Schau zu stellen. Die Freundinnen traten an das Tischchen, und die Dietrich begrüßte das Paar, während Remarque zu Leopold Stokowski hinüberging, der seine schicke neue Geliebte mitgebracht hatte. Die Garbo hatte den Schriftsteller und den Komponisten miteinander bekannt gemacht, und die beiden Männer verstanden sich gut. Außerdem waren da noch die Sammlerin Ruth Maitland, der Drehbuchautor Jules

Furthman mit seiner Frau, er hatte früher einmal einige Werke von Klee und Feininger bei Galka gekauft, sowie der Rechtsanwalt Milton Wichner, der seine Krücken so an die Wand unter ein Aquarell von Klee gestellt hatte, dass es aussah, als hätte der vom Künstler gemalte Narrenkopf zwei lange dürre Beine. Etwas verloren stand der junge John Cage mit arroganter Miene rauchend ans Balkongeländer gelehnt. Der Komponist war für einige Tage aus Seattle zu Besuch in der Stadt und hatte seiner Gönnerin wieder einmal ein paar Dollar vorbeigebracht, mit denen er die Meditationen Jawlenskys abstotterte, die er günstig bei ihr erworben hatte. Die Hausherrin stellte ihre Freunde der Dietrich vor. Bald schwatzten alle ausgelassen durcheinander, tranken, lachten, flirteten, während Galka Scheyer wie ein Schmetterling von Blüte zu Blüte flatterte, hier eine geistreiche Bemerkung fallen ließ, dort gut gelaunt einen Scherz anbrachte und alles dafür tat, dass sich ihre Gäste bei interessanten Gesprächen wohlfühlten.

Sie genoss diese Abende sehr und dachte daran, was für ein erfülltes Dasein sie doch hatte trotz all der Widrigkeiten dieser unseligen Zeit. Sie war glücklich im Kreis ihrer Freunde, glücklich über die wunderbaren Gemälde, die ihr Haus und ihr Leben schmückten, aber unwillkürlich wurde ihr klar, dass sich die Welt seit einigen Wochen dramatisch verändert hatte, sie konnte nicht einfach so feiern, als sei nichts geschehen, die schweren Wolken, die über ihnen hingen, ließen sich so leicht nicht verscheuchen.

Galka ergriff einen Löffel, der auf einem der kleinen Beistelltische neben ihr lag, schlug damit an ein leeres Champagnerglas, das sie Wichner aus der Hand nahm, und die fröhliche Runde verstummte.

»Liebe Freunde, euch alle hier an diesem schönen Abend um mich zu haben, stimmt mich froh und dankbar.«

Harpo Marx stand gewollt linkisch auf, verbeugte sich in seiner unnachahmlich kauzigen Art und machte einen artigen Knicks. Die Gäste lachten.

»Und trotzdem wollen wir einen Augenblick an diejenigen denken, die es gerade heute nicht so gut haben wie wir.«

Zustimmendes Gemurmel war zu hören, die Gäste schauten ernst auf die Sammlerin, die einen Augenblick innehielt und sich die Worte für ihre kleine Ansprache zurechtlegte.

»Ich weiß, dass wir nicht nur in unserer Liebe zur Kunst, sondern auch in unserer Abscheu vereint sind, denn in Deutschland bekämpft die Diktatur alles, was uns heilig ist. Einige von uns haben das Land unserer Eltern verlassen müssen, das ist schlimm. Doch glücklicherweise sind wir so den Gefahren entkommen, denen die vielen guten Menschen in der Heimat immer noch ausgesetzt sind. Lasst uns also an die denken, die in den Gefängnissen leiden oder darauf warten, aus Deutschland ausreisen zu können. Und natürlich an die Künstler, die ihre Werke nicht mehr dort ausstellen dürfen, auch meine engsten Malerfreunde, die Blauen Vier, sind davon betroffen, das wisst ihr ja. Aber jetzt haben sich England und Frankreich endlich gegen Nazideutschland verbündet. Trinken wir darauf, dass der Schrecken bald vorbei ist. Hitler wird sich nicht mehr lange halten können. Trost finden wir einstweilen in unserer Freundschaft, und Trost finden wir auch in der Kunst, die gerade in diesen Tagen unsere Hoffnung auf Freiheit verkörpert. Lasst uns trinken, ihr Lieben, es lebe die Freiheit!«

Die Gäste prosteten einander zu, sie alle waren sich bewusst, dass Europa eine schwere Zeit bevorstand. Viele von ihnen hatten noch Freunde und Verwandte in Deutschland und sorgten sich um deren Wohl. Martin Kosleck, der den Aufstieg der Nazis schon früh vorausgesehen und Anfang der dreißiger Jahre entschieden hatte, nach England auszuwandern, bevor er dann nach Kalifornien weiterreiste, kam aus dem Garten, wohin er sich mit einigen Bekannten zurückgezogen hatte, um über die politische Lage in Deutschland zu sprechen. Erst vor kurzem hatte er Joseph Goebbels in einer kleinen Nebenrolle verkörpert und gab nun einen vertrottelten Propagandaminister, der mit sarkastischer Heiterkeit nach Freiheit rief. Seine Stimme äffte den rheinischen Akzent des Politikers nach, er stakste im Stechschritt über die Terrasse, richtete den durchdringenden Blick, für den er von den Regisseuren so geschätzt wurde, starr ins Nirgendwo und riss den rechten Arm auf burleske Weise hoch.

»Heil Freiheit, möge mein Schicksal besiegelt sein, nieder mit Hitler und den anderen Idioten!«

Marx, Fleming und Furthman amüsierten sich königlich über die gelungene Parodie, doch den deutschen Emigranten blieb das Lachen im Halse stecken. Kosleck war ein kluger Kopf, ein entschiedener Antifaschist, das wussten sie. Und der jüdische Schauspieler würde in Zukunft gewiss immer den arischen Bösewicht spielen müssen. Wenn es so weiterging, würden auch die USA in den Krieg eintreten, das jedenfalls hofften sie, und das wäre das verdiente Ende der Nazis, Deutschland könnte endlich wieder in Frieden und Freiheit leben.

»Zum Teufel sollen sie sich scheren, die verdammten Verbrecher!«

Marlene Dietrich war aus ihrem Gartenstuhl aufgesprungen, reckte ihr halbvolles Glas empor, als sei es eine Waffe, der Champagner schwappte auf den Fußboden. Die Diva sah aus wie eine Rachegöttin, ihr Gesicht zeigte einen leidenschaftlich entschlossenen Ausdruck. Der blonde Engel stand gegen die blonde Bestie auf. Begeistert stimmten die Freunde ihr zu, sie alle hatten gehört, dass die Nationalsozialisten der Schauspielerin angeboten hatten, nach Deutschland zurückzukehren, und rechneten es ihr hoch an, dem Lockruf des Regimes trotz aller

Versprechungen nicht gefolgt zu sein. Ihre Anwesenheit im kalifornischen Exil war so wichtig für die Flüchtlinge, für das bessere Deutschland, das sich nicht unterkriegen lassen wollte.

Es war kühl geworden in den Hollywood Hills, der Mond war längst am Himmel aufgezogen, der warme Herbstwind eingeschlafen, eine lange Nacht schien sich über die Welt gelegt zu haben. Betreten stand Galka Scheyer in der kleinen Stille, und dennoch sah sie gerührt auf ihre Gäste. Sie liebte Marlene, sie liebte ihre guten Freunde und war froh, dass sich alle mit ihr im Gedanken an das Unrecht vereint hatten, das nun in Europa so viele Opfer forderte. Doch das Leben ging weiter, es musste ja weitergehen, gerade jetzt war ihre Mission wichtiger als jemals zuvor, davon war sie überzeugt. Die Kunst, die moderne Kunst war schließlich, wie der Film und die Literatur, das einzige Mittel, mit dem Menschen wie sie gegen die Barbarei ankämpfen konnten.

»Ihr Lieben, lasst uns nicht Trübsal blasen. Wir wollen ins Haus, es ist doch ein wenig frisch geworden, und ich habe einige Werke meiner Künstler neu aufgehängt. Kommt, ich zeige euch die Bilder, nehmt eure Gläser mit.«

Sie hakte sich bei Marlene Dietrich unter. Die beiden gingen hinein, man folgte ihnen, und das fröhliche Geplauder setzte wieder ein. Alle waren sie erleichtert, dass die Ereignisse in Deutschland in so weiter Ferne lagen.

»Hella, mein Schatz, im Eisschrank steht noch Champagner, bring uns doch ein paar Flaschen ins Bilderzimmer.«

Die Studentin trug die Getränke zu den Gästen, die sich auf den flachen modernen Sofas im größten Raum des Hauses niedergelassen hatten oder sich vor Kandinskys Gemälde Schwere Kreise drängten, das Galka Scheyer in die Mitte der rückwärtigen Wand gehängt hatte. Stundenlang hatte sie die Werke hin und her getragen, bis endlich alles am richtigen Platz war, und überall Blumen aus ihrem Garten aufgestellt, das machte die schlichten Räume so wohnlich, fand sie. Die Sammlerin war dicht an Kandinskys Bild herangetreten, noch immer Arm in Arm mit der Freundin, und betrachtete das dunkle, wichtige Werk. Sie besaß das Gemälde bereits seit einigen Jahren, hatte es als ein Geschenk des Künstlers immer besonders geliebt und nun aus ihrer Schlafecke an diese Stelle gebracht. Gerade im Zwiegespräch mit der tiefen Nacht, so erläuterte sie den Anwesenden, strahlten die bunten Scheiben aus dem fast schwarzen Quadrat heraus noch intensiver. Für sie seien es Monde, Planeten, das ganze Weltall könne man in dem Werk erkennen, ein poetischer Kosmos sei das doch, wunderschön jedenfalls. Die Freunde pflichteten ihr bei. Unmöglich könne sie sich von dem Bild trennen, erklärte sie, und in diesen so schwierigen Tagen sei es wohl ausgeschlossen, neue Arbeiten des Künstlers zu bekommen. Zwar seien ihr noch kurz vor Beginn des Krieges einige Werke aus der Ausstellung Entartete Kunst angeboten worden, aber nun sei es dafür zu spät. Der Krieg, der schlimme Krieg, grässlich sei das alles. Allerdings das zweite Bild von Kandinsky, hier rechts an der Wand, Pointes hieße es, das stünde durchaus zum Verkauf.

Stokowski trat dicht an das Gemälde heran. Mit zusammengekniffenen Augen betrachtete er die Komposition der räumlich angelegten Flächen und Linien.

»Das ist ja gemalte Musik, ich sehe Noten und Partituren, ein harter Klang ist zu hören. Sagen Sie, Galka, ist der Maler etwa mit Schönberg vertraut?«

»Aber natürlich, mein lieber Leopold, sehr gut sogar. Bravo, das haben Sie ganz richtig erkannt. Schon vor Jahrzehnten stand der Künstler, wie auch sein Freund Franz Marc, in engem freundschaftlichem Kontakt mit dem Neutöner, sie haben sich gegenseitig befruchtet, im Almanach des Blauen Reiters wurde sogar ein Stück von ihm publiziert. Ich zeige Ihnen das Buch gern.«

Auch Wichner näherte sich nun dem Bild. Es gefiel ihm sehr, das konnte sie spüren. Vielleicht hatte sie hier einen Kunden für das Gemälde gefunden.

»Milton, wäre das nicht etwas für deine Sammlung?«

Der Rechtsanwalt winkte ab, es war ihm etwas peinlich, sich so exponiert zu sehen. Doch das Werk hatte es ihm angetan, da war sie sich ganz sicher. Nun, sie würde ihn in den nächsten Tagen anrufen und das Gespräch noch einmal auf das Bild bringen, dann würde sie schon die richtigen Worte finden, um ihn vom Kauf zu überzeugen.

Galka Scheyer erzählte ihren Gästen, dass Kandinsky schon vor Jahren nach Paris geflohen sei. Als das Bauhaus geschlossen wurde, habe er als Künstler in Deutschland natürlich nicht länger bleiben können, und seine Werke, aus den Museen beschlagnahmt, die standen nun am Pranger, von den Dummköpfen verhöhnt. Das wolle sie sich gar nicht vorstellen, diese schönen, vitalen Bilder, die doch so ganz und gar unpolitisch waren, unbegreiflich sei das, unbegreiflich. Jawlensky, Feininger und Klee würden ebenfalls angefeindet, aber das wüssten sie ja.

»Schaut euch nur Klees Europa an.«

Sie deutete auf ein Aquarell, das neben der Tür zum Arbeitszimmer hing.

»Das hat er 1933 gemalt, in dem schlimmen Jahr. Und trotzdem kann ich einfach nicht verstehen, warum die Nazis sich von so etwas angegriffen fühlen.«

»Könnte nicht das rote Ausrufezeichen ein politisches Symbol sein? Klee hat es doch überaus deutlich, geradezu provokativ ins Bild geschrieben.«

Remarque, dessen Vorliebe eigentlich eher den Impressionisten galt, er besaß Werke von Degas, Cézanne und van Gogh, das hatte Marlene ihr erzählt, versuchte sich als Interpret des kleinen Blattes.

»Und wenn man die weiße Fläche in der Mitte als Friedensfahne sieht, die von der Figur im Bild durchgestrichen wird, dann könnte das ja durchaus kritisch gemeint sein, denken Sie nicht auch, liebe Galka?«

»Na, ich weiß nicht, eher humorvoll ist das Blatt, würde ich sagen. Durch und durch liebenswürdig, finde ich. Man sollte nicht zu intellektuell an ein solches Werk herangehen, sein Geheimnis enthüllt es nur dem, der zu schweigen versteht und lauscht, bis er das Leben in sich erklingen fühlt.«

»Da haben Sie gewiss recht, liebe Freundin, Sie kennen sich natürlich viel besser aus mit diesen Sachen.«

»Und hier, der Schauspieler als Frau, ein hübsches, witziges Aquarell, das habe ich eigens für euch aufgehängt. So etwas muss natürlich in die Sammlung eines Schauspielers.«

Die Prophetin der Blauen Vier bot ihren Freunden die beiden Blätter zum Kauf an, zeigte ihnen auch noch einige Stadtansichten und Schiffsbilder von Feininger, über den Preis würde man sich schon einig werden. Sie gebe die Werke ja immer viel zu billig ab, das sei ihr schon bewusst, doch unsere Zeit stürze dem Geld in einem chaotischen Wirbel nach, da wolle sie nicht mittun. Und natürlich wäre sie auch gern dazu bereit, die Bilder erst einmal zu verleihen, dann könne man ja feststellen, ob sie auch zu Hause zur Geltung kämen. Ihr ginge es gar nicht so sehr darum, etwas zu verdienen, ließ sie ihre Gäste wissen, aber schön wäre es freilich, ihre Künstler finanziell unterstützen zu können, das gebe sie gern zu. Vor allem sei es ihr wichtig, versicherte sie, das Glück, das sie beim Betrachten der Bilder empfinde, mit ihren Freunden zu teilen. Völlig neue Einsichten könne man an diesen Werken gewinnen, Brücken seien diese, Brücken, die zum Erlebnis führten, und wer wären bessere

Botschafter dieser Kunst, als sie, ihre Freunde, die Filmleute, Musiker und Autoren, die ja auch schöpferische Menschen seien, an deren gutem Geschmack sich alle Welt ein Vorbild nehmen würde.

Marlene Dietrich unterstützte sie, erzählte, wie gut sich die Bilder in ihrem neuen Haus ausmachten. Ein Segen sei es, dass Galka sich so selbstlos für die Freiheit der Kunst einsetzte, die ihnen doch allen am Herzen lag.

»Ach Marlene, Sie sind zu nett, Sie sprechen mir aus der Seele.«

Furthman mischte sich ein, er denke daran, in einem seiner nächsten Drehbücher einen Dialog über zeitgenössische Kunstwerke einzubauen, sagte er, damit könne er seinen Helden ja ganz einfach als klug und fortschrittlich charakterisieren.

»Vielleicht wird's ja auch eine Heldin, liebe Galka. Sie wären ein so wundervolles Vorbild für eine starke, moderne Frauenrolle.«

Er zwinkerte seiner Gastgeberin zu, aber die wehrte bescheiden ab. Das Leben Jawlenskys, das wäre wirklich ein Stoff für einen Film, schlug sie ihm vor, ein Heldenepos unserer Tage wäre das, eine Herausforderung für jeden Autor.

»Ob die Filmwelt dafür schon reif ist, ich weiß es nicht, später vielleicht, mal sehen. Würden Sie uns denn ein paar Ihrer schönen Bilder leihen, das Kino wäre doch eine gute Reklame für die Kunst, finden Sie nicht? Überlegen Sie doch, wie viele Menschen Sie damit erreichen könnten.«

Galka Scheyer versprach ihm, darüber nachzudenken. Das hatte es ja durchaus schon gegeben, aber sie wusste, dass sie die Künstler kaum dazu überreden könnte. Nie wieder durfte geschehen, dass Werke ihrer Freunde in einem Hollywoodfilm verspottet würden, gerade jetzt nicht, wo sie ohnehin als entartet galten. Sie hatte sich so geschämt, als sie die Komödie Marry the Girl gesehen hatte. Wann war das noch gewesen, vielleicht vor einem Jahr, sie erinnerte sich nicht mehr genau. Empört hatte sie ein Gemälde Kandinskys als Requisit an der Wand entdeckt, vielleicht eine Kopie oder ein Druck, das konnte sie so rasch nicht erkennen. Und der verrückte Maler in dieser unsäglichen Klamotte war natürlich ein Russe gewesen. Dermaßen überzeichnet war die Rolle, eine schlimme Karikatur, das durfte ihr Freund nicht erfahren, niemals.

Über den Gesprächen war es spät geworden. Die ersten Gäste dankten für die gelungene Party und brachen auf ins Dunkel einer laternenlosen Nacht, bald verabschiedeten sich auch die engsten Freunde. Galka Scheyer begleitete Marlene und ihren Schriftsteller noch bis ans Auto und erinnerte den Fahrer daran, die steilen Wege hinunter zur Stadt doch bitte recht vorsichtig zu chauffieren. Ein melancholischer Stich ging ihr durchs Herz, wie fast immer, wenn sie ihre Gäste davonfahren sah und mutterseelenallein auf der Straße zurückblieb. Sie hatte diese Freundschaften so nötig, ihr Lebenselixier war das doch, das und die Kunst. Aber je mehr sie diese Menschen kennenlernte, desto stärker fühlte sie, dass sie im Grunde nur mit sich selbst beschäftigt waren und die Kunst ganz außerhalb ihres Wesens lag. Das unterscheidet dich sogar von denen, die dir am vertrautesten sind, ging es ihr durch den Kopf. Nun ja, sie würde nicht aufgeben, der Tag kommt schon noch, dachte sie, an dem ich und meine Kunst endlich triumphieren werden. Sie ging zurück ins Haus. Ich muss Hella noch beim Aufräumen helfen, ach, die liebe Hella, das hübsche Kind.

# 24

Ein Dynamo sei sie, ein Tornado, schrieben ihre Bewunderer, sie selbst verglich sich in einem ihrer hinreißenden Briefe mit einem Hund, der im Kreis rennt und versucht, sich in den eigenen Schwanz zu beißen. Unermüdlich hatte die Missionarin versucht, moderne Kunst aus Deutschland in den USA zu vermitteln. Was ich über Galka Scheyer und ihre Sammlung nachlesen konnte, war wirklich erstaunlich. Werke von Klee und Kandinsky, von Feininger und Jawlensky hatte sie zusammengetragen, ihre vier blauen Könige nannte sie die Künstler, außerdem von Archipenko, Kirchner, Nolde und vielen anderen. Hunderte von Gemälden und Grafiken umfasste ihr Nachlass, aber sehr wahrscheinlich blieben die meisten davon nur deshalb in ihrem Besitz, weil sie die Werke nicht verkaufen konnte. Bereits seit Mitte der zwanziger Jahre organisierte sie Ausstellungen der Blue Four und hatte, wenn auch nicht immer erfolgreich, so doch stets hartnäckig versucht, Sammler zuerst in New York und dann in Kalifornien mit ihrem grenzenlosen Enthusiasmus anzustecken. Nach ihrem Tod gingen die Kunstwerke zunächst an die University of California in Los Angeles, um schließlich in Pasadena zu landen. Ihr schriftlicher Nachlass dort war sehr umfangreich.

Bevor Jessica und ich ins Archiv des Norton Simon Museum

gegangen waren, hatten wir uns noch Picassos Frau mit Buch angesehen, ein Porträt seiner Freundin Marie-Thérèse Walter und schon immer eines meiner Lieblingsbilder. Interessant, das stammte also auch aus dem Besitz der Sammlerin, wie ich gestern erst gelesen hatte. Schau dir nur diese unglaublichen Konturen an, hatte ich Jessica auf das Gemälde aufmerksam gemacht, siehst du, wie der Künstler die Arme, die Finger, die Schenkel seiner Geliebten zu einer Arabeske sinnlicher Vitalität werden ließ, man spürt, wie erregt der Maler bei seiner Arbeit war, genau wie bei Jeanne Hébuterne, nicht wahr. Kaum konnten wir uns von dieser Ikone voyeuristischer Lust losreißen. Doch schließlich mussten wir an die Arbeit, eine Unmenge an Dokumenten wartete auf uns. Wir kamen uns wie zwei Detektive vor, die sich aufmachten, einen schwierigen Fall zu lösen. Erst einmal, so hatten wir beschlossen, wollten wir die Werkverzeichnisse und Versandlisten, die Verträge, Versicherungspolicen und Quittungen und was sonst noch alles aufbewahrt sein mochte außer Acht lassen und uns auf die Korrespondenz der dreißiger und vierziger Jahre konzentrieren. Nicht nur die Schreiben ihrer Briefpartner, auch viele ihrer eigenen waren in Durchschlägen oder Kopien vorhanden, und so konnten wir gut nachvollziehen, was die Scheyer alles unternommen hatte, um ihre geliebten Kunstwerke zu verkaufen.

Etwas ratlos blickten wir auf die unüberschaubaren Mappen, in denen die Blätter konserviert wurden, teilten uns die Dokumente dann auf und saßen nebeneinander an einem kleinen Arbeitstisch, den uns eine freundliche, aber etwas streng anmutende Archivarin mit Hornbrille und hochgesteckter Frisur zugewiesen hatte. Gestern hatte ich die Stunden genutzt, die ich von Jessica getrennt verbringen musste, und mir die Literatur über Galka Scheyer vorgenommen, die in der Bibliothek des Getty verfügbar war. Mosaiksteinchen um Mosaiksteinchen hatte sich mir das Bild einer durchaus schillernden Persönlichkeit zusammengefügt, die sich mit extrovertierten Auftritten zwischen den Stars und Sternchen Hollywoods bewegte und es genoss, nackt in ihrem Garten den Rasen zu mähen. Ihr zunächst nicht sehr zielgerichteter Lebensweg hatte sie aus der Enge der niedersächsischen Provinz, wo sie als Emilie Esther Scheyer geboren wurde, durch die halbe Welt geführt. Sie studierte Malerei und lernte während des Ersten Weltkriegs Alexej von Jawlensky in der Schweiz kennen, eine Begegnung, die sie nachhaltig verändern sollte. Jawlensky war es auch, der ihr den russischen Spitznamen Galka verpasste, die Dohle, und man konnte sich gut vorstellen, wie sie fröhlich zwitschernd zwischen ihren Künstlern, den Sammlern und Museumsleuten hin und her flatterte und die Werke ihrer Freunde anpries. So konzentriert es eben ging, arbeiteten wir uns durch die Papiere, freuten uns, wenn sich unsere Beine unter dem Schreibtisch berührten, lächelten uns an und tauschten verschworene Blicke.

»Du, Max, die war sogar mit Marlene Dietrich befreundet.«

»Ja, hab' ich auch gelesen, und hier hat sie geschrieben, wen sie alles zu einer Party einladen will, nicht alle Namen sagen mir was, aber die Dietrich ist dabei, auch Erich-Maria Remarque, außerdem Fritz Lang und Josef von Sternberg. Die ganzen Filmleute, eine tolle Gästeliste, da hätte man dabei sein müssen.«

»Zumal in diesem wundervollen Haus in den Hollywood Hills.«

Wir betrachteten einige Fotos, die zwischen den Briefen lagen und eines dieser weißen modernistischen Bauwerke zeigten, die noch heute überall in Los Angeles zu finden waren. Kubische Räume sahen wir, vom kalifornischen Licht durchflutet, die Sammlerin posierte vor den Bildern ihrer Künstler, die alle Wände der ansonsten schlicht eingerichteten Zimmer schmückten. Von dort aus müsste man einen phantastischen Blick über die Stadt haben, ob es das Haus wohl noch gab, fragte ich mich.

Ich liebte diese Art von Architektur und sehnte mich und Jessica gleich hinein in diesen Traum eines besseren Lebens.

»Und hast du die Adresse gesehen? 1880 Blue Heights Drive, den Straßennamen hat sie sich selbst aussuchen dürfen, vorher waren die Grundstücke dort oben noch gar nicht so richtig erschlossen.«

»Unglaublich, Max! Die hat ihr ganzes Leben einer einzigen Mission unterworfen, eine amerikanische Tageszeitung nannte sie nicht zu Unrecht die Prophetin der Blue Four. Aber woher hatte sie bloß das ganze Geld, immerhin hat doch Richard Neutra das Haus entworfen?«

»Reich war sie jedenfalls nicht, warte mal, ich habe abgetippt, was sie im März 1936 an ihre Künstler schreibt, die ihr wohl seit zwölf Jahren kaum etwas eingebracht hatten. Hier hab' ich es, eine wirklich schöne Stelle: Ein Kunstliebhaber isst lieber eine rohe Karotte und lebt für die Kunst.«

Jessica schaute amüsiert zu mir herüber.

»Du, die war wirklich überzeugt von dem, was sie tat, genauso verrückt wie du.«

Sie zwinkerte mir zu, aber ich versuchte, bei der Sache zu bleiben, auch wenn Galka Scheyers Enthusiasmus wirklich ansteckend war.

»Im gleichen Brief schreibt sie dann, da sich die Kunst nicht verkauft, hätte sie sich an die Kunst verkauft.«

»Eine erstaunliche Frau.«

Ja, das war sie, zweifellos. Aber mir wurde einfach nicht klar, wie die Sammlerin ihren doch recht aufwendigen Lebensstil finanzierte. Jahrelang bekam sie regelmäßig eine kleinere Summe von ihren Brüdern aus Deutschland. Sie hatten eine Konservenfabrik in Braunschweig geerbt, die dann unter dem nationalsozialistischen Regime arisiert wurde, diese Quelle war damit natürlich versiegt. In den Briefen dieses Tausendsassas ging es aber schon vorher auffallend oft um Geldsorgen. Die Scheyer arbeitete mal hier und mal dort im Kunsthandel, schloss Kommissionsverträge mit allen nur möglichen Galeristen, bot privaten Malunterricht für Kinder an, veröffentlichte Gedichte, hielt einen Vortrag nach dem anderen und war auch einige Zeit an einer Schule in Brentwood angestellt. Dann wiederum trat sie als Repräsentantin der Oakland Art Gallery auf, wo sie auch eine Ausstellung der Werke Franz Marcs veranstaltet hatte, natürlich ohne mein Bild. Ihre Verkäufe waren allerdings die meiste Zeit über ziemlich schleppend. Vermutlich brachte die schiere Menge an all diesen Aktivitäten das benötigte Geld irgendwie zusammen, wie sonst hätte sie sich das Haus und die ständigen Reisen erlauben können.

Im Herbst 1932 kam sie dann ein letztes Mal nach Europa, besuchte Ende des Jahres auch Deutschland und wurde dort von den politischen Ereignissen völlig überrascht. Entsetzt brach sie im Mai 1933 ihre Reise ab und kehrte Hals über Kopf nach Los Angeles zurück, selbstverständlich mit Bildern ihrer Künstler im Gepäck. Ich hatte sogar einen Brief gefunden, in dem einer ihrer Bekannten befürchtete, Galka Scheyers Einsatz für die moderne Kunst habe sie in der alten Heimat in Schwierigkeiten gebracht. In Kalifornien begann sich zu dieser Zeit einiges zu ändern, immer neue Galerien wurden eröffnet, immer neue Werke der verfemten Kunst kamen mit den Immigranten ins Land und wurden, wie der alte Landau mir bestätigt hatte, auch unter der Hand verkauft. Scheyers Situation war nach der Mitte der dreißiger Jahre äußerst misslich, doch gleichzeitig waren ihre deutschen Künstlerfreunde, die nun allesamt als entartet beschimpft wurden und bis auf den schwer erkrankten Jawlensky aus Hitlerdeutschland geflohen waren, gerade jetzt auf ihre Hilfe angewiesen. Angesichts der unsicheren Lage kam es zu allerlei Unstimmigkeiten, und Scheyer verlor 1937 sogar ihren

Exklusivvertrag mit den Blue Four. Trotzdem zeigten die erhaltenen Briefe eindrucksvoll, wie sie nach wie vor alle nur denkbaren Anstrengungen unternahm, um Ausstellungen zu veranstalten, Leihgaben zu verschicken und ihre Kommissionsware den kalifornischen Sammlern schmackhaft zu machen.

»Du, Max, ich glaube, ich hab' da was gefunden.«

Ich sah fragend auf die Papiere, die Jessica vor sich ausgebreitet hatte.

»Hier ist ein Schreiben von Curt Valentin aus New York, mit Briefkopf der Buchholz Gallery.«

Valentin war ein interessanter Fall, das wusste ich, der tauchte in meinen Dokumenten immer wieder mal auf. Er hatte Deutschland verlassen, da er aufgrund seiner jüdischen Herkunft dort nicht mehr im Kunsthandel tätig sein durfte, stand aber bis in den Krieg hinein in engstem Geschäftskontakt mit Karl Buchholz in Berlin, bei dem er in den Jahren davor angestellt war. Und der wiederum war einer jener vier Händler, die von der Kulturkammer damit beauftragt worden waren, die konfiszierten Werke ins Ausland zu verkaufen. Die beiden Männer hatten 1937 eine von Buchholz finanzierte Galerie in New York eröffnet und schafften es einigermaßen erfolgreich, verfemte Werke auf den amerikanischen Markt zu bringen.

»Er bietet Galka an, für ihn vier Werke von Paul Klee gegen Provision zu verkaufen, die Preise stehen auch dabei. Nicht sehr hoch übrigens.«

»Wann war das?«

»Der Brief ist auf den 11. Februar 1939 datiert. Valentin hoffte bestimmt darauf, dass die Sammlerin in Kalifornien einen Kundenkreis hatte, den er von New York aus nicht bedienen konnte.«

Ich erinnerte mich vage daran, dass Valentin einige Klees bekommen hatte, die noch aus der Galerie Flechtheim stammten. Auch hatte er wohl in den dreißiger Jahren aus Privatsammlungen weitere Arbeiten des Künstlers erworben. Die galten ja nun als entartet, und wahrscheinlich stießen einige Besitzer solche Werke aus Angst vor Repressalien ab.

»Am Rand des Briefes ist notiert, dass er auch über Werke Klees verfügt, die aus deutschen Museen beschlagnahmt wurden, scheint jedoch nicht Galkas Handschrift zu sein.«

»Das ist nicht so ungewöhnlich. Es ist doch bekannt, dass einige der eingezogenen Werke gegen Devisen auf den internationalen Markt kamen. Aber vielleicht sind ihr auf diesem Wege auch andere Bilder angeboten worden.«

»Es gibt noch mehr Briefe von und an Valentin, du, ich les' mal weiter.«

Sie beugte sich über das kleine Konvolut und blätterte in den Schriftstücken. Ich war gerührt, dass Jessica sich meiner Sache so sehr annahm. Mit ihr an meiner Seite schien die unglückselige Sucherei irgendwie wieder Sinn zu haben. Ich hätte sie küssen mögen, wie sie so dasaß und sich in die Dokumente vertiefte, aber die Archivarin blickte wie eine Gouvernante über die Gläser ihrer Lesebrille zu uns herüber. Küsste ich sie halt in Gedanken, die kluge Frau, in die ich mich mehr und mehr verliebte.

»Also, eine direkte Antwort von Galka ist nicht dabei, vielleicht verloren gegangen, aber pass auf, jetzt wird's spannend.«

»Na, nun sag schon.«

»Valentin dankt ihr im April 1939, dass sie weitere neun Arbeiten von Paul Klee in Kommission nehmen will. Da ist auch das Aquarell Sterbende Pflanzen dabei, du, das kenne ich aus dem MoMA. Ein wirklich sehr schönes Blatt, aber in dessen Provenienz taucht Galka Scheyer gar nicht auf, das wüsste ich, muss ich mal überprüfen lassen. Sogar einige Werke von Kandinsky könne er ihr aus Deutschland besorgen, schreibt er dann am 18. April. Augenblick mal, ich lese dir den genauen Wortlaut vor:

Mit Hilfe meines Geschäftspartners in Berlin wird es mir möglich sein, die Gemälde von Kandinsky zu bekommen, die sich zurzeit in der Wanderausstellung Entartete Kunst befinden. Lassen Sie es mich bitte wissen, wenn das für Ihre geschätzten Kunden interessant ist. Über den Zustand der Bilder kann ich freilich noch keine verbindliche Aussage machen, es steht indes zu befürchten, dass sie in Deutschland nicht sehr pfleglich behandelt wurden.«

»Und? Gibt es eine Antwort?«

»Ja, warte, hier ist der Brief. Sie schreibt ihm ein paar Tage später herzlich dankend zurück, sie habe für einen Ankauf derzeit zwar nicht genügend Barmittel zur Hand, sei hingegen sehr daran interessiert, auch diese Werke in Kommission zu nehmen. In jedem Fall müssten die Bilder für ihre überaus wählerischen Kunstfreunde in Los Angeles aber in einem einwandfreien Zustand sein, sonst seien die hohen Preise für Kandinsky unmöglich zu erzielen. Und dann fragt sie noch, auf welchem Wege Valentin denn an die Bilder aus der Ausstellung kommen könne.«

Die Frage stellte sich tatsächlich. Direkt aus der Femeschau heraus Werke zum Verkauf anzubieten, war ja ein unerhörter Vorgang. Bislang wusste ich nur, dass jene beschlagnahmten Bestände ins Ausland gehen sollten, die von der Kulturkammer in Berlin eingelagert worden waren. Die Ausstellung selbst war aber noch bis Frühjahr 1941 in Deutschland unterwegs.

»Also, wie er an die Werke kommen wollte, schreibt er in seiner Antwort nicht, die ist vom 23. April 1939. Bei einer so heiklen Sache musste er ja sehr diskret sein, meinst du nicht auch? Er wiederholt nur, dass er den Zustand der Gemälde noch nicht einschätzen könne.«

»Wenn einer Bilder aus der Entarteten Kunst abzweigen konnte, dann gewiss Buchholz, sein Geschäftspartner. Der genoss damals erstaunliche Privilegien, flog noch in den Kriegsjahren in halb Europa hin und her, eröffnete in Lissabon und Madrid und, wenn ich mich recht erinnere, auch in Bukarest neue Firmen und konnte sogar während des Seekriegs seine kostbare Fracht in die USA verschiffen. Er wanderte dann beim Zusammenbruch des Deutschen Reiches nach Kolumbien aus. Ich habe keine Beweise, aber den hatte ich immer schon im Verdacht, als Spion für die Nazis gearbeitet zu haben, anders kann man sich das alles doch gar nicht erklären.«

»Das hört sich ja an wie ein Krimi.«

»Allerdings! Ich habe tatsächlich schon mal daran gedacht, ein Drehbuch über den Mann zu schreiben, aber ob eine Filmproduktion bei dem Stoff anbeißen würde? Ich weiß nicht, es ginge da ja nur um die Kunstwerke, um die herum man sich eine Spionagestory ausdenken könnte. Und ich müsste ihm natürlich noch eine attraktive Doppelagentin als Geliebte andichten.«

Wir lachten.

»Du, Max, es gibt hier noch einen letzten, sehr viel späteren Brief von Valentin, datiert auf den 19. April 1944. Er schreibt, dass seine Geschäftsbeziehungen zu Deutschland kriegsbedingt fast völlig unterbrochen waren. Nach längerer Zeit habe er nun aber wieder Kontakt zu Buchholz, der weitere Bilder aus der Ausstellung anbietet. Und für eine Restaurierung der Werke wäre auch gesorgt, da solle sie sich keine Sorgen machen.«

Jessica schob den Brief zu mir herüber. Das war wirklich interessant. Offenbar hatte Buchholz tatsächlich Zugriff auf diese Werke. Doch das half mir auch nicht weiter, denn Marcs Gemälde war zu diesem Zeitpunkt ja längst bei Göring. Resigniert gab ich ihr das Blatt zurück. Aber merkwürdig war das schon. Die machten ihre Geschäfte noch lange nach dem Kriegseintritt der USA, wie in aller Welt sie die Werke über den Atlantik bringen wollten, war mir völlig unklar.

»Max, schau mal, das ist sonderbar, hier scheint was zu fehlen.«

Sie streckte mir das Schreiben ein weiteres Mal entgegen, doch ich verstand nicht, was sie meinte. Vorwitzig blinzelte Jessica mir zu und hielt mir das Papier unter die Nase.

»Weißt du, man muss immer auch das sehen, was gar nicht zu sehen ist.«

Ich wusste wirklich nicht, auf was sie anspielte, und musste wohl ein ziemlich dummes Gesicht gemacht haben, denn spöttisch hakte sie nach.

»Na, nun schau doch!«

Sie hielt das Blatt mit belustigter Miene ganz schräg in der Hand, und im Streiflicht der Schreibtischlampe sah ich endlich, was sie entdeckt hatte. Zwischen den getippten Lettern hatten sich Buchstaben eingedrückt, die offenbar mit der Hand auf ein darüberliegendes Stück Papier geschrieben worden waren, das sich im Konvolut der Dokumente aber offenbar nicht erhalten hatte.

»Dann versuch' das mal zu entziffern, du Meisterdetektivin.«

Während ich mich weiter meiner Lektüre widmete, sah ich aus dem Augenwinkel, wie Jessica sich tief über den Brief beugte. Nach einer ganzen Weile nahm sie eine Lupe zu Hilfe, kritzelte Buchstabe um Buchstabe auf einen Zettel und richtete sich schließlich wieder auf. Ich drehte mich zu ihr hinüber und staunte über den triumphierenden Blick, mit dem sie mich anschaute.

»Nun sag schon, was hast du gefunden?«

»Also, deine freche Bemerkung von der Meisterdetektivin, die nehme ich jetzt mal als Kompliment. Pass auf, das wirst du nicht glauben. Alles kann man zwar nicht lesen, aber ein ziemlich langes Bruchstück ist klar zu erkennen, eindeutig Galkas Handschrift, vielleicht eine Telefonnotiz, willst du das hören?«

»Jetzt mach's nicht so spannend.«

»Halt dich fest, hier steht: Auftrag des Ministeriums an den

Restaurator Gottschald, laut Buchholz Spezialist für moderne Kunst, beschädigter Franz Marc soll ins Ausland verkauft werden.«

Ich blickte sie ungläubig an, wusste kaum, was ich sagen sollte. Ein beschädigtes Gemälde von Franz Marc, wirklich? Das konnte doch nicht wahr sein.

»Welches Gemälde, schreibt sie noch was darüber?«

»Nein, das ist alles, was man noch lesen kann, aber …«

»Ich fasse es nicht, Jessica, das ist unser Bild. Das muss der Turm der blauen Pferde sein! Der hatte ja einen kleinen Brandschaden, und mit dem Ministerium kann doch nur Görings Reichsluftfahrtministerium gemeint sein.«

»Oder das Propagandaministerium.«

»Das glaube ich nicht, Goebbels und seine Leute hatten das damals alles längst den vier Händlern überlassen. Das muss unser Bild sein, Jessica, du, wir haben hier eine ganz neue Spur!«

Den Namen des Restaurators allerdings hörte ich jetzt zum allerersten Mal. Bis jetzt war ich immer davon ausgegangen, Hofers spätere Ehefrau Berta hätte alle Bilder Görings restauriert. Eine geborene Fritsch, deren Schwester Irmgard in den dreißiger Jahren bei Reber als Sekretärin gearbeitet hat. Dort hatten sich die beiden kennengelernt, nahm ich jedenfalls an. Aber vielleicht war Berta Fritsch nur für die alten Meister zuständig gewesen, da musste man ja andere Techniken und Materialien kennen. Archivunterlagen über sie gab es meines Wissens keine. In den fünfziger Jahren hatte sie für Konrad Adenauer einige Gemälde restauriert, mehr wusste ich eigentlich nicht über sie. Dass die beschlagnahmten Kunstwerke, und vor allem die Bilder, die jahrelang durch Deutschland hin und her transportiert wurden, darunter gelitten hatten, war ja klar. Aber von Restaurierungen der als entartet verfemten Kunst hatte ich noch nie etwas gelesen, wäre ja auch vollends absurd. Wenn die Werke aus der damals schon beendeten Ausstellung nun auch für den Verkauf vorgesehen waren, änderte sich die Situation natürlich grundlegend. Doch das alles war mir jetzt völlig egal, ich war mir sicher, dass sich diese Information, die ja nur von Valentin stammen konnte, auf den Turm der blauen Pferde bezog. Und wir hatten sogar einen Namen, Gottschald, da mussten wir ansetzen, vielleicht lag hier der entscheidende Hinweis, den ich so lange gesucht hatte. Ich küsste Jessica nun doch, sollte die strenge Archivarin denken, was sie wollte, prüfte die so mühsam entzifferte Stelle noch einmal, ja, da stand es, ganz zweifellos, auch der Name war deutlich zu lesen. Mit zitternden Fingern tippte ich den Wortlaut ab. Eine Weile arbeiteten wir still und versunken weiter an den Dokumenten, aber ich begriff gar nicht mehr, was ich da las. Meine Gedanken kreisten um den Restaurator.

# 25

Josef Angerer schob die Schutzbrille hoch, als die beiden Wachtposten seinen Wagen zur Kontrolle anhielten. Nach einem kurzen Blick auf seinen Ausweis öffneten sie das Tor und winkten ihn durch. Sein Eintreffen war ihnen natürlich angekündigt worden. Der sonnige Frühlingstag hatte ihn dazu verleitet, das Verdeck seines Cabriolets zurückzuschieben, doch der Wind war ihm auf dem Weg hierher fast zu frisch ins Gesicht geschlagen. Er liebte die rasanten Autofahrten ins Berliner Umland und hatte die gut achtzig Kilometer bis zur Schorfheide in Rekordzeit hinter sich gebracht. Auf seinen schnittigen, schwarz-weiß lackierten Wanderer, den er sich noch kurz vor Kriegsbeginn geleistet hatte, konnte er sich verlassen. Deutsche Wertarbeit, freute er sich, das macht uns keiner nach. Glücklicherweise betraf ihn die eingeschränkte Benzinzuteilung nicht, denn Göring hatte seine Touren als kriegswichtig einstufen lassen. In den letzten Jahren war er zwar schon einige Male zum Waldhof Carinhall hinausgefahren, die Architektur des umgebauten Landsitzes beeindruckte ihn aber auch heute wieder. Hochherrschaftlich, ein kolossaler Bau, er beneidete dessen Besitzer. So müsste man leben, ein Schloss mitten in der Natur und doch keine zwei Stunden von der Hauptstadt entfernt. Er bog von der schmalen Zufahrtsstraße ab und fand kaum einen

Parkplatz neben dem Wirtschaftstrakt, wo Lieferanten in hektischer Betriebsamkeit kistenweise Waren ins Haus schleppten und sich gegenseitig schimpfend auf die Füße traten. Zielstrebig überquerte er den Ehrenhof mit den beiden bronzenen Hirschfiguren und ging durch das Portal, wo ihn ein Dienstmädchen mit Schürze und gestärktem Häubchen empfing. Der Herr Reichsmarschall warte schon in der Bibliothek, ließ sie ihn wissen und nahm ihm den schweren Ledermantel ab.

Angerer betrat den prunkvollen Saal, dessen Seitenwände bis hoch zur eingewölbten Decke mit dunkel gebeizten Bücherregalen verkleidet waren, auf denen die Bände wie Rekruten in Reih und Glied angetreten waren. Gelesen hat die doch garantiert kein Mensch, überlegte er, der dicke Goldfasan jedenfalls nicht, aber sehr dekorativ sah das alles aus, vor allem die prächtigen Folianten.

Göring und Walter Andreas Hofer, dessen alerter Sammlungsdirektor, standen neben dem großen Globus und plauderten angeregt. Die Weltkugel war aufgeklappt worden und brachte in ihrem Inneren mehrere bleikristallene Likörflaschen und Gläser zum Vorschein. Diese Lektüre lasse ich mir gefallen, freute sich Angerer, als ihm der Hausherr etwas zu trinken anbot.

Hermann Göring hatte die Männer nach Carinhall einbestellt, um das weitere Vorgehen zu besprechen. Sein Museum nahm immer klarere Konturen an, dessen künftiger Bestand war in den letzten Jahren an Zahl und Qualität deutlich gewachsen. Wenn der Krieg erst einmal gewonnen wäre, würde auch der Bau des Galerieflügels rasch vorangehen. Die Entwürfe dazu hatte Göring zufrieden abgesegnet, bald könnte er sein Lebenswerk wie geplant für das Publikum öffnen. Der Erwerb alter Gemälde und Skulpturen lief gut. Man hatte die Hand auf allerlei wichtige Werke legen können, die vor allem aus Frankreich und

Holland kamen. Angerer erwartete großes Lob vom Reichsmarschall, und er hatte sich vorgenommen, bei dieser Gelegenheit auch gleich einmal den Vermeer anzuschauen, der nun schon seit einigen Monaten im Besitz des ehrgeizigen Sammlers war. Es wurmte ihn, dass ausgerechnet Hofer den Ankauf des Werkes eingefädelt hatte, doch trotz allen Neides wollte er das kapitale Stück, Christus und die Ehebrecherin, endlich mit eigenen Augen sehen.

»Bevor wir zum Geschäftlichen kommen, Herr Reichsmarschall, dürfte ich mir mal den Vermeer ansehen? Man erzählt sich ja Wunderdinge über das Werk.«

»Leider nein. Das Bild ist in Berlin bei der Restauratorin, muss ausgebessert werden. Wie steht's denn damit, Hofer? Hat Ihre Frau schon gesagt, wann wir wieder mit dem Vermeer rechnen dürfen?«

»Noch nicht, Herr Reichsmarschall, aber sie arbeitet daran, unermüdlich, hat sie mir heute Morgen versichert. Die Alterungsspuren seien sehr stark, die Farbe an einigen Stellen wie durch Hitze geschrumpft, der Staub regelrecht eingebrannt, hat sie gesagt.«

Insgeheim freute sich der Teppichhändler. Kollege Hofer hatte also ein Gemälde in schlechtem Zustand an Land gezogen. Na, das wäre ihm selbst nicht passiert. Aber vermutlich war dessen Rolle beim Ankauf ohnehin nicht so groß, wie er immer behauptete. Mit geheuchelter Anteilnahme wandte Angerer sich an den Sammler.

»Ach, es ist beschädigt, keine erste Wahl? Wie bedauerlich.«

»Aber woher denn. Das Gemälde ist dreihundert Jahre alt, Mensch, da hat selbst so ein Prachtbild sein Zipperlein.«

Göring wollte sich schon empören über den frechen Einwurf, aber er besann sich und grunzte wohlgefällig. So lange hatte er auf einen Vermeer warten müssen, und nun konnte er sogar dieses Hauptwerk des Malers sein Eigen nennen. Die unvergleichliche Komposition, die innere Beseeltheit der Figuren und vor allem die feine Malweise, zweifellos, der Künstler konnte was. Hitler war blass vor Neid gewesen, als er ihm das Bild präsentierte, diesmal hatte der ihm das Gemälde nicht vor der Nase weggeschnappt. Und das allein war schon Grund genug, so viele der aus dem Ausland abtransportierten Werke dafür in den Tausch zu geben.

»Nun aber frisch zur Sache, meine Herren, Sie wissen, die Amtsgeschäfte in Berlin laufen weitgehend auch ohne mich, aber meine Sammlung, mein Museum, die beanspruchen doch den ganzen Mann. Heute Abend habe ich zu einem großen Fest geladen, wichtige Leute kommen, da muss ich freilich selbst nach dem Rechten seh'n. Nur vom Feinsten soll auf die Tafel.«

Er wies auf die schwere Sesselgarnitur, die mit dunkelrotem besticktem Brokat bezogen war, den der Teppichhändler über Quantmeyer & Eicke besorgt hatte. Die Herren setzten sich, und Göring, der ihnen seltsam fahrig vorkam, schenkte noch einmal nach. Angerer versuchte, seinen Ärger zu verbergen. Er war natürlich nicht eingeladen, wenn es sich die hohen Herren gut gehen ließen. Das Reich stand an allen Fronten unter Waffen, auch die Fliegerangriffe auf deutsche Städte häuften sich in letzter Zeit. Heldenhaft hatte sich die Armee vor Stalingrad im vergangenen Jahr für den Endsieg geopfert, und in Süditalien leisteten die Truppen erbitterten Widerstand. Trotzdem hörte man so allerhand über das ausschweifende Leben, das Göring mit seiner Emmy führte. Aber ich werfe nicht den ersten Stein, würde auch gern privatisieren, dachte Angerer und drehte sich fragend zu Hofer hinüber, der nur resigniert mit den Schultern zuckte.

Frankreich hatte den deutschen Truppen nicht lange widerstanden, und Reichsleiter Rosenberg konnte seither auf Befehl des Führers kostbare Bibliotheken und auch den Kunstbesitz jüdischer Sammler für das Reich sicherstellen. Göring und seine Männer waren dankbar, denn für sie fiel ebenfalls einiges dabei ab. Natürlich sprachen die Feinde von Plünderungen, aber das scherte den Reichsmarschall nicht. Die kulturelle Überlegenheit Deutschlands war eine unumstößliche Tatsache, darauf musste er bestehen, die Werke gehörten ins Reich, die guten jedenfalls, und wenn er persönlich davon profitieren konnte, dann umso besser. Mit Angerer und Hofer besprach er die neuen Lieferungen. Auch aus Belgien und Holland waren wieder interessante Stücke zu erwarten, doch zur Enttäuschung des Reichsmarschalls sollten es diesmal nur wenige Bilder sein. Anfangs fuhr Göring oft persönlich nach Paris, so konnte er sich die wertvollsten Gemälde noch vor Hitler sichern. Der Abtransport der Beute verlief größtenteils unter dem Kommando seiner Luftwaffe. An dieser Front wenigstens stand also zum Glück alles bestens. Amüsiert erinnerten sich die Männer daran, auf welch abenteuerlichen Wegen sie manchmal an die Kunstwerke gekommen waren.

»Wissen Sie noch, lieber Hofer, wie Lohse uns in Paris diese unmöglichen Bilder von Matisse gezeigt hat, wann war das noch?«

Belustigt stierte Göring auf seine Gäste, denen jetzt immer deutlicher auffiel, dass seine Hände zitterten und die Pupillen auf ganz eigenartige Weise geweitet zu sein schienen, ein unruhiges Flackern ging von ihnen aus.

»Das war ein Dezember, zwei oder drei Jahre muss das jetzt her sein. Lohse war gerade in der Hierarchie des Einsatzstabes aufgerückt und mächtig stolz auf den neuen Posten. Richtig, Dezember '41 war das, ich weiß noch, dass ich auf den Champs-Élysées ein sündhaft teures Parfum und Seidenstrümpfe als Weihnachtsgeschenke für meine Frau gekauft habe.«

»Ja, stimmt, schon eine dolle Sache, dieses Paris, wenn ich nur an die Austern im Ritz denke, und das mitten im Krieg.«

»Allerdings, vive la France!«

»Na, nun übertreiben Sie mal nicht, Hofer. Aber für diese stümperhaften Schmierereien, die wir dem Juden Rosenberg abgenommen hatten, konnte ich die entzückende kleine Hafenansicht von Brueghel eintauschen, da haben wir Glück gehabt, stimmt's, Hofer?«

Göring gurgelte ein selbstgefälliges Lachen hervor, sein fetter Körper bebte vor Vergnügen.

Hofer erinnerte sich gut. Überhaupt war die Enteignung des jüdischen Kunsthändlers ein Husarenstück erster Güte gewesen, sogar einen geheimen Banktresor voller Gemälde hatte man entdeckt und öffnen lassen. Was hatten sie damals gelacht. Rosenberg oder Rosenberg, nach wem war eigentlich der Einsatzstab benannt, witzelten sie, doch Alfred Rosenberg, der als Chefideologe der Partei galt, durfte das natürlich nicht erfahren. Der litt sehr unter der Tatsache, dass er keinen arischen Namen trug, tuschelte man hinter vorgehaltener Hand.

»Also, ich denke, den Handel mit alten Meistern aus Frankreich haben wir doch gut im Griff. Vor allem der Einsatzstab versorgt uns ja laufend mit frischer Ware, der Erwerb des Vermeers wäre sonst teuer geworden. Aber die modernen Bilder, wie steht's denn mit denen?«

»Ganz wie erwartet, Herr Reichsmarschall. Wir haben auf dem internationalen Markt einiges abgestoßen.«

»Herr Hofer hat recht. Cézanne und van Gogh konnte ich nach Amsterdam verkaufen, die Gemälde von Munch, bis auf eines leider, sind nach Norwegen gegangen, auch der Signac, die haben alle gutes Geld gebracht. Unser größtes Sorgenkind ist Franz Marc. Wir werden seine Bilder einfach nicht los, deutsche Kunst ist halt immer noch nicht sehr gefragt bei den ausländischen Sammlern, und wir können die entarteten Werke ja schlecht im Reich anbieten.«

»Aber der Turm der blauen Pferde, ich höre Sie noch schwärmen, Angerer, ein Hauptwerk des Malers sei das, ein Spitzenstück. Und nun steht der noch immer im Stabsamt, mir vollkommen unverständlich. Der müsste doch zu Geld zu machen sein.«

Der Angesprochene schwieg eingeschüchtert. Blanker Undank schlug ihm hier entgegen, damit hatte er nicht gerechnet. Er hatte wahrlich einiges versucht, um das vermaledeite Bild an den Mann zu bringen, das schon. Aber er konnte ja unmöglich zugeben, dass seine Verkäufe der modernen Werke eher glückliche Zufälle waren. Van Gogh und Munch wurden in ihren Heimatländern natürlich stark nachgefragt, da war es ihnen leichtgefallen, zahlungskräftige Kunden zu finden. Franz Marc hingegen, der wurde nur in Deutschland geschätzt, er hatte damals den Mund zu voll genommen, das war nun nicht mehr zu ändern.

»Und ich hab' mich seinerzeit so für Sie eingesetzt. Die Kulturkammer wollte die Werke zurück, wissen Sie ja, musste bei Goebbels ein gutes Wort für die Sache einlegen, und jetzt das.«

»Ich werde mein Bestes tun, Herr Reichsmarschall.«

»Eile ist geboten, meine Herren, ich sehe keinen Grund, die Werke weiter zu lagern, die wir nicht für mein Museum benötigen. Devisen müssen her, Devisen, je mehr, desto besser.«

»Ich kann Ihnen versichern, Kollege Angerer und ich lassen in unseren Bemühungen nicht nach.«

»Verstärken müssen Sie Ihre Bemühungen, verstärken. Wir brauchen das Geld, dringend brauchen wir das. Wer weiß, womöglich müssen wir die Sammlung demnächst sogar an einen anderen, einen sicheren Ort bringen, vorübergehend zumindest. Aber das bleibt unter uns, Sie verstehen, meine Herren?«

Hofer und Angerer nickten betreten, doch beide hatten die

Andeutung verstanden. Nun müssten sie auch selbst einige Vorsichtsmaßnahmen treffen, das war wohl unvermeidlich. Wenn schon der zweite Mann im Staate begann, das Schlimmste zu befürchten.

»Aber so arg wird's schon nicht kommen, einstweilen machen wir weiter. Ich kann mich auf Sie verlassen, sehe ich das richtig?«

»Selbstverständlich, Herr Reichsmarschall, wir machen weiter, wir verdoppeln unsere Anstrengungen. Meine guten Beziehungen zu internationalen Galerien werden bestimmt bald das gewünschte Ergebnis bringen, und Sie, Herr Angerer, ich schlage vor, Sie strecken vorsichtshalber Ihre Fühler noch einmal nach Skandinavien aus.«

»Der Turm der blauen Pferde würde einen guten Preis bringen, das hatten Sie mir mehrfach versichert, Angerer.«

»Herr Reichsmarschall, Sie müssen verstehen, die Zeiten werden schwieriger und …«

»Ach papperlapapp, alles Ausflüchte. Geld ist genug in der Welt, den richtigen Käufer müssen Sie finden, Sie beide, wofür bezahl' ich Sie denn? Amerika, hatten Sie gesagt, Angerer, erstklassige Verbindungen hätten Sie, und jetzt stehen wir dumm da. Das Bild muss weg, die anderen Werke sind doch auch längst verkauft.«

»Wenn ich etwas einwenden dürfte, Herr Reichsmarschall. Ich denke, der Brandschaden, den das Gemälde hat, der ist nicht gerade förderlich, wenn wir einen hohen Preis dafür erzielen wollen. Was ich aus Amerika höre, so achten die reichen Sammler dort in erster Linie auf tadellosen Zustand. Stimmt doch, Hofer, habe ich recht?«

»Zweifellos. Wir sollten den Marc vielleicht restaurieren lassen, und dann versuchen wir es noch einmal. Beziehungen zu den amerikanischen Händlern haben wir ja trotz des Krieges, läuft meistens über die Schweiz. Und ich glaube immer noch fest daran, dass wir mit einer nicht unbedeutenden Summe rechnen können.«

»Leuchtet mir ein. Also ab mit dem Bild zu Ihrer Frau, die soll sich der Sache gleich einmal annehmen, Zeit ist Geld.«

»Ich gebe zu bedenken, dass Berta mit dem Vermeer beschäftigt ist, und der Einsatzstab Rosenberg hat einiges unsachgemäß transportiert, da wartet viel Arbeit auf meine Frau. Hilfe findet sie auch keine, sind alle an der Front.«

»Außerdem brauchen wir einen Spezialisten, die entarteten Künstler hatten ja gar nicht mehr die Kenntnisse einer soliden Malweise.«

»Also, was schlagen Sie vor?«

Der Reichsmarschall wurde ungeduldig, das spürten sie, der Machtmensch war es nicht gewohnt, von seinen Leuten hingehalten zu werden.

»Meine Herren, ich warte.«

»Wenn ich vorschlagen dürfte, ich könnte mal Reber fragen, der kennt sich gut aus mit den modernen Werken. Hat ja selbst eine große Sammlung besessen, da sind sicher auch Restaurierungen angefallen.«

»Hatte ich dem nicht mal eine Vollmacht ausgestellt, Herr Hofer?«

»Ja, Herr Reichsmarschall, ist aber schon einige Jahre her. Der hat für uns damals ein paar gute Stücke aus Italien besorgt. Ein etwas unsicherer Kantonist, wenn ich so sagen darf, hat vor allem Picasso gesammelt und andere Kubisten, war dann aber pleite und brauchte Geld.«

»Na, wer braucht das nicht?«

Die Männer lachten. Ja, das liebe Geld, dachte Angerer, das war auch die Grundlage für ihren eigenen verschworenen Bund. Rücksichtslos hatten sie seit Jahren ihre Interessen durchgesetzt, trotz allen gegenseitigen Argwohns. Und auch den Turm der blauen Pferde würden sie noch in klingende Münze verwandeln, da war sich der Händler sicher. Wenn der nur erst einmal restauriert war, das müsste doch irgendwie zu bewerkstelligen sein. Reber kannte bestimmt jemanden, dem man das Gemälde anvertrauen konnte.

Der feiste Göring, nun wieder versöhnt, quälte sich mühsam aus seinem Sessel und schenkte mit unsicherer Hand eine dritte Runde Likör aus.

»Zum Wohl, meine Herren, Hauptsache, wir bleiben auf dem Bild nicht sitzen.«

# 26

Schnarrend meldete sich eine Stimme aus der Kabinendecke und kündigte an, dass wir mit dem Landeanflug auf New York begonnen hatten. Überall kam Bewegung in die meist schläfrig vor sich hin brütenden Fluggäste, die nun aufgefordert wurden, ihre Sitze wieder aufrecht zu stellen. Der kleine Trupp routiniert lächelnder Stewardessen paradierte in den adretten Uniformen der American Airlines den Mittelgang entlang und schaute nach, ob unsere Sicherheitsgurte auch wirklich fest geschlossen waren.

»Sind wir endlich da?«

Jessica war aufgewacht, stellte ihre Rückenlehne hoch und vergrub ihr Gesicht an meiner Schulter.

»Du, ich hab' was ganz Seltsames geträumt.«

»Ja?«

»Aber du darfst nicht lachen, versprichst du mir das?«

Mit gespielt skeptischer Miene nickte ich ihr zu.

»Also, irgendwie sind wir in einem Museum gewesen, ein altes Gebäude, sehr verwinkelt. Wir liefen lange Gänge voller Gemälde und Skulpturen entlang. Es war nachts, wir sind dort eingebrochen, glaube ich, jedenfalls gab es keinen Menschen zu sehen, ganz dunkel und etwas unheimlich war das. Und da hing dann dein Bild, der Turm der blauen Pferde, riesengroß. Aber das wunderte uns gar nicht, es hing einfach so da. Als wir näher kamen, sind wir ohne zu zögern in den Rahmen geklettert, standen zwischen den Pferden, die ganz zutraulich waren. Du, ich konnte das Fell und die weichen Nüstern richtig fühlen. Wie bei den Kutschpferden im Central Park, die ich als Kind immer gestreichelt habe. Erst sahen wir vier Pferde, weißt du, genau wie auf dem Bild von Franz Marc, aber dann wurden es immer mehr, mindestens doppelt so viele. Und als ich dich anschaute, warst du auf einmal auch ganz blau. Wie hingemalt sahst du aus, und in deinem Gesicht konnte man Sterne und einen Regenbogen sehen, so wie in dem Bild. Und dann, dann war plötzlich alles verschwunden, und wir standen allein in der finsteren Halle. Meinst du, das hat etwas zu bedeuten?«

»Na klar, du Hellseherin, das heißt doch eindeutig, dass wir das Gemälde bald haben. Du musst nur noch das Museum wiederfinden.«

»Ach, Mensch, ich glaub doch auch nicht an so was.«

Ich lachte und küsste sie und freute mich insgeheim, dass auch Jessica meine Suche nun bis in den Schlaf verfolgte.

Kurz entschlossen hatte ich am gestrigen Nachmittag zwei überteuerte Flugtickets gekauft, nachdem uns klar geworden war, dass wir die Suche nach dem Gemälde in einem Altersheim in einem kleinen Städtchen nördlich von New York fortsetzen mussten. Wir waren am späten Abend aufgebrochen, hatten den Mustang bei Dave abgestellt. Braves Pferd, hatte der lachend bemerkt und dem Wrack die Motorhaube getätschelt, bevor er uns, nett wie er war, von einem seiner Leute die letzten Meilen zum Flughafen bringen ließ. Von dort aus hatten wir den Nachtflug an die Ostküste genommen.

Und nun saßen wir kurz vor dem Ziel in der fast voll besetzten Maschine zwischen lauter Businessleuten, die über ihren Akten eingenickt waren oder auf ihre Laptops einhackten und dabei schweigend ihren scheußlichen Tomatensaft tranken. Über den wenigen Wolken war die Nacht langsam einem fahlen Sonnenaufgang gewichen, der Schlieren von Blau und Rosa in den Himmel aquarellierte. Jessica hatte die meiste Zeit geschlafen, die Glückliche, den verwuschelten Kopf mit ihrer Strickjacke gepolstert am Fenster. Doch ich hockte eingeklemmt auf meinem Mittelplatz, stöberte lustlos in den Dokumenten, die ich auf meinem Rechner gespeichert hatte, und dachte über die letzten Tage nach.

Am Freitag hatte ich das Norton Simon Museum ziemlich aufgekratzt verlassen, nur Jessica blieb skeptisch und versuchte vergeblich, meinen Enthusiasmus zu drosseln. Ich will nicht, dass du enttäuscht bist, hatte sie mir mehr als einmal gesagt, aber ich war fest davon überzeugt, dem verlorenen Bild endlich näher gekommen zu sein. Das Gemälde hatte zumindest die Wirren der ersten Kriegsjahre überstanden, daran zweifelte ich nicht mehr. Wir wussten nun, dass Friedrich Gottschaldt, er schrieb sich mit »dt«, wie wir inzwischen herausgefunden hatten, das Gemälde im Frühjahr 1944 in seiner Werkstatt hatte. Zumindest dann, wenn der Turm der blauen Pferde das Bild war, das Galka Scheyer auf ihrem verlorenen Zettel erwähnte. Denn das war leider noch immer nicht sicher.

Das Wochenende über hatten wir versucht, Auskünfte über den mysteriösen Restaurator zu bekommen. Wir googelten aufs Geratewohl nach dem Mann, konsultierten alle nur möglichen Datenbanken, das Getty hatte ja glücklicherweise Zugriff auf fast jedes kunsthistorische Verzeichnis, und zuletzt blätterten wir sogar die Namensregister einschlägiger Publikationen durch. Doch nirgendwo war etwas zu finden, nirgendwo. Gottschaldts Existenz schien unter den Schutthalden der Geschichte begraben. Schließlich hatte ich bei Winfried Escher angeklopft. Der stieß schließlich oft auf unbekannte

Quellen, weil er sich seit Jahren weigerte, im Mainstream der andauernd gleichen Themen und Methoden mitzuschwimmen. Wir zogen uns mit Kaffee und Zigaretten an den Pool zurück, und ausführlich berichtete ich ihm, was Jessica und ich herausgefunden hatten. Auch Escher hatte noch nie etwas von Gottschaldt gehört, pflichtete mir aber anerkennend bei, dass es sich wirklich um eine neue Spur handeln könnte. Die neue Mitarbeiterin aus den Special Collections, ob ich die schon getroffen hätte, fragte er mich noch und vertraute mir sichtlich vergnügt an, dass sie sich im letzten Jahr während seiner Gastprofessur in Stanford kennengelernt hätten, tja, und seitdem wären die beiden ein Paar. Schau an, die Luft der Freiheit wehte jetzt also auch in Hamburg, so gelöst hatte ich ihn noch nie erlebt, dachte ich, während Escher sich eine letzte Zigarette anzündete und den Rauch über das stille Wasser des Schwimmbeckens blies.

Gestern früh hatte Jessica dann noch wenig zuversichtlich Lynn Rother angerufen, ihre Nachfolgerin am Museum of Modern Art, die nach gar nicht so langer Suche in ihren hausinternen Unterlagen tatsächlich einen Hinweis auftrieb, als ich schon kaum mehr daran glaubte. In der Akte zu einem Gemälde von Kirchner war der Durchschlag eines Restaurationsberichts abgelegt, den ein gewisser Friedrich Gottschaldt 1951 in nicht ganz fehlerfreiem Englisch verfasst hatte. Auf dem Deckblatt des Textes, den wir als Scan zugeschickt bekamen, fand sich eine handschriftliche Notiz, der zufolge eine Mrs Franziska Gottschaldt das Dokument dem Museum im Oktober 1988 überlassen hatte. Vielleicht die Tochter des Mannes, hatte ich zuerst angenommen. Nach ihrem Namen fischten wir dann endlos in den Untiefen des Internets und stießen über abenteuerlich verästelte Querverweise auf einen Artikel in der Mystic River Press, einer kleinen lokalen

Wochenzeitung, die trotz ihres aberwitzigen Namens einen einigermaßen informativen Bericht über die hochbetagte, aber resolut auftretende Dame veröffentlicht hatte. Franziska Gottschaldt hielt, so wurde geschildert, im Herbst 2006 vor Schülern der Robert E. Fitch High School in Groton, Connecticut, einen Vortrag über den Widerstand in Nazideutschland. Ihr verstorbener Mann, der als Fotograf und Restaurator bezeichnet wurde und kurz vor Ende des Weltkriegs unter Lebensgefahr aus dem Deutschen Reich geflohen war, sowie dessen erste Ehefrau hatten dabei anscheinend irgendeine Rolle gespielt. Welche genau, das wurde aus dem Zeitungsartikel allerdings nicht klar. Mrs Gottschaldt selbst stammte aus einer deutschen Auswandererfamilie, war aber in New York geboren und hatte ihren späteren Mann erst nach dem Krieg kennengelernt, lasen wir dort. Der Bericht endete mit der Bemerkung, wie sehr es die Schüler beeindruckt habe, dass die Witwe trotz ihres Alters aus einer Seniorenresidenz im benachbarten Mystic zu ihnen gekommen sei, um über diese schlimme Zeit in Deutschland zu berichten. Es war in dem Artikel sogar eine Fotografie der zierlichen Frau abgedruckt, die zwischen zwei Lehrern und einer Schar pubertierender Jugendlicher unter einem Banner mit der Aufschrift »Go Falcons!« vor dem Schulgebäude in die Kamera lächelte.

Wir suchten nach Altersheimen in der kleinen Hafenstadt und stießen rasch auf ein paar Adressen. Nervös begann ich damit, die ermittelten Telefonnummern zu wählen, denn immerhin war der Zeitungsartikel ja bereits vor zehn Jahren erschienen, es stand also zu befürchten, dass wir den Hinweis zu spät gefunden hatten. Doch schon der zweite Anruf war erfolgreich. Die sehr zuvorkommende Frau, die sich als Leiterin der Stone Ridge Senior Living Community meldete, ließ sich zunächst schildern, was es mit meiner Frage auf sich hatte, und bestätigte dann bereitwillig, dass Franny, so nannte man sie dort, tatsächlich noch immer in der Residenz lebte. Ich wurde zu ihr durchgestellt und unterhielt mich ein paar Minuten mit der alten Dame. Ihre Stimme war von dunklem, eigenartig rauem Klang und schien so gar nicht zu der zarten Person zu passen, die wir auf dem Foto gesehen hatten. Sie erzählte mir, dass sie vor längerer Zeit einige Papiere ihres Mannes weggegeben hatte und nur noch persönliche Dokumente aufbewahrte. Und selbstverständlich dürfte ich mir die anschauen, sie habe immer gehofft, die Geschichte ihres Mannes für die nachfolgenden Generationen lebendig zu halten. Das Tagebuch aus den Jahren vor seiner Flucht sei wirklich sehr bewegend, aber das würde ich dann ja demnächst selbst lesen können, wenn ich sie besuchen käme. Über einige Bilder, die ihr verstorbener Mann restauriert hatte, stünde auch etwas darin, das wisse sie genau. Welche Werke das waren, das könne sie allerdings beim besten Willen nicht mehr erinnern.

Ich rief kurze Zeit später noch einmal in Mystic an, bestätigte der Witwe, dass ich tatsächlich noch Flugtickets bekommen hatte, und machte mit ihr einen Termin aus. Sie werde mit Kaffee und Keksen auf uns warten, freute sie sich.

»Entschuldigung, darf ich Sie mal etwas fragen? Sind Sie Künstler?«

Mein Sitznachbar, ein kräftiger, fast kahler Mann in Anzug und Krawatte, der während des Fluges die meiste Zeit seine Geschäftspapiere durchgeblättert und in einer juristischen Fachzeitschrift gelesen hatte, blickte mich interessiert an.

»Warum fragen Sie?«

»Verzeihen Sie bitte meine Neugier, aber ich habe die Bilder gesehen, die Sie sich auf Ihrem Computer angeschaut haben.«

»Ach so, nein, ich bin Kunsthistoriker.«

»Und worüber arbeiten Sie da so?«

»Vor allem bin ich auf der Suche nach Kunstwerken, die in Deutschland unter Hitler beschlagnahmt wurden.«

Ich deutete ihm an, warum wir an die Ostküste flogen, nannte aber keine Einzelheiten und erwähnte natürlich auch nicht, um welches Bild es sich handelte.

»Das klingt wirklich spannend, man liest darüber in letzter Zeit ja eine Menge in der Presse. Rückforderungen und so, nicht wahr? Ich bin Rechtsanwalt in einer großen New Yorker Kanzlei, eine Kollegin von mir hatte auch mal mit einem solchen Fall zu tun. Aber ich habe leider keine Ahnung von Kunst.«

Er grinste auf sehr einnehmende Weise. Das war offenbar gar nicht anbiedernd, sondern wirklich bedauernd gemeint.

»Wissen Sie, ich habe mich immer gefragt, warum Hitler so sehr an Kunst interessiert war. Der müsste doch andere Sorgen gehabt haben, sollte man meinen.«

»Schauen Sie, das ist leicht zu verstehen. Er wollte ja selbst Künstler werden, wurde aber überall abgelehnt, hatte wirklich kein Talent.«

»Das glaube ich Ihnen gern. Doch Hitler hat versucht, die halbe Welt zu unterwerfen und setzte rücksichtslos seine Diktatur in Deutschland durch. Müsste man nicht annehmen, dass die Künstler da ganz unwichtige Gegner waren.«

»Da haben Sie recht. Die Kunstgeschichte hat sich mit der Frage merkwürdigerweise nie wirklich beschäftigt, man hat das als Tatsache eigentlich immer so hingenommen. Aber Sie müssen wissen, dass die Weimarer Republik trotz aller Konflikte eine Zeit großer kultureller Freiheit war, nicht nur in der Kunst, auch in der Literatur, im Film und in der Musik, und die Nazis haben das alles erbittert bekämpft. Der Grund dafür kann ja nur sein, dass sie alle Erinnerungen daran auslöschen wollten. Und die moderne Kunst mit ihren experimentellen Bildern haben sie natürlich als ein Symbol dieser Freiheit verstanden.«

»So hab' ich das noch nie gesehen. Heute denkt man ja immer zuerst an die ungeheuren Summen, die für Kunst ausgegeben werden.«

»Das hat für die Nazis natürlich auch eine Rolle gespielt, aber wenn man da tiefer eindringt, lernt man schnell, dass es um die Kunstwerke als solche eigentlich gar nicht ging. Wichtig war denen vor allem, wer im Deutschen Reich in diesen Fragen seine Meinung durchsetzen konnte. Sie ahnen ja gar nicht, wie zerstritten die damals waren.«

»Das leuchtet mir ein, vielen Dank. Und entschuldigen Sie, ich wollte Sie und Ihre Frau nicht stören.«

»Schon gut, war nett, mit Ihnen zu plaudern.«

Ihre Frau, hatte er gesagt, und ich erschrak. Jessica schien die Bemerkung des Mannes glücklicherweise nicht gehört zu haben. Aber was, wenn dies tatsächlich mehr als bloß ein kurzes Verliebtsein wäre? Natürlich wünschte ich mir sehr, dass aus dem Glück des Augenblicks etwas Großes, Bleibendes wachsen würde, aber wie sollte das geschehen, wenn ich nicht dazu bereit war, mich endlich von meiner obsessiven Suche nach diesem Gemälde zu befreien? Konnte ich endlich die Konsequenzen aus all dem Selbstbetrug ziehen? Du wirst dich irgendwann entscheiden müssen, ob du ein Bild oder dein Leben retten willst, hallten mir Julias Worte immer noch nach. Und schon wieder hetzte ich diesem Gespenst hinterher.

Genauso holprig wie die Gedanken, die mir durchs Gehirn stolperten, setzte die Maschine auf der Landebahn des JFK auf, rollte endlos über das Flugfeld und blieb kaum stehen, als die Businessleute auch schon aufsprangen und zum Ausgang drängelten. Der Rechtsanwalt wünschte mir viel Glück bei der Suche, nahm seinen Aktenkoffer und eilte ebenfalls nach vorn. Langsam trotteten wir hinterher, unser Handgepäck war leicht, wir würden rasch bei unserem Mietwagen sein. Ich verdrängte meine unentwirrbaren Sorgen und fieberte der Begegnung mit Franziska Gottschaldt entgegen. Und natürlich dem Tagebuch. Ich wusste selbst nicht, warum ich mir diesmal so sicher war, aber für mich stand fest, es würde mich zum Turm der blauen Pferde führen. So wie in Jessicas Traum.

# 27

Dieser verfluchte Mistkerl, schrie sie und trat voller Wut gegen die Karosserie des Lieferwagens, den die drei Freundinnen von Bill, dem braven Fischer, für eine Spritztour zum Country Club geklaut hatten. Ich bring' ihn um, kreischte Daisy, ich bring' ihn um. Ihre Begleiterinnen wollten sie beschwichtigen, aber es half nichts. Ich bin so dämlich, stöhnte sie und verlangte den Autoschlüssel. Jojo und Kat versuchten alles, um sie aufzuhalten, und redeten beschwörend auf die aufgebrachte junge Frau ein. Gib mir den verdammten Schlüssel, schrie Daisy noch einmal, riss ihn Kat aus der Hand, sprang in den voll beladenen Wagen, raste los und bremste ganz knapp vor einem roten Porsche, der mit zurückgeschlagenem Verdeck nicht weit von ihnen entfernt auf dem Parkplatz stand. Das Cabriolet gehörte Charles, dem reichen Schnösel, in den sie sich erst vor ein paar Tagen verliebt hatte und den sie gerade mit einer anderen Frau beim Rendezvous im Restaurant des Clubs entdeckt hatte. Durch das Fenster konnte sie sehen, wie vertraut die beiden miteinander umgingen, lächelnd standen sie da und schienen miteinander zu flirten, die eifersüchtige Frau ertrug den Anblick nicht. Verletzt, zornig, vollkommen außer sich kletterte Daisy auf die Ladefläche von Bills Wagen. Du spinnst doch, nein, tu das nicht, versuchte Jojo sie noch aufzuhalten, aber es war zu spät, die herbeigelaufenen Freundinnen konnten sie nicht mehr stoppen. Sie kippte erst eines, dann ein zweites der großen Fässer von der Pritsche des Transporters in den Sportwagen, und mit dem Wasserschwall ergoss sich ein Gewimmel von Fischen, Kraken, Meeresfrüchten aller Art zappelnd über die teuren Ledersitze.

»Nein, oh mein Gott, was macht sie da!«

Jessica jauchzte auf und schlug sich das Kopfkissen vors Gesicht. Wir lachten lauthals über die turbulente Szene.

Blöd schaute der verwöhnte Schönling aus der Wäsche, denn der kam natürlich ausgerechnet in diesem Augenblick aus dem Club, am Arm die hübsche Blondine, die Daisys Wutanfall entfacht hatte, und die er ihr nun als seine Schwester vorstellte.

»Oh nein, das ist seine Schwester!«

Wieder platzte Jessica heraus. Das Gesicht, das Julia Roberts machte, war aber auch zu komisch. Sie spielte Daisy als Rachegöttin in Jeansrock und Lederjacke, die davon träumte, das Provinzstädtchen Mystic zu verlassen, und nun erkannte, was sie da angerichtet hatte. Die Kamera hatte das gut in Szene gesetzt, filmte das sich windende Getier und fing dann im Gegenschnitt das schöne, so unendlich erregte Gesicht der jungen Frau in Großaufnahme ein, die eine perfekte mimische Melange aus Scham und Empörung, Verzweiflung und Bedauern zum Ausdruck brachte. Blutjung war die Schauspielerin, hinreißend wie in allen ihren Filmen.

Wir saßen mit einer etwas zu warmen Flasche Pinot Gris auf unserem Hotelbett und schauten die so kitschige, so anrührende Liebeskomödie, herumalbernd wie zwei Teenager. Wir genossen die sorglose Zeit, gönnten uns nach den Recherchen der letzten Woche einen Ferientag. Unser Honeymoon ist das, hatte sich Jessica verliebt während unserer kleinen Reise gefreut. Erst morgen früh würde Mrs Gottschaldt uns erwarten, doch daran dachten wir in diesem Augenblick gar nicht mehr.

Nachdem wir in New York gelandet waren, hatten wir am Flughafen unseren Wagen abgeholt und waren gemächlich durch Connecticut kutschiert. Die Metropole am Hudson hatten wir rasch hinter uns gelassen, hatten Queens und die Bronx durchquert, die Interstate 95 genommen, immer an der Küste entlang. In der kleinen Hafenstadt angekommen, mussten wir zunächst an einer pittoresken Zugbrücke haltmachen, die den Mystic River überspannte, der etwas von hier entfernt in den Atlantik mündete. Wir fuhren weiter bis zum Shipyard Point, wo wir im Museumshafen die Häuser und Schuppen eines rekonstruierten Fischerdorfes und die historischen Schiffe anschauten, die dort vor Anker lagen. Ein uralter Walfänger hatte es mir besonders angetan, ein Dreimaster, der letzte seiner Art. Nur schemenhaft erinnerte ich mich an Moby-Dick, das ich vor Jahrzehnten gelesen hatte. Ich müsste mir mal eine gute Ausgabe des Romans kaufen, nahm ich mir vor. Wal, da bläst er, und der hinkende Kapitän Ahab, sonst wusste ich eigentlich kaum noch etwas von dem Buch. Oder vielmehr von dessen Verfilmung mit Gregory Peck, die ich schon als Kind gesehen hatte, wobei mich Queequeg, der tätowierte Harpunier, besonders faszinierte. Steven Spielberg habe hier im Hafen vor Jahren einige Szenen von Amistad gedreht, eine wahre Geschichte aus der Zeit des Sklavenhandels, wurde uns von einem der Museumsleute erklärt, der selbst aussah wie ein alter Seebär.

Etwas müde waren wir am Flussufer zurück in Richtung Downtown gelaufen. Hübsch herausgeputzt war der Ort, früher eine bescheidene Siedlung von Matrosen und Fischern, deren folkloristische Zeugnisse noch heute das Stadtbild beherrschten. Wir schlenderten gemeinsam mit den anderen Touristen die Main Street entlang, überquerten noch einmal die Zugbrücke und kamen schließlich bis zur Marina, an deren Stegen schicke Jachten vertäut waren. Schließlich gerieten wir in ein völlig überteuertes Delikatessengeschäft, in dem wir Wein und ein paar Snacks für den Abend einkauften.

In den Schaufenstern der Andenkenläden hatten wir immer wieder einige Plakate, Kaffeetassen, Anstecknadeln und DVDs entdeckt, mit denen daran erinnert werden sollte, dass an diesem Ort eine angeblich berühmte Filmkomödie gedreht worden war. Der Streifen, Mystic Pizza, von dem wir aber noch nie etwas gehört hatten, spielte im Milieu der hier ansässigen Einwanderer, hieß es, und sei ein romantisches Meisterwerk. Offenbar kreiste die Handlung, die vom Liebesleben dreier heranwachsender Kellnerinnen erzählte, um ein Lokal, in dem skurrilerweise eine original portugiesische Pizza mit geheimnisumwitterten Zutaten angeboten wurde. Ausgelassen wie wir waren, hatte Jessica für uns zwei T-Shirts gekauft, mit Bildern von Pizzastücken bedruckt: »Mystic Pizza« war auf dem Rücken zu lesen, »A Slice of Heaven« vorn auf der Brust. Als wir im Whaler's Inn angekommen waren, wo ich für uns reserviert hatte, fanden wir die DVD auf unserem Zimmer. Sie gehörte wohl zur Ausstattung des altehrwürdigen Hotels, das mit Schiffsbildern und allerlei nautischem Krimskrams dekoriert war.

Und da saßen wir nun, hatten gut gelaunt die neuen T-Shirts über unsere nackten Körper gestreift und schauten uns die Komödie an. Ich war glücklich, dass Jessica an dem Film solchen Spaß hatte, glücklich darüber, dass wir uns unbeschwert treiben lassen konnten. Mein Grübeln, meine Sorgen waren für einige Stunden verflogen, und es faszinierte mich, wie sehr sich Jessica seit unserer ersten Begegnung gewandelt hatte. Erregend war es, sie so lachen zu sehen, hemmungslos gab sie sich dem Vergnügen hin, auch sie hinreißend wie die Schauspielerin.

»Ein Stück vom Himmel …«

Ich flüsterte ihr zärtlich ins Ohr, was ich auf ihrer Brust las, und meine Hand glitt unter ihr Shirt. Langsam schob ich den

Stoff höher, küsste ihren Bauch, ihre Brüste, die sich mir erwartungsvoll entgegendrängten, ihren warmen Körper, der sich unter meinen Berührungen bog. Küsste ihren Mund, der nach der herben Süße des Weines schmeckte. Wir vergaßen den Film, der unser Spiel begleitete. Wir liebten uns, sanft zunächst, immer entschlossener dann, genossen unsere Erregtheit, raunten uns Anzüglichkeiten zu. Ich sah aus dem Augenwinkel, wie Kat auf dem Bildschirm den viel älteren und verheirateten Architekten küsste, bei dem sie als Babysitter engagiert war. Ihre Küsse verschmolzen mit unseren Küssen. Unsere Körper reagierten auf den Rhythmus der Musik, mit dem der Film unterlegt war, wir hielten einander umklammert, ließen voneinander ab. Lustvoll biss sich Jessica auf die Unterlippe, die Augen halb geschlossen, ein Ausdruck vollkommener Hingabe, ausgeliefert an den Moment. Ich hörte ihr Seufzen, nah an meinem Ohr.

Plötzlich wand sie sich los und richtete abwehrend ihren Oberkörper auf.

»Ein Stück vom Himmel, das könnte dir so passen, beiß doch zu, versuch's doch!«

Lachend warf sie sich auf mich, bedrängte meinen Körper, der ihr vibrierend widerstand. Mit sanfter Kraft umfasste ich ihren Nacken mit meiner linken Hand, mit der anderen ihre Hüfte an mich pressend. Ich bog ihren Kopf zu mir herunter, öffnete ihre Lippen mit meinen Lippen, vertraut schmeckte ihr Atem, aufreizend duftete ihr fast schon verflogenes Parfum. Jeanne Hébuterne, blitzte es mir durch den Kopf, Marie-Thérèse, seufzte es in meinen Gliedern, Mithuna, der dunkle Klang beschwor die ekstatische Inderin, und die Gestalten der Bilder strömten ein in die fließende Landschaft ihres Körpers, die ich voller Begierde durchwanderte. Einen kurzen Moment sich ausruhend, lag Jessica auf mir, federte mir dann mit schier endloser Energie entgegen, heftig, immer heftiger, kaum war es noch zu ertragen, zu groß war der Aufruhr von Geilheit und Glück, tiefer wollte ich eindringen in sie, eindringen bis auf den Grund ihres Daseins.

Was ist, habt ihr euch wieder vertragen, wandte sich Kat fragend an Daisy. Na, wer weiß, gab Julia Roberts mit einem strahlenden Lächeln in die Kamera zurück. Hatte ich diesen sinnlichen Mund nicht gerade erst geküsst, wunderte ich mich. Völlig außer Atem tauchten wir aus unserer Leidenschaft auf, hörten den spöttischen Dialog der drei Freundinnen. Jojo hatte ihren Bill offenbar doch geheiratet, stand nun im Brautkleid mit den anderen in der dunklen Nacht vor dem Pizzaladen, und sie fragten sich, ob ihnen das Geheimnis der mysteriösen Zutaten jemals enthüllt würde. Und dann lief auch schon der Abspann des Films über den Bildschirm.

»Wirklich ein Stück vom Himmel …«

Jessica raunte mir erschöpft die nun gar nicht mehr so albernen Worte zu, ihr heißes, verschwitztes Gesicht an meiner Wange, und gab mir mit schläfrigen Lippen einen letzten Kuss, als ich auf die Stopptaste drückte.

# 28

Müde stieg Herbert Sartorius die steile Treppe zum vierten Stock hoch und grummelte leise vor sich hin. Dass Fritz aber auch so weit oben hausen musste. Andauernd die schweren Kisten rauf und runter, das ganze Material und die sperrigen Rahmen. Immerhin war es eine gute Adresse, Kurfürstendamm 29, mitten auf der geschäftigen Flaniermeile, zwischen Uhland- und Fasanenstraße bestens gelegen, Busse und U-Bahn gleich vor der Tür, falls man mal abhauen müsste. Doch gerade hier, in der Anonymität der vielen Menschen, die tagsüber die Geschäfte und Cafés und abends noch bis vor wenigen Wochen die Nachtlokale bevölkerten, waren sie einigermaßen sicher. In der Vorstadt oder auf dem Land wären sie längst aufgeflogen, da machte er sich nichts vor. Unten im Hof grüßte nur manchmal der alte Hausmeister, und der war früher strammer SPD-Genosse, hatte er Herbert selbst erzählt. Von der Straße aus ahnte jedenfalls niemand, dass fast unter dem Dach noch ein Atelier war. Der Gründerzeitbau war viel zu schick, na ja, das Vorderhaus wenigstens, dachte Herbert und musterte abschätzig die ausgetretenen Stufen und das Geländer, das dringend mal wieder gestrichen werden müsste. Übernachten konnten sie hier ebenfalls, ein schmales Bett und zwei Matratzen hatte Fritz schon vor Monaten Stück für Stück hochgeschleppt. Zur Not konnte man auch auf dem Fußboden schlafen, wenn man nach Einbruch der Dunkelheit nicht mehr Gefahr laufen wollte, in eine Kontrolle zu geraten. Nur Graf, der abgerissene Snob, weigerte sich rundheraus und sagte, ich bin Künstler und kein Obdachloser. Der hing lieber bis zum Morgengrauen in dem durchgesessenen Fauteuil, trank einen Schnaps nach dem anderen und zeichnete bei dem funzeligen Licht, das aus dem Türspalt zur Abstellkammer in den großen Raum schien. Weitere Zimmer gab es nicht, nicht einmal fließend Wasser. Ein alter Kanonenofen reckte sein Rohr wie ein vorzeitliches Ungetüm in die Höhe, und das Klo war im Treppenhaus, ein halbes Stockwerk tiefer. Großartige Blätter waren so entstanden, in Rötel oder Kohle. Sämtliche Mitglieder ihrer Gruppe hatte Ferdinand Graf nach und nach als Schlafende porträtiert: Fritz Gottschaldt, dem gehörte schließlich das Atelier, Gregor Behnhoff, den Kunsthistoriker, der an der Nationalgalerie als Assistent angestellt war, die Brüder Luckwitz und ihn selbst, Herbert Sartorius, genannt Satyr. Der Name käme von seinem Spitzbart, behauptete er stets und verzog dann sein Gesicht wie zum Beweis zu einem sardonischen Grinsen, aber alle wussten, dass eine seiner verflossenen Freundinnen ihn so genannt hatte, weil keine Kunststudentin vor ihm sicher war. Früher jedenfalls nicht, seufzte er.

Herbert musste daran denken, dass nicht nur er sich in den letzten Jahren sehr verändert hatte. Fritz malte inzwischen kaum noch. Der Freund konnte es einfach nicht verkraften, dass Beckmann ihn damals nicht wollte, auch wenn das jetzt bereits eine Ewigkeit her war. Taugt nicht für fünf Pfennige, der zusammengestümperte Mist, hatte er die eigenen Bilder verflucht und ohne großen Enthusiasmus damit begonnen, sich sein Auskommen mit Restaurierungen zu verdienen. Das Geschäft lief ziemlich gut, sogar jetzt noch, mitten im Krieg. Tagsüber war Fritz mit seiner Kamera auch noch für den Denkmalschutz unterwegs. Deshalb hatte er meistens Geld auf der Tasche, während die anderen oft pleite waren. Abgesehen von Graf natürlich, denn der war immer pleite. Mensch, ich bin adelig, kennste meinen Namen etwa nich, ein Graf arbeitet nich für schnöden Mammon. Und dabei war der von uns allen weitaus am talentiertesten, wusste Herbert. In den letzten Jahren, spätestens seitdem die Olympischen Spiele vorbei waren, hatten sich die Restriktionen so sehr verschärft, dass niemand von ihnen auch nur ein einziges Bild ausstellen durfte, und von den paar Werken, die sie hin und wieder unter der Hand an befreundete Sammler verkauften, konnte ja keiner leben. Hielten sie sich also mehr schlecht als recht über Wasser, und Graf fütterten sie mit durch. Meine Mäzene, rief der Freund dann und umarmte sie, wenn sie ihm Brot und Wurst und vor allem den so sehnlich erwarteten Schnaps mitbrachten, den Großvater Luckwitz heimlich in seiner Gartenlaube brannte.

Schon auf halber Treppe hörte er Streit aus dem Atelier. Verdammt, das schallte durchs ganze Hinterhaus, aber glücklicherweise konnte man nicht verstehen, weshalb sich die Freunde in den Haaren lagen. Herbert klopfte, und der grobschlächtige Rudolf, der ältere der beiden Luckwitz-Brüder, machte die Tür auf.

»Ach, du bist das. Dachte schon, die taube Schmitz aus der dritten Etage käme wieder angeschlichen.«

»Taub ist gut. Bei dem Lärm hört selbst die euch noch. Spinnt ihr eigentlich?«

»Hast ja recht, Mann. Also Leute, unser Satyr ist da, seid mal alle ein bisschen leiser. Soll das vielleicht jeder hören, was für einen Blödsinn der Fritz wieder verzapft hat?«

»Was heißt hier Blödsinn, noch ist doch gar nichts entschieden.«

Gottschaldt mischte sich ein, und das Gekeife brach wieder los.

»Na, was ist denn passiert, könnte mir das vielleicht mal jemand erklären?«

Günther Luckwitz meldete sich zu Wort. Wie sein Bruder war er von vierschrötiger Statur, ein Prolet, wie er im Buche stand. Sogar im Atelier trug er stets eine speckige Schiebermütze und sah eher nach Bauarbeiter oder Eisengießer aus. Riesige Hände hatte er, mit denen er aber die feinsten Grafiken anfertigte, bitterböse sezierende Blätter, die ihm bereits vor der Machtübernahme einigen Ärger eingebracht hatten. Sein drucktechnisches Geschick war ihnen schon oft zugutegekommen, nicht zuletzt, als er für sich selbst und einen Teil der Gruppe Ausweise mit gefälschten uk-Vermerken fabrizierte. Nur Fritz und Gregor brauchten solche Papiere nicht, sie waren dank ihrer Arbeit sowieso als unabkömmlich eingestuft worden.

Die stoische Abgeklärtheit des hünenhaften Mannes schien verflogen. Er hatte sich mehr als die anderen aufgeregt, als Fritz ihnen die Neuigkeiten aufgetischt hatte, und platzte nun wütend heraus.

»Der feine Herr Gottschaldt will künftig für Göring arbeiten. Na, da staunste, was?«

»So kannst du das nicht sagen. Von wollen ist ja gar keine Rede!«

»Ach, nee? Und wie würdest du das nennen, du Einfaltspinsel?«

Alle redeten durcheinander, offenbar hatten sie sich längst heillos in ihren Streit verbissen. Herbert wurde es rasch zu viel. Er legte Daumen und Zeigefinger an die Lippen und ließ einen scharfen Pfiff hören.

»Jetzt mal hübsch nacheinander und ohne Gebrüll, wenn's geht. Stimmt das, was Günther sagt?«

Fritz schüttelte empört den Kopf, riss sich aber zusammen und schilderte ihm in aller Ruhe, was geschehen war. Früh am Morgen hatte es plötzlich in der Wilmersdorfer Straße geklingelt. An der Tür zu der kleinen Dreizimmerwohnung, die er mit seiner Frau Erika vor einigen Jahren gemietet hatte, stand Reber. Ausgerechnet Reber, der halbseidene Sammler. Gottschaldts Schwägerin hatte die beiden Männer vor einigen Jahren miteinander bekannt gemacht, kurz nachdem sie aus Barcelona zurück war. Dort hatte sie sich mit Lyda Guévrékian angefreundet, der Frau von Carl Einstein, die ebenfalls als Krankenschwester in der Kolonne Durruti geholfen hatte. Als Offizier der anarchistischen Bürgerkriegsarmee hatte der Kunsthistoriker den ehemaligen Fabrikanten, der überall gute Kontakte hatte, seinerzeit dazu bewegen können, ihr falsche Papiere zu besorgen. Das hatte Erikas Schwester vor der Festnahme gerettet. Mittlerweile, so erzählte man sich, hatte der Sammler jedoch die Seiten gewechselt und kollaborierte offen mit den Nazis.

Reber war also überraschend aufgetaucht, berichtete Fritz, und mit einem Anliegen herausgerückt, das ihm im ersten Augenblick die Sprache verschlagen hatte. Er käme von Hofer, hatte er gesagt, seinem früheren Sekretär, der seit einiger Zeit die Sammlung von Göring betreute, und der hätte eine dringende Bitte. Der Turm der blauen Pferde solle ins Ausland verkauft werden, aber vorher müsse man das Bild noch restaurieren. Einen Brandschaden habe das Gemälde, nicht sehr schlimm, den könne Gottschaldt bestimmt rasch beheben.

Behnhoff unterbrach ihn.

»Sag ich doch, Fritz soll für den Verbrecher den Handlanger spielen.«

»Ach sei still, Gregor, ganz so einfach ist die Sache nicht.«

»Na klar ist das ganz einfach. Das kommt ja überhaupt nicht in Frage, oder was meint ihr?«

»Gregor hat recht, wir riskieren Leib und Leben, damit die verfemten Bilder aus Deutschland rauskommen, und jetzt sollen wir mit den Nazis gemeinsame Sache machen? Also ohne mich!«

»Na, der hat gut reden! Sein Vater ist ein hohes Tier in der Partei, und wenn's hart auf hart kommt, hält der seine schützende Hand über Gregor. So wie letzten Herbst, als die Wehrmacht ihn einziehen wollte.«

»Bei dir piept's wohl! Wenn wir auffliegen, sind wir alle verraten und verkauft, Bonzensohn hin oder her.«

Tatsächlich war die Lage längst lebensgefährlich. Manchmal wunderten sie sich selbst darüber, dass sie nicht schon aufgegeben hatten, denn die Diktatur hatte ihre strangulierende Schlinge in den letzten Jahren fester und fester zugezogen. Doch irgendwie hatten sie sich daran gewöhnt, ständig mit einem Bein im Gefängnis zu stehen. Rudolf und Günther Luckwitz waren immerhin politisch geschult, der Kommunistische Jugendverband hatte die beiden systematisch in revolutionärer Kaderarbeit ausgebildet. Ausgebuffte Strategen waren das, kaltblütig hatten sie schwierigste Situationen überstanden, die Freunde hatten viel von ihnen gelernt und bewunderten sie. Und trotz aller Meinungsverschiedenheiten verband sie die Liebe zur Kunst. Stets hatten sie sich geweigert, ihre Werke als Dekoration für die Villen von Kapitalisten und Kriegsgewinnlern zu verhökern, auf den Bilderstrich zu schicken, wie Herbert es in seiner drastischen Art ausgedrückt hatte. Gerade mit ihrer künstlerischen Arbeit wollten sie für ihre Überzeugungen eintreten, aber unter dem braunen Joch war das vollkommen ausgeschlossen. Natürlich war den Freunden nicht entgangen, dass die Werke ihrer expressionistischen Vorbilder in den Museen beschlagnahmt worden waren, und die Sammler, die sie kannten, waren meistens schon aus Deutschland geflohen. Einige hatten mit ihrer Unterstützung immerhin wertvollen Kunstbesitz ins Ausland retten können. Das begann bereits kurz nach der Machtergreifung, als Dr. Rosenfeldt ausgebürgert wurde, der linke jüdische Rechtsanwalt, der in den letzten Jahren der Weimarer Republik einigen Genossen aus der Patsche geholfen hatte. Auch Günther Luckwitz hatte er vertreten, als dieser wieder einmal wegen Gotteslästerung angeklagt war. Rosenfeldt hatte sie damals um Hilfe gebeten, und auf abenteuerlichen Wegen war es ihnen tatsächlich gelungen, dessen Sammlung an veristischen und dadaistischen Werken fast vollständig in die Schweiz zu bringen.

Seitdem hatten sie Dutzende von Kunstwerken außer Landes geschafft. Gregor, der erst später zur Gruppe gestoßen war, hatte über die Kulturkammer einen Kontakt zu Karl Buchholz aufgetan. Der Mann war ihnen zwar politisch einigermaßen suspekt, konnte aber durch seine Beziehungen bis in höchste Regierungskreise noch immer frei schalten und walten. Versuchsweise hatten sie ihm zunächst eine kleine Landschaft von Heckel angeboten, denn einer ihrer Sammlerfreunde brauchte Geld, um seine Ausreise an den Steuerbehörden vorbei zu finanzieren. Da würden noch weitere Bilder nachkommen, hatten sie ihn gelockt, und tatsächlich war Buchholz auf die Sache eingegangen und verkaufte das Gemälde, ohne groß nach dessen Herkunft zu fragen. Nach einigem Zögern hatten sie ihm dann die anderen Werke ausgehändigt, die schleunigst aus Deutschland herausmussten, und so spedierte der Händler nun schon seit Jahren die von ihnen vermittelten Werke in die USA und nahm dafür das eine oder andere Bild in Zahlung. Wie er das jetzt noch schaffte, wo der Krieg an allen Fronten tobte, war ihnen schleierhaft, aber ihr Gewährsmann in New York hatte ihnen jedes Mal eine Nachricht zukommen lassen, wenn alles wohlbehalten eingetroffen war.

Dass nun aber Reber aufkreuzte und um Hilfe bat, war in der Tat eigenartig. Herbert traute dem undurchsichtigen Typ nicht über den Weg. Zumindest kannte der den total kompromisslosen Einstein, den sie alle verehrten. Mein Gott, der hatte sich doch an der spanischen Grenze umgebracht, fiel es ihm wieder ein, falls man den Gerüchten überhaupt glauben konnte. Über Einstein hatte der Sammler auch Verbindungen zu einigen Genossen im Untergrund, das wussten sie. Von denen hatte er bis jetzt noch keinen ans Messer geliefert, aber trotzdem, da musste man höllisch aufpassen. Andererseits war die Sache ja vollkommen unverfänglich, es handelte sich schließlich um einen legalen Auftrag. Vielleicht sollte Fritz die Kröte schlucken und von dem fetten Reichsmarschall wenigstens ein hohes Honorar einstreichen, das sie dann für Flugblätter oder dergleichen ausgeben könnten. Der größte Treppenwitz der Weltgeschichte wäre das, grinste der Satyr. Das musste man sich mal vorstellen, Göring finanziert den kommunistischen Widerstand.

Herbert sah sich im Atelier um, während seine Freunde nicht aufhörten, sich die Köpfe heißzureden. Die hohen Wände waren über und über mit Bildern und Zeichnungen der jungen Künstler bedeckt, auch von ihm selbst war einiges dabei. Gern hätte er seine abstrakten Kompositionen mal wieder öffentlich gezeigt. Behnhoff, der Schlaumeier, fand ja, dass sie etwas zu sehr nach Kandinsky aussahen, aber das wollte er nicht wahrhaben. Über der niedrigen Anrichte, in der Fritz seine Farben und Chemikalien und die Malutensilien aufbewahrte, waren einige in Reih und Glied mit Heftzwecken angepinnte Blätter auszumachen, spöttisch die Galerie der Schlafenden genannt. Ferdinand Graf konnte seine Zeichnungen ohnehin nicht verkaufen, deshalb zierten sie nun das Atelier. Von Fritz war indessen nur ein einziges Gemälde zu sehen. Er hatte viel weggeworfen in letzter Zeit, aber dieses eine Bild hatte es in sich. Ein großformatiges Porträt seiner geliebten Frau war das, was sonst. In Öl auf Leinwand gemalt, ohne Rahmen, aber von überwältigender Ausdruckskraft hing es da. Atemberaubend, wie der freie Geist der Weimarer Republik aus dieser Arbeit sprang. Die androgyne Erika war wirklich der Inbegriff der neuen Frau, und ihr Mann hatte das ungemein lebendig erfasst. Gertenschlank stand sie im grauen Anzug mit den messerscharfen Bügelfalten in ihrem Fotostudio, das sie inzwischen längst hatte aufgeben müssen, die Kamera wie eine Waffe in der Hand, den Blick einer furchtlosen Amazone mit kühler Sachlichkeit ihrem Porträtisten zugewandt.

Mitten im Raum befanden sich zwei Staffeleien. Auf einer lehnte ein ziemlich trostloser Schinken aus dem 19. Jahrhundert, angeblich ein Kaulbach, aber das bezweifelten sie. Fritz hatte den Auftrag erhalten, den alten Firnis zu ersetzen und so einige Abreibungen auszubessern, von denen die gesamte Oberfläche verunstaltet wurde. Weiter hinten, in der Ecke neben dem großen Fenster, wartete ein bereits ansehnlicher Stapel an Bildern mit unterschiedlichen Darstellungen auf den Abtransport. Diesmal waren ihnen die Werke von Mitgliedern einer roten, straff organisierten Widerstandszelle anvertraut worden, die Bestechungsgelder benötigten, um einen ihrer Leute aus dem Land zu bringen. Es ging offenbar um einen Schriftsteller, aber den Namen hatten sie erst nicht verraten wollen. Woher die Gemälde stammten, blieb ebenfalls unklar. Schon möglich, dass es sich um Diebesgut handelte, aber für die gute Sache würden sie ein Auge zudrücken. Noch seien es nicht genug Werke, da kämen noch welche nach, hieß es, und dann würde Buchholz das Konvolut übernehmen und nach Amerika verschiffen. Ein Mittelsmann wartete angeblich ungeduldig darauf, sie dort zu verkaufen. Doch inzwischen waren sie alle beunruhigt, langsam wurde es ihnen zu heiß, die Bilder wochenlang unter dem Dach des Ateliers zu lagern.

Ein lautes Hämmern an der Tür unterbrach das Wortgefecht

der Freunde, die sich weiterhin darüber stritten, ob man auf Rebers Bitte eingehen sollte. Erschrocken verstummten die Männer, so spät erwarteten sie niemanden mehr. Schließlich fasste Fritz sich ein Herz und öffnete.

»Mensch, Erika, warum zum Teufel klopfst du denn?«

»Entschuldige, aber ich habe meinen Schlüssel zu Hause vergessen.«

Erika Gottschaldt trat in den winzigen Flur, drückte ihrem Mann einen flüchtigen Kuss auf die Lippen und drängte sich an ihm vorbei ins Atelier.

Der kesse Erik sieht wirklich aus wie ein Aquarell von Jeanne Mammen, dachte Herbert, als er die Freundin erblickte, das fiel ihm heute nicht zum ersten Mal auf. Eine rasante Erscheinung, unwiderstehlich, wie sie so dastand in ihrem weit geschnittenen Hosenanzug. Das kurze Haar setzte ihr klares Gesicht mit den kornblumenblauen Augen erst richtig in Szene, dazu der freche Ausdruck ihrer fast jungenhaften Züge. Der Satyr war, wie die anderen auch, ein bisschen in sie verliebt, das wussten alle. Sogar Gregor hatte sich irgendwie in sie verguckt, und dabei stand der ja eigentlich auf Männer.

»Und wir haben schon das Schlimmste befürchtet. Was machst du denn hier?«

»Na, ich musste doch mal schauen, was meine Männer so treiben. Habt ihr inzwischen beschlossen, wie wir Reber antworten wollen?«

»Eben nicht, wir zanken uns bereits den ganzen Abend, Rudi und Günther sind strikt dagegen, und Gregor sagt natürlich mal hü und mal hott, typisch Kunsthistoriker.«

Der Zwist drohte wieder aufzulodern, aber Erika brachte die Streithähne mit einer einzigen, resoluten Geste zum Schweigen.

»Also Leute, ich habe noch einmal darüber nachgedacht und bin mir nun sicher, du solltest den Auftrag annehmen.«

»Und dem blutsaugenden Obernazi damit zu Devisen zu verhelfen? Kommt gar nicht in Frage!«

»Du machst dir die Sache zu einfach, Rudi, schließlich hat Reber meiner Schwester die Papiere besorgt, ohne die …«

Sie wollte ihre schlimmen Befürchtungen nicht aussprechen, aber es war allen klar, dass Elisabeth nur knapp dem Konzentrationslager entgangen war. Wenn sie nicht sogar auf der Stelle erschossen worden wäre.

»Hast ja recht, aber trotzdem.«

»Und warum machen wir das dann alles, sag doch, warum? Ich kann's dir sagen! Immerhin sorgen wir so dafür, dass die gefährdeten Bilder gerettet werden. Ist ja wohl besser, Göring verkauft das ins Ausland, als dass der Turm der blauen Pferde verbrannt wird. Wär' nicht das erste Bild.«

»Meine Frau hat recht, ich seh' das genauso.«

Herbert begriff einfach nicht, weshalb die anderen so lange über die Sache diskutierten, für ihn war glasklar, dass sein Freund das Gemälde restaurieren musste. Es ging hier ja nicht um irgendein Bild, und sich offen gegen die Nazis zu stellen, das war sowieso viel zu riskant.

»Stellt euch mal vor, Fritz lehnt ab. Das würde Reber nicht verstehen und Göring gleich gar nicht. Was das für einen Verdacht erregen würde.«

»Sag ich ja, da gibt's überhaupt keinen anderen Ausweg. Also was ist, Männer, beschlossene Sache?«

Die Freunde schauten einander an und nickten stumm, auch wenn Rudolf und Günther Luckwitz nicht restlich überzeugt waren und nur zähneknirschend nachgaben. Erika küsste die beiden Brüder auf die Wange, und Rudolf, der Riese, lief rot an wie das Banner der KPD. Befreit lachten die anderen über den verschämten Kerl und waren heilfroh, dass sie den Streit endlich beigelegt hatten.

Auch Fritz war erleichtert. Natürlich war es heikel, allzu dicht in die Nähe von Göring und seinen Schergen zu geraten, das brauchte ihm keiner zu sagen, aber auf das Bild selbst freute er sich. Er kannte das Gemälde von Franz Marc schon ewig und hatte dessen souveräne Malweise immer bewundert. Wenn er es nun restaurieren und damit vor der drohenden Zerstörung bewahren könnte, dann wäre sein Handwerk vielleicht gar nicht so unnütz, wie er sich seit langem einredete. Außerdem könnte man … Er erschrak und brach den Gedanken ab, nein, das erschien ihm dann doch zu gefährlich und kaum in die Tat umsetzbar. Aber verdammt noch mal, das wäre sein Meisterstück.

# 29

In der Lobby des Seniorenheims begrüßte uns eine dunkelhäutige Empfangsdame. Sie sei Aleesha, ließ die Afroamerikanerin uns wissen und fragte, wie sie uns behilflich sein könne. Die junge Frau mit ihren kunstvoll geflochtenen Haaren war sportlich gekleidet, trug zum schlichten schwarzen Rock ein blaues Poloshirt mit dem Logo der Stone Ridge Senior Living Community, wie alle Angestellten, die wir sahen. Überhaupt wirkten sie sehr lässig hier und gar nicht so, wie ich mir die typischen Altenpfleger vorstellte, im weißen Kittel vielleicht und ganz bestimmt mit verkniffener Miene. Franny habe ihr unseren Besuch schon angekündigt, ließ sie uns mit einem breiten Lächeln und noch breiterem Akzent wissen und beschrieb uns den Weg zu deren Wohnung in einem der Seitentrakte der weitläufigen Anlage. Wir schlenderten durch den üppigen, penibel gepflegten Garten. Weiße Holzbänke überall, auf denen die alten Herrschaften saßen und tratschten, wenn sie nicht zwischen den Büschen und Blumenbeeten spazieren gingen. Ein gebückt vor sich hin trottender Mann mit dem Abzeichen der Konföderierten auf dem Ärmel seines Blousons zog einen dieser merkwürdigen Sauerstofftanks auf Rädern hinter sich her, die ich außerhalb der USA noch nie gesehen hatte. Zwei Plastikschläuche hingen über seinen Ohren und verschwanden dann in der Nase, er wirkte wie ein anachronistischer Astronaut der CSA-Sternenflotte. Auf einem getrimmten Rasen spielten einige Damen in pastellbunten Trainingsanzügen eine Partie Krocket und kreischten schadenfroh, als eine von ihnen aus kürzester Distanz das kleine Drahttor verpasste. Idyllisch, vielleicht etwas zu idyllisch sah das alles aus.

Wir stiegen die hölzerne Treppe zu einer Veranda in den ersten Stock hinauf und klopften an der Tür mit der Nummer, die uns am Empfang mitgeteilt worden war. Schwungvoll öffnete die noch sehr rüstige Witwe. Sie hatte sich allem Anschein nach für diese besondere Gelegenheit fein gemacht. Über einem dunklen, wohl nicht ganz billigen Pullover baumelte ein Goldkettchen mit schwerem Anhänger, vermutlich ein Lapislazuli, und auch die farblich darauf abgestimmte Tuchhose zeugte mit ihrer adretten Bügelfalte davon, dass sie sehr auf ihr Äußeres achtete. Mit der rauen, leicht kehligen Stimme, die ich schon am Telefon erstaunt wahrgenommen hatte, hieß sie uns willkommen.

»Sie müssen Maximilian sein, habe ich recht?«

»So ist es, liebe Mrs Gottschaldt. Darf ich Ihnen Jessica Steiner vorstellen, meine Kollegin vom Getty Research Institute?«

Die alte Dame, die mir gerade einmal bis zur Brust reichte, ließ ein jugendliches Lachen hören.

»Aber nur, wenn Sie mich Franny nennen. Mrs Gottschaldt, das war die Mutter meines Mannes, Gott hab' sie selig. Und Franziska haben mich nur meine Lehrer gerufen.«

»Und Sie nennen mich bitte Max.«

Sie gab uns beiden eine zierliche Hand von durchscheinend blasser Hautfarbe, der man das Alter kaum angesehen hätte, wären da nicht die blauen Adern gewesen, die sich wie eine delikate abstrakte Druckgrafik auf ihr abzeichneten.

»Kommen Sie bitte. Den Kaffee habe ich schon fertig, und Kekse hatte ich Ihnen auch versprochen, das hab' ich nicht vergessen.«

Wir setzten uns an einen Esstisch mit gedrechselten Beinen, von dem aus wir in eine kleine offene Küche schauen konnten, in der sie für einige Minuten mit Geschirr hantierte. Das Apartment war unerwartet geräumig und durchaus geschmackvoll eingerichtet. Ein Sofa mit unzähligen Kissen war zu sehen, und vor dem Fernseher stand ein bequemer Ohrensessel, ein echtes Monstrum mit grob gemustertem Bezug, das nicht so recht zu den übrigen Möbeln passen wollte. Vermutlich ein altes Stück, auf das sie nicht verzichten mochte. Franny kam mit einem Tablett zurück, goss uns Kaffee ein und bot die verlockend duftenden Kekse an.

»Wir können Gebäck aus dem Restaurant bestellen, das wir im Haus haben. Da isst man vorzüglich, der Koch hat in Frankreich gelernt. Aber diese hier habe ich heute morgen selbst gebacken, extra für Sie, die müssen Sie probieren. Es geht doch nichts über die Rezepte, die meine Mutter aus Deutschland mitgebracht hat.«

Sie erzählte uns, dass ihre Eltern schon in den zwanziger Jahren nach New York ausgewandert waren. Der Vater hatte für sich und seine Familie keine Zukunft mehr gesehen in der damals so zerrissenen Weimarer Republik und begann in der neuen Heimat als kleiner Angestellter in einem Lebensmittelgeschäft. Als sie dann 1928 als jüngste von vier Schwestern geboren wurde, hatte er schon seinen eigenen Laden und später sogar eine Kette kleiner Supermärkte.

»Ja, ich bin jetzt schon achtundachtzig, das hätten Sie nicht gedacht, stimmt's?«

Ihr Vater sei einer der Ersten gewesen, fuhr sie lachend fort, bei denen die Kunden sich selbst bedienen konnten, das sei in jenen Jahren noch gar nicht üblich gewesen. Franny war sichtlich stolz auf den Vater, der es anscheinend zu einem gewissen Wohlstand gebracht hatte.

»Aber jetzt rede ich alte Frau die ganze Zeit von mir, das wollen Sie ja alles gar nicht wissen, Sie kommen natürlich, um etwas über meinen Mann zu erfahren.«

Wir winkten ab, nein, nein, es sei sehr interessant, was sie zu erzählen habe. Amerika sei schließlich eine Nation von Einwanderern, pflichteten wir ihr bei, gerade das mache das Land doch so reich und lebenswert, auch wenn das heute manche nicht mehr wahrhaben wollten.

Sie nickte und freute sich, dass wir wertschätzten, was Männer wie ihr Vater für die USA geleistet hatten.

»Nun sagen Sie mir aber erst einmal, wie Sie auf meinen Mann gestoßen sind, ich habe das am Telefon nicht so ganz verstanden.«

»Wissen Sie, Franny, mein Freund sucht schon sehr lange nach einem verschwundenen Kunstwerk. Das haben die Nazis in der Berliner Nationalgalerie beschlagnahmt, 1937 war das, und jetzt haben wir eine Spur gefunden, die das Gemälde möglicherweise mit Ihrem verstorbenen Mann in Verbindung bringt.«

»Es könnte sein, dass er das Bild restauriert hat, das muss 1944 gewesen sein, noch vor seiner Flucht. Es handelt sich um den berühmten Turm der blauen Pferde von Franz Marc.«

Dass Göring in dieser Sache eine wichtige Rolle gespielt hatte, erwähnte ich absichtlich nicht. Es wäre ihr sicher sehr peinlich gewesen, hätte sie erfahren, dass ihr Mann in dessen Auftrag gearbeitet hatte. Ob er ihn oder dessen Kunstagenten näher gekannt hatte, danach konnte ich ja immer noch fragen.

»Restaurator war mein Mann, das ist richtig, aber welche Bilder er in der Werkstatt hatte, daran erinnere ich mich nicht mehr.«

»Soweit ich weiß, war er 1944 in Berlin, oder?«

»Das ist das Jahr, in dem er nach Dänemark geflohen ist, kurz vor Ende der Kämpfe, nur ahnte das damals ja niemand. Fritz hat großes Glück gehabt, dass er noch rauskam. Von dort wusste er nicht weiter, doch Gott sei Dank sind bald darauf die Amerikaner in Frankreich gelandet. Bis zur Kapitulation der Nazis konnte er in einem Vorort von Kopenhagen untertauchen, bei einem Maler, den er vor dem Krieg in Berlin kennengelernt hatte. Nach Deutschland wollte er anschließend nicht mehr zurück. Die Erinnerung an seine erste Frau, die wahrscheinlich von der Gestapo umgebracht wurde, war zu schmerzlich für ihn.«

»Das ist ja furchtbar, Franny.«

Jessica ergriff die Hand der alten Dame und hielt sie fest, während diese ihre Erzählung fortsetzte.

»Wissen Sie, mein Mann hatte mit seinen Freunden, die meisten waren junge Künstler wie er, und einige standen sogar den Kommunisten nahe, also, mit denen hatte er heimlich eine Widerstandsgruppe gegründet, die den Flüchtlingen auch dabei half, ihren Kunstbesitz außer Landes zu bringen. Doch vielleicht sollte ich ganz von vorn anfangen, damit Sie das alles verstehen. Mein Mann hat mir viel aus seinem Leben in Deutschland erzählt, möchten Sie das hören?«

»Aber natürlich, liebe Franny, genau deshalb sind wir ja hier.«

Sie holte ein Album aus der Kommode, die unter dem Fernseher stand, und brachte auch eine kleine, mit marmoriertem Papier bezogene Kladde mit. Das musste sein Tagebuch sein, freute ich mich. Während sie durch die alten Fotografien blätterte, Schwarz-Weiß-Aufnahmen zumeist, die Friedrich Gottschaldt in die USA gerettet hatte, berichtete sie, woran sie sich noch erinnerte. Sie hatte für ihr Alter ein glänzendes Gedächtnis.

»Fritz ist in Frankfurt sehr behütet aufgewachsen und hat schon seit seiner Kindheit gezeichnet. Kurz vor der Machtergreifung hatte er damit begonnen, Malerei zu studieren, das war an der Städel-Schule bei Professor Windisch. Eigentlich wollte er ja zu Max Beckmann, dessen Werke fand er so passend für diese schwierige Zeit, aber der hatte ihn nicht genommen. Fritz sei nicht talentiert genug, hatte er ihn abgewimmelt. Mein Mann hat immer gelacht, wenn er das erzählte, Beckmann habe ihm so das Leben gerettet, sagte er dann.«

»Wieso denn das?«

»Na ja, mein Mann hat das Studium nach einem Jahr enttäuscht abgebrochen, der Unterricht bei Windisch war ihm zu altmodisch, und Beckmann war da schon entlassen worden. Fritz ging bald darauf nach Berlin an die Schule des Lette-Vereins, um Fotografie zu studieren, was Ordentliches, meinte er immer. Die Schule war ja eigentlich nur für junge Frauen, aber auch für Männer gab es dort eben diesen Fotografiekurs, für den er sich einschrieb, und was er da gelernt hat, das hat ihn schließlich vor dem Fronteinsatz bewahrt. Er bekam nämlich später den Auftrag, bei einer Fotokampagne mitzumachen, mit der die Nazis die wichtigsten Bauwerke Berlins dokumentieren wollten. Die hatten wohl Angst, dass das im Krieg alles zerstört würde. Und während seines Studiums hat er dann abends fleißig bei einem Restaurator gelernt, denn das Handwerkliche an der Malerei lag ihm sehr. Bilder zu kopieren, das sei ihm nicht schwergefallen. Ich kenne den Stil aller Meister, behauptete er stets voller Stolz.«

»Haben Sie denn noch eigene Kompositionen von ihm?«

»Nein, die hat er in Deutschland zurücklassen müssen. Hätte sich sowieso nicht gelohnt, die ollen Schinken mitzunehmen, hat er stets verächtlich gesagt. Er war, glaube ich, sogar ganz froh darüber, seine alten Arbeiten los zu sein.«

»Schade, das wäre natürlich interessant, die zu sehen.«

»In Amerika hat er dann gar nicht mehr gemalt. Ich habe ihn oft gebeten, doch wenigstens ein Porträt von mir zu machen, aber er wollte nicht, die Malerei habe ihm nur Unglück gebracht. Seine Fotos allerdings, die zeigen, wie tief er mit seinem Blick in die Menschen eindringen konnte. Schauen Sie, das bin ich, kurz nach unserer Hochzeit. 1953 ist das aufgenommen worden, während unserer Flitterwochen in Saratoga Springs. Mein Mann war zwar viel älter als ich, aber ich habe mich sofort in ihn verliebt, als wir einander vorgestellt wurden. Ich war ein fesches Ding, finden Sie nicht?«

Die Witwe lachte kokett und war sichtlich froh darüber, dass ihre Gedanken nun in Zeiten unbekümmerten Glücks abschweifen konnten. Auf der Fotografie war eine attraktive junge Frau zu sehen, die mit schalkhaftem Blick in die Kamera schaute. Ja, das war Franny, unverkennbar. Von Gottschaldt selbst, einem kräftigen Kerl mit dichten schwarzen Haaren und markanten Gesichtszügen, hatte sie ebenfalls einige Aufnahmen aus diesen Tagen, aber keine, die ihren Mann vor dem Krieg bei der Restaurierung von Kunstwerken zeigten. Das wäre ja auch zu schön, um wahr zu sein, dachte ich und hörte ihr weiter gebannt zu.

»Im Lette-Verein hat er dann seine Frau kennengelernt, Erika hieß sie. Hier ist sie bei einem Kostümfest in der Schule zu sehen, die Dritte von links mit dem Dreizack und den Teufelshörnern. Das Foto ist auch von ihm. Eine moderne Frau mit Bubikopf, die immer nur Hosen trug. Hübsch war sie, das muss ich zugeben, eine ganz aparte Erscheinung. Fritz sprach viel von ihr, ganz verzweifelt war er, dass er sie nicht retten konnte, und ich war manchmal doch ziemlich eifersüchtig und schäme mich noch heute dafür.«

Es war nicht zu übersehen, wie sehr die kecke Teufelin der jungen Franny ähnelte, wie aus dem Gesicht geschnitten, ganz erstaunlich war das. Jessica drehte mir den Kopf zu und sah mich fragend an. Das hatte sie also auch bemerkt.

»Die arme Erika ist von einem Tag auf den anderen verhaftet worden, müssen Sie wissen, kurz bevor mein Mann aus Deutschland geflohen ist. Als er spät am Abend aus dem Atelier nach Hause kam, war sie verschwunden, und alles war durchwühlt. Die Gestapo sei da gewesen, berichteten ihm die Nachbarn, da hat er nur das Nötigste in einen Koffer geworfen und ist losgerannt. Das hat er sich nie verziehen, allein gelassen habe ich sie, sagte er. Ach, Fritz hat so geweint, als der mir das erzählte. Er hat nie wieder etwas von ihr gehört, trotz aller Erkundigungen, die er auch nach dem Krieg noch einholte.«

Sie stockte in ihrer Erzählung und starrte verloren ins Leere. Erst jetzt sah man ihr an, dass sie doch sehr in die Jahre gekommen war. Der jugendliche Elan war aus ihren Zügen gewichen, der Gedanke an das Schicksal der ersten Gattin ihres Mannes riss sie aus der Gegenwart, so als hätte sie das alles selbst erlebt.

Ich erschrak. Gespenstisch war ihr hohler Blick, der Tod, so schien es, hatte sein Antlitz wie eine Maske über ihr Gesicht gelegt und flüsterte uns zu, dass er sie bald, sehr bald schon holen käme. Mich schauderte.

Doch rasch entkrampfte sich ihre Mimik wieder, Franny fand ins Leben zurück, und mit fester Stimme setzte sie ihre Geschichte fort.

»Ich hätte sie gern kennengelernt, eine mutige Frau war das. Mein Mann konnte sie einfach nicht vergessen, aber das habe ich verstanden, auch wenn's manchmal wehtat. Dass er und Erika gemeinsam gegen die Nazis arbeiteten, hat sie natürlich noch enger zusammengeschmiedet.«

»Was genau haben die beiden denn damals gemacht?«

»Alles weiß ich nicht aus dieser Zeit, ich habe Fritz ja erst im Sommer 1952 in New York kennengelernt. Da hatte er schon eine eigene Werkstatt und verdiente gutes Geld mit seinen Restaurierungen. Für private Auftraggeber hat er meistens gearbeitet, auch für einige Händler, da gab es immer viel zu tun.«

»Kennen Sie noch die Namen seiner Kunden?«

»Nein, das ist schon viel zu lange her. Allerdings habe ich später ein paar seiner alten Restaurierungsberichte ans MoMA und das Brooklyn Museum gegeben. Die kauften seinerzeit Bilder, die Fritz für Privatleute aufgearbeitet hatte. Auch ans Busch-Reisinger und, warten Sie, ja, sogar nach San Francisco habe ich einige Papiere geschickt. Ich dachte, das wäre für die Kuratoren vielleicht interessant, aber an die Namen seiner Kunden erinnere ich mich nicht.«

Sie hielt einen Augenblick inne und dachte nach.

»Ein gewisser Valentin war dabei, ganz bestimmt sogar. Der kam öfter und hatte es immer eilig. Ein netter, höflicher Mann, ich erinnere mich noch gut an ihn, aber den vollständigen Namen, den weiß ich leider nicht mehr.«

»War das vielleicht Curt Valentin? Der hatte in New York eine Galerie.«

»Das ist möglich, der Name kommt mir jedenfalls vertraut vor.«

»Kannte er den schon vor dem Krieg?«

»Also, das weiß ich nun wirklich nicht, doch ich glaube kaum, dass die beiden enger miteinander befreundet waren.«

»Aber noch einmal zurück nach Deutschland. Uns interessiert ja besonders die Zeit kurz vor seiner Flucht. Hat er Ihnen davon erzählt?«

»Natürlich, das war ja eine furchtbar aufregende Zeit. Er und seine Freunde hatten gute Kontakte zu Berliner Sammlern, und als einige von denen in den dreißiger Jahren die Heimat verlassen mussten, da hat Fritz ihnen geholfen und Kunstwerke aus ihrem Besitz ins Ausland geschleust. Die hohe Fluchtsteuer, die ihnen abgepresst wurde, konnten sie anders gar nicht aufbringen, wenigstens die wertvollsten Bilder wollten sie retten, es wurde ja alles beschlagnahmt damals. Ihre Ausreise bezahlten sie dann mit anderen, ihnen nicht so wichtigen Werken, die fast alle an den Kunsthändler Buchholz gingen …«

»An Buchholz, sind Sie sicher? Wir haben auch schon einen Hinweis gefunden, der den Händler mit Ihrem Mann in Verbindung bringt.«

»Ja, da bin ich sicher. Ein merkwürdiger Mensch muss das gewesen sein. Der hat wohl was geahnt, hat mein Mann mir erzählt, aber immer ein Auge zugedrückt und die Gemälde manchmal in den Kisten seiner eigenen Bestände in die USA transportiert. Auch Fritz und seine Leute bekamen etwas Geld von den Bilderverkäufen, die Buchholz unter der Hand machte, und damit besorgten sie Lebensmittel und Kleidung, wenn sich jemand in einem ihrer Ateliers versteckte, oder schmierten Beamte. Sie brauchten doch Ausfuhrpapiere und Stempel und was sonst noch nötig war. Aber genau weiß ich nicht, was und wen sie da alles retten konnten.«

»Franny, das ist ja sensationell, das ist völlig unbekannt, warum haben Sie das denn noch niemandem erzählt?«

»Ach, wissen Sie, am Anfang wollte ich die Erinnerungen meines Mannes an seine Zeit in Deutschland möglichst hinter mir lassen. Mit unserem Leben in New York hatte das alles ja gar nichts zu tun, und andauernd erzählte er dabei von Erika. Das anzuhören fiel mir schwer. Erst lange nach seinem Tod, er ist 1985 gestorben, da ist mir allmählich klar geworden, wie tapfer er war in dieser schlimmen Zeit. Ich habe damals begonnen, sein altes Tagebuch zu lesen, davor hatte ich immer Angst, wollte die intimen Details seiner Ehe auch gar nicht wissen. Doch Fritz schreibt darin sowieso fast nur über die Arbeit, über die Treffen mit seinen Freunden, das hat es mir leichter gemacht. Und später habe ich dann ein paar Vorträge darüber gehalten, meistens in Schulen, ich dachte, die jungen Leute müssten das alles erfahren. Aber da lebte ich schon im Stone Ridge, und jetzt bin ich zu alt für solche Sachen.«

»Ist es das, das Tagebuch Ihres Mannes?«

Ich deutete auf den kleinen, dicken Band, der auf dem Tisch neben der Kanne lag, aus der Franny uns zwischendurch nachgeschenkt hatte. Meine zweite Tasse hatte ich gar nicht mehr angerührt, fast kalt war der Kaffee, an dem ich nun nervös nippte. Sie zog das Buch zu sich heran, öffnete die kleine metallene Schnalle, schlug rasch ein paar Seiten um und reichte es mir.

»Schauen Sie nur, was für eine feine Handschrift mein Mann hatte. Auch darin erkennt man den Künstler, finden Sie nicht?«

In der Tat waren die vielen Seiten des Tagebuchs eng und sehr akkurat beschrieben. Ganz regelmäßig und beherrscht, fast wie gedruckt sah das aus. Gottschaldt musste wirklich über ein großes handwerkliches Geschick verfügt haben. Ich blätterte zurück auf die erste Seite, denn mir war aufgefallen, wie hastig Franny die überschlagen hatte, und las die Widmung vor, die über dem feuerroten Abdruck zweier Lippen stand.

»Meinem liebsten Fritz zum 31. Geburtstag, 1000 Küsse, Dein kleiner Teufel Erik, 19. August 1943.«

»Ja, den Spitznamen hatte er ihr gegeben. Wegen der kurzen Haare, denke ich, und weil sie stets so burschikos auftrat, das hat ihm imponiert.«

Ich durchstöberte das Tagebuch, bis ich zum Frühjahr 1944 kam. Rasch überflog ich ein paar Seiten. Das schien alles sehr interessant zu sein. Ausführliche Berichte zu seiner Arbeit, Gedanken zur Malerei und zur Situation in Berlin unter dem Regime der Nationalsozialisten hatte Friedrich Gottschaldt verfasst, und immer wieder fand ich Bemerkungen auch zu den Kunstwerken, die durch seine Hände gegangen waren. Ein unglaublicher Fund. Vielleicht könnte ich die Witwe überreden, uns das Tagebuch zu leihen, und wenn sie einverstanden war, dann ließe sich daraus sogar ein Aufsatz machen oder gleich eine kommentierte Edition. Das war ja eindeutig eine wichtige Quelle für die gesamte Kunstgeschichte im »Dritten Reich«, so viel stand fest.

Die beiden Frauen sahen mir ungeduldig zu, wie ich mich in die endlosen, so hübsch kalligrafierten Seiten vertiefte, doch es dauerte nicht lange, und ich hatte genau jene Stelle gefunden, die ich seit Tagen herbeigesehnt hatte, datiert auf den 9. April 1944. Jessica spürte, dass ich etwas ganz Außerordentliches entdeckt haben musste, beugte sich zu mir herüber und tippte aufgeregt mit ihrem Zeigefinger auf die erste Zeile. Ich nickte ihr zu und las.

# 30

Heute morgen wurde der Turm der blauen Pferde gebracht. Ein unwirklicher Anblick, kaum zu begreifen, das berühmte Bild in meinem Atelier. Selbst Erikas Porträt verblasst im Vergleich mit ihm zu einer demütigenden Farce, und das ist schließlich mein einziges Werk, das ich bislang für einigermaßen gelungen hielt. Hatte bis zuletzt nicht so recht daran geglaubt, dass es tatsächlich kommt, das kostbare Gemälde. Die Männer der Spedition Knauer mussten sich ordentlich abmühen, ehe sie die Kiste im vierten Stock hatten. Ausgepackt habe ich es dann allein. Was für ein erhabener Moment, als ich die Filzdecke zurückschlug und die Pferde mich anschauten, diese wundervollen Pferde. Marc verstand sein Handwerk, kein Zweifel, konnte meine Augen gar nicht davon abwenden, bei weitem die beste Malerei, die ich jemals hier hatte. Habe mir den Sessel vor die Staffelei gerückt und einfach nur dagesessen, zeitlos im Bild verloren, das schäbige Atelier um mich herum ganz versunken, alle Sorgen unwichtig geworden. Vor dem Mittagessen kam dann Erika, auch sie begeistert. Standen lange vor dem Gemälde und freuten uns. Mensch, wenn das bei uns bleiben könnte, hat sie nur geschwärmt. Sie sah so glücklich aus, meine geliebte Frau.

Sehr flüssig, dünn lasierend ist die Farbe mit breitem Pinsel aufgetragen, fast wie in einem einzigen Zug, ohne größere

Pentimenti. Hier und da schlägt die Untermalung durch, Kreide mit Knochen- oder Hasenleim als Bindemittel, nehme ich an. Hatte gar nicht mehr in Erinnerung, wie vielfältig das Kolorit des Bildes tatsächlich ist, nicht nur im Hintergrund, sogar auf den Tierkörpern überall weiße und gelbe, grüne, rote, schwarze, sogar orange- und ockerfarbene Akzente. Der Turm der bunten Pferde müsste es eigentlich heißen. Beste Pigmente, strahlend noch immer die Wirkung der Farben, alles fein abgestuft und doch mit sicherer Hand rasch auf die Grundierung gebracht. Tatsächlich nicht sehr groß, der Brandschaden, R. hatte recht, wird kaum Arbeit machen. Aber behutsam muss ich vorgehen, sonst sieht das nach ein paar Jahren wie angestückt aus. Ich mache das sorgfältig oder gar nicht, selbst wenn es für G. ist, mir vollkommen egal. Das Bild bleibt ewig, und hier ist der Spuk hoffentlich bald vorüber, die Wehrmacht schon auf dem Rückzug, Frontbegradigung hatte es beschönigend im Rundfunk geheißen. R. hat natürlich gedrängt, in spätestens zwei Wochen soll das Bild zurück in die Leipziger Straße, würde knapp werden, habe ich ihm gleich gesagt, hetzen lasse ich mich nicht. Zwar schaffe ich die Restaurierung in ein paar Tagen, das klappt schon, ein paar Retuschen, dann ist das wieder tadellos. Aber ich will jeden Pinselstrich studieren, bevor das Bild ins Stabsamt zurückmuss. Im Kronprinzenpalais war ja seit der Schließung nichts mehr von Marc zu sehen, ist lange her, doch jetzt soll es mir gehören, mir allein, wenn auch nur für ein paar Wochen.

Am Nachmittag dann die Jungs. Gregor ist auf die Knie gegangen, war völlig außer sich, aber recht hat er, das Gemälde ist anbetungswürdig. Konnte sich kaum beruhigen, das Bild gehört doch in mein Museum, hat er immer wieder gerufen. Rudi und Günther wurden ganz still, wirklich rührend, die beiden harten Hunde, die nun zugeben mussten, dass auch die bürgerliche Kunst wirklich was zu sagen hat. Bin auf das Urteil von Herbert gespannt, die Abstraktion des Turmes hat seinen ungegenständlichen Experimenten nun wahrlich den Weg geebnet. Nur gut, dass ich das Malen aufgegeben habe, ein solches Werk hätte ich nie zustande gekriegt, ausgeschlossen. Aber Marc wird jetzt mein Lehrer, wichtiger als das Honorar, das ich mit R. ausgemacht habe. Eine erkleckliche Summe hat er mir versprochen, G. muss es ernst sein mit dem Verkauf. Wenigstens etwas, dann steigt die Hoffnung, dass es der Menschheit erhalten bleibt. Trotzdem wäre es gut, wenn wir ihm das Gemälde abnehmen könnten, daran habe ich sofort gedacht, ist aber wohl ausgeschlossen, das wagen wir nicht, nicht bei diesem Bild. Alle haben mich gewarnt, das wäre für uns das sichere Ende. Und B. würde es nie und nimmer in einem seiner Transporte mitnehmen. Obwohl die Gelegenheit gerade jetzt günstig wäre, denn die Bilder, mit denen E. gerettet werden soll, müssen bald raus. Vielleicht fällt uns ja noch was ein, die Schnapsidee, die ich vor ein paar Tagen hatte, gebe ich jedenfalls auf, ist einfach zu gefährlich. Wird mir aber schwerfallen, das schöne Bild wieder herzugeben. Doch wenn es nach dem Krieg erneut in die Nationalgalerie kommt, dann ist wenigstens auch ein Stück Malerei von mir im Museum. Ein kleiner Trost, immerhin.

# 31

Liebe Franny, Sie machen mich so glücklich!«

Ich ergriff ihre Hand und drückte einen Kuss auf das zarte druckgrafische Geäder ihrer blassen Haut.

»Sie ahnen ja nicht, wie lange ich schon auf eine solche Spur gewartet habe.«

»Ach, ich bin eine dumme alte Frau, an diesen Eintrag konnte ich mich gar nicht mehr erinnern. Da erwähnt er das Bild, das Sie suchen, das ist es doch, oder? So langsam werde ich wohl vergesslich, das tut mir leid, sehr leid.«

»Aber woher denn, nein, Sie müssen sich nicht entschuldigen. Wir sind ja so froh, dass Sie das Tagebuch über all die Jahre gehütet haben.«

»Jessica hat recht, die Aufzeichnungen Ihres Mannes sind ein wichtiges Zeitdokument, da stehen bestimmt noch viele interessante Dinge drin. Wissen Sie was? Vielleicht sollten wir das gemeinsam veröffentlichen. Den Kommentar zu den Kunstwerken und sonstigen Fakten könnten wir schreiben, Jessica und ich, und Sie würden in einem Vorwort ausführlich berichten, was Sie über die Biografie Ihres Mannes wissen. Das wäre phantastisch!«

»Meinen Sie wirklich? Ich weiß ja nicht …«

Noch einmal nahm ich ihre Hand, die sie mir geschmeichelt

überließ, und drückte sie an meine Lippen. Ich konnte gar nicht fassen, was dieser Fund bedeutete. Bestimmt würde er mich nun wieder auf die Fährte des Gemäldes bringen. In jedem Fall könnte ich der Forschung eine völlig neue Quelle erschließen. Wer weiß, was hier sonst noch so alles zum Vorschein kam.

»Zuerst einmal müssen wir das Tagebuch natürlich von vorn bis hinten durcharbeiten, und außerdem werden wir noch viel über die Hintergründe recherchieren müssen, aber niemand kennt sich in dieser Zeit so gut aus wie Max, da sind Sie in den besten Händen.«

»Also, wenn Sie meinen. Ich wäre jedenfalls froh, wenn all diese Dinge endlich ans Tageslicht kämen. Wissen Sie, es macht sehr einsam, wenn man das so lange ganz allein mit sich herumschleppt. Die Erinnerungen meines Mannes, es schmerzt, die zu lesen, da steht so viel drin über Deutschlands schrecklichste Zeit.«

Die Witwe sah seltsam erleichtert aus, ihr Gesichtsausdruck zeigte eine anrührende Mischung aus Wehmut und Stolz. Bewegt sah ich Franny in die Augen, in ihnen hatte sich der Mann gespiegelt, der den Turm der blauen Pferde vielleicht vor der Zerstörung gerettet hatte. Ich schluckte und kämpfte mit den Tränen. Jetzt bloß nicht sentimental werden, riss ich mich zusammen. Das Bild hatten wir damit noch lange nicht gefunden, aber es rückte näher, viel näher, das spürte ich.

»Lassen Sie uns noch einmal zum Eintrag vom 9. April zurückkommen, Franny, die Abkürzungen, die Ihr Mann verwendet, werfen doch noch einige Fragen auf. Wer mit G. gemeint ist, das wissen Sie, oder?«

»Nein, da habe ich gar keine Ahnung, Sie sind ja der Fachmann.«

Ich erzählte ihr von unseren Nachforschungen, und wie ich schon befürchtet hatte, erschrak sie bei dem Gedanken, dass ihr

Mann tatsächlich für Göring gearbeitet haben sollte. Doch wir konnten sie beruhigen, denn nach dem, was hier geschrieben stand, hatte Gottschaldt keineswegs mit dem Verbrecher kollaboriert. Offenbar hatte der Restaurator etwas im Schilde geführt, hatte sogar daran gedacht, dem Reichsmarschall das Gemälde abzuknöpfen, wie auch immer er das anstellen wollte.

»Fritz hätte niemals etwas gestohlen, niemals. Allerdings in diesem Fall …«

»Ich kann Ihnen versichern, Franny, gestohlen hat er es nicht. Es gibt Quellen, denen ich bislang misstraut hatte, und die beschreiben, dass das Bild noch beim Untergang der Nazis in Görings Ministerium war. Dank Ihnen wissen wir nun, dass das stimmen muss, das ist ein großer Fortschritt bei unserer Suche.«

Froh sei sie, dass sie uns helfen könne, erklärte die alte Dame und schaute mich verlegen an. Hätte sie geahnt, welchen Wert das Tagebuch hat, dann hätte sie es schon früher aus der Hand gegeben.

»Wer weiß, was damit geschehen wäre, später, nach meinem Tod, nicht auszudenken …«

Verständnisvoll nickte ich ihr zu und widmete mich wieder dem kleinen Band, den ich noch immer fest umklammert hielt, einen Finger als Lesezeichen an der so wichtigen Stelle, die ich nun noch einmal überflog.

»Ihr Mann hat ja alles, was er damals erlebt hat, ausführlich niedergeschrieben, die entscheidenden Namen nennt er jedoch nicht. Wer hinter dem Kürzel B. steckt, ist kein großes Geheimnis, denke ich, das dürfte Buchholz sein. Sie haben selbst gesagt, dass der oft heimlich Bilder verschifft hat, die Ihr Mann und seine Freunde beiseiteschaffen wollten. Aber wer ist dieser R.? Anscheinend eine wichtige Person. Er muss den Auftrag vermittelt haben, schließlich hat Ihr Mann mit ihm über das Honorar verhandelt und über die Frist, die ihm für die Restaurierung gesetzt war. Haben Sie eine Ahnung, wer das sein soll?«

Die Witwe verneinte, vom Turm der blauen Pferde habe ihr Mann niemals etwas erzählt, da sei sie sicher, und an einen Namen mit diesem Buchstaben erinnere sie sich nicht. Ratlos blickte Franny Gottschaldt mich an.

»Einer von Görings Agenten war das jedenfalls nicht, die hießen Hofer und Angerer. Vielleicht jemand von der Spedition? Gustav Knauer war damals eine bekannte Firma, die hat oft Kunst für die Kulturkammer transportiert, der Name taucht in meinen Dokumenten immer mal wieder auf. Ich glaube kaum, dass wir herausfinden können, wer zu dieser Zeit dort gearbeitet hat, aber dem werden wir natürlich nachgehen.«

»Vielleicht gibt es noch weitere Hinweise im Tagebuch, wir müssen das Satz für Satz durchsehen, Max.«

»Und wer steckt hinter dem Kürzel E.? Das wissen wir auch noch nicht.«

»Ich glaube, da kann ich helfen.«

Die Witwe setzte sich aufrecht hin, und man sah ihr an, dass sie sich angestrengt an die so lange zurückliegende Zeit zu erinnern versuchte.

»Fritz hat mir von einem Mann erzählt, für dessen Flucht einige Bilder verkauft werden sollten. Der Fall hat ihn besonders beschäftigt, da hat er sogar von New York aus noch nachgeforscht, was mit dem Transport geschehen ist.«

»Kennen Sie den Namen des Mannes?«

»Ja, das war ein Schriftsteller, Ehrlicher hieß er, Hans Ehrlicher, glaube ich …«

»Mein Gott, das darf nicht wahr sein! Sind Sie sicher?«

Jessica blickte mich entgeistert an, auch ihr stockte offenbar der Atem. Dass sich die Dinge so fügen würden, das hätten wir uns nicht träumen lassen.

»Doch, ganz bestimmt. Der war Kommunist, hat Fritz jedenfalls gesagt, war wohl in Lebensgefahr und wollte aus Berlin fliehen, und dafür brauchte er Geld. Mein Mann hatte ein paar Kunstwerke bekommen, die nach New York sollten, aber wie sich schließlich herausstellte, ist da irgendwas schiefgegangen. Die Sache hat ihn sehr mitgenommen. Ich erinnere mich noch daran, wie verzweifelt er war, dass sich die Bilder nicht mehr auftreiben ließen. Ich bin mir sicher, darauf bezieht sich die Stelle im Tagebuch. Warum ihm das so am Herzen lag, weiß ich leider nicht, auch nicht, was aus Ehrlicher geworden ist.«

»Das kann ich Ihnen sagen, Franny. Auf den Dichter und sein trauriges Schicksal bin ich vor ein paar Tagen gestoßen, ich hatte ja keine Ahnung, dass dieser Fall mit der Widerstandsgruppe Ihres Mannes zusammenhängt.«

Ich berichtete ihr, was der alte Landau mir erzählt hatte, und da verstand sie, warum ausgerechnet dieser Transport ihren Mann so sehr beschäftigt hatte. Eine tragische Sache war das, die sich nun vielleicht aufklärte. Sobald wie möglich würde ich den Galeristen noch einmal anrufen und ihm mitteilen, was wir herausgefunden hatten. Vielleicht hatte er doch noch Informationen über den Verbleib dieser Werke, wenn schon nicht über den Turm der blauen Pferde, denn der war ja offensichtlich bis Kriegsende in Berlin.

Inzwischen hatte Jessica weiter in den Tagebuchnotizen gelesen.

»Also, es sieht so aus, als ob der Turm der blauen Pferde nicht noch einmal erwähnt wird. Nur hier, am 21. April, heißt es kurz und knapp, Gottschaldt habe zwei Wochen am Gemälde gearbeitet und sei nun fast fertig.«

»So lange? Sollte das nicht schon nach ein paar Tagen erledigt sein?«

»Keine Ahnung, hier schreibt er jedenfalls von zwei Wochen. Aber passt auf, was ich euch eigentlich zeigen wollte, ist das.«

Sie hielt uns das Bändchen entgegen und deutete auf dessen Falz, nur wenige Seiten hinter der Stelle, an der Marcs Gemälde zum zweiten Mal erwähnt wurde.

»Hier fehlt der 24. April. Die Seite ist fein säuberlich rausgeschnitten worden, man kann die Reste noch sehen, wenn man genau hinschaut.«

Tatsächlich, Jessica, die Meisterdetektivin, hatte recht, da fehlte ein ganzer Tag. Die Einträge davor und danach schienen aber vollständig zu sein.

»Haben Sie das schon bemerkt, Franny? Wissen Sie, was da geschehen ist?«

Die Witwe schaute uns verunsichert an, zögerte, dachte nach.

»Nein, tut mir leid, ist mir noch gar nicht aufgefallen. Das muss Fritz selbst gemacht haben. Das Tagebuch lag nach dem Tod meines Mannes so in seinem Schreibtisch.«

Ich schüttelte ungläubig den Kopf. Fehlten hier nun ausgerechnet genau die Hinweise, die noch nötig waren, um mein Bild endlich wiederzufinden? Jessica versuchte mich zu beruhigen. Es gäbe ja wirklich kaum noch einen Zweifel daran, dass Gottschaldt das Gemälde restauriert und dann wieder an Göring ausgehändigt hatte. Was danach mit dem Turm der blauen Pferde geschehen sei, das habe er doch gar nicht wissen können.

Dennoch blieb ich skeptisch. Dass eine Seite aus dem Buch herausgetrennt worden war, ließ mich an allem zweifeln, was wir heute erfahren hatten.

Nervös bat ich Franny um eine frische Tasse Kaffee, wie gut ihre Kekse waren, merkte ich erst jetzt. Ich dankte ihr für die Gastfreundschaft und ihre unschätzbare Hilfe.

Wird schon nicht so wichtig sein, die fehlende Seite, versuchte ich mir einzureden. Es stimmte ja, was Jessica sagte, was sollte denn da noch stehen. Wichtig war bloß, dass Gottschaldt das Gemälde im April 1944 im Atelier hatte. Und irgendwann gegen Ende des Monats musste es wieder ins Stabsamt gekommen sein. Das passte gut mit den Aussagen der Zeitzeugen zusammen, die das Bild danach noch in Berlin gesehen haben wollten.

»Max!«

Jessica schrie auf. Sie hatte sich inzwischen das Tagebuch noch einmal gründlicher angeschaut und deutete auf einen Eintrag, offenbar einige Seiten später.

»Max, dein Bild ist in den USA!«

»Was sagst du?«

»Hier steht es, das Bild ist in den USA. Jedenfalls hat Gottschaldt es nach New York geschickt. Du, pass auf, am 27. April heißt es: Habe nun fast drei Wochen an dem Bild gearbeitet, muss nur noch trocknen. Die Entscheidung ist endgültig gefallen, ich setze alles auf eine Karte und lasse das Gemälde mit dem Konvolut für E. nach New York bringen. Der Händler wird das gar nicht mitkriegen, und ob er fünf oder sechs Kisten für uns transportiert, kann ihm doch egal sein. Gott steh mir bei.«

»Das muss Marcs Gemälde sein, du hast recht!«

Ich sprang auf und hätte beinahe die Kaffeekanne umgestoßen, ich konnte mein Glück nicht fassen.

»Und das mit den drei Wochen stimmt auch. Max, es ist dein Bild, glaub mir, jetzt finden wir es!«

Franny Gottschaldt saß ungläubigen Blicks da und schien erst gar nicht zu begreifen, warum wir so aus dem Häuschen waren. Doch dann stöhnte sie auf, als hätte sie noch immer Angst um ihren Mann, der offenbar ein unglaubliches Wagnis eingegangen war.

Wie konnte er das riskieren, fragte ich mich. Göring wartete schließlich auf das Gemälde und wusste, wer es hatte. Vielleicht hatte Gottschaldt gehofft, dass der Krieg bald vorbei und der Reichsmarschall tot oder verhaftet wäre. Tollkühn wäre das gewesen, der reinste Selbstmord. Oder wollte er untertauchen? Sich und seine Freunde in eine solche Gefahr zu bringen, nur dieses Bildes wegen, das kam mir ganz unwahrscheinlich vor. Aber das Tagebuch ließ keinen Zweifel daran, hier stand es, schwarz auf weiß. Er war entschlossen, den Turm der blauen Pferde mit den übrigen Bildern, die für Landauer bestimmt waren, nach New York zu schicken. Jetzt konnte uns nur noch der Galerist helfen. Hoffentlich hatte er seinerzeit etwas über das Schicksal der Werke erfahren, auch wenn er seinen Onkel damit nicht mehr retten konnte.

# 32

Ein letztes Mal schaute sich Gottschaldt das Gemälde an, das in der Holzkiste darauf wartete, abgeholt zu werden. Die Arbeit daran hatte er bereits seit einigen Tagen abgeschlossen. Prüfend beugte er sich nun noch einmal hinunter und nahm die Malerei in Augenschein, es schien alles in Ordnung zu sein. Hoffentlich geht das gut, dachte er wieder. Nächtelang hatte er wach gelegen und gegrübelt, hatte seine Frau um Rat gefragt, aber schließlich stand sein Entschluss felsenfest, und er hatte sich mit Feuereifer ans Werk gemacht. Kurz entschlossen riss er sich jetzt los von dem Anblick, breitete die großen Bögen aus Seidenpapier behutsam über die bunten Tierleiber, schlug die Filzdecke über der Leinwand zusammen und klemmte dann die Wellpappen obenauf, die das empfindliche Bild zusätzlich schützen sollten. Jeden Pinselstrich des Turms der blauen Pferde hatte er sorgfältig studiert und bewunderte Franz Marc nun noch mehr, als er es ohnehin schon getan hatte. Das Gemälde war vollständig durchgetrocknet und machte einen ganz anständigen Eindruck, oberflächlich gesehen zumindest. Zufrieden war er nicht mit dem Ergebnis. Wenn er nur mehr Zeit gehabt hätte. Er hielt missmutig inne, aber der Transport ließ sich unmöglich länger aufschieben.

»Bist du dir wirklich sicher, Fritz? Noch können wir die ganze Aktion abblasen.«

»Kriegst du es jetzt mit der Angst zu tun?«

Herbert Sartorius blickte ihn an und verzog sein Gesicht zu einem verächtlichen Grinsen. Der sieht tatsächlich aus wie ein Satyr, amüsierte sich der Restaurator.

»Ach, halt die Klappe und schraub das Ding endlich zu. So oder so muss es raus aus dem Atelier.«

»Ja, es muss raus, bevor ich es mir noch anders überlege.«

»Gute Arbeit übrigens, wir sind alle stolz auf dich.«

Gemeinsam hoben sie die schwere Deckplatte auf die Kiste, und Gottschaldt drehte in aller Seelenruhe eine Schraube nach der anderen in das Holz. Sein Freund hatte sich derweil aufgerichtet und trat ein paar Schritte zurück. Umständlich zündete er sich eine Zigarette an und blies den Qualm quer durch den Raum. Es war ganz still geworden im Atelier, auch von draußen drang kein einziges Geräusch zu ihnen herauf. Die Nacht hatte ihren finstersten Schleier wie ein Leichentuch über Charlottenburg geworfen. Kaum jemand war auf der Straße, man befürchtete erneute Bombenangriffe, und selbst auf dem Kurfürstendamm war das abendliche Glitzern der wenigen noch geöffneten Cafés und Restaurants, waren die Lichtkegel der Straßenbeleuchtung längst einer fast vollständigen Verdunkelung gewichen. Doch die Revoluzzer lachten, und die Gaslaternen krachten, schoss es Fritz durch den Kopf. Mühsam, erinnerte er sich, ja, mühsam war seine Arbeit tatsächlich gewesen, kalauerte er still vor sich hin. Aber jetzt gab es kein Zurück mehr. Ein Wunder, dass sie überhaupt noch jemanden auftreiben konnten, der die Kisten in das Lager des Kunsthändlers schleppen würde. Buchholz hatte wieder einmal das Unmögliche möglich gemacht. Von seinem Laden in der Leipziger Straße waren es nur ein paar Schritte bis zu Görings Ministerium. Die Freunde hatten sich gar nicht mehr eingekriegt, als ihnen die haarsträubende Ironie der Sache bewusst wurde.

Endlos hatten sie in den letzten Tagen das Für und Wider abgewogen, vor allem Behnhoff war begeistert gewesen von dem Plan. Großartige Idee, Fritz, aber was wird, wenn Göring was merkt, hatte er zu bedenken gegeben. Ach, der hat andere Sorgen im Augenblick, das wird uns in jedem Fall ein paar Tage Vorsprung verschaffen, schlimmstenfalls, hatte Gottschaldt ihn beschwichtigt und überzeugter getan, als er es wirklich war. Die feindlichen Truppen rückten jetzt überall vor, das hatte er in der BBC aufmerksam verfolgt, und wenn Berlin angegriffen würde, wäre ohnehin alles vorbei. Also ehrlich, Leute, hatte er noch gestern die Freunde beschworen, denkt doch mal nach, meint ihr wirklich, der fette Reichsmarschall begibt sich im Bombenhagel ins Stabsamt und lässt sich die Kiste öffnen, ist doch ausgeschlossen. Aber das Risiko blieb bestehen, das konnten sie nicht wegdiskutieren.

Inzwischen hatte sich ihre Lage dramatisch verschärft. Günther war nur knapp der Festnahme entkommen, als er vor drei Tagen das letzte Gemälde abholen sollte, das die rote Widerstandsgruppe zusammen mit den anderen Werken des Konvoluts in die USA schicken wollte. Eigentlich hatten sie verabredet, dass sämtliche Bilder ins Atelier gebracht würden, aber die Genossen bereiteten einen letzten, verzweifelten Sabotageakt vor und hatten das Gemälde, das bei einer ihrer Unterstützerinnen in Moabit deponiert war, nicht selbst vorbeibringen können. Als Günther bei der Adresse eintraf, es handelte sich um ein großes Mietshaus in der Beusselstraße, hatte er schon so ein mulmiges Gefühl. Doch er wusste schließlich, wie wichtig es war, die Werke rasch auf den Weg zu bringen. In der Wohnung schien dann zunächst alles reibungslos vonstattenzugehen. Die wortkarge Frau, die ihn empfing, hatte ihm gerade das kleine Paket ausgehändigt, als es heftig an der Tür pochte. Aufmachen, Geheime Staatspolizei, brüllte eine herrische Stimme, und er hörte das

Krachen und Splittern zerberstenden Holzes. Die Waffen, die Waffen, schrie die Frau voller Entsetzen auf und deutete wie versteinert auf die Küchendielen, unter denen sie wohl ein Versteck eingerichtet hatten, doch für jede Art von Gegenwehr war es zu spät. Günther riss instinktiv die Tür zum Dienstbotenaufgang auf, die neben dem Eisschrank in das zweite Treppenhaus führte, und er konnte gerade noch türmen. Die Gestapo hatte den Fluchtweg zum Hinterhof nicht gesichert, und so war er von da aus mit knapper Not durch einen löchrigen Maschendrahtzaun aufs Nachbargrundstück entwischt. Als er dann einige Minuten später im Autobus wieder zu Atem kam, stellte Günther zu seiner Überraschung fest, dass er die ganze Zeit das Bild unter dem Arm trug. Angewidert hätte er das in Zeitungspapier eingewickelte Gemälde fast weggeworfen.

Es war ein ziemlich trübseliges Figurenbild von Karl Hofer, wie sich später herausstellte, als Günther es wie vorgesehen im Atelier ablieferte. Was mit der armen Genossin passiert war, konnten sie alle nur ahnen. Um sie war es geschehen, da machten sie sich nichts vor, aber was hätte er auch tun können.

Nun hielt sich Günther erst einmal im Schrebergarten seines Großvaters versteckt, wer wusste schon, ob ihn jemand bei seiner Flucht beobachtet hatte. Gottschaldt wollte in den nächsten Tagen nach ihm sehen. Er nahm sich vor, den Freund mit dem Nötigsten zu versorgen, mit Essen und ein paar Büchern. Immerhin, Schnaps gab es dort ja genug, der alte Luckwitz hatte noch endlose Vorräte an selbst gebranntem Pflaumengeist vom letzten Herbst.

Die Freunde hatten Kriegsrat gehalten und waren übereingekommen, ihre Aktionen vorläufig einzustellen. Der Transport in die USA sollte der letzte sein, sie hofften auf den Vormarsch der Roten Armee, dann würde man weitersehen. Morgen früh würde Buchholz seine Leute schicken, und so wären sie wenigstens die gefährliche Ware endlich los. Dass ausgerechnet jetzt ein Gemälde aus Görings Besitz dabei sein sollte, machte die Lage nicht gerade ungefährlicher. Fritz solle seine Entscheidung doch bitte überdenken, lohne sich das Risiko wirklich, fragten sie ihn, es sei schließlich, verdammt noch mal, nur ein Kunstwerk. Begreif das doch, Mensch, hatte Rudolf ihn vergeblich beschworen, und die anderen unterstützten ihn dabei.

Immerhin waren sich alle einig, dass die Rettung des Schriftstellers wie geplant ablaufen sollte. Von der Galerie aus brächten seine Gewährsleute die Bilderkisten auf den Weg nach Rotterdam, hatte Buchholz versprochen. Es würde dann etwa sechs Wochen dauern, bis sie im New Yorker Hafen einträfen. Falls, ja, falls der Frachter unbeschadet durch die feindlichen Linien käme, zweifelte Gottschaldt, aber der Kunsthändler hatte nur abgewinkt. Sie sollten sich darüber bloß keine Sorgen machen, er würde die Angelegenheit schon deichseln, noch hätte er Mittel und Wege, und bislang habe es schließlich jedes Mal geklappt. Buchholz hatte nicht gefragt, was es mit den Bildern auf sich hatte, aber er wusste natürlich, dass es dabei nicht mit rechten Dingen zuging. Er hatte sich daher diesmal als Bezahlung zwei besonders wichtige Gemälde von Schmidt-Rottluff aus dem Konvolut ausgesucht, für die er bereits Kunden habe, wie er betonte. Das war ein schlauer Fuchs. Während um ihn herum die Welt in Flammen stand, brachte Buchholz seine Bestände immer noch problemlos an den Mann und hatte seinen Handel ins Ausland sogar weiter ausgedehnt.

Na, ich will gar nicht wissen, wie er das macht, hatte Gottschaldt seine Bedenken gegen den gewieften Geschäftemacher verdrängt. Fünf Kisten würde er ihnen abnehmen, alles eher kleine oder mittlere Formate. Das verfluchte Frauenbild Hofers natürlich, ein Porträt von Dix, ein paar Landschaften von Pechstein und Nolde, sogar eine dieser rätselhaften

Szenen Beckmanns, die er so mochte, mythische Figuren in einem klaustrophoben Innenraum, der ihm wie der Schauplatz eines Albtraums vorkam. Großartig gemalt, das Bild erinnerte ihn an seine Frankfurter Zeit. Und auch sonst gab es unter den Werken noch ein paar ziemlich gelungene Expressionisten. Die Genossen hatten ganz ordentlich was zusammengebracht, vom Erlös könnte das Schmiergeld für Ehrlicher dann sicher bezahlt werden.

Die Bilder hatte er bereits in der letzten Woche eingepackt, zwei oder sogar drei Leinwände waren jeweils gemeinsam verstaut worden, eine beachtliche Fracht war auf diese Weise zustande gekommen. Und dann war da natürlich noch die eine, die große Kiste mit dem ganz besonderen Inhalt. Dem Restaurator schoss einen Moment lang durch den Kopf, was er damit aufs Spiel setzte, und er wunderte sich selbst, dass er so gar keine Angst bei der Sache hatte. Aber er hatte ja alle nur denkbaren Vorsichtsmaßnahmen getroffen, immer und immer wieder redete er sich das ein. Es musste gelingen, sonst war das sein Untergang, das war ihm klar. Seine Frau hatte er mehr als einmal beschworen, doch zu ihrer Schwester aufs Land zu fahren, die es inzwischen in die Uckermark verschlagen hatte. Du musst untertauchen, hörst du, es wird zu gefährlich, hatte er sie gedrängt, aber sein Erik, der mutige Teufel, hatte sich strikt geweigert, und er war trotz aller Sorgen stolz auf die tapfere Gefährtin.

Am Dienstag würden die Spediteure von Knauer kommen, um den Turm der blauen Pferde wieder abzuholen. Reber hatte darauf bestanden, hatte sogar damit gedroht, der Reichsmarschall werde sich nicht länger hinhalten lassen. Er vermutete wahrscheinlich, Gottschaldt wolle durch das immer neue Herausschieben des Termins seinen Arbeitslohn in die Höhe treiben, das hatte Görings Handlanger glücklicherweise vom eigentlichen Grund seines Zögerns abgelenkt. Sein Plan war riskant, kein Zweifel. Und morgen früh würde sich entscheiden, ob er dazu wirklich den Mut hätte. Ihm stand eine unruhige Nacht bevor.

# 33

Ja, Landau am Apparat.«

»Hier ist Maximilian Kisch, ich habe Sie in der letzten Woche besucht.«

»Max, natürlich, wie geht es Ihnen?«

»Gut geht es mir, sehr gut. Ich bin an der Ostküste und habe neue Informationen, die Sie interessieren dürften.«

»Handelt es sich wieder um den Turm der blauen Pferde?«

Ich hörte, wie Carl Landau am anderen Ende der Telefonleitung lachte. Der Galerist amüsierte sich natürlich über den jungen Spinner, der einfach nicht wahrhaben wollte, dass Marcs Gemälde verloren war. Aber nun würde er staunen. Das Kunstwerk war nicht nur in greifbare Nähe gerückt, von dem Gedanken konnte mich nichts abbringen, es hatte auch mit seiner eigenen Lebensgeschichte zu tun, doch davon ahnte Landau noch nichts.

Jessica und ich waren ins Whaler's Inn zurückgekehrt, um sofort mit der Auswertung des Tagebuchs von Fritz Gottschaldt zu beginnen, das Franny uns mitgegeben hatte. Die geplante Übernachtung in New York hatten wir aufgegeben, wer wusste schon, ob wir nicht weitere Hilfe von der Witwe brauchen würden, jetzt kam es ja auf jede Einzelheit an. Und natürlich wollte ich keine Minute mehr verlieren. Vom Schreibtisch des Hotelzimmers aus hatte ich die Nummer des Galeristen gewählt. Vor mir hing die farbige Reproduktion eines Ölgemäldes mit der Darstellung eines voll beladenen Frachters, der in einen Hafen einlief. Waren aus der Alten Welt, stand auf dem Rahmen. Na, wenn das kein gutes Omen war.

»Frau Steiner ist auch hier, wir sind zusammen in einem kleinen Städtchen in der Nähe von New York.«

»Grüßen Sie Jessica von mir, sagen Sie ihr, der alte Landau hätte sie nicht vergessen.«

»Sagen Sie es ihr selbst, ich stelle das Telefon laut, wenn es Ihnen recht ist.«

Der alte Mann rief seinen Gruß mit voller Lautstärke in den Hörer seines altmodischen Telefons, das ich während meines Besuches bei ihm bestaunt hatte, so als wolle er die Distanz von Los Angeles bis hierher ohne technische Hilfsmittel überbrücken. Wir schauten uns schmunzelnd an, und Jessica erwiderte seine netten Worte, bis ich sie ungeduldig unterbrach.

»Herr Landau, es gibt aufregende Neuigkeiten.«

»Na, heraus mit der Sprache, junger Mann.«

»Sie hatten mir doch erzählt, dass Sie kurz vor Ende des Krieges auf eine Lieferung aus New York warteten, auf Bilder, die Sie verkaufen wollten, um Ihrem Onkel die Flucht zu ermöglichen.«

Stille trat ein und zog sich scheinbar endlos in die Länge. Landau antwortete nicht. Ich glaubte, den Galeristen am anderen Ende der Leitung bedrückt atmen zu hören. Es tat mir leid, den alten Mann wieder an diese schmerzliche Geschichte aus seiner Vergangenheit erinnern zu müssen, aber es ging nicht anders.

»Herr Landau?«

»Ja, ich höre, was ist mit den Bildern?«

Jessica schaltete sich ein. Sie kannte den Kunsthändler ja schon viel länger als ich und machte sich offenbar Sorgen um ihn.

»Bitte erschrecken Sie nicht, mein lieber Carl, aber wir haben hier ein verlässliches Dokument gefunden, aus dem etwas hervorgeht, das auch Sie betrifft.«

Wieder trat eine lange Pause ein. Wir konnten nur mutmaßen, wie peinigend ihn die Geister seiner Vergangenheit heimsuchten. Schon bei meinem Besuch war es ihm schwergefallen, sich mit mir über das Schicksal seines Onkels zu unterhalten. Auch Jessica hatte das begriffen. Behutsam begann sie, ihm von unseren Recherchen zu berichten.

»Wir wissen nun, dass ein deutscher Restaurator, Friedrich Gottschaldt war sein Name, seine Frau nannte ihn Fritz, also der hat den Turm der blauen Pferde im April 1944 restauriert und dann veranlasst, dass das Bild in die USA transportiert wurde, hören Sie?«

»Ja, ich höre.«

»Und es sieht alles danach aus, als wäre das Werk gemeinsam mit den Bildern verschickt worden, auf die Sie damals vergeblich gehofft hatten.«

Ausführlich schilderte ihm Jessica, wie wir auf diesen Hinweis gekommen waren, las ihm auch einige Sätze aus dem Tagebuch vor, während aus Los Angeles nur ein ungläubiges Schweigen zu hören war.

Ich nahm ihr das Telefon wieder aus der Hand.

»Was halten Sie davon, lieber Herr Landau?«

»Ich versichere Ihnen, alles das ist mir vollkommen neu. Niemals hätte ich so etwas für möglich gehalten.«

»Haben Sie denn irgendwelche Erinnerungen an die Sache? Sie werden doch nichts unversucht gelassen haben, schätze ich, als die Bilder nicht ankamen.«

»Das ist wohl wahr, junger Freund, aber Sie können sich nicht vorstellen, wie hilflos ich mich fühlte. Ich war ein blutiger Anfänger zu dieser Zeit, bitte vergessen Sie das nicht.«

»Aber erkundigt haben Sie sich nach dem Verbleib der Werke, oder?«

»Selbstverständlich habe ich das, ein paarmal rief ich in New York an. Erst bei Curt Valentin, der sich um den Transport kümmern sollte, dann direkt bei einem Kontaktmann im Hafen.«

»Wissen Sie noch, wie der hieß?«

»Der wollte anonym bleiben, der Stimme nach ein junger Mann, wahrscheinlich kaum älter als ich. Arbeitete bei einer Spedition, die ihren Sitz auf den Docks hatte, und sprach Englisch mit ziemlich hartem Akzent. Deshalb haben wir dann auf Deutsch miteinander geredet. Aber seinen Namen hat er mir nicht verraten, misstraute mir wohl bis zuletzt.«

»Wie hat er Ihnen denn erklärt, was mit den Bildern geschehen ist.«

»Zuerst hätte sich die Fracht um einige Tage verzögert, kriegsbedingt, sagte er. Für mich waren ihm fünf mittlere Kisten telegrafisch avisiert worden, und eine große …«

»Und genau in der befand sich der Turm der blauen Pferde!«

»Sind Sie sicher?«

»Ja, der Restaurator hat in seinem Tagebuch genau die gleiche Anzahl an Kisten erwähnt, das kann kein Zufall sein.«

»Jedenfalls kam das Schiff dann kurze Zeit später als geplant in New York an, und die Packstücke, die für mich bestimmt waren, sollten auf einen Möbelwagen umgeladen werden, der ohnehin nach Los Angeles fuhr. Das hatte mein Vater organisiert. Der Transport kam aber ohne unsere Bilder hier an, und so telefonierte ich wieder mit dem Mann.«

»Und was war passiert?«

»Gebrannt habe es in der Lagerhalle, hat er mir erzählt. Er hätte noch versucht, die Kisten zu löschen, aber es sei zu spät gewesen, alles sei in Rauch aufgegangen. Erst wollte ich ihm nicht glauben, ich war ja dringend angewiesen auf die Kunstwerke.

Also nahm ich an, er wollte meine Bilder unterschlagen. Ich ließ nicht locker, stellte weitere Erkundigungen an und bekam schließlich heraus, dass tatsächlich genau in diesen Tagen in dessen Firma ein Feuer ausgebrochen war. Es war kein Zweifel mehr möglich, die Kisten waren verloren, und nicht lange danach erreichte mich die Nachricht, dass Onkel Hans verhaftet worden war, aber das habe ich Ihnen ja schon erzählt.«

Es traf mich wie ein Schlag. Mit allem hatte ich gerechnet, nur damit nicht. Kraftlos ließ ich das Telefon sinken, blickte in eine tiefe, dunkle Leere. Es war vorbei, das Bild war zerstört. Noch vor einem Augenblick war ich so sicher gewesen, dass Marcs Gemälde sich in den USA befand. Trotzig klammerte ich mich ein allerletztes Mal an die Hoffnung, irgendetwas übersehen zu haben, irgendetwas, das Landaus Erinnerungen entkräftete. Aber nein, er erinnere sich genau, ließ er mich wissen, jeder Zweifel vollkommen ausgeschlossen, alle Bilder waren verbrannt. Wie durch einen Schleier hörte ich Jessica ein paar beschwichtigende Worte mit dem Galeristen wechseln, sie werde ihn später noch einmal anrufen, sagte sie und legte auf.

Fassungslos sah ich mich vor den Trümmern einer jahrelang gehegten Illusion.

Doch da kniete sich Jessica vor mir an den Schreibtisch, ergriff meine Hand und schaute mich mit entsetztem Blick an.

»Max, ich muss dir was erzählen …«

# 34

Zögernd steckte Friedrich Gottschaldt den Schlüssel in die Tür zu seiner Wohnung und drehte ihn langsam um. Er hatte eine schlimme Vorahnung. Im Treppenhaus hatte er gehört, wie zwei seiner Nachbarinnen, Eva Grotewohl mit dem losen Mundwerk, die manchmal in der Eckkneipe schräg gegenüber aushalf, und die alte Westermann, die unter ihnen im zweiten Stock in aller Stille ihre Rente verzehrte, aufgeregt miteinander tuschelten. Als sie seine Schritte vernahmen, hatten sie sich schnell in ihre Wohnungen verzogen.

Es war ein langer Tag gewesen. Früh am Morgen schon hatte er sich auf den Weg nach Mariendorf machen müssen, um dort Fotos von der mittelalterlichen Kirche samt Innenausstattung für das Denkmalamt aufzunehmen. Dabei liegt bald ohnehin alles in Schutt und Asche, hatte er bitter gedacht und ohne großen Eifer mit der Arbeit begonnen. Nachmittags war er dann noch zu Günther gegangen, um nach dem Rechten zu sehen. Der hockte noch immer in der Laube seines Großvaters und beklagte sein Schicksal. Lebensmittel hatte er ihm mitgebracht und eine Stange Zigaretten vom Schwarzmarkt, doch trotz bester Verpflegung langweilte sich Günther dort zu Tode und drohte damit, sein Versteck aufzugeben. Schlimmer als in dieser Mistbude kann es im Gefängnis auch nicht sein, Fritz, hatte er geflucht, obwohl er es besser wusste.

Fritz Gottschaldt konnte ihn verstehen. So zum Nichtstun verdammt, das fiel dem kommunistischen Kader natürlich schwer. Immerhin hatte er eine ganze Serie von Karikaturen gezeichnet, die waren nicht ohne. Hitler und Konsorten bekamen da ihr Fett weg, allein dafür könnte man ihn schon vor den Volksgerichtshof zerren. Tolle Blätter waren das, mit scharfem Strich und sarkastischem Witz aufs Papier geworfen, ein böses Zeugnis einer bösen Zeit. Und dann war Gottschaldt noch ins Atelier gefahren, hatte dort aufgeräumt. So recht zu tun gab es dort gerade nichts. Die Freunde hatten verabredet, sich einige Zeit aus dem Weg zu gehen, jetzt, wo die letzten Kisten abgeschickt waren. Die Lage war brandgefährlich, die Gestapo roch überall Verrat und Sabotage, seitdem täglich neue Meldungen über den Rückzug der Wehrmacht an allen Fronten durchsickerten. So langsam wurden die Nazis nervös.

»Erika, ich bin wieder da!«

Sie antwortete nicht.

»Erika, bist du zu Hause?«

Er betrat das schmale Arbeitszimmer, in dem seine Frau sich schon vor ein paar Jahren eine provisorische Dunkelkammer eingerichtet hatte, und erschrak. Die Schubladen ihres Schreibtisches lagen auf dem Boden, der Inhalt war überall verstreut, Abzüge und Negative wild durcheinander im Raum verteilt. Noch schlimmer sah es in der guten Stube aus, alles lag in Trümmern, Stühle umgestoßen, Kissen aufgeschlitzt, die meisten Bücher aus dem Regal gerissen. Und von Erika keine Spur.

Panik ergriff ihn, hektisch suchte er nach ihr in jedem Winkel der kleinen Wohnung.

Schließlich rannte er hinunter, ein Stockwerk tiefer, und klingelte bei der Grotewohl. Keine Reaktion. Mit aller Kraft hämmerte er gegen ihre Tür, bis sie endlich einen Spalt weit öffnete und verschüchtert herausspähte.

»Herr Jottschaldt, sein Se man leise.«

Flüsternd zog sie ihn zu sich hinein und ließ die Wohnungstür hinter ihm ins Schloss fallen.

»Ach, Herr Jottschaldt, es is schrecklich, ick weeß ja gar nüscht, was ick sagen soll.«

»Was ist denn passiert, Frau Grotewohl, so reden Sie doch!«

Die Hilfskellnerin schaute ihn verlegen an, versuchte, ihn zu beruhigen, doch dann erzählte sie, was sie mitbekommen hatte.

»So um achte hat's bei mir jeschellt, Männer von der Jestapo waren det, und die fragen mich doch glatt, ob se zu Hause sind, also die Jottschaldts, ham se jefragt. Na, wat weeß denn icke, habe ich denen jlattweg jeantwortet, gloobe aber, die nette junge Frau, die is wohl in der Wohnung. Vom Einkaufen jekommen sei die, det hab' ick selbs' jesehen, mit eijene Oogen, aber det sei jetzt schon ein paar Stunden her. Hinter mir zuschließen sollte ick und mir nich mucksen, ham se mich anjeherrscht, na haste Töne. Nu, und denn hab' ick jehört, wie det über mir uff eenmal so laut jebummert hat. Jeschrei hab' ick jehört und dann det Jepolter, also nee, schrecklich war dette, glooben se mal.«

»Aber was ist denn mit meiner Frau, was ist denn passiert?«

»Na, nu warten Se mal ab.«

Sie schneuzte sich in ihr Taschentuch, endlos kam es ihm vor.

»Also ick natürlich nich dumm und die liebe lange Zeit am Türspion jestanden, und nach 'ner Weile ist dann der janze Trupp wieder runterjekommen. Und Ihre Frau in Handschellen, denken Se nur, Herr Jottschaldt. Was hat die denn bloß anjestellt, hab' ick noch so für mich jedacht.«

Er spürte einen glühenden Schmerz. Seine Gedanken kreisten um die eine Frage, die auch seine Nachbarin an ihn gerichtet hatte. Ihm wurde schlecht, er musste würgen, schwindelig wurde ihm. Ja, was hatte sie angestellt? Was hatte sie denn bloß angestellt, dachte er. Vertraut hatte sie ihm, das hatte sie angestellt. Hatte ihn noch ermutigt, hatte ihn und die Freunde bei ihren Aktionen unterstützt. War ja selbst das eine oder andere Mal unterwegs gewesen, wenn man falsche Papiere an die Genossen geliefert hatte. Mappen mit Grafiken oder Zeichnungen von den Sammlern hatte sie abgeholt, hatte darauf gedrängt, ihnen zu helfen, das kann ich so gut wie die anderen, Fritz, hatte sie ihm immer wieder versichert. Und dennoch war es seine Schuld, seine Schuld allein, nie und nimmer hätte er sie mit in die Sache hineinziehen dürfen. Warum hatte er nicht wenigstens darauf bestanden, dass sie zu ihrer Schwester aufs Land fuhr? Seine Schuld war es, niemand sonst war dafür verantwortlich.

Er musste weg, sofort weg. Musste erst einmal in Sicherheit und dann alles versuchen, um Hilfe für sie zu organisieren. Erika, rief er die geliebte Frau verzweifelt um Beistand an, Erika, was soll ich bloß tun?

Gottschaldt riss sich von seiner Nachbarin los, die ihm tröstend über den Arm strich, rannte kopflos zurück in die durchwühlte Wohnung. Gott sei Dank hatte die Gestapo die Aktentasche mit den Fotos und Dokumenten nicht gefunden, die sie vorsorglich in der Küche unter einem zweiten Schrankboden versteckt hatten. Er hätte es wissen müssen, es war ja schon seit langem nur eine Frage der Zeit gewesen, dass sie ihm und seinen Freunden auf die Schliche kommen würden. Wie konnte er nur so sorglos sein, warf er sich vor. Der Umschlag mit den gefälschten Ausweisen, die Günther für ihn und seine Frau fabriziert hatte, steckte noch immer zwischen den anderen Papieren, sein Tagebuch griffbereit an der Seite. Er stopfte alles hastig zurück in die Tasche, warf dann ein paar Dinge in den kleinen Handkoffer, der im Schlafzimmer aufgerissen vor dem Ehebett lag.

Daneben anklagend die leere Hülle ihres Pyjamas, der ihn mit verrenkten Gliedern anstarrte. Erika, schluchzte er auf, und Tränen rannen ihm übers Gesicht. Erst einmal zu Herbert, dachte er. Hoffentlich waren sie noch nicht bei ihm aufgetaucht.

Er musste die Freunde warnen. Und dann, ja, wohin dann?

# 35

So zerbrechlich lag er da, der starke Mann. Jessica erinnerte sich, wie ihr Großvater sie als kleines Mädchen mit seinen riesigen Händen, die jetzt mit pergamentener Haut auf der Decke des Krankenbettes ruhten, in die Luft geworfen hatte. Ich kann fliegen, Opa, bis zum Mond, jubelte sie ihm dann zu, weil sie wusste, wie sehr er ihre kindliche Freude genoss. Das war ein Spiel, das nur ihnen beiden allein gehört hatte. Der kräftige, hoch aufgeschossene Mann, der nicht immer ein wohlhabender Unternehmer gewesen war, fasste sie behutsam an den Hüften, ganz lebendig hatte sie das im Gedächtnis, er ließ ihren federleichten Körper mit einer raschen Bewegung nach oben schnellen, und sie konnte kaum dieses einzigartig berauschende Gefühl der Schwerelosigkeit abwarten, wenn er sie über seinem Kopf für einen winzigen Augenblick losließ. Bis zum Mond, Opa, bis zum Mond.

Nun wurde ihr Großvater schon seit einigen Wochen im Krankenhaus behandelt. Fast neunzig Jahre war er alt, den Kampf mit dem Magenkrebs hatte er verloren, und allmählich ging es mit ihm zu Ende. Ein langes, arbeitsames, wenn auch nicht nur glückliches Leben hatte er hinter sich, hatte etwas aus sich gemacht, nachdem er als junger Bursche 1937 aus Deutschland ausgewandert war. Wie oft hatte er ihr nicht die alten Geschichten erzählt. Die zermürbende Schiffspassage hatte er ihr wie ein Märchen aus einer anderen Zeit ausgemalt, ganz allein habe er in Bremerhaven den Ozeandampfer bestiegen, schilderte er ihr bewegt sein größtes Abenteuer. Die Mutter hatte ihn auf der Zugfahrt dorthin begleitet und stand in Tränen aufgelöst und bald in weiter Ferne immer winziger werdend am Kai; sie sah es vor sich, wenn er das so anschaulich erzählte. Sein Vater war früh gestorben, an Tuberkulose, der Krankheit der armen Leute, erklärte er ihr. Er war kaum von der Front zurück und die geliebte Mutter gerade schwanger mit ihm, ihrem jüngsten Sohn. In New York nahm ein Onkel den jungen Auswanderer in Empfang, nachdem er einige ängstlich verdämmerte Tage auf Ellis Island in Quarantäne verbracht hatte. Onkel Theo war das, dessen Gesicht er aber nur von der so eigenartig gezackten Fotografie kannte, die zu Hause gerahmt in der Vitrine des Wohnzimmerschranks an einem Ehrenplatz stand. Theo hatte schon viele Jahre zuvor die Zechenkolonie am östlichen Rand des Ruhrgebiets verlassen und seiner Familie das Geld für die Reise des Jungen auf dem engen Zwischendeck geschickt; ein Verwandter, immerhin, da fühlte er sich nicht mehr ganz so verlassen. Wilhelm hieß er da noch, doch bald schon nannten ihn die Nachbarsleute Bill, und als er dann nach langem Warten endlich einen amerikanischen Pass erhielt, ließ er sich stolz als William registrieren, William Steiner stand in dem heiß ersehnten Dokument zu lesen, geboren 1919 in Dortmund. Gestorben 2005 in New York, würde bald auf seinem Grabstein stehen.

Fast jeden Tag kam Jessica in den letzten Wochen in das Mount Sinai Hospital, um ihn zu besuchen. Mit kindlicher Liebe hing sie an ihrem Großvater, der sie schon immer mit einer Zärtlichkeit behandelt hatte, die man aus den harten, fast zynischen Zügen seines Gesichts gar nicht herauslesen konnte. Eisern hatte er gearbeitet, hatte sich zunächst als Handlanger verdingt, die mühsame Plackerei nicht gescheut und gründete dann bereits kurz vor Ende des Zweiten Weltkriegs eine kleine Firma, die nach und nach größer wurde und der Familie schließlich den Wohlstand eintrug, in dem Jessica sorgenfrei und einigermaßen verhätschelt aufgewachsen war.

Vom Institute of Fine Arts, wo sie zur Zeit meistens ihrem Studium nachging, waren es nur wenige Schritte durch den Central Park zum Krankenhaus, und zwischen den Vorlesungen zum französischen Impressionismus, den Seminaren zu den Skulpturen Berninis und den ausgedehnten Nachmittagen in der Bibliothek kam sie rasch auf ein Stündchen vorbei, als wolle sie so viele der Geschichten des alten Mannes wie irgend möglich in den Speichern ihres Gedächtnisses einlagern, um die Stimme des Zauberers noch über den Tod hinaus hören zu können.

»Wie geht es dir, hast du wenigstens etwas gegessen?«

»Ach, mein Liebling, du weißt ja, dass ich gar keinen Hunger mehr habe, und diese Schonkost, die ist so furchtbar fad.«

»Aber du musst doch eine Kleinigkeit zu dir nehmen, du wolltest auf die Schwestern hören, hast du mir versprochen.«

»Später, wenn du gegangen bist, esse ich etwas, ganz bestimmt.«

»Und wie geht es dir heute?«

»Wie soll es mir altem Mann schon gehen, ich liege halt hier und grübele vor mich hin, ich weiß ja, dass ich nicht mehr lange …«

»Opa, das darfst du nicht sagen, du bist doch ein starker Kerl.«

»Früher vielleicht, Jessica, aber jetzt, schau dir die traurige Ruine nur an.«

Kopfschüttelnd lächelte ihm die Enkelin zu und hielt seine Hand, die große, mächtige Hand, die nun kaum noch die Kraft aufbrachte, den zärtlichen Druck zu erwidern. Sie freute sich, dass ihr Großvater trotz seiner Schwäche noch immer bei glasklarem Verstand war.

»Wie geht es denn in der Universität, hast du fleißig gelernt? Du weißt ja, dein alter Opa versteht von diesen Sachen nichts. Aber ich bin sehr stolz auf dich. Denk dir, das einzige Bild, das wir zu Hause hatten, war dieser Hase, der hing im Wohnzimmer ganz verloren als Schmuck an der Wand, ich dachte als Kind ja, das wäre das Bild eines der Kaninchen, die alle Familien in der Siedlung im Stall hatten.«

»Von Albrecht Dürer ist der, Opa, das hast du mir schon mal erzählt, weißt du nicht mehr?«

»Doch, doch, mein Gedächtnis, das funktioniert noch gut, viel besser als dieser treulose Körper, der sich langsam von mir verabschiedet.«

»Und sonst hattet ihr gar keine Bilder?«

Der alte Mann lachte aus schwacher Brust und hustete mit kratzendem Atem eine ganze Weile, bevor er sich wieder fasste.

»Eine Fotografie von Hitler müssten wir aufhängen, hat uns der Blockwart gleich nach der Machtergreifung gesagt, aber da hättest du mal meine Mutter hören sollen. Wir hatten kein Bild vom Kaiser, jetzt kommt uns der Hitler auch nicht ins Haus, hat sie ihn abgefertigt. Ganz schön mutig, findest du nicht?«

Sie war gerührt, wie wehmütig er sich oft an seine Mutter erinnerte, eine gute, handfeste Bergarbeiterwitwe, so hatte er sie stets beschrieben. Die vier Söhne hatte sie allein großgezogen, liebevoll und doch mit aller Härte, die notwendig war in den schweren Zeiten; ihr Wort war Gesetz, das betonte er immer wieder. Dass sie gestorben war, bevor er sie in die USA holen konnte, hatte er nie so recht verwunden, und zu seinen älteren Brüdern, die ihn allein in die Neue Welt hatten ziehen lassen, war der Kontakt nach und nach eingeschlafen. Er musste ja bald für seine eigene kleine Familie sorgen und außerdem für die Firma, die seine ganze Kraft in Anspruch nahm.

»Und jetzt hast du die schönen alten Gemälde im Apartment,

die ich dir ausgesucht habe, siehst du, deine Mutter wäre auch stolz darauf gewesen, was du alles geschafft hast.«

»Ach, Jessica.«

»Doch, ganz bestimmt, du hast mir ja erzählt, dass du gar nichts hattest, als du hier ankamst. Ich habe dich immer bewundert, mutig und voller Kraft warst du, und das, obwohl du ja eigentlich noch ein Junge warst. Und dass es uns so gut geht, das ist einzig und allein dein Verdienst.«

»Das darfst du nicht sagen, mein Kind. Dein Vater hat die Firma schließlich erst richtig groß gemacht, das weißt du ja, aus meinem kleinen Import-Export-Geschäft hat er ein internationales Unternehmen gemacht, das hätte ich gar nicht gekonnt.«

»Trotzdem hast du den Grundstein zu allem gelegt.«

William Steiner schwieg, lange schwieg er, und seine Enkelin befürchtete schon, das Gespräch hätte ihn zu sehr angestrengt. Nur die starken Medikamente hielten ihn noch am Leben, hatten die Ärzte durchblicken lassen.

»Ist dir nicht gut, Opa?«

»Es geht schon, mein Liebling, aber weißt du ...«

Er zögerte und sah sie auf einmal mit einem merkwürdig hilflosen Ausdruck an.

»Was hast du denn, Opa, soll ich nach der Schwester klingeln?«

»Nein, ist schon gut, mach dir keine Sorgen, dein alter Großvater ist zäher als du denkst. Ich kann ja noch gar nicht sterben, erst muss ich dir ein Geheimnis anvertrauen, eine schlimme Sache.«

Der Greis blickte sie mit hohlen Augen an. Ein richtiger Totenschädel war das, dachte sie erschrocken, doch dann begann er mit fester Stimme zu sprechen, ruhig und gefasst, so als hätte die Krankheit keinerlei Macht mehr über ihn.

»Du weißt ja, als ich in Amerika ankam, habe ich zuerst mal hier und mal da gearbeitet, konnte damals noch gar kein Englisch und schlug mich leidlich die ersten Jahre durch. Onkel Theo verschaffte mir schließlich eine Arbeit im Hafen, in Red Hook war das. Von dort aus konnte ich die Freiheitsstatue sehen, was mich jeden Tag daran erinnerte, wie gut ich es hatte. Das schien eine reelle Sache zu sein, viel besser als die Gelegenheitsjobs, mit denen ich mich bis dahin über Wasser gehalten hatte.«

»Ja, das hast du mir schon erzählt, eine Spedition war das, nicht wahr?«

»Eine Spedition, ganz recht, und die gehörte einem Iren, dessen Familie schon seit zwei oder drei Generationen in New York lebte. Er transportierte Waren, die von den eintreffenden Schiffen gelöscht wurden, und stellte mich als Packer an, für einen Hungerlohn zwar, aber trotzdem war ich froh, ein geregeltes Einkommen zu haben, zahlte Kostgeld an den Onkel und konnte sogar noch etwas sparen. Und ich lernte viel bei der Arbeit.«

»Und das hast du dann natürlich brauchen können, als du deine eigene Firma gegründet hast.«

»Ja, das stimmt, aber pass auf, die Geschichte, die ich dir beichten muss, geschah im Juni 1944, mitten im Krieg, drei Jahre arbeitete ich da schon in der Spedition. Ich sollte abends ein paar Kisten in unserem Lager bereitstellen, die am nächsten Morgen abgeholt würden. Die Sache war nicht ganz koscher, Schmuggelware, dachte ich erst, denn Matt Sweeney, mein Chef, hatte mir in der Woche davor ein paar Dollarnoten in die Hand gedrückt. Es käme bald eine größere Lieferung aus Deutschland, weihte er mich ein, der Absender hätte ihm alles genau telegrafiert und dessen Partner, ein Kunsthändler hier aus New York, sich schon mit den Zollbeamten geeinigt, also geschmiert hatte er die, ich begriff natürlich, was er meinte. Sechs von den Kisten, erklärte er mir noch, wären für einen Kunden in Los Angeles bestimmt, und der würde in der Firma anrufen und mir sagen, wann der Lastwagen kommt.«

»Aber Opa, das hört sich ja an, als hättet ihr krumme Geschäfte gemacht.«

»Ach, weißt du, damals im Hafen musste man sehen, wo man blieb, Schmuggel und Bestechungen gab es da oft, das war nicht ungewöhnlich. Doch leider sollte es dabei nicht bleiben, Jessica, ich habe etwas ganz Furchtbares gemacht, und das will ich nicht mit ins Grab nehmen.«

Wieder schwieg der alte Mann erschöpft und holte tief Luft, bevor er fortfuhr.

»Du bist die Einzige, der ich das anvertrauen kann. Verzeih mir, mein Liebling, und verachte mich nicht, wenn ich dir jetzt erzähle, was ich getan habe.«

Jessica verschlug es die Sprache. Was konnte er nur angestellt haben, dass er so verzweifelt dreinblickte, fragte sie sich.

»Also, der Frachter lief erst später ein als angekündigt, die Ladung wurde endlich gelöscht, und der Kunsthändler ließ seine Ware abholen. Die restlichen Kisten blieben wie verabredet in unserem Lager, und als ich an diesem Abend dort eintraf, um den Weitertransport vorzubereiten, da sah ich schon von der Straße, dass es in unserer Halle brannte. Ich stürzte hinein, da wurden ja Unmengen an Dingen aufbewahrt, die leicht Feuer fangen konnten, unser Geschäft lief ziemlich gut zu dieser Zeit, musst du wissen. Und tatsächlich, da stand in einer Ecke bereits alles lichterloh in Flammen. Ich versuchte zu löschen, auch die Hafenfeuerwehr kam einige Minuten danach, und bald hatten wir alles wieder unter Kontrolle. Vieles war allerdings nicht mehr zu retten, das war kaum zu übersehen. Wir haben nie herausgefunden, was passiert war, aber Sweeney behauptete später, die Leute einer italienischen Konkurrenzfirma hätten den Brand gelegt.«

»Das ist ja wie in einem Mafiafilm, Opa, was du alles erlebt hast.«

»Na, jedenfalls, als ich mir die Bescherung dann genauer ansah, stellte ich fest, dass auch zwei der Kisten aus Deutschland völlig zerstört waren, der ganze Inhalt verkohlt, die anderen hatten glücklicherweise nur äußerlich Schaden genommen, und noch in der Nacht öffnete ich die, um alles sicherzustellen.«

»Und was war da drin?«

»Gemälde waren in den Kisten, moderne Gemälde.«

»Was denn für Gemälde?«

»Landschaften und Porträts waren das, eine leere Leinwand, sonst war nichts dabei, die Bilder hatten eher kleine Formate, und bis heute weiß ich nicht, von wem die waren, ich kenne mich ja nicht aus mit solchen Sachen. Doch weil mein Chef so geheimnisvoll getan hatte, dachte ich, die müssten was wert sein, und deshalb fasste ich einen Plan. Ich versteckte die Bilder und, ach Jessica, dann fand ich jemanden, der hat sie für mich auf dem Schwarzmarkt verkauft. Viel habe ich nicht dafür bekommen, aber es reichte, um damit unsere Firma zu gründen.«

»Großvater!«

»Ich weiß, Jessica, ich schäme mich so.«

»Ist das denn nicht rausgekommen? Der Besitzer wartete ja schon auf die Werke.«

»Natürlich habe ich ihm erzählt, dass alles verbrannt sei. Er war verzweifelt, ein junger Mann war das, Auswanderer aus Deutschland wie ich, er bräuchte die Bilder dringend, hat er am Telefon geklagt. Er tat mir leid, glaub mir, aber es war zu spät, ich konnte doch nicht zugeben, was ich getan hatte.«

Der alte Mann schloss für einen kurzen Moment die Augen, atmete schwer und stöhnte, als würde es ihm Mühe machen, aus seiner Reise in die dunkle Vergangenheit wieder in die Gegenwart seines Krankenzimmers zurückzufinden.

»Nie zuvor hatte ich etwas gestohlen, das musst du mir glauben, nicht einmal als ich noch klein war. Meine Mutter hat uns immer gesagt, Jungs, hat sie gesagt, wir sind arm, aber ein Steiner stiehlt nicht, hört ihr, niemals, unser Reichtum ist, dass wir ehrliche Leute sind, und so habe ich deinen Vater und auch dich immer erzogen.«

Mit letzter Kraft richtete er seinen Oberkörper auf, starrte an seiner Enkelin vorbei, als sähe er das Gesicht seiner Mutter vor sich in irgendeiner Ecke des Krankenzimmers, ganz nah und doch so fern, und er schluchzte.

»Ach, Opa …«

Erschöpft sank der Kopf des alten Mannes in das Kissen zurück, kaum schien er die tröstende Berührung Jessicas zu spüren. Er schwieg eine Weile, schien sich zu besinnen und setzte dann sein Geständnis mit brüchiger Stimme fort.

»Mein Leben lang habe ich darüber nachgedacht, was ich getan hatte, wollte mir einreden, es handelte sich bestimmt um den Besitz reicher Leute, die den Verlust leicht verschmerzen könnten, doch irgendwie ahnte ich, wusste ich, dass der Besitzer ein jüdischer Flüchtling war, der das Geld für seine Bilder bitter nötig hatte. Er war so verzweifelt, aber ich konnte nicht mehr zurück.«

Steiner stockte, noch immer hatte er nicht gewagt, seine Enkelin wieder anzublicken, doch nun drehte er sein Gesicht zu ihr hin, und sie wusste, dass von nun an über ihre Erinnerungen an den geliebten Großvater immer ein dunkler Schatten fallen würde.

»Mein eigenes Glück, das Glück unserer Familie ist auf Unrecht aufgebaut, Jessica, das habe ich mir nie verziehen, und dass du nun ausgerechnet Kunstgeschichte studierst, das kommt mir wie ein stiller Vorwurf des Schicksals vor. Aber vielleicht ist es gut so, vielleicht kannst du ein bisschen wiedergutmachen von dem Verbrechen deines alten Opas. Du hilfst mir, ja, versprichst du mir das?«

# 36

Jeden Morgen auf seinem Weg zur Arbeit radelte Bill von Bushwick kommend an dem kleinen Laden für Künstlerbedarf in der Lafayette Avenue vorbei. Im Schaufenster wurden Pinsel und Paletten, Farbtuben und Staffeleien zum Kauf angeboten, Dosen rätselhaften Inhalts und alle nur möglichen Gerätschaften in den bizarrsten Formen, deren Nutzen er sich beim besten Willen nicht vorzustellen vermochte. Auch das eine oder andere Gemälde war dort zu sehen, das der Inhaber in Kommission genommen hatte, denn den Kunststudenten aus dem nahe gelegenen Pratt Institute fehlte es manchmal an Geld, um ihre Utensilien bar bezahlen zu können. Eines Tages hatte Bill gebremst und war vom Fahrrad abgestiegen, magnetisch angezogen von dem bunten Durcheinander. Diese Welt hatte so gar nichts mit dem zu tun, was er im Hafen erledigen musste, doch die vielen unbekannten Werkzeuge, die hier auslagen, faszinierten ihn. Handwerkliche Arbeit hatte ihm stets Spaß gemacht, aber bei Mister Sweeney musste er nur andauernd die schweren Packstücke schleppen und durfte den Chef höchstens einmal begleiten, wenn der seine Kisten in den Nachbarbezirken auslieferte oder manchmal sogar bis hinüber nach Manhattan fuhr.

Nun war er froh, dass ihm der Laden aufgefallen war. Dort könnte man ihm bestimmt helfen, hatte er gehofft. Es war schon fast eine Woche her, da hatte er allen Mut zusammengenommen und war während seiner Mittagspause zurück zum Brooklyn Fine Pigments and Art Supply Warehouse gefahren, wie großspurig über der Eingangstür zu lesen stand. Ein wenig eingeschüchtert betrat er das Geschäft, die Mütze nervös in den Händen wringend, und wartete, bis der Ladenbesitzer sich von einer hübschen Studentin mit Pferdeschwanz verabschiedet hatte, die einen Zeichenblock und ein paar Stifte mitnahm. Du bist ja kein Kunde, willst dem Mann ja was verkaufen, machte er sich Mut, und zwar keinen Ramsch, echte Kunstwerke willst du ihm anbieten. Erst hatte er nur herumgedruckst, hatte etwas von Bildern gemurmelt, die ihm gehörten, doch der Inhaber herrschte ihn ungeduldig an, er hätte seine Zeit nicht gestohlen, was er denn nun eigentlich wolle. Bill erfand eine ziemlich unglaubwürdige Geschichte, erzählte von einem Freund der Familie, der dringend Geld brauchte, aber er merkte rasch, dass ihm der Mann hinter der Theke kein Wort glaubte und trotzdem die kleine Scharade mitspielte. Bilder hätte er zu veräußern, richtige Ölbilder, sehr wertvoll seien die, und fast zu seinem Erstaunen war der Mann darauf eingegangen und hatte ihn aufgefordert, ihm die Werke zu zeigen.

Am nächsten Tag war er dann wiedergekommen und hatte erst einmal eines der Gemälde dabei, die er seit letzter Woche im Keller des kleinen Reihenhauses in der Grove Street versteckt hatte, in dem die Familie seines Onkels zur Miete wohnte. Eine Landschaft war das, mit flottem Pinsel gemalt, nicht wie eine Fotografie, nein, ganz anders sah die aus, viele bunte Flecken waren auf das Bild gemalt, irgendwie ganz interessant, fand er, fast wie ein Flickenteppich. Der Künstler hatte etwas auf die Leinwand geschrieben, »HMP« konnte man unten rechts auf dem Bild entziffern, alle Buchstaben merkwürdig miteinander verbunden, doch er ahnte nicht, was das bedeuten sollte. Der

Farbenhändler hatte ihn erstaunt angeblickt. Ob er denn wüsste, was er da hätte. Und als Bill das verneinte, sagte ihm der Mann, dass er ihm das Gemälde zwar abnehmen könnte, aber viel sei es nicht wert. Schließlich sei darauf ja kaum zu erkennen, was das denn darstellen solle. Er bot ihm eine Summe an, die Bill erstaunte, so viel Geld für ein einziges Bild, dachte er und schlug ein.

Zu Hause wurde er misstrauisch. Wenn der Ladeninhaber freiwillig eine solche Summe herausrückte, dann sollte er beim nächsten Mal auf der Hut sein, vermutlich würden die Bilder noch viel mehr bringen, als er heute bekommen hatte. Er erkundigte sich bei einem Freund seines Onkels, der war Angestellter in einer Versicherungsfirma und an diesem Abend zum Skatspielen in der Grove Street. Und so erfuhr Bill, dass moderne Kunstwerke durchaus ein kleines Vermögen wert sein konnten. Der Händler hatte nur gelacht, als er tags darauf wieder bei ihm aufkreuzte und sich beschwerte. Lehrgeld müssten wir alle zahlen, sagte er überheblich und grinste ihn an, verkauft sei verkauft, und um sich nicht so schnöde abwimmeln zu lassen, ließ Bill durchblicken, dass er noch weitere Gemälde anbieten könne, aber für die werde er mehr Geld verlangen. Die Verhandlungen verliefen zäh, er hatte keine guten Argumente, denn es war dem Mann ja klar, dass er die Bilder nicht rechtmäßig erworben hatte, doch zuletzt einigten sich die beiden. Mister Woodcock, so hieß der Besitzer der Firma, ließ ihn wissen, er müsse sich die Gemälde natürlich erst einmal ansehen, aber wenn sie alle so gut wie die Landschaft seien, dann fände er schon Kunden für die Werke, freilich müsse er ihm dafür die Hälfte des Gewinns abgeben.

Heute brachte Bill ihm die übrigen Bilder vorbei. Er hatte sich den Lieferwagen seines Chefs ausgeliehen und bei der Gelegenheit gleich auch die große leere Leinwand mit aufgeladen.

Vielleicht nahm ihm der Händler die ebenfalls ab, hoffte er. Als er ankam, war kein Kunde im Laden, und so half ihm der alte Woodcock, die kostbare Fracht in das Hinterzimmer seines Geschäfts zu tragen, das noch viel unordentlicher war als der Verkaufsraum, den der Inhaber hinter sich abschloss, bevor er ein Schild umdrehte, das an der Tür hing: *Sorry, we're closed.*

Alle seine Gemälde hatte er mitgebracht, und die standen nun hübsch eins hinter dem anderen auf dem Fußboden. Ganz vorn eine Landschaft, ziemlich flüchtig gemalt, irgendwie düster, Meer und Wolken sollten das wohl sein. Die Farben verliefen ineinander, ganz anders als auf dem Bild, das er dem Mann schon verkauft hatte. Das war bestimmt nicht so viel wert, darauf war ja noch weniger zu erkennen. Aber er hielt den Mund, ein weiteres Mal würde er sich nicht übervorteilen lassen.

»Hmmh.«

»Das ist doch ein gutes Bild, meinen Sie nicht?«

»Na ja, sehr modern jedenfalls.«

»Und ist das was wert?«

Woodcock feixte nur, er hatte erkannt, um was es sich handelte. Doch das behielt er für sich, sonst würde der Junge zuletzt wohl noch zu einem anderen Händler gehen. Woher er die Bilder hatte, war Woodcock ein Rätsel, und vielleicht war es besser, wenn er das gar nicht wüsste. Er hatte ihm zwar fünfzig Prozent vom Erlös versprochen, aber schließlich gingen die Werke ja unter der Hand weg, da musste der ihm schon glauben, was er dafür bekommen hatte. Trotzdem nahm Woodcock sich vor, den naiven Bengel, der so verloren dastand mit seiner verschlissenen Kleidung und der schäbigen Mütze, nicht völlig auszunehmen, er sollte schon gutes Geld für seine Bilder bekommen, auch wenn er selbst natürlich den Löwenanteil für sich behalten würde.

»Also, es gibt Leute, die mögen so was.«

Woodcock stellte das Gemälde zur Seite und schaute sich das nächste Werk an. Eine groteske Figur kam zum Vorschein, ein Mann in grell kariertem Jacket, die Gesichtszüge abscheulich verzerrt. Eine richtige Fratze war das, man mochte gar nicht hinsehen, dachte Bill, auch waren die Hände so hässlich, wie mit Spinnenfingern griff der Dargestellte aus dem Bild. Der Junge war sich nicht sicher, ob der Händler auch dieses Gemälde nehmen würde, doch der nickte nur stumm und rückte das nächste Kunstwerk nach vorn. Und so ging es weiter, Bild um Bild. Noch eine zweite Landschaft schauten sie sich an, auf den übrigen Werken waren Menschen abgebildet, darunter ein Mädchen auf schmutzigem grauem Grund, den Kopf traurig aufgestützt.

Zufrieden richtete sich Woodcock auf und rieb sich die Hände. »Die kann ich verkaufen, dauert aber eine Weile.«

»Auch den hässlichen Mann?«

»Ja, auch den.«

»Und es bleibt dabei, wir teilen das Geld?«

»Na klar, wie abgemacht, da wirst du noch reich, mein Junge, wirst schon sehen.«

Bill dachte an seinen Traum von einem besseren Leben, dachte an all die einsamen Momente der letzten Jahre, die ihn oft hatten verzagen lassen, und er dachte an seine Mutter, wie sie weinend in Bremerhaven an der Ablegestelle gestanden hatte; lange hatte er ihr zum Abschied gewunken, selbst dann noch, als sie schon längst nicht mehr zu sehen war. Er wusste, was er mit dem Geld anfangen würde.

»Und die leere Leinwand lässt du mir auch hier, die kann ich an einen jungen Künstler verhökern, bringt zwar nur ein paar Dollar, aber wär' doch schade, die wegzuwerfen.«

# 37

Dass sie sich so für ihren Großvater schämte, machte sie noch liebenswerter. Kaum hatte Jessica mir in die Augen schauen können, während sie mir dessen Geschichte erzählte. Auf dem Rand des Hotelbettes saß sie nun da wie eine arme Sünderin, die Ärmel der Strickjacke weit über ihre Hände gezogen, die sich wie scheue Tierchen in ihren Wollhöhlen verkrochen hatten.

»Ich hatte keine Ahnung, das musst du mir glauben.«

»Woher solltest du das auch wissen.«

»Erst, als Landau den Brand erwähnte, wurde mir alles klar. Es ist furchtbar, Max, ich habe ihn doch so geliebt. Und jetzt hat mein Großvater ein Menschenleben auf dem Gewissen. Geahnt hatte ich schon immer, dass alles noch schlimmer war, als er es mir gebeichtet hat. Ich muss dem Galeristen erzählen, wer ihn betrogen hat, ich weiß gar nicht, wie ich das machen soll.«

Kreidebleich hockte sie da. Sie tat mir leid, und ich umarmte sie, als sei sie noch immer das kleine Mädchen, das seine kindlichen Sorgen dem alten Mann anvertraut hatte, mit ihm spielte und den Erzählungen des Zauberers zuhörte, die sie in eine andere Welt entführt hatten, weit jenseits ihres Lebens im wohlhabenden Manhattan, in dem sie so unbekümmert aufgewachsen war. Darüber vergaß ich eine ganze Weile, dass es nun Gewissheit war. Mein Bild war verbrannt.

»Er hat damals mit dem Geld eine eigene Firma aufgebaut, musst du wissen. Der Reichtum meiner Familie, die beiden Apartments, die mein Großvater und meine Eltern bewohnten, das kleine Studio, das sie mir in Tribeca gekauft haben, meine ganze Existenz, ja, auch mein Studium an der NYU, alles, einfach alles ist mit dem Geld bezahlt worden, das Landau für die Rettung seines Onkels gebraucht hätte.«

»Ach Jessica, jetzt übertreibst du aber.«

»Nein, nein, er hat sich schuldig gemacht, meine ganze Familie ist schuldig am Tod des Schriftstellers.«

Sie begann zu weinen, und ich verstand allmählich, was sie gemeint hatte, als sie mir sagte, es sei die Provenienzforschung gewesen, die sie aus ihrem behüteten Dasein gerissen habe. Wie sehr musste sie das all die Jahre bedrückt haben. Mir war auf einmal klar, warum über ihr andauernd diese trübseligen Nebelschleier hingen, die erst seit den letzten Tagen wie verflogen schienen. Schwer lastete auf ihr eine Schuld, der sich ihr Großvater nicht hatte stellen wollen.

»Mein Studium ist mir so schal und unwichtig vorgekommen, damals, nachdem mein Großvater mir sein Verbrechen gebeichtet hat, all die schönen und weltfremden Dinge, mit denen ich mich beschäftigt hatte. Wie oft habe ich ihn bekniet, mir die Bilder zu beschreiben. Doch er erinnerte sich nicht mehr so genau an sie, es war ja schon ein halbes Jahrhundert her, dass er sie gestohlen hatte. Und außerdem war er alt und wurde immer schwächer. Eine der Landschaften musste von Nolde gewesen sein, da war ich mir gleich sicher, als er mir die dunklen Wogen und die wie verwaschen gemalten Wolken geschildert hat, aber das trifft ja auf so viele Meeresansichten des Künstlers zu. Und die Signatur, die er mir gegenüber erwähnt hat, die konnte nur für Hermann Max Pechstein stehen.«

Sie hielt einen Augenblick inne, rief sich anscheinend ins

Gedächtnis, wie sie den kranken Mann ausgefragt hatte, und schüttelte dann den Kopf.

»Was genau auf dem Bild zu sehen war, das hatte er leider vergessen. Eine Landschaft, mehr wusste er nicht, aber damit konnte ich natürlich nichts anfangen. Bei den anderen Gemälden war es unmöglich, auch nur ansatzweise zu erraten, von wem sie stammten, ich hatte einfach zu wenige Informationen. Das Männerbildnis, das mein Großvater mir ganz detailliert beschrieben hat, es hatte ihn offenbar ziemlich verstört, das klang nach Dix. Ich forschte nach, konnte aber keines von dessen Werken finden, das seinen Erinnerungen entsprach, und in den publizierten Herkunftsangaben gab es auch keinerlei Hinweis. Wochenlang habe ich in der Bibliothek dann die Literatur zu Nolde und Pechstein durchgesehen. Nichts, rein gar nichts habe ich gefunden, was mich auf die Spur wenigstens dieser beiden Gemälde gebracht hätte. Und was hätte es auch geholfen, Hans Ehrlicher war tot. Doch die wirklichen Zusammenhänge kannte ich damals ja nicht.«

Ich lächelte sie an, wusste nun, warum mich ihr melancholisches Wesen so berührte, seitdem ich sie näher kennengelernt hatte. Ich fühlte mich dieser schönen, traurigen Frau in diesem Augenblick noch stärker verbunden als in allen Tagen zuvor und sagte ihr das auch. Ihre ganze Arbeit hatte sie dem Schicksal der gestohlenen und beschlagnahmten Kunstwerke gewidmet und so versucht, die Schuld ihres Großvaters auf sich zu nehmen.

Wieder brach Jessica in ein lautes Schluchzen aus.

»Ach Max, was soll nun bloß werden? Ich kann doch dem alten Landau nicht mit dieser Geschichte unter die Augen treten.«

Wir beschlossen, gemeinsam zu dem ehemaligen Kunsthändler zu fahren, erst morgen Abend ging unser Flug zurück, aber am Freitag würden wir ihn gleich um ein Treffen bitten.

»Und was ist mit dir? Dich habe ich auch betrogen. Du wirst

mich und meine Familie nun verachten, du wirst mich hassen, das weiß ich. Immer wirst du in mir nur die Enkelin des Mannes sehen, der dein Bild verbrennen ließ.«

»Sei nicht dumm, du kannst doch gar nichts dafür, und an dem Verlust des Gemäldes trifft deinen Großvater nun wirklich keine Schuld.«

Ich fragte sie noch einmal mit letzter, wirklich allerletzter Hoffnung, ob denn nicht irgendetwas darauf hinweisen würde, dass der Turm der blauen Pferde unter den geretteten Gemälden gewesen sei. Doch sie bestätigte mir, dass ihr Großvater davon nichts erzählt hatte.

»Das kannte ich ja aus dem Studium, so ein berühmtes Werk, das wäre mir aufgefallen. Er hat ausdrücklich nur von Landschaften und Porträts gesprochen und kein Bild beschrieben, auf dem Tiere zu sehen waren. In den unbeschädigten Kisten seien außerdem nur kleine Leinwände gewesen, auch das habe ich ihn gefragt, weil ich dachte, über das Format könnte ich vielleicht doch noch etwas über den Pechstein herauskriegen.«

Sie erinnere sich sehr genau an die Gespräche am Krankenbett, fügte sie noch hinzu. Jedes seiner Worte habe sich ihr ins Gedächtnis gegraben, und nicht lange danach sei er dann gestorben, der liebe, dumme alte Mann.

Es musste also verbrannt sein, das Werk, nach dem ich so lange geforscht hatte. Meine Suche war vorbei, das Bild verloren, das wusste ich nun und malte mir die verkohlten Überreste des Gemäldes aus, wie sie da qualmend in jener Lagerhalle in Brooklyn lagen, die Jessicas Großvater ihr geschildert hatte. Alle Hinweise darauf, dass der Turm der blauen Pferde zum Kriegsende noch in Berlin war, hatten sich also doch als falsch erwiesen.

# 38

Robert Hallwachs versuchte trotz allem, die Übersicht zu wahren. Er hatte einige seiner Untergebenen aus dem Stabsamt abgestellt, die nun murrend mit anpackten. Sie hätten gerade wirklich andere Sorgen, hatten sie sich zu drücken versucht, aber er pochte auf den Befehl Görings. Er müsse ihnen ja wohl nicht erst sagen, welche Folgen ihre Weigerung nach sich ziehen würde. Bis auf den alten Schröder, den wehrdienstuntauglichen Hilfsschreiber aus der Buchhaltung, waren sie vollzählig im Morgengrauen angetreten, die beiden schicken Stenotypistinnen, sie sahen wie Schwestern aus und wurden von allen nur die Tiller-Girls genannt, der etwas zurückgebliebene Bürobote Kleinmeier sowie der hinkende Krapp, der bei sämtlichen Kollegen beliebt, aber keine große Hilfe war. Mein letztes Aufgebot, schoss es dem Oberregierungsrat durch den Kopf, während er resigniert das traurige Trüppchen musterte. Die übrige Belegschaft war längst an der Front oder für einen anderen Dienst am Vaterland eingezogen, das hatte er nicht verhindern können. Gemeinsam trugen sie die Kisten aus dem Keller, in die er gestern eigenhändig die restlichen Kunstwerke aus dem Depot des Ministerpräsidenten verstaut hatte. Glücklicherweise war er nicht auch noch für Carinhall zuständig gewesen, die dortigen Schätze hatte die Luftwaffe bereits im Januar auf

Sonderzüge verladen und in Richtung Berchtesgaden auf den Weg gebracht. Angerer hatte ihm damals berichtet, wie chaotisch das teilweise abgelaufen war, doch das kleine Lager in der Leipziger Straße auszuräumen, war schon nervenaufreibend genug. Die Arbeit war ihm nicht sehr fachmännisch von der Hand gegangen, aber der Kunsthändler war natürlich auf und davon, jetzt, wo es wirklich was zu tun gab. Das sah dem ähnlich, ärgerte sich Hallwachs auch heute wieder über den Kerl. Hektisch hatte er alles allein einpacken müssen, und dabei war ihm ausgerechnet diese hübsche bunte Majolikaschale aus Florenz zerbrochen, die er so mochte. Angeblich war sie über vierhundert Jahre alt und mit einer mythologischen Szene verziert, deren Geschichte er aber nicht kannte. Den Schaden hatte er zerknirscht in der Inventarliste vermerkt. Eine Kiste nach der anderen wuchteten seine Mitarbeiter nun den steilen Treppenschacht hinauf in den Hof, wo Gruppenführer Borstelkamp mit einigen Männern vom Volkssturm die Sachen in Empfang nahm.

Ziemlich windige Gestalten hatte sein Schwager da angeheuert. Hallwachs hatte nur ungläubig mit dem Kopf geschüttelt, als dessen Leute eine Stunde verspätet angerückt waren. Von Sturm konnte man bei denen ja wohl kaum sprechen, ein Volkslüftchen war das doch eher. Zwei großmäulige Jugendliche in abenteuerlichen Phantasieuniformen waren erschienen, über den Jacken stolz die Armbinde mit Adler und Hakenkreuz, sowie ein Tattergreis, der ihm auch reichlich dubios vorgekommen war, sich nun aber als erstaunlich kräftig herausstellte. Waffen hatten sie keine dabei, war vielleicht auch besser so. Er hatte zwar strikte Order, die ihm anvertrauten Dinge unter allen Umständen in Sicherheit zu bringen, aber ein Menschenleben waren ihm die Kunstwerke dann doch nicht wert. Ein paar Porträtbüsten und kleinere Bronzefiguren hatte Hallwachs nur noch notdürftig in

Decken aus dem Luftschutzraum einschlagen können. Sie standen jetzt in offenen Pappkartons bereit, die er im Heizungskeller gefunden hatte. Borstelkamp, der mit seiner jüngeren Schwester verheiratet und Inhaber einer schon vor dem Krieg nicht sehr gut gehenden Baufirma war, hatte eingewilligt, ihm bei der Evakuierung der Kunstwerke zu helfen. Er hatte sich gefreut, einen dankbaren Gönner zu haben, das würde sich in der Zukunft bestimmt auszahlen. Bald würde alles wieder aufgebaut werden, und dann könnte er von den Aufträgen Görings profitieren. Und das Geld, das Robert Hallwachs ihm zugesteckt hatte, konnte er auch gut gebrauchen. Dass es von einem Kunsthändler stammte, hatte sein Schwager durchblicken lassen.

Den Pritschenwagen, mit dem sie die Kunstwerke aus Berlin herausbringen wollten, hatte Borstelkamp neben dem Fußweg zur kleinen Grünanlage im Hof zwischen dem Preußischen Herrenhaus und dem Ministerium abgestellt. Seine Handlanger, sie stammten wie er aus einer Neubausiedlung am Rande von Onkel Toms Hütte, waren dazu angewiesen worden, alles so eng wie möglich auf der Ladefläche zu stapeln. Noch mehr Packstücke passten beim besten Willen nicht in den klapprigen Magirus-Diesel, einige antike Möbel hatte er schon ganz obenauf festbinden lassen. Vor allem die Bilderkisten nahmen viel Platz ein, obwohl er sie natürlich hochkant gestellt hatte. Zum Glück waren es fast ausschließlich kleinformatige Werke. Aber es würde schon irgendwie gehen.

»Die letzten Kartons und vor allem das große Trumm, das drüben an der Wand lehnt, die kriegen wir nicht mehr drauf, Robert, wo soll denn das bloß noch hin?«

Tatsächlich war alles bereits dicht an dicht aufeinandergetürmt. Das sah nicht gerade sehr stabil aus, argwöhnte Hallwachs. Einige der Büsten und Kleinbronzen müssten wohl oder übel zurückbleiben, vielleicht konnte er die nachschicken. Aber das Gemälde durfte er nicht hierlassen, auf gar keinen Fall. Er wischte sich trotz der frühen Stunde den Schweiß von der Stirn. Der Himmel war bedeckt, ein richtiges Aprilwetter zog auf, wie schon in den vergangenen Tagen. Hoffentlich würde es wenigstens nicht regnen. Die Plane war viel zu kurz, um die komplette Ladung trocken zu halten.

»Die große Kiste muss aber mit, ist ein wichtiges Gemälde drin.«

»Na, dann müssen halt vier oder fünf kleinere wieder runter vom Wagen, mindestens, sag ich dir. Anders geht das nicht.«

Hallwachs überlegte. Es war Eile geboten, er konnte doch jetzt unmöglich alles wieder abladen lassen.

»Und wenn wir das Bild auspacken und in ein paar Decken wickeln? Dann könnten wir es hier an die Seite schieben, das passt schon noch.«

»Aber auf deine Gefahr! Ich weiß nicht, wie ich das sichern soll.«

Ungeduldig schraubte der Oberregierungsrat den Deckel der Transportkiste ab. Sie war ohnehin viel zu sperrig, selbst zu viert hatten sie die klobige Holzkonstruktion kaum die enge Kellertreppe hochwuchten können. Gemeinsam hoben sie die schwere Platte ab. Hallwachs erschrak, denn anstatt des Bildes kamen nur ein paar Wellpappen zum Vorschein. Einen kurzen Augenblick glaubte er nicht, was er sah, lachte dann jedoch erleichtert auf. Was bin ich dumm, die sind ja zum Schutz drübergelegt worden, fiel ihm ein. Er nahm die fest eingeklemmten Bögen heraus, schlug eine Decke und einige Lagen Papier zurück. Zum Glück, da war es ja, und den Filz konnte er auch gleich nutzen, um das Gemälde wieder darin einzupacken, freute er sich.

Dieser Angerer hatte immer so ein Gewese gemacht um das Bild, das nun wie ein buntes Mosaik vor ihm lag. Ein hübsches

Sümmchen würde er damit verdienen, hatte der Angeber behauptet. Natürlich war es dann doch nicht mehr verkauft worden, trotz der Restaurierung, die teuer genug war. Wer wollte für so was schon Geld ausgeben, griente Hallwachs spöttisch. Mit Schadenfreude dachte er daran, dass der Teppichverkäufer, der sich stets als großer Kunsthändler aufspielte und mit seinen internationalen Verbindungen prahlte, am Ende auf dem Schinken sitzen geblieben war. Göring hatte getobt, hatte Angerer vor versammelter Mannschaft beschimpft. Geschah dem nur recht, diesem ungehobelten Zeitgenossen, dachte er. Der hatte es gerade nötig, ihn andauernd so arrogant abzukanzeln.

Das Gemälde war erst seit ein paar Tagen vom Restaurator zurück. Hallwachs hatte es sich danach noch gar nicht angeschaut, er konnte sich für diese Art von Kunst ohnehin nicht erwärmen. Aber irgendwie waren die doch ganz hübsch, die Pferde, musste er schon zugeben. Nur diese vorschriftswidrige Farbe, die passte ja gar nicht, ausgerechnet blau, so unrealistisch sah das alles aus. Und die Landschaft bestand auch bloß aus bunten Flecken. Entartet halt, kein Wunder, dass niemand das Gemälde haben wollte. Angerer jedenfalls hatte sich gründlich verrechnet. Dass die Nationalgalerie das Werk damals erworben hatte, das verstand Hallwachs noch immer nicht. Trotzdem hob er die Leinwand nun vorsichtig aus der Kiste, und nach einigen Handgriffen hatten die beiden Männer die Filzdecke mit ein paar Stricken fest um das Bild geschnürt.

»Manfred, hilf uns mal!«

Borstelkamp rief einen seiner Leute herbei, einen schlaksigen Bengel mit Triefnase und pickliger Haut. Der kaum dem Knabenalter entwachsene Volkslüftchenmann schlurfte träge über den Hof, und zu dritt hoben sie das Gemälde auf die Pritsche.

»Mensch, vorsichtig, das verkratzt ja sonst. Die Decke ist hinten schon wieder ganz lose.«

Mit aller Kraft drückten sie das flache Paket tiefer in den Spalt auf der Ladefläche. Schließlich war es geschafft. Ewig würde das nicht halten, befürchtete Hallwachs, Regen und Wind würde das Kunstwerk kaum heil überstehen.

Drüben im Luftfahrtministerium herrschte helle Aufregung, da liefen sie wie die aufgescheuchten Hühner durcheinander und schleppten bündelweise Akten auf den Hof. Wollen sie wohl verbrennen, dachte der Beamte und schüttelte den Kopf. Wie töricht die Kollegen waren. Na wenn schon, war ja nicht seine Abteilung, bei ihm würde das geordneter zugehen. Aber alle hatten es natürlich eilig, von hier wegzukommen. Wer wusste schon, wann die nächsten Bombenangriffe geflogen würden. Auch Görings Dienstvilla war ja bereits zweimal getroffen worden.

Völlig aufgelöst stolperte seine Sekretärin über den Hof. Ihr mausgraues Kostüm erlaubte nur winzige Trippelschritte, und die blonden Strähnen hingen ihr wirr ins Gesicht. Schon von Weitem wedelte sie mit dem Telegramm, auf das sie bereits seit gestern gewartet hatten.

»Die Adresse, Herr Hallwachs, endlich hat er uns die Adresse geschickt.«

»Vielen Dank, Fräulein Grundtmann, das wurde aber auch Zeit.«

Er drückte ihr die Liste in die Hand, auf der er die verladenen Gepäckstücke abgehakt hatte, alle waren mit fortlaufenden Ziffern versehen. Angerer konnte dann entscheiden, welche Kisten Göring zuerst nachgeschickt werden sollten. Das Verzeichnis der Werke hatte er der Sekretärin gestern Abend bereits diktiert, akribisch hatten sie jedes Objekt erfasst, Kiste um Kiste, musste ja alles seine preußische Ordnung haben. Der Turm der blauen

Pferde kam nun zwar ohne Transportbehälter mit, aber zumindest hatte er auf die Liste noch rasch die EK-Nummer geschrieben, die hinten auf dem Bild klebte. Daran könnte es auch der dümmste Spediteur jederzeit identifizieren.

»Das tippen Sie jetzt bitte sofort ab, wir brauchen unbedingt ein Duplikat für unsere Unterlagen. Die Liste heften Sie dann ans Inventar. Und einen Durchschlag geben Sie meinem Schwager mit, aber wirklich rasch, der Wagen muss so bald wie möglich los.«

»Wird gemacht, Herr Oberregierungsrat.«

Hallwachs widmete sich dem Telegramm. Gut, dass wenigstens das Fernmeldesystem noch funktionierte. Die Westfront war vor Wochen schon eingebrochen, das war mittlerweile offiziell, ansonsten war die Lage ziemlich unübersichtlich. Die Amerikaner standen angeblich kurz vor Magdeburg, und über den Vormarsch der Roten Armee kursierten einander widersprechende Gerüchte. Vor allem der alte Schröder hatte immer so geunkt in den letzten Wochen. Wo der wohl steckte, fragte sich Hallwachs, aber darum konnte er sich nun wirklich nicht auch noch kümmern, er musste zusehen, dass sich der Lastwagen endlich auf den Weg machte. Höhere Fliegerschule in Niedergörsdorf lautete die Anschrift, und neben detaillierten Anweisungen war nur noch ein einziger Satz zu lesen: Erwarte Lieferung spätestens heute Abend, gezeichnet Angerer.

Die davontrippelnde Sekretärin war noch nicht weit gekommen, sie sah wirklich aus wie eine Maus, feixte er und rief ihr nach.

»Und besorgen Sie eine Straßenkarte von Brandenburg, Gritzbach hat bestimmt eine in seinem Büro.«

Inzwischen hatten Borstelkamps Männer die Plane über der Ladung festgezurrt. Wie zu erwarten, war die Decke bereits verrutscht, und der Turm der blauen Pferde ragte ungeschützt darunter hervor. Blitz und Rautenauge lugten neugierig ein ganzes Stück aus ihrer behelfsmäßigen Umhüllung. Wie ein Viehtransport sah das aus, amüsierte sich Hallwachs, aber das war ihm jetzt auch egal, in seiner Dienststelle wartete noch ungeheuer viel Arbeit auf ihn. Wenn die Russen in Berlin einrückten, und das konnte sich ja nur noch um Tage handeln, dann durften denen die Verschlusssachen natürlich nicht in die Hände fallen. Zu Hause war auch noch einiges zu regeln. Die Münzsammlung wollte er im Garten vergraben, auch den Erbschmuck, den seine Eltern Waltraut zur Hochzeit geschenkt hatten. Man wusste ja nicht, was noch alles passieren würde. Göring jedenfalls hatte sich schon aus dem Staub gemacht. Wichtige staatserhaltende Aufgaben würden ihn in Süddeutschland erwarten, hatte er verlautbaren lassen, aber im Stabsamt hatte das eigentlich niemand geglaubt.

Borstelkamp und seine nicht sehr seriös dreinblickenden Volkssturmleute standen rauchend an den Pritschenwagen gelehnt. Die machten ihm kaum den Eindruck, als sei ihnen der Ernst der Lage bewusst. Hallwachs schluckte und ermahnte seinen Schwager noch einmal, unverzüglich aufzubrechen und nur ja die kürzeste Strecke zu nehmen.

»Du meldest dich dann im Fliegerhorst Waldlager in Niedergörsdorf bei General Niehus. Merk dir den Namen: Niehus. Dem ist deine Ankunft schon avisiert, der Kunsthändler Angerer ist auch da, der weiß über alles Bescheid. Die Frachtpapiere und eine Straßenkarte gibt dir mein Fräulein Grundtmann. Bei Jüterbog liegt der Flugplatz, das findest du leicht. Der Kommandeur lässt dann die wichtigsten Objekte zu Göring ausfliegen, alles natürlich streng geheim.«

»Klar, versteht sich von selbst, General Niehus in Niedergörsdorf. Drei Stunden werd' ich bis dahin mindestens brauchen mit der ganzen Ladung. Der Wagen ist nicht mehr der Jüngste, weißt du ja.«

»Hauptsache, du bist heute Abend dort, Angerer schickt mir dann eine Nachricht, der Ministerpräsident wartet auf mein Fernschreiben. Ich verlass' mich auf dich, hörst du?«

»Kein Problem, grüß Waltraut von mir.«

Ein letztes Mal schaute der Oberregierungsrat hinüber zum Pritschenwagen mit seiner kostbaren Fracht. Wenn das man gut geht, dachte er besorgt.

# 39

Traurig sah die Landschaft aus, die wir mit unserem Mietwagen durchquerten. Ich erinnerte mich daran, wie wir vor zwei Tagen die Küste auf dem Weg zu Franziska Gottschaldt entlanggefahren waren. Das Meer war mir vorgekommen, als schlüge es mit optimistischer Energie an den Strand, und der Wind blies mir bei geöffnetem Fenster gut gelaunt die Zuversicht ins Gesicht, dass ich mit jeder Meile nicht nur dem kleinen Ort in Connecticut, sondern auch dem Ziel meiner Suche immer näher kam. Doch heute schaute alles anders aus. Grau lastete der Himmel über dem schmutzigen Wasser, das unentschlossen ein paar triste Steine umspülte und die Möwen verscheuchte, die sich einige Augenblicke von ihrem sinnlosen Umherfliegen ausruhen wollten. Ein merkwürdiges Gefühl von Leere hatte sich meiner bemächtigt, nachdem der alte Landau uns erzählt hatte, was damals im Hafen von New York geschehen war. Wie ein Phantomschmerz hing der Gedanke an den Turm der blauen Pferde noch immer an mir.

Wir waren auf der Fahrt zurück in die Stadt, die niemals schlief, aber ständig träumte, hatten ursprünglich für gestern geplant, in Jessicas Studio zu übernachten, wollten uns ihre Lieblingsorte anschauen. Den Greenacre Park musst du sehen, ganz in der Nähe meiner Eltern, da habe ich im Sommer immer stundenlang am Wasserfall gesessen und gelesen, und wir gehen ins River Café, hatte sie mir versprochen, von der Bar aus hat man den besten Blick auf die Skyline. Aber nun waren wir beide sowieso nicht mehr in der Verfassung für einen romantischen Ausflug.

Trotzdem waren wir früh aufgebrochen, wir mussten ja nach New York, denn für den Abend hatten wir unsere Flüge gebucht, und ich freute mich auf Los Angeles. Zurück nach Hause, dachte ich und begriff erst gar nicht, dass auch das bloß eine Illusion war. Doch warum eigentlich, fragte ich mich, was hielt mich denn noch in Berlin? Meine Arbeit dort war so sinnlos geworden wie der ständige Irrflug der Möwen, und sinnlos erschien es mir, in meine leere Wohnung zu all den Büchern und Fotokopien zurückzukehren, die ich über Marcs Bild und dessen vertracktes Schicksal in den vergangenen Jahren gesammelt hatte. Kalifornien hatte mir immer gutgetan, und vielleicht sollte ich aus dem Fluchtort endlich den Mittelpunkt meines Lebens machen, sollte meinen wahrlich nicht großen Mut zusammennehmen und mein Schneckenhaus verlassen, jetzt, wo mein Selbstbetrug an der Wahrheit zerschellt war.

Und Jessica lebte in Los Angeles. Jessica, natürlich. Ob es uns beiden ernst miteinander war, das wusste ich noch nicht, aber zumindest war ich bereit, mich darauf einzulassen. Und sie würde mich nur lieben können, wenn ich wieder zu mir zurückfand. Hatte ich nach dem Gemälde gesucht oder nach mir selbst, diese Frage drängte sich mir immer unausweichlicher auf.

Bald verließen wir die Küstenstraße, bogen auf die schnellere Interstate 95 ab, und die Monotonie des morgendlichen Verkehrs gab mir die Muße, über die Trugschlüsse nachzudenken, die meine Forschungen seit fast zehn Jahren begleitet hatten. Auch Jessica brütete auf dem Beifahrersitz vor sich hin, erholte sich nur langsam von dem Schock, nachdem wir die halbe Nacht über die Ereignisse der Vergangenheit geredet hatten.

Ich fragte mich, warum das Gemälde mich so fasziniert hatte. Gewiss, es war ein gutes Bild, ein wichtiges Bild für die Geschichte der modernen Malerei. Aber dass ich mich mit ihm auch beschäftigt hätte, wenn es einfach so in der Berliner Nationalgalerie gehangen hätte, das bezweifelte ich. Offenbar hatte der Verlust des Gemäldes bei mir eine Entdeckerfreude ausgelöst, den Wunsch danach, ein Kunstwerk aufzuspüren, das niemand sonst gefunden hatte. Auch war mit meinen Nachforschungen eine gehörige Portion Geltungssucht verbunden gewesen, das musste ich mir allmählich eingestehen. Denk doch bloß an all die fragwürdigen Quellen, die du in der ganzen Zeit aufgetrieben hast, denk an die Falschmünzer und Glücksritter, die damit angaben, das Bild entdeckt zu haben oder ihm zumindest dicht auf der Fährte zu sein. Wo wollte man es nicht überall gesehen haben. In der Schweiz war es angeblich aufgetaucht und in Südamerika, in Russland und Litauen, an den Wallfahrtsorten der Ewiggestrigen. Eine Verschwörungstheorie war der nächsten gefolgt, und ich war dem blind hinterhergerannt, war auch nicht besser als die anderen Wirrköpfe.

Und woran hast du dich geklammert all die Jahre, fragte ich mich und konnte selbst kaum glauben, dass die Antwort so töricht ausfiel. Letztlich waren es doch nur diese beiden obskuren Berichte gewesen, nach denen das Gemälde, kaum war der Krieg vorüber, auf wundersame Weise in Zehlendorf aufgetaucht sein sollte. Ausgerechnet dort. Was hatte es in dem Villenviertel zu suchen, das war ja völlig absurd. Doch du hast dich daran geklammert und an kaum etwas sonst, warf ich mir vor. Ich hätte auf meinen Instinkt vertrauen sollen, der mir von Anfang an einflüsterte, was ich jetzt unumstößlich wusste: Das Bild war zerstört. Die Behauptungen, dass der Turm der blauen

Pferde nach dem Zusammenbruch der Diktatur noch in Berlin gesehen worden sei, waren reine Wichtigtuerei gewesen. Wie hatte ich darauf nur hereinfallen können, unglaublich war das. Eigentlich hätte ich froh sein müssen, dass nun wenigstens klar war, was mit dem verfluchten Bild geschehen war. Es war verbrannt, und auf seltsame Weise erleichterte mich dieser Gedanke. Irgendwann wirst du dich entscheiden müssen, ob du ein Bild oder dein Leben retten willst. Sie hatte ja so recht gehabt. Und jetzt hatte das Schicksal des Gemäldes mir diese Entscheidung abgenommen.

»Max, es tut mir so leid …«

Ich blickte Jessica dankbar an und bat sie, mir den Roman aus der kleinen Tasche auf dem Rücksitz zu geben. Verwundert reichte sie mir das Buch, aus dem ich Julias Brief nahm und ihn zerriss. Die Fensterscheibe auf meiner Seite des Autos senkte sich surrend, und befreit warf ich die Fetzen in die Luft. Weiß flatterten sie auf, schlugen hektisch mit ihren papierenen Flügeln wie die umherirrende Möwenschar und flogen davon, immer kleiner werdend im Rückspiegel, und verschwanden schließlich aus meinem Blick.

»Sag mal, spinnst du?«

»Nein, jetzt nicht mehr.«

Auf der anderen Seite der schmalen Meeresbucht, die mittlerweile schon etwas versöhnlicher im Sonnenschein glitzerte, zog die ferne Silhouette von Long Island vorüber. Eine weiße Fähre pflügte durch ein nicht mehr ganz so trübes Wasser, bald würden die ersten Häuser von New York am Horizont erscheinen. Auch Jessicas Miene hellte sich auf, nachdem sie mich lange ernst angeschaut hatte und nun wohl ahnte, was in mir vorging. Ich spürte, wie die quälenden Gedanken an das Gemälde und meine fatalen Irrtümer allmählich immer unwichtiger wurden. Es war vorbei, endlich vorbei.

# 40

Sechs, sieben, acht, neun, in Breslau steht eine Scheun', in Breslau steht ein Puppenhaus, da gucken vier, fünf Frauen raus. Eine macht Seide, die andre macht Kreide, die eine macht Hemden, dir eins, mir eins, und der Jude kriegt keins.«

»Du bist öde, das spielt man doch gar nicht mehr.«

»Tut man wohl.«

»Tut man nicht. Meine Mutter hat gesagt, die Juden sind auch gute Menschen. Gott sei Dank, dass die endlich weg sind, die Nazis, sagt die Mutter. Und außerdem ist das ein Abzählreim für Babys.«

»Selber Baby. Dann sag du an, was wir spielen sollen.«

»Ich will Krieg spielen.«

»Hast ja gar keine Waffe, warst ja nicht mal bei den Pimpfen.«

»Die Mutter hat's verboten, weißt du doch. Und na klar hab' ich eine Waffe.«

»Nee, Martin, hast du nich.«

»Hab' ich wohl.«

»Dann zeig her, is' ja gelogen.«

»Selber Lügner, der Revolver ist im Schuppen, bei dem Gerümpel, hab' ich selbst dort versteckt. Aus der Siedlung hab' ich die, da wo die SS-Männer wohnen. Sind auch noch Patronen drin.«

»Ehrlich wahr?«

»Mensch, wenn ich's dir sage.«

»Au fein, lass uns schießen! Wir können ja auf die Pferde zielen, die gemalten.«

»Die im Keller?«

»Ja, komm, die holen wir.«

Sie rannte davon, die Rasselbande, die sich bis in den späten Abend in der Argentinischen Allee zwischen den Häusern herumtrieb, von denen einige verlassen waren. Die Grundstücke der guten Wohngegend mit ihren vernachlässigten Gärten waren zu Spielplätzen geworden, denn die Kinder wussten in den Monaten nach dem Einmarsch der Alliierten in Berlin nicht mehr so recht, wohin mit sich. Die Hitlerjugend gab es nicht mehr, und zur Kirchengemeinde mit ihren frommen Sprüchen und langweiligen Bastelnachmittagen wollten sie nicht. Zwölf, dreizehn Jahre waren die Kinder alt. Zwar stammten sie größtenteils aus wohlhabenden bürgerlichen Familien, doch einige ihrer Väter wurden vermisst, andere waren gefallen und ihre Mütter ständig unterwegs, um Lebensmittel zu hamstern.

Der vorlaute Anführer, Sohn eines Zahnarztes in der Limastraße, der sich aus russischer Gefangenschaft gemeldet hatte, war beim Jungvolk gewesen und hatte bis zuletzt an den Endsieg geglaubt. Auch Martin, sein kleiner, etwas rachitischer Gefährte, der mit seiner Mutter, einer evangelischen Kriegerwitwe, ausgebombt worden war und seit einigen Wochen in dem Viertel zur Untermiete wohnte, war ziemlich verwahrlost. Er trug eine schadhafte Bluse, viel zu dünn für das kalte Herbstwetter, eine Hose aus grauem Tuch, die seine Mutter noch von der Volkswohlfahrt bekommen hatte, und seine Füße steckten in Gummistiefeln, die ihm mindestens um zwei Nummern zu groß waren. Er freute sich darauf, im Ansehen der Bande zu steigen, jetzt, da er sich endlich traute, ihnen die Waffe zu zeigen, die er bei seinen Streifzügen durch die Nachbarschaft in der SS-Kameradschaftssiedlung am Führerplatz gefunden hatte, wo jetzt natürlich keiner der Anwohner mehr dabei gewesen sein wollte. Den großen Kerl, der immer so frech war und sogar in der Hitlerjugend mitmachen durfte, himmelte er an; er war froh, jetzt würde er erst richtig dazugehören, sie würden ihn nun nicht mehr hänseln, nur weil er jeden Tag beten musste.

Zu dritt schleppten sie umständlich ein Gemälde aus dem Haus, ohne Rahmen, lediglich von einer schlichten schwarzen Holzleiste umgeben. Vier Pferde waren auf ihm zu sehen, blaue Leiber, einer über den anderen gemalt, ein Turm von Tierkörpern vor farbiger Landschaft. Sie lehnten es an das Geländer des Kellereingangs, steckten mit den anderen neugierig die Köpfe zusammen und schauten lange auf das Bild.

»Wollen wir wirklich? Und wenn einer schimpft?«

»Ach, das gehört doch keinem, das haben die vom Pritschenwagen runtergeschmissen. Der Volkssturm war das, der doofe Manfred war auch dabei, der Sohn vom Schupo, hab' ich selbst gesehen. Sie können das riesige Ding unmöglich mitnehmen, hat der gemault, weil es immer gegen die Ladung schlägt. Und dann sind sie schnell abgehauen. Is' ja schon Monate her, du, das holt keiner mehr ab. Eine Menge Kisten und so olle Möbel hatten die auf dem Wagen und taten ganz wichtig. Vom Ministerium wär' das, alles furchtbar teuer, so viel Geld hat nicht mal dein Vater, hat Manfred zu mir gesagt, der Angeber.«

»Glaub ich nicht. Dein Vater ist doch Zahnarzt.«

»Hab' ich ihm auch gesagt. Und der Blockwart war auch da, wollte das Bild aber nicht haben, hat's dann weggeräumt. Taugt nicht mal als Brennholz, hat er gesagt. Hab' ich genau gehört.«

»Also, mir gefällt's.«

»Bist wohl blind, so sieht doch kein Pferd aus. Die sind doch nicht blau. Und auch so komisch gemalt, das kann ja meine kleine Schwester besser, die hat eine Eins im Zeichnen.«

»Ich mein' ja bloß.«

»Na, komm schon, wir stellen das hinters Haus, drüben an den Schuppen. Das gibt 'ne prima Zielscheibe.«

Gemeinsam trugen die Kinder das Gemälde durch den Garten, während Martin zum Bretterverschlag vorausrannte und kurz darin verschwand. Der Knirps mit den schlotternden Gummistiefeln wartete dort auf seine Spielkameraden und zog dann voller Stolz die Waffe aus der Tasche seiner ausgebeulten Hose. Fachmännisch beugte sich sein Freund darüber.

»Das ist eine Pistole, du Blödmann, kein Revolver. Haben wir bei den Pimpfen mal gehabt, der Fähnleinführer hat eine mitgebracht, aber schießen durften wir nicht. Kimme und Korn hier, da muss man gleichzeitig drüberschauen. Warte mal, ich zeig's dir.«

Er hantierte mit der Waffe, zögerte, nahm dann seinen ganzen Mut zusammen.

»Soll ich?«

»Nein, ich zuerst, schließlich hab' ich die gefunden, gib her.«

Entschlossen baute sich Martin, der so gern Hitlerjunge geworden wäre, etwa fünf Meter vor dem Bild auf, das nun tatsächlich an die Wand gestellt war. Willrichs Wunschtraum sollte endlich in Erfüllung gehen. Der kleine Schütze hob die Waffe, zielte, wie es sein Freund ihm gezeigt hatte, drückte ab, und der Rückstoß riss seine Hand jäh in die Luft. Das Geschoss durchschlug die Leinwand am oberen Rand, die Kugel kreischte blechern an der Schuppentür. Rautenauge war getroffen, es klang, als hätte das Pferd aus tiefer Seele um Hilfe geschrien.

Ein kleines Mädchen, strohblonde Zöpfe, Sommersprossen im frühreifen Gesicht, blickte ängstlich drein.

»Mann, das knallt aber laut, ich halt mir lieber die Ohren zu.«

Doch schon drängelte sich der dicke Metzgerssohn, der trotz der Kälte im blauen Wollmantel schwitzte, mutig nach vorn.

»Lass mich mal.«

»Nein, mich.«

»Könnt' euch so passen, ich bin jetzt dran.«

Die Kinder umringten den Schützen, zerrten sich gegenseitig die Pistole aus den Händen. Drei, vier Schüsse hallten durch den Zehlendorfer Nachmittag.

»Ihr spinnt wohl, ihr Lausebengels, ick gloob's ja nich! Hört ma sofort uff mit det Jeschieße, der Krieg is vorbei. Und her mit die Waffe, aber janz schnell. Wenn ick det deiner Mutter sage, na denn jute Nacht.«

Erschrocken ließ der Zahnarztsohn die Pistole fallen, als der ehemalige Blockwart, der nun als Hausmeister im Auftrag des Bezirks auf einige der leerstehenden Häuser des Villenviertels aufpasste, mit dröhnender Stimme im Garten auftauchte. Die Kinder stoben schreiend über den Rasen und entwischten durch die löchrige Hecke aufs Nachbargrundstück. Emil Kadlatz, feister Regent über Haus und Hof, der seinen angeschmutzten Blaumann mit der vollen Würde seines Amtes bis zum Bersten ausfüllte, hob ächzend die Waffe auf und trat an das durchlöcherte Gemälde.

»Ach, det is bloß det olle Bild. Na det is nu endjültich kaputt. Jetzt verbrenn ick det, reparieren lohnt sich nich, is ja ooch gar keene Kunst, det Jeschmiere.«

# 41

Also nee, det Jeschufte den lieben langen Tag. Wird höchste Zeit, det hier wieder Ordnung einkehrt, allet so verwahrlost. Und wer muss sich um den janzen Schlamassel kümmern? Na, Kadlatzen natürlich, mit dem kann man's ja machen.«

Der Hausmeister harkte das Herbstlaub zusammen, das in den letzten Tagen auf den Rasen hinter der Zehlendorfer Villa gefallen war, und maulte unablässig vor sich hin. Steif richtete sich der korpulente Mann auf und stützte stöhnend die freie Hand in den Rücken. Kadlatz blickte um sich. Die müssten dringend einen Gärtner einstellen, grummelte er, das war ja die reinste Kuhwiese mittlerweile, alles voller Unkraut, und kahle Stellen, wohin man nur schaute. Na, es kommen bald auch wieder bessere Zeiten, hoffte er, jetzt, wo die russischen Offiziere ausgezogen waren. Seit kurzem hatte die Bezirksverwaltung das großbürgerliche Gebäude in der Argentinischen Allee 28 übernommen. Den Krieg hatte es unbeschadet überstanden, und nun sollten dem Jugendamt in der ehemaligen Villa Fiedler ein paar Büroräume zugewiesen werden. Demnächst würden Pfadfinder das Haus und den Garten nutzen, munkelte man. Aber ihm sollte das recht sein, er konnte ja tagein und tagaus beobachten, dass die Kinder in seinem Stadtviertel nichts mehr mit sich anzufangen wussten. Streunten überall herum, niemand passte auf sie auf, kein Wunder, dass die nur Unfug im Kopf hatten.

»Tun eim ejalwech leid, die armen Jören, die meisten Väter in Jefangenschaft, wenn se nich sogar jefallen sind. Und Kohldampf schieb'n se ooch immer, janz ausjehungert nach all dem Elend.«

Kadlatz verbarg ein weiches Herz hinter seiner schroffen Fassade, eine Seele von Mensch, fanden die Nachbarn, auch wenn sich einige über dessen ewiges Geschimpfe beschwerten. Und so hatte der Hausmeister die Kinder aus der Siedlung für den Nachmittag zum Kartoffelfeuer eingeladen. Bei der Arbeit fiel ja immer etwas ab, die Hausbesitzer steckten ihm oft ein paar Lebensmittel zu, wenn er bei ihnen kleinere Reparaturen übernahm. Einen halben Sack mit Kartoffeln hatte er auf diese Weise gehamstert und mit einem Bündel Anmachholz auf das Villengrundstück geschleppt, das bis hinunter zum Waldsee reichte. Alte Bretter gab es genug in den umliegenden Kellern. Die kleinen Racker hatten ihm geholfen, das Holz an die Uferböschung zu tragen, er hatte einiges zerhackt und ihnen gezeigt, wie man es aufschichten musste, damit es lange brannte. Einen Kegel aus dünnen Spänen hatte er gebaut, größere Scheite darübergelegt, und die Kinder durften das Papier in die Ritzen stecken, bevor er das Feuer anzündete. Das lernt ihr dann alles bei den Pfadfindern, ließ er sie wissen. Die ganze Bande, die hier seit Wochen in den halb verwilderten Gärten spielte, war gekommen, die Sache mit der Schießerei hatte er ihnen längst verziehen. Dass ihr mir so was ja nicht noch einmal macht, hatte er sie mit strenger Miene ermahnt und musste doch schmunzeln, als er sah, wie sie alle betreten zu Boden schauten und Angst hatten, er würde sie verpetzen. Konnten ja nichts dafür, die Kinder, kannten ja kaum was anderes als den Krieg und das unselige Gehetze, da konnte man ihnen nicht lange böse sein.

»Sollen wir dir helfen, Herr Kadlatz?«

Die kleine Rieke, das aufgeweckte Mädchen, das er so gern mochte, zupfte ihn am Blaumann. Sie war mit ihren Schwestern gekommen, den Zwillingen, auf die sie nach der Schule aufpassen musste, denn die Mutter, die sich als Sekretärin durchschlug, war bis spät abends im Büro.

»Ja, Riekchen, ihr könnt die janzen Blätter uffs Feuer schmeißen, aber immer hübsch nacheinander, sonst qualmt det zu stark.«

Die Kinder rannten den Abhang hoch und kehrten einander übertrumpfend mit den viel zu großen Laubhaufen zurück, die Kadlatz überall im Garten aufgetürmt hatte. Ihre dünnen Ärmchen konnten die Last kaum fassen.

»Wie die Ameisen seht ihr aus!«

Kadlatz rief ihnen lachend zu und sah darüber hinweg, dass sie auf ihrem Weg viele der bunten Blätter gleich wieder verloren. Nur die älteren Jungs standen scheu unter der alten Eiche, taten erwachsen, die Hände in den Hosentaschen vergraben, und hielten vorsichtshalber ein wenig Abstand zu dem ehemaligen Blockwart, der immer gleich so lospolterte.

»Nu kommt man ran ans Feuer, ihr Kanalljen, dann wird euch ooch wärmer, ick beiß euch schon nich.«

Mit steifen Beinen schoben sie näher, die Freunde, noch trauten sie dem Frieden nicht so recht, aber die Aussicht auf die gebratenen Kartoffeln war natürlich viel zu verlockend.

»Na, Martin, du Meisterschütze? Haste hoffentlich kapiert, dass det zu jefährlich is, det Jeschieße?«

Der schmale Knabe, der sich für seine verschlissene Jacke schämte und auch heute wieder die viel zu großen Gummistiefel an den Füßen hatte, blickte ihn schuldbewusst an. Kadlatz hatte ihn natürlich erkannt, als er weggelaufen war, nachdem die Kinder auf das Gemälde geschossen hatten, und so musste er ihm am nächsten Tag beichten, woher sie die Pistole hatten.

»Ich will's auch nich wieder tun, Herr Kadlatz, versprochen.«

»Is ja schon gut, is ja nüscht weiter passiert, war ja ooch mal jung und hab' Blödsinn jemacht.«

Erleichtert atmete der Übeltäter auf, und Kadlatz strich ihm mit seinen dicken Fingern über die Haare. Hat's auch nicht einfach, der Kleine, dachte er. Der Vater an der Ostfront gefallen, die Mutter ein wenig weltfremd, so eine ganz Fromme war das, na, was aus dem mal werden sollte, fragte er sich.

»Schwamm drüber, mein Junge, aber nu hilf mir mal mit die Erdäppel.«

Zusammen mit seinen Freunden, dem Zahnarztsohn, dem dicken Klaus vom Metzger und einem weiteren Bengel, den Kadlatz nicht kannte, kramte Martin die Kartoffeln aus dem Sack und warf sie auf das nun schon etwas heruntergebrannte Feuer. Der feiste Mann legte einige Bretter nach, hockte sich ächzend zu den Kindern und erklärte ihnen, dass man die Knollen mit einem Stock tief in die Glut schieben musste, damit sie auch richtig gar wurden, dem ollen Fritz würde man die Kartoffeln verdanken, dem König, das hätten sie doch bestimmt im Unterricht gehabt. Beflissen nickten die Knaben und machten sich an die Arbeit.

»Na, det lassen wa uns dann schmecken, wa? Die großen brauchen 'ne janze Weile, aber det is besser als wie im Restaurang, werd't ihr schon sehen.«

Alle standen sie nun schweigend um das Feuer, dessen Flackern einen roten, unruhigen Schein auf die Gesichter der Kinder warf und die Bäume und Sträucher ringsum in zappelnde Zauberwesen verwandelte. Sie blickten in die Flammen und träumten sich eine Wunderwelt zusammen. Wie das alles blakte und loderte, und wie das Licht sich im Wasser spiegelte, schön war das anzusehen, und es knackte auch so geheimnisvoll. Kobolde sprangen zuckend über das brennende Holz, wenn man nur lange genug hineinstarrte in die Glut, wie beim Rumpelstilzchen sei das, wisperte die altkluge Rieke und schaute den Hausmeister mit großen Augen an.

»Menschenskinder, det Wichtigste ham wir ja janz verjessen, det kaputte Bild müssen wir ja ooch noch ins Feuer schmeißen. Holt's ma doch rasch auß'em Keller. In der Waschküche steht det, hier habt ihr den Schlüssel.«

Klimpernd zog Kadlatz ein riesiges Bund aus der Hosentasche seines Blaumanns, das Zeichen seiner allumfassenden Autorität. Er nestelte umständlich daran herum und hakte dann den passenden Schlüssel ab.

Die Freunde trabten los und kamen nach einigen Minuten mit dem Pferdebild wieder den Abhang heruntergestolpert. Verlegen schauten sie auf das Gemälde, das mit seinen Einschusslöchern einen traurigen Anblick bot. Die Leinwand war an einigen Stellen zerrissen, einer der Tierköpfe hing bloß noch in Fetzen herab. Martin tat es leid, denn er mochte das bunte Bild, auch wenn er das nun nicht mehr zugeben wollte.

»Könnt froh sein, dass det soon Schinken is. Stellt euch ma vor, dat wär ein wertvollet Kunstwerk jewesen, det Jemälde. Also ihr macht ma vielleicht Sachen.«

Der Hausmeister half den kleinen Bilderstürmern, und gemeinsam wuchteten sie das Gemälde über das Feuer. Die Flammen knisterten lange und schlugen dann durch das Leichentuch der Leinwand, ein beißender Geruch von verbrannter Ölfarbe und Terpentin stieg auf.

»Kommt, das ist fein, jetzt müssen wir ums Feuer tanzen.«

Riekchen klatschte in die Hände und forderte ihre Spielkameraden zu einem Ringelreihen auf. Alle fassten sich an den Händen, sogar die Jungs zierten sich nicht lange, und bald sprangen die kleinen Inquisitoren ausgelassen um den lodernden Brand, während Kadlatz, die Arme vor der Brust verschränkt, der kindlichen Bilderverbrennung zusah. Die Pferde krümmten sich wie arme Sünder auf der Höllenglut des Scheiterhaufens, als büßten sie für die Häresie ihrer unorthodoxen Malweise. Und schließlich waren nur noch ein paar verkohlte Überbleibsel zu sehen. Allein ein kleiner Klebezettel hatte sich durch die Hitze vom Keilrahmen gelöst und auf wundersame Weise überlebt. Auf ihm ein paar angekokelte Ziffern, 14126, und die flatterten nun lustig über die Wiese.

# 42

Hand in Hand spazierten wir durch die Ausstellungsräume, die an diesem Mittag vor allem von Touristen bevölkert waren. Ich war schon seit Jahren nicht mehr in New York gewesen, kannte die Stadt kaum und musste Jessica gestehen, dass ich das Museum of Modern Art das letzte Mal vor seinem Umbau besucht hatte. Mein Freund Sam Rose hatte damals noch eine Wohnung auf der Lower Eastside, und mit ihm war ich durch die Bars und Galerien gezogen, viel zu lange war das schon her. Sie konnte es nicht glauben, für sie war die Kunstsammlung, seit sie ein kleines Mädchen war, wie ein zweites Zuhause gewesen. Oft sei sie mit ihren Eltern sonntags hinüber zur 53rd Street gegangen, habe sich die Wechselausstellungen angeschaut und einige ihrer Lieblingswerke, und dann hätten sie immer im Sette, im italienischen Restaurant auf der siebten Etage, zu Mittag gegessen. Eine richtige Familientradition sei das gewesen, erzählte sie mir versonnen, und ich befürchtete schon, dass die Erinnerung an die glücklich verbrachten Kindertage ihre Gedanken wieder auf den Großvater lenken würde.

Bevor sie zum Getty wechselte, hatte Jessica fast fünf Jahre für das Museum gearbeitet, sie kannte hier jedes Gemälde, jede Skulptur und führte mich herum, als vergnügten wir uns auf einer Party mit lauter alten Bekannten. Lange standen wir vor den Demoiselles d'Avignon, dieser Ikone einer anarchistischen Libertinage, die noch nicht wusste, dass sie zum Schlüsselbild des Kubismus werden würde. Wir schauten uns Mondrians Broadway Boogie Woogie an, dessen optimistische Jazzrhythmen uns geradezu hören ließen, wie erleichtert der Künstler war, dem Krieg ins New Yorker Exil entkommen zu sein, und verloren uns in der blutrot übergossenen Halluzination des Atelier Rouge von Henri Matisse. Jessica bedauerte, dass sie mir Klees Zwitscher-Maschine nicht zeigen konnte. Dieses heitere Blatt sei auch durch die Hände von Buchholz und Valentin gegangen, erklärte sie mir, eine komplizierte Provenienz habe das Aquarell, deren Erforschung ihr einiges abverlangt habe.

Wir waren am frühen Vormittag in New York angekommen, hatten den Wagen in der Nähe des Union Square abgestellt und waren endlos durch eine Stadt gelaufen, deren unbeugsamer Optimismus allmählich auf uns abfärbte. Ich sah Manhattan mit Jessicas Augen. Die Großstadt wurde mir unter ihren Erzählungen zum Sehnsuchtsort einer glücklichen Kindheit, überall blitzten ihre Erinnerungen auf und hefteten sich an Straßenecken und Gebäudefassaden, an Restaurants und Buchläden, die zu erwähnen sich kein Reiseführer herablassen würde. Wie die kleinen Gräser, die hier und dort ihre Triebe und Blättchen zwischen den Betonplatten der Gehwege hervorstreckten, tauchten die Schnappschüsse von Jessicas Vergangenheit zwischen den Hochhäusern auf und malten mir das Bild eines verzauberten Kinderlebens, einer Jugend, wie man sie nur auf dem Lande oder in einer Kleinstadt für möglich gehalten hätte. Und ich schaute den ganzen Spaziergang über in das Gesicht dieser wundervollen Frau, in dem sich eine Stadt spiegelte, die niemand sonst kennengelernt hatte.

Unser Flug ging zwar erst spät am Abend, aber viel Zeit hatten wir nun nicht mehr, nachdem wir schon eine ganze Weile durch die Sammlung des Museums geschlendert waren. Trotzdem wollte Jessica mir zum Schluss noch ihr allerliebstes Werk zeigen, und ich war gespannt, was das wohl sein würde. Vielleicht ein Modigliani, dachte ich, von dem hatte sie ja so geschwärmt. Ich erinnerte mich an die bildgewordene Begierde des Malers, dessen sinnliche Vision mir in den letzten Tagen so oft durch Geist und Glieder gefahren war. Jessica zog mich durch die großen Säle, vorbei an so vielen wichtigen Kunstwerken, und schließlich standen wir vor Jackson Pollocks Number 1B (The Blue Unconscious), ein Querformat, eines der typischen abstrakten Gemälde des Künstlers. Das hatte ich nun wirklich nicht erwartet.

»Ein tolles Bild, findest du nicht?«

Ich nickte nur und ließ dessen ineinander verschlungene Farbspuren auf mich wirken.

»Es ist eines der ersten, das Pollock in seiner neuen Maltechnik des Dripping gemacht hat. Das MoMA besitzt auch Number 1, etwas größer im Format. Ist wohl gerade verliehen oder wird restauriert, eigentlich hängen die immer nebeneinander. Aber dieses hier finde ich sowieso besser, irgendwie spontaner wirkt das auf mich.«

»Und das war schon dein Lieblingsbild, als du noch ein kleines Kind warst?«

»Nein, natürlich nicht. Damals mochte ich die Straßenszene von Balthus am liebsten, die wir uns vorhin angeschaut haben. Da habe ich mich immer in das Mädchen mit der roten Strickjacke hineingeträumt. Wie erotisch das gemeint war, hatte ich gar nicht begriffen.«

Sie lachte.

»Und heute ist es der Pollock?«

»Na klar! Das Bild ist so frech und ungezügelt, ein ziemlich gewagtes Experiment, denkst du nicht auch? Ganz unglaublich, was er da riskiert hat.«

Ich schaute auf das kleine Täfelchen neben dem Werk. Ölfarbe und Lack auf Leinwand, las ich da, 130,4 mal 199,7 Zentimeter, 1948 gemalt. Wirklich erstaunlich, so kurz nach dem Krieg. Wie ein Akt der Befreiung kamen mir die hingeschleuderten Farbkleckse vor.

»Das Gemälde ist noch nicht lange in der Sammlung, erst sehr spät hat man von seiner Existenz erfahren. Aber es hat eine ganz einfache, gute Provenienz, obwohl es in keinem Werkverzeichnis stand. Der Künstler hatte das Bild seinerzeit verschenkt, an eine Frau. Ich glaube, er hatte eine Affäre mit ihr, und als es dann nach dem Tod ihrer Tochter in einer Auktion auftauchte, hat das MoMA es erworben.«

Während wir sprachen, betrachtete ich das Gemälde. Ein unentwirrbares Gespinst von Linien war auf ihm zu sehen, die meisten von ihnen lang und kurvig ineinander verwoben. Fäden waren das, die sich über das ganze Rechteck verknäuelten. Blautöne vor allem, aber auch Schwarz, Grau und Weiß verstrickten sich zu einem regellosen Muster von umwerfender Ausdruckskraft. Einige bunte Flecken und Schlieren kamen hinzu, Spritzer von Gelb und Rot störten rebellisch den aufgetropften Verlauf der dünnen Farbschnüre. Ein System, eine Komposition war nicht zu erkennen. Die Arbeitsspuren bedeckten das ganze Bild, verdichteten sich an einigen Stellen, lagen woanders wieder lockerer über der weiß grundierten Leinwand, die vor allem an den Rändern deutlich zutage trat. Hier und da waren Fragmente von Handabdrücken auszumachen, der Betrachter wurde geradezu körperlich in die abstrakte Landschaft des Bildes hineingezogen. Man konnte nacherleben, wie der Künstler mit willkürlichen Gesten sein Malmaterial auf die Fläche gegossen hatte, wie er der Farbe weitgehend die Kontrolle über das Bild überließ. Ein lebendiger Organismus von irritierender Schönheit war das Ergebnis. Hier malte sich die Farbe selbst und nutzte den Körper des Künstlers wie ein Medium, das sich in Trance entäußerte, dem ungesteuerten Willen einer fremden, blind operierenden Macht unterworfen, eine elementare, ja, existenzialistische Eruption des Zufalls, der Kontingenz allen Daseins.

Für ein paar Augenblicke hatte mich der faszinierende Farbstrudel des blaugrauen Panoramas verschluckt, doch allmählich wurde mir klar, warum Jessica dieses vitale Kunstwerk so liebte. Es war ein widersprüchliches Bild, widersprüchlich wie sie selbst, ein Bild unbändiger Lebensfreude und ängstlichen Ausgeliefertseins. Von einer ganz unwahrscheinlichen, provozierenden Schönheit war es, offenbar aus einer fast tänzerischen körperlichen Aktion heraus entstanden. Und so wurde mir Pollocks Gemälde nach und nach zu einem Porträt ihres Wesens. Kein Wunder, dass der Künstler es seiner Geliebten geschenkt hatte, dachte ich und küsste dankbar die Frau, die mir dieses Werk gezeigt und damit so viel von sich preisgegeben hatte.

Jessica strahlte mich an und blickte dann erschrocken auf die Uhr.

»Wir müssen los, wir verpassen noch unser Flugzeug.«

»Ja, lass uns gehen, nach diesem Bild würden die anderen Werke sowieso nur verblassen.«

Und so machten wir uns auf den Weg zurück zu unserem Auto. Ich nahm mir vor, Jessica während des Fluges zu erzählen, dass ich nach Los Angeles umziehen wollte. Das musste ich ihr jetzt sagen, dachte ich, jetzt, bevor mich der Mut wieder verlassen würde. Einen letzten Aufsatz zum Turm der blauen Pferde würde ich noch schreiben, das war ich der historischen Wahrheit schuldig. Und der würde beweisen, dass das Bild zerstört wurde. Ich machte mir keine Illusionen, die abenteuerlichen Theorien über den Verbleib des Gemäldes würden damit nicht verstummen. Doch das konnte mir dann egal sein, meine Suche war jedenfalls vorbei. Vielleicht sollte ich mich in Zukunft näher mit Jackson Pollock beschäftigen? Interessante Werke hatte er gemalt, so ausdrucksstark und frei und doch irgendwie geheimnisvoll.

# 43

Ich bin ganz verzweifelt, Herr Stangl, weiß einfach nicht mehr weiter. Mein Mann kommt jede Nacht in meine Träume, drängt mich, such, Maria, so such doch. Und er blickt, er blickt so, ich kann's gar nicht sagen wie. Er blickt, dass es mir im Herzen wehtut. Was soll ich denn machen, ich hab' ja schon überall gefragt, Briefe verschickt, überallhin, es weiß halt niemand, wo unser Bild ist.«

»Gewiss, liebe Frau Marc, seien Sie doch getrost, wir finden es schon noch, ich hab' da ein gutes Gefühl.«

Otto Stangl beugte sich zu der verloren dreinblickenden Frau hinüber. Beschwichtigend nahm er ihre Hand, er konnte ihr nachfühlen. Allzu oft kreisten die Gespräche der beiden in den letzten Wochen um das verschwundene Gemälde, das die Witwe des Malers seit dem Ende des Zweiten Weltkrieges wiederzufinden hoffte. Er hatte den schönen Frühlingstag genutzt, hatte sich in seinen neuen Opel Olympia gesetzt und war wieder einmal die siebzig Kilometer zu ihr nach Ried hinausgefahren. Immer häufiger war er zu Besuch bei der alten Dame, in jenem Haus, in dem das Künstlerpaar nach seiner Heirat viel zu kurz gemeinsam gelebt hatte. Als ihr Mann fiel, hatte sie sich um dessen Nachlass gekümmert, sich selbst als Weberin am Bauhaus ausbilden lassen und einige Jahre in der Schweiz verbracht, in der Nähe der ehemaligen Künstlerkolonie am Monte Verità in Ascona, von deren großer Zeit die Leute im Ort noch hinter vorgehaltener Hand tuschelten. Die spirituellen Sitzungen, die dort abgehalten wurden, Ausdruckstanz und Freikörperkultur hatten die ansässigen Bürger natürlich neugierig gemacht.

Stangl erinnerte sich, mit welch unermüdlicher Energie die Frau, die nun schon seit über dreißig Jahren verwitwet war, gemeinsam mit ihm eine Ausstellung von Aquarellen und Zeichnungen Franz Marcs in seiner Münchner Galerie zusammengestellt hatte. Es ist ja unsere Pflicht, den Menschen das Werk meines Mannes zu zeigen, hatte sie betont, die Bilderstürmer des »Dritten Reiches« haben versucht, sein Werk in die Nacht des Vergessens zu stoßen. Aber wir wollen doch wieder ans Licht mit seiner Kunst. Ihre traurige, aber feste Stimme hatte er noch im Ohr. Zwei Jahre war das nun her, der Krieg war noch nicht vergessen. Als Maria Marc dem Kunsthändler damals anbot, den Nachlass ihres Mannes zu verwalten, hatte er nicht einen Augenblick gezögert, denn er sah in dem Künstler einen der Vorkämpfer der jungen Generation, die er seit einiger Zeit unterstützte. Denn nicht nur sein händlerisches Interesse galt den Vertretern der nun rehabilitierten Abstraktion, von deren radikalen Ideen er sich die so dringend gebotene kulturelle Erneuerung Deutschlands erhoffte.

»Bittschön nicht bös' sein, Herr Stangl. Ich hab' da von einem Mann gehört, der uns vielleicht helfen kann.«

»Aber warum sollte ich denn böse sein, liebe, verehrte Frau Marc. Ich will doch auch, dass wir es finden, das gute, das wichtige Bild.«

»Es ist halt kein ganz gewöhnlicher Mann, also nicht so wie Sie, also ich meine, nicht jemand, der etwas von der Kunstgeschichte versteht.«

»Also heraus mit der Sprache, so arg wird's schon nicht sein.«

»Ein Maler ist es, ein akademischer Maler.«

»Aber das ist doch gut. Hat er denn mit dem Bild zu tun gehabt, hat er mit den Feinden der modernen Kunst, mit den Nationalsozialisten, meine ich, hat er denn mit denen was zu tun gehabt, und könnte er wissen, wo der Turm der blauen Pferde ist?«

»Ach, nein, Herr Stangl, ich sag's halt lieber gleich, er ist ein Hellseher. Aber er malt auch.«

Stangl hätte beinahe laut aufgelacht. Doch er riss sich zusammen und blickte ungläubig auf die kräftige Frau, hinter deren rundlichen, etwas derben Zügen sich trotz allem eine kindliche Sanftheit erhalten hatte, die ihn manchmal vergessen ließ, mit welcher Zähigkeit und Ausdauer sie verfolgte, was ihr das Leben als Aufgabe anvertraut hatte. Und das war, zuerst und vor allem, das Werk ihres Mannes zu hüten, dessen fast religiösen Willen zu einer kosmischen Vereinigung aller Lebensäußerungen durch die Kunst sie immer bedingungslos und sich selbst verleugnend geteilt hatte. Sogar ihre eigene Malerei musste sie ihm zuliebe aufgeben, hatte sie dem Galeristen fast verschämt anvertraut.

Trotz aller Bedenken nickte Stangl ihr aufmunternd zu, und Maria Marc zog ein zerknittertes Heft aus ihrer Tasche.

»Schauen Sie mal, diese alte Zeitschrift, da steht etwas über ihn drin. Der kann Dinge sehen, die andere nicht sehen, da steht es schwarz auf weiß. Lesen Sie selbst, hier steht's. Erster wissenschaftlich geprüfter Hellseher. Das Institut für metapsychikalische Forschung hat ihn untersucht, und als telepathisches Medium wirkt er auch, kann Dinge in der Ferne aufspüren, heißt das wohl. Also ich glaube, da könnte etwas Wahres dran sein.«

»Aber wie soll das denn gehen, liebe Frau Marc?«

»Der sieht einfach hinein in die Menschen, lesen Sie. Und

mein Mann besucht mich doch auch immer im Traum, es gibt so viele Phänomene hinter der Grimasse des Lebens, die wir nicht verstehen, liebe Maria, hat Franz immer gesagt. Ich will's probieren, was kann es denn schaden?«

Ein wenig widerwillig ergriff Stangl die schon reichlich zerlesene Zeitschrift. Kriminal-Magazin stand auf dem Titel, so etwas hatte er befürchtet. Im November 1931 war das Blatt erschienen. Er las, skeptisch und immer skeptischer, runzelte die Stirn und sah besorgt auf. Das schlichte Zimmer, in dem die beiden saßen, Wohn- und Arbeitsraum zugleich, überblickte den Garten. Es war mit Bildern des Malers geschmückt, mit Dingen, die Maria Marc an ihren Mann erinnerten, Reliquien eines Kults verklärter Liebe zu ihm und seiner Kunst. Bücher waren zu sehen und allerlei Pflanzen, mit denen sie sich gerne umgab. Es war das Zimmer einer Frau, die den Tod ihres Mannes niemals verwunden hatte. Bewegt wurde ihm klar, wie sehr sie ihn, den Galeristen, als Freund und Ratgeber brauchte.

»Also wirklich, liebe Frau Marc, ich bitte Sie, Fridolin A. Kordon-Veri heißt der Mann, das ist doch kein Name, der Vertrauen weckt. Das sind Kartentricks, die da beschrieben werden. Der Kerl scheint mir eher ein geschickter Zauberkünstler zu sein. Nun ja, angeblich von Psychologen und Universitätsprofessoren gründlich untersucht, aber, liebe Frau Marc, ich muss entschieden abraten, das halte ich für nicht sehr seriös. Und das Heft ist ja auch schon uralt, weit vor dem Krieg ist das erschienen, ja, lebt denn der Mann überhaupt noch?«

»Ich hab' mich erkundigt. Er lebt, und er kann immer noch Dinge sehen, die ein nicht mit seinen Gaben gesegneter Mensch keinesfalls wahrnehmen kann. In Klagenfurt wohnt er, ich hab' seine Adresse und auch schon einen Brief an ihn aufgesetzt. Ich will ihm das bunte Bildchen beilegen. Wissen Sie, das Zigarettenbildchen, das ich noch hab', das damals farbig gedruckt wurde.

Lesen Sie doch bitte, ich hab's schon vor einer ganzen Weile geschrieben, noch in Ascona, wo ich eine alte Freundin besucht habe, und die hat mir den Mann empfohlen. Aber ich trau' mich einfach nicht, den Brief abzuschicken. Herr Stangl, ich brauch' Ihren Rat.«

Sie hob eine kleine afrikanische Holzskulptur an, eine schöne, expressive Figur, die sie seit Jahrzehnten begleitet hatte und nun auf ihrem Schreibtisch stand, zog ein darunter liegendes Blatt hervor, das der Fetisch offenbar für sie bewachen sollte, und reichte es ihrem Besucher. Der Galerist nahm ihr das Papier aus den zitternden Händen, faltete es auf und las. Mit anrührenden Worten schilderte die Witwe die Kunst ihres Mannes, die Umstände seines Todes, berichtete, was sie über das Schicksal des Bildes wusste, das sei wenig genug, und hoffte, wie sie schrieb, das Sehertum ihres Adressaten damit anregen zu können. Außerdem fügte sie noch die Anfrage hinzu, ob Herr Kordon-Veri etwas über den Verbleib einiger aus ihrem Haus verschwundener Gegenstände in Erfahrung bringen könnte, sie hätte die Untermieterin in Verdacht, die nach dem Krieg zwangsweise bei ihr einquartiert worden sei, die hätte die Dinge doch ganz bestimmt gestohlen.

»Und, Herr Stangl, was meinen denn Sie? Ich weiß einfach keinen anderen Ausweg mehr.«

Der Galerist überlegte. Vielleicht wäre es nicht schlecht, wenn die gute Frau Marc etwas hätte, das ihr Hoffnung machen würde. Ganz wohl aber war ihm bei dem Gedanken nicht. In jedem Fall müsste er sehr auf die alte Dame aufpassen.

»Ja, dann versuchen wir's halt. Aber bitte nicht enttäuscht sein, gnädige Frau, wenn wir von diesem Herrn nie wieder etwas hören.«

# 44

Es war ein ungewöhnlich kühler Nachmittag im Mai. Die Sonne hatte sich aus dem bedeckten Schwabinger Himmel zurückgezogen, als es in der Modernen Galerie Otto Stangl in der Martiusstraße klingelte. Der Inhaber betätigte den Türdrücker und wartete, bis der Besucher, der ja gewiss kam, um die Ausstellung mit neuesten Werken Willi Baumeisters zu sehen, die Treppenstufen zu seinen Geschäftsräumen im vierten Stock erklommen hatte. Es dauerte eine Weile. Langsame, behäbig stapfende Schritte waren zu vernehmen, offenbar wurde auch die eine oder andere Pause auf dem Weg nach oben eingelegt. Doch schließlich stand der Besuch vor ihm. Es war die alte Dame, die er in den letzten beiden Jahren so liebgewonnen hatte.

»Frau Marc, was machen Sie denn in München? Wie schön, aber warum haben Sie denn nicht telefoniert? Ein Glück, dass Sie mich überhaupt antreffen, bitte, kommen Sie herein, meine Frau macht gerade ein paar Besorgungen, ist aber bestimmt gleich zurück. Ich habe einige wirklich schöne Arbeiten von Baumeister hier, die werden Ihnen gefallen.«

Der Galerist erschrak, als er bemerkte, wie sich das Gesicht der Witwe ängstlich verzog. Ganz verloren sah sie aus in ihrem übergroßen Mantel und dem ausladenden Hut, der schon lange aus der Mode gekommen war. Es musste etwas Außergewöhnliches, etwas Beunruhigendes vorgefallen sein. Doch sie stand bloß da wie nicht anwesend und sagte kein einziges Wort.

Behutsam schob Stangl die Frau in den zweiten Ausstellungsraum mit den hohen Fenstern zur Straßenseite, nahm ihr den Mantel ab und bugsierte sie auf einen der modernen Stühle, mit denen er sein Geschäft ausgestattet hatte. Sie erinnerten ihn immer an die Karkassen abstrahierter Hummer, waren leider ziemlich unbequem, verliehen seinen Räumen in dem gutbürgerlichen Wohnhaus der Jahrhundertwende aber das gewünschte avantgardistische Flair. Erst vor drei Jahren hatte Stangl die Galerie gemeinsam mit seiner Frau eröffnet, sie war seither zu einer guten Adresse für neuere Kunst geworden. Mit Jawlensky hatten sie damals begonnen, er erinnerte sich gern an die erfolgreiche Ausstellung, und mit diesen und anderen Verkäufen der klassischen Moderne konnten sie ihr Engagement für die jungen abstrakten Maler finanzieren, für die ihre Galerie rasch ein wichtiger Treffpunkt geworden war.

»Nun sagen Sie doch etwas, Frau Marc. Ist Ihnen nicht gut?«

»Herr Stangl, der Brief, der Brief ist da.«

Sie kramte in ihrer etwas zu großen Handtasche, legte Geldbörse und Schlüssel und ein Notizbuch zur Seite und fand einen schmalen Umschlag, der ein wenig zerknittert war.

»Welcher Brief? Doch nicht etwa …«

»Er hat geantwortet, sehen Sie, der Hellseher hat geantwortet.«

»Ja, was steht denn drin, nun sagen Sie schon.«

»Ich weiß es nicht, ich hab' mich nicht getraut, ihn zu öffnen. Der Brief kam heute Morgen mit der Post. Aber ich konnte ihn einfach nicht aufmachen, habe ihn lange in der Hand gehalten und angeschaut. Und wenn er das Bild nun nicht gefunden hat, wenn er es nicht gefunden hat?«

»Beruhigen Sie sich doch, liebe Frau Marc.«

»Ach, Herr Stangl, das sagt sich so leicht. Ich bitte Sie, nehmen Sie den Brief, ich hab' solche Angst.«

Zögernd streckte der Galerist die Hand aus und ergriff schließlich den grauweißen Umschlag. Fridolin A. Kordon-Veri war in Prägedruck auf der hinteren Lasche zu lesen und vorn mit einer schwungvollen, exaltierten Handschrift der Name und die Adresse von Maria Marc. Ihm tat die alte Dame leid, die all ihre Hoffnung in diesen Brief setzte.

»Soll ich ihn öffnen?«

Wortlos stimmte sie zu, das Gesicht aschfahl und mit dem Ausdruck banger Erwartung.

Nervös zerrte Otto Stangl am Umschlag, faltete die beiden eng betippten Bögen auseinander, die auf den 8. Mai 1951 datiert waren. »Akademischer Maler und Psychometer« stand im Briefkopf zu lesen, darunter in großen Buchstaben »Lebens-Beratung«, und die Fotografie eines dramatisch beleuchteten Gesichts mit charismatisch durchdringendem Blick war auch noch aufgedruckt. Der Galerist runzelte verächtlich die Stirn, als er unter dem Schreiben eine affektierte Signatur entdeckte. Der versah seine Unterschrift doch allen Ernstes mit einem Pentagramm, dachte er und ahnte nichts Gutes und las.

»Sehr Verehrte! Am 4. dieses Monats erhielt ich Ihr Schreiben vom 29. April, in dem Sie mich um verschiedene psychometrische Untersuchungen bitten und sich auf Frau Dr. Witzig in Ascona berufen. Leider hatte sich so viel Post angesammelt, dass ich erst heute in der Lage bin, Ihnen die Ergebnisse meiner Untersuchungen bekannt zu geben. Ich hoffe, Ihnen aber noch zeitgerecht zu dienen. Da Sie mich und meine Arbeitsmethode nicht kennen …«

Arbeitsmethode, schnaubte Stangl, das hatte garantiert wenig Arbeit gemacht, und eine Methode steckte da doch auch nicht dahinter, höchstens ein methodisch durchgeführter Betrug.

»… erlaube ich mir, Sie kurz zu informieren: Die brieflichen Einsendungen werden mir, ganz so wie bei der regulären Sprechstunde, bei total verbundenen Augen, allerdings durch eine Hilfsperson (meine Frau), wahl- und kommentarlos vorgelegt, wobei ich also völlig unbeeinflusst und objektiv bleibe. Die anhand der Fragen und Unterlagen gemachten psychometrischen Aussagen werden notiert, von mir später gesichtet, stilisiert und schließlich eigenhändig in die Maschine geschrieben.«

Machte also doch Arbeit, dachte Stangl belustigt. Eigentlich ja unglaublich komisch, wenn die Sache nicht so ernst und traurig wäre.

»Ich halte mir keine Schreibkraft. Eine Tatsache, die mich zwar sehr belastet, aber eine volle Garantie für absolute Diskretion ermöglicht, was bei den meisten Fällen notwendig erscheint. Psychometrie kann man mit seelische Messung übersetzen. Sie gehört in die Gruppe des reinen Hellsehens und ist eine natürliche Begabung, die sich durch einen auch psychologisch geschulten und gewissenhaften Menschen vielseitig verwerten lässt.«

Das glaube ich gern, dass du das vielseitig verwerten kannst, entrüstete sich Stangl im Stillen. Hoffentlich hatte Frau Marc ihrer Anfrage wenigstens nicht auch noch einen hohen Geldbetrag beigefügt. Der Hellseher ließ sich in seinem Brief darüber aus, dass er als den modernen Kunstrichtungen gegenüber stets aufgeschlossener Maler das gesuchte Bild natürlich sofort erkannt hatte, und zwar mit verbundenen Augen. Stangl grinste und las gespannt weiter.

»Hier halte ich kein Lichtbild in der Hand (sagte ich, als ich die Künstlerkarte blind an mich nahm), also nicht die Wiedergabe eines Menschen, und doch steht nebelhaft ein sehr gütiger Mensch vor mir, irgendwie zeitlos, mit träumenden Augen, schmalem Gesicht, mittelgroß. Der Eindruck ist so, dass ich genau weiß, dass dieser Mensch zeitlos geworden ist und nicht mehr zu den Lebenden zählt. Ich habe hier ein Werk von seiner Hand vor mir, das aber sehr stark die Persönlichkeit des Schöpfers trägt. Anscheinend will man wissen, was mit diesem Gemälde geschehen ist, und da komme ich sofort zu einem traurigen Ergebnis: Genauso zeitlos und raumfern wie der Schöpfer wirkt auch das Bild. Der Schöpfer ist tot, das Bild ist auch tot.«

Maria Marc schluchzte laut auf.

»Fassen Sie sich doch, liebe Frau Marc, ich halte das alles für baren Unsinn. Bitte fassen Sie sich, das sind Taschenspielertricks und nichts weiter. Soll ich fortfahren?«

Sie blickte ihn an und nickte.

»Starke Dinge und Menschen strahlen auch noch nach dem Untergange oder Tode ein gewisses Leben aus, doch kann ich sehr gut unterscheiden, ob es nur die Heftigkeit des Dinges oder des Menschen ist, die noch durch die Zeit bis in die Gegenwart leuchtet, oder ob das Leben, die wirkliche gegenwärtige Existenz, zur Zeit der Untersuchung noch effektiv gegeben ist. Es besteht kein Zweifel, dass das Gemälde substanziell genauso wenig existiert wie der Schöpfer des Gemäldes.«

Murmelnd überflog Stangl die folgenden Abschnitte, in denen der angebliche Hellseher erklärte, dass solche Werke für das Deutsche Reich wertlos geworden wären und seinerzeit keine Käufer mehr fanden. Er phantasierte noch ein paar hanebüchene Mutmaßungen über die Ausstellung der verfemten Kunst zusammen, hatte sich wohl auch einiges darüber angelesen, und behauptete schließlich frech, ein SS-Vernichtungskommando habe ein Gebäude in der Nähe des Chiemsees, in dem fast alle beschlagnahmten Werke eingelagert worden wären, im März 1945 gesprengt. Im Grunde war das nicht nur unendlich versponnen, sondern auch vollkommen aussagelos, der Mann hatte ja gar keine Ahnung. Am Ende bat der Hellseher dann noch um eine Entschädigung, die seine Auftraggeberin bitte nach Zufriedenheit festlegen möge. Na, Gott sei Dank, sagte sich Stangl, da schicken wir natürlich überhaupt kein Geld für diese Frechheit. Unverantwortlich war dieser Brief, empörend, wie der Scharlatan mit der letzten Hoffnung einer Frau umging, die er nicht einmal kannte.

»Der Schöpfer ist tot, das Bild ist auch tot, was erlaubt sich denn der Kerl, das ist ein Rosstäuscher, ein Verbrecher, das stimmt doch alles nicht!«

Stangl schimpfte laut, aber die Witwe schien ihn nicht zu hören.

»Den sollte man anzeigen, den Hochstapler. Glauben Sie ihm kein Wort, liebe, gnädige Frau, ich beschwöre Sie. Und lassen Sie die Hoffnung nicht fahren, wir finden das Bild auch ohne den Halunken.«

# 45

Mit zitternden Händen schob Franziska Gottschaldt einen Stapel adrett gefalteter Hemdchen zur Seite und ergriff den Zettel, den sie in der Schlafzimmerkommode versteckt hatte. Seit Jahren lag er dort und schaute sie immer dann vorwurfsvoll an, wenn sie frisch gebügelte Wäsche in die Schublade legte. Sie hatte ihn wegwerfen wollen, bereits damals, als sie das Blatt aus dem Tagebuch ihres Mannes geschnitten hatte, aber sie hatte sich nicht getraut. Irgendetwas sagte ihr, dass es unrecht wäre. Schließlich war das doch ein wichtiger Teil seines Lebens, der wichtigste vielleicht, auch wenn es ihr wehtat, das hinzunehmen. Dass die netten jungen Leute voller Respekt von ihm sprachen, als sie ihnen die Aufzeichnungen von Fritz gezeigt hatte, berührte sie sehr. Ihr Mann war tatsächlich ein Held, so deutlich war ihr das all die Jahre nie bewusst gewesen. Und dennoch, es änderte nichts an ihrem Gefühl, dass sie richtig gehandelt hatte. Mit selbstvergessener Hingabe hatte sie ihren Mann geliebt, vielleicht gerade deshalb, weil er immer untröstlich war, weil stets ein schwarzer Schatten über seinem Dasein zu hängen schien. Nie hatte sie ihm Vorwürfe gemacht, worüber auch, er konnte ja nichts dafür. Aber verzeihen konnte sie ihm trotzdem nicht.

Erst einige Zeit nachdem Fritz gestorben war, hatte sie sich ein Herz gefasst und dessen Tagebuch aufgeschlagen, denn sie ahnte, dass sie hier intime Dinge über ihn erfahren würde, vor denen sie Angst hatte. Zuerst war sie ganz erstaunt, was ihr Mann alles erlebt hatte. Vieles davon hatte er ihr zwar schon erzählt, aber nun war es, als läse sie in einem Roman. Doch fast auf jeder Seite tauchte ein Name im Tagebuch auf, der ihr die Lektüre schwer machte. Erika, stand dort zu lesen, geliebte Erika, immer wieder stach ihr der Name in die Augen, bohrte sich ihr in die Brust. Zuerst hatte sie noch versucht, die schmerzliche Gewissheit zu verdrängen. Doch als sie dann am Ende einer langen Nacht auf den Eintrag vom 24. April 1944 gestoßen war, da wurde ihr auf einmal klar, dass Fritz sie nicht geliebt hatte, niemals, nicht so jedenfalls, wie sie es sich von ihm ersehnt hatte, nicht so, wie er Erika liebte. Und seitdem lag das Blatt wie ein Menetekel in der Schublade, notdürftig verborgen, erst in ihrer alten Wohnung in Manhattan, später hier im Seniorenheim. Nicht, dass sie jeden Tag daran dachte, keineswegs. Aber oft, allzu oft zog dieses Dokument ihres Unglücks sie zurück in seinen Bann, und dann nahm sie den Zettel zur Hand, als erwarte sie, irgendwo zwischen diesen Zeilen ein Wort des Trostes zu finden. Eine Stelle, die sie falsch verstanden hätte, eine versteckte Botschaft an sie. Ein dummer, kindischer Gedanke war das, das wusste sie wohl, aber gegen alle Vernunft klammerte sie sich an diese letzte Illusion.

Die Witwe setzte sich ihre Lesebrille auf, die ihr an einer langen Kette um den Hals hing, und nahm sich das Blatt noch einmal vor. Inzwischen konnte sie fast jedes der hier niedergeschriebenen Worte auswendig: Ohne dich, meine geliebte Erika, hätte ich niemals den Mut dazu gehabt, einen dermaßen kühnen Plan zu fassen. Franziska Gottschaldt war es, als hörte sie seine Stimme, und las weiter: Mir ist, als könnte mir niemals etwas Schlimmes zustoßen, solange du nur an meiner Seite bist. Schon damals, als ich an mir selbst verzweifelte, weil ich meine Malerei aufgegeben hatte, hast du mir Mut und Kraft gegeben, du hast mein Leben gerettet, nichts weniger. Und jetzt teilen wir den Kampf gegen die Barbarei, Schulter an Schulter. Erika, du machst mich stärker, als ich es jemals zuvor war, du geliebte Teufelin. Ihre Klugheit, ihr Lachen, ihre Zuversicht, ein Nichts wäre ich ohne diese Frau. Als R. vor zwei Wochen in unserer Wohnung stand und mich darum bat, das Bild zu restaurieren, hatte ich unwillkürlich diese fast lästerliche Idee und verwarf sie ängstlich gleich wieder. Trotzdem lag ich die ganze Nacht wach und überlegte, ob ich es wagen sollte. Schließlich habe ich mich Erika anvertraut. Mach es, Fritz, mach es, hat sie zu mir gesagt, ich halte zu dir, gemeinsam stehen wir das durch. Ob es gelingen wird, weiß ich noch nicht, aber eines weiß ich gewiss: Erika ist mein Leben, ach, mehr noch, ohne sie wäre mein Leben ein dunkler, freudloser Ort. Nach ihr wird es keine andere Frau für mich geben, nie wieder werde ich eine Frau so lieben wie sie.

Eine Träne tropfte auf das Blatt und löste den verwünschten Namen in einen unansehnlich verschmierten Tintenkleks auf, doch Franny schämte sich nicht, dass sie so traurig war. Nie hatte sie Erika ersetzen können, das war ihr bereits klar geworden, als ihr Mann noch lebte. Aber es hier lesen zu müssen, in der anmutigen Handschrift, die sie stets geliebt hatte, das schockierte sie jetzt genau wie damals schon, als sie diese Zeilen zum ersten Mal vor sich sah. Jede Minute ihres gemeinsamen Lebens war es ihr, als schwebte die ermordete Erika wie ein Gespenst zwischen ihnen, sie wachte mit ihnen auf, aß mit ihnen, begleitete jede Minute ihres Alltags, und ja, auch wenn sie miteinander ins Bett gingen, war es ihr, als sei da eine dritte Person im Spiel, als gälten die Küsse und Zärtlichkeiten ihres Mannes nicht ihr, nicht Franny, sondern der Toten. Ihre ganze Ehe über hatte sie darunter gelitten, hatte sich nie beschwert, das wird schon noch, hatte sie zum ersten Mal bereits in ihrer Hochzeitsnacht gedacht, in diesem romantischen Hotel in Saratoga Springs, mit dem Fritz ihr eine Freude machen wollte. Das wird schon noch, hatte sie sich danach Tag für Tag, Nacht für Nacht eingeredet, aber es wurde nie. Erst allmählich war ihr bewusst geworden, dass Fritz nur deshalb um ihre Hand angehalten hatte, weil sie seiner verstorbenen Frau so ähnlich sah. Gewiss, wir hatten schöne Jahre, dachte sie, aber etwas stand immer zwischen uns, auch in den glücklichen Augenblicken, das wussten wir beide und sprachen es doch niemals aus. Dass er ihr das Tagebuch hinterlassen hatte, eine letzte Botschaft an sie, eine Beichte der entsetzlichen Wahrheit über das Grab hinaus, das konnte sie ihm nicht verzeihen.

Sie las weiter, es stand ja noch mehr in dem fatalen Eintrag vom April 1944: Erika hat mich bestärkt, stand da auf der Rückseite. Wenn einer das kann, dann du, hat sie mir Mut gemacht. Und so habe ich mich an die Arbeit gesetzt, gleich am nächsten Morgen. Habe eine neue Leinwand aufgezogen, habe versucht, schon die Leisten alt aussehen zu lassen, mit Dreck habe ich sie eingerieben und dann den kleinen Klebezettel vom Original abgelöst und auf das Holz geleimt, 14126, dieses Brandzeichen der Schande. Mit der Untermalung habe ich mir kaum Mühe gegeben, ein dünner Kreidegrund war rasch aufgestrichen, doch dann fiel es mir wirklich nicht leicht. Die Auswahl der Farben war noch ganz einfach, M. hatte offensichtlich ganz handelsübliche Pigmente gewählt, aber seine freien, schwungvollen Pinselzüge zu imitieren, das wollte mir anfangs gar nicht gelingen. Am ersten Abend habe ich alles wieder abgekratzt und mit Weiß überdeckt. Es dauerte ein paar Tage, bis ich seine Handschrift beherrschte, wie im Rausch malte ich danach an meinem Werk. An seinem Werk. Eine merkwürdige Erfahrung war es, vollständig in den Leib eines anderen Künstlers zu schlüpfen. Und heute bin ich fertig geworden. Muss zugeben, dass es nicht an das Original heranreicht, die Zeit war einfach zu kurz, ein Kenner bemerkt sofort den Unterschied. Aber die beiden Bilder werden ja niemals nebeneinander zu sehen sein, das wird mich retten, und für den blinden G. und seine ignoranten Speichellecker wird es schon reichen. Die Farbe habe ich mit etwas Staub gestreckt, das wird meine Kopie älter aussehen lassen, hoffe ich jedenfalls. Die Zeit läuft mir davon. Und während mein Machwerk nun neben dem Ofen trocknet, ziehe ich auf M.'s Bild eine frische Leinwand, die ich bloß grundieren will, das war Erikas Idee. Verkleb bloß den Überspann sorgfältig, riet sie mir, dann entdeckt niemand so rasch, was wir da verschicken, und nach der Ankunft wird man die zweite Schicht leicht wieder entfernen können. Aber das sage ich keinem, noch nicht, ist zu gefährlich, erst einmal muss es den Transport überstehen, dann sehen wir weiter.

Bisher hatte sie nicht geahnt, auf welches Gemälde sich diese Passage bezog, hatte die Rückseite des Blattes auch niemals wirklich beachtet, vielleicht drei- oder viermal gelesen, wenn überhaupt. Doch nun hatten Max und seine Freundin ihr die Augen geöffnet. Vielleicht sollte sie ihnen die herausgeschnittene Seite zeigen. Aber zu was wäre das nütze, fragte sie sich. Die beiden suchten das Original, dass Fritz davon eine Kopie gemalt hatte, das war ja wohl unwichtig, redete sie sich ein. Außerdem schämte sie sich, es kam ihr so hilflos vor, dass sie das Tagebuch verstümmelt hatte, als würde das etwas ändern an der traurigen Realität, unter der sie ihr Leben lang gelitten hatte. Doch vor allem könnte sie es nicht ertragen, wenn jemand anderes erfahren würde, dass ihr Mann sie niemals geliebt hatte, jetzt, wo sein Tagebuch sogar veröffentlicht werden sollte. Das hatte sie all die Jahre hindurch stumm ausgehalten, das war schlimm genug.

Franny atmete schwer die kühle Luft ein, die aus dem Garten

durch das offene Schlafzimmerfenster wehte. Sie roch das frisch gemähte Gras und die salzige Seeluft, die der Wind vom nahen Ozean herantrieb. Ihre Gedanken flogen über das Meer, dorthin, wo ihr Mann gelebt und geliebt hatte, dorthin, wo Erika auf so grausame Weise ihr Leben verloren hatte. Und mein Leben, dachte sie, was ist mit meinem Leben? Ich muss das Blatt loswerden, sagte sie sich, es ist Zeit, und fasste mit letzter Kraft einen Entschluss. Bald, sehr bald schon, flüsterte es wieder.

Die Witwe ging hinüber in die kleine Küche, in der sie so gern gekocht und gebacken hatte, und legte den Zettel an den Rand des Spülbeckens. Auf der Anrichte lag eine Schachtel mit Streichhölzern, gleich neben der Kerze, die in dem kitschigen Porzellanleuchter steckte, den sie vor einigen Jahren von ihren Nachbarn im Altersheim zum Geburtstag geschenkt bekommen hatte. Sie riss eines der Hölzchen an, wartete einen Augenblick, bis die Flamme nicht mehr zu verlöschen drohte, und hielt es an das Papier, dessen Kanten rasch Feuer fingen. Das Blatt bäumte sich auf, der brüchige schwarze Rand fraß sich tiefer in die Schrift, kleine Fetzen stiegen qualmend in die Luft, bis zuletzt, ganz zuletzt, nur noch ein einziges Bruchstück zu lesen war, du geliebte Teufelin, und schließlich auch dies unrettbar verbrannte.

# 46

Das ist ja, als würde ich in den Raum malen. So flüssig ist der Lack, der fliegt vom Pinsel und schreibt schöne Arabesken in die Luft, bevor er am Boden auf die Leinwand trifft. Und man kann dem Bild ansehen, ob ich den Pinsel, oder hier den kleinen Stock, der im Taubenblau steckt, langsam oder schnell bewege. Die Farbe tropft und spritzt und schmiert, und wenn ich mich tief bücke, verteilt sich das Material ganz anders über die Fläche. Dorthin noch ein wenig Lack direkt aus der Dose, da bildet sich schon ein dichtes Knäuel, ein dunkleres Blau dazu, gleich neben die schwarzen Fäden. Auch mehr von dem schmutzigen Weiß, ja, das ergibt einen interessanten Kontrast. Ein Stakkato an schnellen Hieben, rasch ausgeführt nach jedem Schritt, die Leinwandkante entlang, die gleiche Geste ein ums andere Mal in rhythmischer Wiederholung. Doch es ist ja nicht nur ein körperlicher Tanz, den ich hier aufführe, auch meine Nervosität überträgt sich auf das Bild, oder ist es das Bild, das mich nervös macht, ich weiß es nicht. Keine Stelle, an der mein Auge ausruhen kann, weiter, immer weiter treibt mich der Tanz wie ein archaisches Ritual. Ich muss noch einmal auf die andere Seite. Der Rhythmus, der mich um die Leinwand führt, macht mein Malen zu einem stummen Ballett, hierhin zuckt mein Arm, dorthin noch einmal, stets die ganze Fläche im Blick. Allmählich habe ich ein Vokabular an Bewegungen entwickelt, das ich gezielt einsetzen kann, ein Hieb aus steifem Handgelenk, eine runde Drehbewegung des Ellenbogens, ein weiches, kurviges Schwingen aus der Schulter heraus, an dem der ganze Körper teilhat. Und jedes Mal landen die Linien und Spritzer anders auf der Leinwand. Kontrollierter Zufall, gesteuert durch einen Körper, der sich mehr und mehr von mir löst, während meine Gedanken fliegen wie die Farbe. Ein direktes Malen ist das, ohne störendes Nachdenken über Form und Motiv. Instinktmalerei, triebhafte Abstraktion. Schon eigenartig, dass die Bilder so lebendig werden. Manchmal bin ich mir gar nicht bewusst, was ich da tue, alles verändert sich, baut sich auf, zerstört sich wieder. Irgendwas malt in mir, und wenn ich mich dann aufrichte und einen Schritt zurücktrete und gar nicht mehr weiß, wie lange ich schon um die Leinwand herumgetanzt bin, dann entdecke ich eine Schönheit, eine reine Harmonie, die ich gar nicht hätte planen können. Und doch ist das ja kein Zufall, zwingend ist alles, was ich mache, aber wer zwingt mich, was zwingt mich, ich selbst bin es jedenfalls nicht. Henderson hat mir das klargemacht, damals in den langen, schmerzlichen Sitzungen. Durch spontanes Zeichnen sollte ich eindringen in die verborgenen Schichten meiner Psyche, hatte er mir geraten. Dank des Jungianers habe ich viel über mich erfahren, und mehr noch über die Kunst. Ich habe gelernt, auf meine Gesten zu vertrauen, mit denen ich die Farben aufs Bild schleudere. Hand und Arm und der ganze Körper führen aus, was der Geist nicht diktieren kann. Die Anmut einer Maschine, einer Marionette, die den Manipulationen einer höheren Macht ausgeliefert ist, die Anmut eines Tieres, das ohne Reflexion tut, was Instinkt und Natur ihm einflüstern. Ekstatische Blindheit. Dort auf der anderen Seite muss ich noch etwas von diesem Graublau auftropfen lassen, sagt mir das Bild, und hier noch ein paar schwarze Spritzer. So ist es besser, viel besser, intensiver jedenfalls. Trotzdem weiß ich immer, wo oben und unten ist. Eigentlich absurd, wenn das Bild auf jede Komposition verzichtet, das muss noch überwunden werden. Gerade darin unterscheidet sich meine Kunst von allem, was vorher war, auch von den Werken der Modernisten, die das seit Jahrzehnten in Europa vorangetrieben haben, unerbittlich, bis zur Katastrophe des Krieges. Hier ist unsere Malerei erst durch die Exilanten wiedergeboren worden. Das Unbewusste, der psychische Automatismus als Konzept einer wirklich zeitgemäßen Kunst, das hatten sie im Gepäck. Dieses Abmalen, damit die Leute sich etwas in die Apartments hängen können, was es auch ohne die Kunst gibt, völlig sinnlos ist das, habe ich immer schon gespürt. In meinen früheren Bildern hatte ich versucht, die Figuren auszulöschen, der Malakt war mir stets wichtiger als die Repräsentation, und doch sind meine neuen Arbeiten nicht etwa leer oder gegenstandslos. Völliges Missverständnis. Andauernd kommen lebende Wesen an die Oberfläche, dringen mit kreatürlicher Intensität ins Bild, ohne mich vorher zu fragen. Im Traum schleichen sie sich ja auch unkontrolliert in unser Gehirn. Affekte werfen ihre Netze über mein Ich, das wusste ich alles längst aus der Literatur. Vor allem Jung, aber auch Freud. Verdrängte Archetypen bemächtigen sich meiner Bilder. Und sogar die toten Künstler suchen mich heim, die namenlosen indianischen Meister, die Expressionisten, die uns den Weg bereitet haben, Marc und Kandinsky, denen die Natur zum Bilderkosmos wurde. Tiere hat Franz Marc doch nur gemalt, weil er den Bedeutungszwang des Menschenbildes argwöhnisch hinter sich lassen wollte. Seine Abstraktionen entstehen durch die Wucht der animalischen Figuration. Und die Franzosen natürlich, die Bilder von Masson und Miró, gemalte Psychoanalyse. Alles, was ich gesehen habe, alles, was mir jemals etwas bedeutet hat, kommt in meinen Bildern zum Vorschein, wie bizarres Urgetier aus der

Tiefsee im Sturm an die Wasseroberfläche geschwemmt wird, das kann ich mir unmöglich ausdenken. Kopiert habe ich allerdings keinen von denen. Malerei ist doch ein Zustand, mein Zustand. Selbstentdeckungen male ich, was sonst, und nicht die Wiederholung von Dingen, die außerhalb der Kunst bereits existieren. In der Musik fragt ja auch niemand, was das bedeuten soll. Man hört etwas, das es nur in der Welt der Töne gibt. So soll man meine Bilder auch hören, die Musik einer Natur, deren Energie sich ins Werk zwingt und mich nur braucht, weil irgendjemand schließlich die Farbe auf die Leinwand bringen muss. Rot fehlt hier noch, ein blutiger Akzent auf dem Schlachtfeld des Bildes. Farbspritzer schlagen wie Granaten in das bereits Gemalte ein, schreiende Farben. Meine Pinsel berühren die Leinwand nicht, fast nie. Manchmal, wenn ich diese Distanz überwinden will, presse ich eine farbbeschmierte Hand auf die Fläche, eine letzte Geste der Urheberschaft, die ich gar nicht für mich beanspruchen kann. Und der Abdruck verschwindet zumeist unter neuen Farbhieben, unter dem Geschlinge der Linien und Spuren. Noch mehr Rot hier gegen das Blau, eine grelle Wunde muss in den Leib des Bildes getrieben werden. Merkwürdig steif ist die fest aufgespannte Leinwand, eine harte Untermalung hat jemand dort aufgebracht, aber die stört mich nicht. Im Gegenteil. Auch deshalb habe ich die Leinwand einfach auf den Atelierboden gelegt. Starren Malgrund, Widerstand, das brauche ich, und dann ist das Bild in meinem Raum, wird zum Raum, in dem ich stehe, nicht wie auf der Staffelei, wo das Gemälde mich von der Natur trennt, mich abhält davon, in sie einzudringen. Das Bild als Fenster in eine andere Welt, das ist doch vorbei. Ich schaue höchstens in mich selbst, wenn ich male. Das hier ist jetzt gut. Muss mal von der anderen Seite prüfen, wie das alles nun wirkt. Wie die jetzt aussehen, die Holzdielen. Erst einmal eine Pause, ein Glas und noch eine Zigarette.

Wie spät es wohl sein mag, die Nacht ist schon wieder tiefschwarz. Jack the Dripper, hat Lee sich mal über mich lustig gemacht. Alle haben gelacht, aber die kluge Frau hat recht. Geschlachtet habe ich es in der Tat, das klassische Tafelbild. Ich kann ja nur Ausschnitte liefern, Wände im besten Fall, gerahmte Bilder zur Not. Die Leinwand habe ich damals noch beim alten Woodcock in Brooklyn gekauft, dem Schlitzohr, seitdem stand sie in der Ecke des Ateliers. Nun brauche ich genau dieses mittlere Format, um konzentriert die Reichweite meiner Gesten auszuprobieren. Die Kritiker fragten sich schon bei den letzten Werken ratlos, warum meine Arbeiten so groß sind, warum ich Wände vorziehe statt Staffeleibilder, diese tote Gattung. Völliges Missverständnis auch das. Klein sind meine Bilder, viel zu klein, auch die großen Formate. Habe ich von Siqueiros gelernt. Was sie rettet, ist doch nur die Tatsache, dass sie keinen Anfang und kein Ende haben, willkürliche Ausschnitte aus einem einzigen Bild sind sie. Und dieses Bild ist genauso gigantisch wie die Schöpfung. Ein Kosmos will hier gemalt sein, keine Komposition, die aus der verschulten Balance einzelner Fragmente lebt. Ein Kontinuum, grenzenlos. Die Ränder der Leinwand werden mir immer zum Problem. Verflucht, da steckt noch viel zu viel akademische Disziplin in den Werken, die ich meiner Malerei nun endgültig austreiben will. Gut gelungen ist das heute, die ganzen Blautöne. Eigenartig, das hatte ich gar nicht gewollt, auch die kommen aus den Untiefen ans Tageslicht, fast ohne mein Zutun. Blaues Unbewusstsein, ein guter Titel für das Bild, denke ich. Schön auch der Kontrast zu den schwarzen und weißen Farbschlieren, die direkt aus der Dose darüber geflossen sind. Das wird eine ganze Serie, natürlich. Bin gespannt, wann ich genug Bilder für eine Ausstellung zusammenhabe. Das Publikum wird kaum verstehen, was ich da mache. Mir soll's egal sein, das ist nicht wichtig. Aber was sagen die Künstler, was sagen Greenberg und Duchamp. Ich warne euch, Freunde, sprecht mir ja nicht von Leere und Gegenstandslosigkeit. Glaubt bloß nicht, das Wichtigste an diesem Bild ist die Oberfläche, nein, da steckt doch mehr dahinter, viel mehr als alle ahnen. Ein Palimpsest der ganzen Kunstgeschichte ist das. Und tief unter der Farbe verborgen liegt eine andere Welt und die ist überbordend mit Gedächtnis gefüllt.

# NACHWORT

Die Geschichte von Franz Marcs Gemälde »Der Turm der blauen Pferde«, wie sie im vorliegenden Roman erzählt wird, folgt den historischen Ereignissen. Tatsächlich ist der Künstler während eines Aufklärungsrittes am 4. März 1916 in der Nähe von Verdun tödlich verwundet worden, tatsächlich wurde sein Bild von den Nationalsozialisten beschlagnahmt, tatsächlich geriet es in die Hände Hermann Görings, nachdem es 1937 aus der Ausstellung »Entartete Kunst« entfernt worden war. Doch leider ist über dieses Datum hinaus nichts Sicheres mehr über das Schicksal des Gemäldes bekannt, obwohl sich die kunsthistorische Forschung seit Jahrzehnten bemüht, Licht ins Dunkel der Ereignisse zu bringen. Auch der Verfasser dieses Romans hat sich als Kunsthistoriker mit der Geschichte der »entarteten« Kunst beschäftigt, mit der Beschlagnahme und dem Handel von Kunstwerken im »Dritten Reich«. Sich damit zufriedenzugeben, dass Marcs 1913 entstandenes Meisterwerk bis heute nicht wiedergefunden wurde, dass der Weg des Bildes durch die letzten Jahre der Diktatur nicht vollständig rekonstruiert werden kann, fällt aber auch demjenigen schwer, der sich als Wissenschaftler der möglichst nüchternen Aufarbeitung der Geschichte verpflichtet sieht. Insbesondere jedoch, dass das Werk aller bisherigen Wahrscheinlichkeit nach unter noch immer ungeklärten Umständen zerstört wurde, ist ein kaum zu ertragender Gedanke. All dies führte schließlich zu der Entscheidung, mit literarischen Mitteln zu erzählen, was kunsthistorisch nicht oder nicht sicher nachvollzogen werden kann.

Der Roman fiktionalisiert die in den Quellen dokumentierten, teils sehr mageren Fakten. Vor allem aber erzählt er die Geschichte von Franz Marcs Gemälde dort weiter, wo die historische Überlieferung abbricht. Viele der hier geschilderten, oft haarsträubenden Sachverhalte entsprechen der historischen Wahrheit, viele der manchmal so selbstverständlich erscheinenden Vorgänge mussten hingegen erfunden werden. Den Protagonisten, die in die damaligen Ereignisse verstrickt waren, mussten nicht weniger wahrhaftige, tatsächlich aber fiktive Personen an die Seite gestellt werden, wobei den erdichteten Passagen mindestens ebenso intensive Recherchen zugrunde liegen wie den historisch verbürgten Geschehnissen. Am Ende findet der Roman seine eigene, eine literarische Wahrheit.

*Uwe Fleckner*

MIX
Papier | Fördert gute Waldnutzung
FSC® C014496

Penguin Random House Verlagsgruppe FSC® N001967

1. Auflage

in der Penguin Random House Verlagsgruppe GmbH,
Neumarkter Str. 28, 81673 München

Umschlaggestaltung: Sabine Kwauka
Umschlagabbildung: © AKG-Images;
Shutterstock/Karramba Production
Satz: Leingärtner, Nabburg
Druck und Bindung: GGP Media GmbH, Pößneck
Printed in Germany
ISBN 978-3-570-10474-3

www.cbertelsmann.de